西域天书之昆仑狼图

米斯特胡◎著

重庆出版集团 重庆出版社

图书在版编目（CIP）数据

西域天书.1,昆仑狼图/米斯特胡著.—重庆：
重庆出版社, 2011.11
ISBN 978-7-229-04611-8

Ⅰ.①西… Ⅱ.①米… Ⅲ.①长篇小说–中国–当代
Ⅳ.①I247.5

中国版本图书馆CIP数据核字（2011）第213571号

西域天书.1,昆仑狼图
XIYUTIANSHUKUNLUNLANGTU
米斯特胡 著

出 版 人：时代书苑
策　　划：华章同人
特约策划：阮　芳
责任编辑：王　水
特约编辑：孟繁强
封面设计：北京汇智泉文化

重庆出版集团
重庆出版社 出版
（重庆长江二路205号）
北京朝阳新艺印刷有限公司印刷
重庆出版集团图书发行公司　发行
邮购电话：010-65584936
E-MAIL：bjhztr@vip.163.com
全国新华书店经销

开本：710mm×1000mm　1/16　印张：19　字数：228千字
2012年4月第1版　2012年4月第1次印刷
定价：32.80元

如有印装质量问题，请致电023-68706683

这一带蛮荒之地游荡着那把锈烂的刀子。

——博尔赫斯

目录

引子……001
第一章 沙漠村落……001
第二章 古墓诅咒……021
第三章 精绝人墓……036
第四章 悬棺惊魂……051
第五章 千钧一发……061
第六章 伏羲女娲……072
第七章 连串秘密……089
第八章 昆仑古国……098
第九章 噩梦如织……112
第十章 组建考古队……130

第十一章　喀纳斯狂曲……143
第十二章　秘密之湖……158
第十三章　湖底遇袭……176
第十四章　地下长城……187
第十五章　被捕独目国……198
第十六章　第一幅图……217
第十七章　众帝之台……231
第十八章　密林饿狼……247
第十九章　三青神鸟……264
第二十章　洞中窥秘……277

引　子

Actor's opening words

38岁的斯坦因沿着早已空无一人的古城遗址慢慢地前行。头顶是一片月明星稀的夜空，如果只看着夜空，仿佛让斯坦因想不起来这里是一片茫茫大漠。

这里的星辰和斯坦因的匈牙利的家乡一样，闪闪发光。看着这些星辰，斯坦因又想起了家乡那些熟悉的场景：树林、河流和翩翩起舞的匈牙利少女——这些熟悉的场景总是伴随在他考古探险的奇遇中。

斯坦因死死地盯着眼前一片黄沙掩埋下的城市废墟，心中不断地疑惑："这里到底掩埋了什么？"

"这到底是一座什么样的城市呢？居民都去了哪里？"斯坦因边走边想。

"究竟发生了什么事，使得主人仓促间离开了这里？"

踩着光滑的沙子，斯坦因来到了这座城市的中心——大佛塔。

斯坦因看着眼前这一切，忽而清晰忽而模糊，他觉得头好像要炸了一般。他的头脑中出现了一片图像，很模糊，然而使劲一想，那图像又好像很真实。

斯坦因觉得这里有点像意大利的庞贝城。"不，不对，这是'丝绸之路的庞贝城'、'梦幻的古代城市'。不是因为自然力，也不是因为战乱，那么这里的人为何要迁走呢？"

“难道几千精绝居民都在1600年前的某一天突然同时消失了？如果发生了这样的事情，为什么历史上没有记载？这样的事情又是如何发生的？”斯坦因想不明白。

因为长年的风吹日晒，斯坦因的脸上布满了皱纹，他看着不远处的大沙漠，陷入了沉思。这座古城房屋的地基一般用麦草、牛粪等台泥铺墁，墙壁多为红柳编成再外垠泥土，室内建有炉灶和贮藏窖。遗址内有水渠和古河道的痕迹，如此丰富的一座城池，可是人呢？斯坦因一点点地理着思绪，慢慢地闭上了眼睛。

风吹着月光似乎带着一点幽怨，带着些许宁静。

“这是哪里？我好像睡着了，这里的人这么匆忙是要去哪里？”斯坦因看见一条陌生的街道，衣着华丽的人们扶老携幼沿路而去。

斯坦因抬头看见在不远处有一座佛塔，他又细细地看了一遍，总觉得是在哪里见过，好像就在刚才他还坐在那座佛塔之下。

“这，这难道就是我所在的废墟？这不可能啊，它已经被埋在了沙漠里，怎么可能？”斯坦因有些慌张。

斯坦因站在大街上，看着屋子里躺着的人被喊醒，然后神色匆匆地加入这群将要离开的人。他很惊讶，这里的居民有点像他：有高耸的鼻梁、深棕色的头发、男性胡须发达，普遍具有高加索人种（欧洲人种）的特征。但个别的鼻梁较低、颧骨较宽，有别于欧洲人种，可能与蒙古人种有关。

“斯坦因先生，斯坦因先生，你不应该睡在这里！快醒醒！”

斯坦因被一双大手摇晃着，慢慢地睁开眼睛。

他看到了助手鲁斯塔姆。这个中年人，眼睛很大，脸上有些蜕皮。

“鲁斯塔姆，你怎么在这里？”斯坦因看了看周围。

“我发现您不在床上，就出来寻找。没想到您竟在这佛塔下睡着了。”

“原来真的是一个梦。”斯坦因低语。鲁斯塔姆扶起斯坦因。

此时夜更加深了，在黑暗的笼罩下，塔身幽怨而诡秘。斯坦因眼睛直直地盯着佛塔，突然，他发现在粗砖之间居然有几段隐约可见的木简，他赶紧拿出随身携带的小刷子，将那上面的灰尘刷干净。不一会儿那些木简就成了他手中的新发现。

“佉卢文木简！”斯坦因激动地喊出来。木简上有些模糊的字，斯坦因一眼就认出来那是佉卢文字，一种消失了的文字。

“这木简怎么会在佛塔上呢？”

“佛教一直有将宝物或书籍放进塔身祈福的习惯，我想这些木简就是如此。这上面的佉卢文字，是一种很少人能识别的文字。”

“您认识佉卢文啊！”

斯坦因对于佉卢文掌握得也并不是很多，只是能读懂个大概的意思。回到帐篷，鲁斯塔姆赶紧点燃灯，斯坦因显得异常兴奋，在灯下翻阅起那些木简来。这小小的木简上文字不多，但解读起来甚是费事。不过，解读的困难已经被斯坦因的兴奋之情掩盖，他静静地盯着木简，恨不得将木简上的每一个字都放进脑海里。

“‘昆仑狼图全，传世秘典现’，‘昆仑狼图全，传世秘典现’这是什么意思？”斯坦因低沉地说。

“什么秘典，斯坦因先生？”

“也许是要告诉我们一个宝藏的秘密吧！”

“那太好了，我们来这里本就是为大英帝国博物馆寻找宝藏的！”鲁斯塔姆听到“宝藏”两个字后，也显得异常兴奋。

“这里已经被掩埋了，成了一片废墟，就是想寻找宝藏也不会有了，我们的补给品不多了，如果要找宝藏看来也要等下次了。明天挖掘结束，我们离开吧，我的朋友。”

鲁斯塔姆显得有些惊讶，对斯坦因这种发现宝藏却要匆匆离去的做法有些不解，但他也没有反驳。

然而，在斯坦因的心中，他想把寻找宝藏的乐趣留在下一次的探险活动中——这是出于一种探险家的好奇心。而他的助手鲁斯塔姆却不这样想，他要的是宝藏。

此时斯坦因的心中已经做好了一个打算：他还要回来，一定要回来。回到英国之后，斯坦因把自己的发现公之于众，这震惊了当时的西方世界，而关于宝藏的秘密他却始终保留着。

1906年斯坦因又回来了，再度对尼雅遗址进行调查发掘。继斯坦因1900年第一次之后，1905年美国人亨廷顿，1911年日本人橘瑞超等先后涉足此地。此后，斯坦因于1913年和1931年又来过两次。

这么多人来了又走，走了又来，西域到底隐藏了什么？

第一章 沙漠村落

Chapter one

死亡

“李梅，你快来啊！你快来看这个，这是刚从导师那里拿来的，导师居然还有没给我们讲过的东西。”

李梅转身看了一眼，吴卫国手里拿着一沓子已经有些发黄的纸，上面密密麻麻地写着各种推断。

吴卫国那年二十八岁，和李梅是恋人。两人大学期间在历史系，后来又考上了研究生，爱上了考古，这次是来给导师整理资料。吴卫国长相普通，个子一米七左右，不算高也不算矮，圆脸、白净，常年的熬夜看书，使他的眼睛有些小，但是还好没有近视。李梅却是一脸的文艺气质，身体发育得很好，穿一套白色的裙子，吴卫国见面就夸她跟白天鹅似的，所以吴卫国为李梅取了个外号：李天鹅。

很多同学问李梅为什么会喜欢上吴卫国这个书呆子，长相不突出，也不懂得浪漫。然而李梅正是看上了吴卫国这点，所以两人公开了他们的恋情。虽然改革开放已经有些年头，但还是有人会指指点点。

“嗨！我说你们俩来得比我早啊！夫妻双双来打扫啊！”

吴卫国不用回头都知道是自己的老同学佑哲闵，这个老同学是和他们一起考进来的，三个人算是这个考古系里面的三把尖刀，经常在导师的带领下做出骄人的成绩。

“佑同学你又迟到了啊！”

“我说李梅，吴同学有你叫起床，我可没人喊，所以就迟到了。”

“哲闵你快来看看这个，这是我刚才的新发现。看来导师也有新东西。”

佑哲闵接过吴卫国手里的稿纸，正面写着“昆仑神话真实性考证”，而在这份已经写作了不知道多长时间的稿纸上，三人的导师罗列了各种各样的关于昆仑神话原址的猜测和考古证据，将矛头直指曾经的昆仑故土，现在的西域大地。

“这……这……这导师一直没给我们说过啊。这东西如果能够证明出来，我看我们起码是能够名传万世。”

“佑同学你说得对。我一直在看各种资料，我们对于西域的考古研究太少了，而昆仑神话已经完全地神话了，我们太讲求传说的神话性，而忽视了它的真实性和历史性。”

“没错，卫国你说得对。古人流传下来的神话，其实更多的是关于历史的真实写照。我有个提议，咱们去新疆看看，说不定能有什么突破性的发现。如果真的能成功，咱们也算是帮了导师的大忙！”

“那导师会同意吗？”

“咱们在这里留个字条，等导师回来就能看到。到时候我们生米煮成熟饭，导师也不会怪我们。况且，我们是去帮他实现梦想，他也不会怪咱们的。”

吴卫国突然被自己这个鬼点子多的同学的想法打动了，一边想一边看着李梅，然后说：“我亲爱的天鹅，你觉得这想法咋样？”

李梅先没有回答，低头思考了一阵。

“我看哲闵的思考有可行性。可以行动，但是我要跟着你们去。”

“这可不行。”吴卫国非常坚决地说，“我们是去沙漠搞考古，有危险，况且气候条件也很差，你还是别去了。在家等着我，回来咱们就去见你父母，商量结婚的事。”

“是啊，李梅同学，我听说那里连厕所都没有。”

“我给你们俩说，我也是考古专业的，必须去。你们两个为什么这么大男子主义。有你吴卫国还保护不了我啊？”

“李梅，听话，你就别去了。”

“不行！”

“李梅同学，你就听卫国劝，别去了。”

就这样磨了半天嘴皮子，两个大男人没拗过一个女人，只好答应带她一起去新疆。这也成了吴卫国一辈子最懊悔的一个决定……

半个月后。

塔克拉玛干大沙漠腹地。

五只骆驼安静地卧在沙丘边，它们眯着眼睛，嘴中也不知道嚼着什么，这种悠闲岂是普通人能够理解的?

老向导奥尔德克看着远处沙漠里的废墟，不时抬头看看天。八天前他受这几个从北京来的年轻人雇用，带着骆驼和各种吃食来沙漠里找古城，没想到这一转就是八天，昨天才在沙漠里发现这片隐藏着的废墟。

只见远处废墟里有数十座古墓，每座中间都是用一圆形木桩围成的死者墓穴，外面用一尺多高的木桩围成7个圆圈，并组成若干条射线，呈放射状。

围绕墓穴的是一层套一层的共七层由细而粗的圆木。木桩由内而外，粗细有序。圈外又有呈放射状四面展开的列木，井然不乱，蔚为壮观，整个外形酷似一个太阳，很容易让人产生各种神秘的联想。

此时这三个年轻人早已沉浸在眼前的发现中，不断地呼喊着，不断地猜测着。

“这墓我初步估算应该距今有3500到4000年了。”说话的是佑哲闵，此时他的脸已经晒得有些蜕皮，但是依旧精神百倍地看着眼前的这些发现。

“这到底是为什么呢？”

李梅看着眼前的场景，心中万分震惊，因为在他们三人的学习和考古实践当中，很少涉及西域的诸多文明。

“难道，真的如导师说的那样，昆仑神话所描写的是一个真实的国度？而我们现在的文明起源地就是那里？”

“李梅，你在想什么呢？”吴卫国看着这个跟着自己已经半个月，却没喊一个“累”字的未婚妻，心中不免有些怜爱之意。

“我在想，如果真的是那样的话，那么历史就要重写，我这一辈子也就满足了。”

“你才多大啊，就开始想这辈子的事情了。革命尚未成功，同志们咱们好好努力。”

“巴郎子！巴郎子！（维语：小伙子）”在远处的老向导奥尔德克突然站起来看着远处大喊道，“快点撤吧，真主发怒了。你看远处的黑云，要起沙尘暴了。再不走，我们估计就要死在这里了。”

“我说我伟大的奥尔德克同志，你是大漠里的孤狼，怎么会怕这种小气候呢？”第一次来新疆的三个年轻人，对沙漠沙尘暴的知识还很少，甚至在之前他们都没有见过这种东西。

“三位小同志，你们不了解。这个季节是最容易发生黑风暴的。那是魔鬼的饿狼，真主的眼泪啊！如果再不走，我们就要成为恶狼们的口粮，地狱的冤魂啊！”

“我们革命意志坚，意志坚！就不信人力还战胜不了自然。”佑哲闵显得很自信。

吴卫国只觉得脚下的沙粒开始慢慢地随着风运动，一点点地向前移动着。

“咱们还是走吧，我看奥尔德克并非虚言。”

“卫国，不能走。我们好不容易发现这里，如果就这样走了，岂不是前功尽弃。你要走自己走，我不走。”李梅有些赌气地说。

奥尔德克是一个常年在沙漠里行走的老向导，他说的黑风暴是一种强沙尘暴，俗称“黑风”，沙尘暴的一种，大风扬起的沙子形成一堵沙墙，所过之处能见度几乎为零。它是强风、浓密度沙尘混合的灾害性天气现象。强风是动力，具有丰富沙尘源的荒漠是构成黑风暴的物质基础。黑风暴所过之处，水井、溪流干涸，牛羊死亡，人们背井离乡，一片凄凉。

此时只见远处一片黑压压的沙尘，顷刻间向三人所在的地方滚动而来。声音好似蜂鸣，但是却比那声势大多了。只见远处的天际已经是一片枯黄之色，而在三人所站的位置，沙子以极快的速度向背后滚去，而且越来越快。

“这……这……这东西我还是第一次看到。”佑哲闵抬头看着远处的巨大黄风感叹。

“你们还愣在那里干什么，真主请您保佑我们能逃离魔掌。”

“咱们快跑啊！李梅，再不跑就来不及了。”

李梅却根本没有注意吴卫国的喊话，反而看见远处的墓穴里因为风的作用而露出一些丝织品——仿佛还有文字。她心中不免大喜过望，因为对于考古者来说，文字记载能证明的东西太多了。

“卫国，你看那里是不是有什么东西？”

“哪里？”

“就是墓那里！”

吴卫国顺着李梅所说的方向看去，只见此时飞沙走石般的大地上，因为风力的作用，原本没有任何东西的沙子里，居然露出了一大片丝绸，丝绸上隐隐约约的有几个字，但是风太大却看不清楚。

吴卫国完全被眼前的景象吸引了，根本顾不上什么黑风暴，顾不上危险。他看着随风摆动的丝绸，心里一阵暗喜，全然忘记了眼前的危险。

“李梅，你先和奥尔德克走。我们后面赶上来。”

“不行，我要和你在一起。这是我发现的，不能把功劳给你。”

“现在还抢功劳啊，我给你拿回来还不行吗？佑同学，别在那儿发愣了。赶紧，干活啦。我可不想晚上睡在死人堆里。”

“看好吧，你就。”

说着两人就靠上去，然而这两人一心都盯着眼前的丝绸，却没有注意李梅也跟在了后面。

越往前面，沙子越软，似乎是刚翻盖上去不久。越往那乱飞的丝绸跟前走，越觉得脚底下有种软腻腻的感觉，有种说不上的吸力。

“你们两个大男人，走起路来这么吃力。什么时候能到那丝绸跟前啊？”

此时吴卫国和佑哲闵才发现李梅早已和两人在一条线上，只是沙尘影响了他们的视线而已。

“我让你回去呢，你为什么这么不听话啊？”

“吴卫国，我告诉你别小瞧女人，女人可是半边天，我也是考古工作者中的一分子！”李梅说着大踏步向前走去，将两人扔在了背后。

眼看着李梅一步步地走近丝绸，吴卫国和佑哲闵只能干巴巴地看着。可是此时谁能知道李梅的痛苦呢，她觉得脚下的吸力越来越厉害。可是不服输的她，仍一米一米地向目标靠近。

“李梅，快回来！不好，那是陷阱！”

吴卫国此时才回过神来，他总觉得眼前这个沙土自己在哪里看到过。终于想到了，这是流沙，是大自然的机关。

“李梅，你快点过来，那是流沙！快点！”

此时的李梅焉能不知道自己脚下的危险？可是她已经没有了选择，退不回去也不能向前走了。

一阵狂风，使吴卫国满嘴都是沙粒，然而他的眼睛却始终挣扎着想要看清前方的李梅。李梅此刻举步维艰，没有回头也没有说话。她一心只盯着眼前带文字的丝绸。

风越来越大，沙子打在脸上，吴卫国早就没有了疼痛的感觉。他看着李梅渐渐地靠近丝绸，瞧着她要抓到丝绸时，突然，李梅一个踉跄，深深地一用力，不知道是踩到了什么，地上瞬间出现了一个坑，将李梅吞噬了。

后来吴卫国每次回忆到这里，都觉得是自己的错。因为他应该早就能判断出，那里是个墓穴，是一个古人早就设计好的圈套，而一切都晚了。

吴卫国眼睁睁地看着李梅掉进那个坑里，黄沙以极快的速度将坑和李梅淹没，李梅甚至没有发出一声呼唤，没有做出一个挣扎的动作。

时间如川，命运起起伏伏，变幻交替如头顶星河。沙漠平滩，那些远处的尘土依旧，远逝的人儿在天国可好？沧桑巨变，曾经的小伙子已过知天命之年，两鬓白发，白得纯洁，白得灿烂。

“李梅，你在那里还好吗？那边冷吗？我知道你肯定发现了，肯定发现了它，你终于见到了它，你在那里等着我，我相信我很快就会去的，会和你一起继续我们未完成的事业。”

吴卫国死死地盯着地图，双手紧紧地按在地图上那一片占中国陆地总面积六分之一的土地区域上。吴卫国看了一会儿，又慢慢地松开了手，看着已经有些皱了的地图，他的心又是一阵疼痛，因为那一片叫塔克拉玛干大沙漠的地方，因为那里的某个地方埋葬的一个人，一个女人。

“李梅，这些年你是怎么过的啊？”

吴卫国两眼看着地图上那大大的“新疆维吾尔自治区”，眼睛越来越模糊，两滴热泪从脸颊上划过，留下两行泪痕。

洪水来了

这是塔克拉玛干大沙漠边缘一座名叫喀帕克阿斯干的小村子，尼雅河从村子右边流过，人们以放牧和种植棉花为生。春暖花开，在五月的一个不起眼的夜晚。窗外是几万年没有改变过的银河，风刮着树叶沙沙地响……

喀帕克阿斯干是方圆四十里以内唯一的村庄，沙漠近在咫尺。再往沙漠深处去就是消失的尼雅古城，残垣断壁，荒凉得如同从来没有人在那里待过一般。是的，那里是沙漠和荒凉的家乡，鬼魂在夜里哭诉着，沙子滚动，漫天风暴。这个小村子世代居住着维吾尔族，但是他们很少听说过关于尼雅的事情。只是每年总会有那么几天听到一些鬼语。

说是鬼语，其实就是一种风。那风似乎……似乎能说话，说着一些古怪的词语。当地人已经习惯了，每年不来那么几次还真的不舒服。可是最近这几年，村子里总是有一些半大的小伙子得失心疯，就那样莫名其妙地疯了，一会儿正常，一会儿不正常，一会儿笑，一会儿哭。开始的时候有人觉得应该是精神问题，后来逐渐地就认为是真主在惩罚这片土地。甚至到后来，开始有村子里的人迁户到别的村子，因为害怕魔鬼的爪牙抓走自己的孩子。

六十岁的叶合买提老汉坐在自家的小屋子里，抽着莫合烟，羊叫声不时传来。也许是被羊叫声给吵着了，叶合买提骂了几句，又接着抽烟。远处的风吹着沙子嗖嗖地响，这是南疆春夏最为常见的景象，如果放在别的地方，那就是漫天的沙尘暴，然而，或许是离沙漠近的缘故，叶合买提已经习惯了，从睁开眼睛起就与这种狂沙飞舞做伴。

叶合买提的老婆阿提古丽说："听说上面村子的买提江又疯了。"

叶合买提吐了一个烟圈："唉！魔鬼在这片地域飞来飞去，挡不住。这是真主的惩罚啊！"

"买提江那小伙子多好，见面就跟我打招呼。现在，整天用刀子划自己的胳膊，把头往墙上撞，喊着头疼，真不知道……"

"这样的事情又不是一次两次了，从有这事开始咱们这地方已经有十来个小伙子成这样了，这到底是怎么了啊？！"叶合买提显得很痛苦。

“唉！”阿提古丽在一边叹了一口气，后面的话还没说出来，就听见外面有人大喊：“快跑啊，尼雅河水发洪了！”

屋外不远处传来河上游住户的喊叫声，隐隐约约，对于包含警示性词语的话语，人总是能听得很清楚。

“老婆子，不好。河水泛滥了，赶紧往外走。”叶合买提老汉对老婆阿提古丽说，顺手放下奶茶碗，拿在手中的半块热馕也随手扔在了炕上。

“广播早上就播了有可能发生融雪性洪水，让大家做好准备，这下子真来了。”阿提古丽唠叨了一声。叶合买提边想广播的事边穿上鞋子，拿起外套往外赶去。

叶合买提出门之后，侧耳一听，这河水的流淌也没有什么变化啊！哪里有什么洪水啊？心想：“这河不是好好的吗？这些人真是不让人好好地吃个晚饭，说假话胡大会惩罚他们的。”

“叶合买提大叔，赶紧走啊，再不走可就要人来抬你了。”叶合买提转身一看，原来是住在不远处的吐尔逊。

“如果胡大要我离开，我就跟着他去。这洪水在哪儿呢？我老汉活了六十多了，还没见过几次洪水呢。”

“不是和你开玩笑，村长买买提让我喊大家往高处跑。上面的和里奇村已经让水淹了，县上来电话，让赶紧转移群众，要不然会有损失啊。”吐尔逊边走边对叶合买提说。

“这是真的啊！巴郎子？！”

“那还有假！今年山上的雪比往年多得多，气温一上升，河水肯定要飞涨。”吐尔逊话刚说完，从远处传来轰隆隆的流水声。洪水真的来了，听声音水流湍急，大有万马齐奔之势。

此刻村子里的高台上已经站满了人，村长在不断地给大家做工作，清点人数。洪水所过之处，干渴的土地消失在众人的眼睛里，刚种上的棉花田骤然间成为一片汪洋。人群不时发出阵阵感叹。只见这洪水裹着黄色的泥沙，在月光下冲着河床就奔了过来，大有不到山头不住脚的气势，冲在最前头的浪花打着滚，水波也高出原本平静的河面。

“这下子完了，我看今年的棉花是没什么收成了。”

“我家的棉花地离河近，这水一过，我也不指望了。”

“幸好屋子离河远，没受损失，要不然今天晚上咱们要睡到这台子上了。”

“大家伙注意一下，洪水过后大家回家，要看一下自家屋子里有没有进水，如果进水就先不要住了，投亲靠友。检查一下损失，明天到队上登记，争取得到补偿。”村长买买提说。

听到能有补偿，原本有些躁动的人群开始安静了。

叶合买提看着洪水，问吐尔逊：“巴郎子，买提江咋样了？”

“他不行了，估计要疯啦。现在整天说梦话，胡大不要他了。”

叶合买提说：“话不要乱说，乱借胡大的名字，是要烂嘴的。”

喀帕克阿斯干这个小村子人口过百，低矮的土坯房子在尼雅河一边散乱地建着。叶合买提也不知道祖先为什么选择这里为居住地，离沙漠近，气候又差。尤其是这些年村子里半大不小的小伙子动不动就得失心疯，去医院又检查不出什么问题。

这样的病时好时坏。有时候出去在荒地里睡了一晚上就出事了。

洪水持续了四十分钟慢慢地缓了下来，村民们陆续回到家里。叶合买提沿着屋子细查一圈，发现没有进水的情况。因为许多南疆维吾尔族的屋子是土坯子盖起来的，加之常年少雨，所以根本不用考虑土砖泡软的问题。可是假如发生洪水，土坯泡软容易发生倒塌，造成家毁人亡。

看完屋子之后，叶合买提回到屋子里躺到了炕上，可是他却一时睡不着，老觉得洪水会再来，就这样迷迷糊糊地睡到了天亮。

鸡叫之后，天已经大亮。叶合买提翻了个身，起床穿好衣服，拉开门说了一句：“老婆子，我去棉花地里看看，咱们的地离河远一些，应该没事。可是我不放心，还是要到那里去转转。”

阿提古丽翻了个身子，然后喊了一声：“早点回来。”

昨晚上折腾得够久的，洪水让原本就安静的村子更加安静了，人们似乎已经忘记了原本的时间，没有注意到天已经大亮。

打完招呼之后，叶合买提出门沿着村子的小土路向西北方而去。洪水冲刷过的棉花地还有水在里面，早起的人已经开始往外面排水了。沿着弯弯曲曲的土路走了半个小时，叶合买提来到自家棉花地前，这是一块近百亩的低产田，放眼望去，地里棉花好好的，好像没有洪水灌进去。叶合买提默念：“胡大保佑，没有进水就好啊，要不然又要忙活一阵子。”

虽然已经在地头查看了没有问题，但是叶合买提还是不放心，便往地里头走，很快他就发现了问题，虽然地头没有明显的洪水进入的痕迹，可是这里面的地却泥泞得很，这是怎么回事呢？

他走到地里，一行行地寻找。突然，他的脚踩了个空，掉进一个大坑里。“胡大，这里怎么会有一个大坑呢？”叶合买提心里嘀咕着。顺势已经到了这个坑底。

查看之下才发现，原来坑是水冲出来的，只见冲出的大坑直径在四五米，深有十五六米。叶合买提这才想到，这里本身就是这块地的最低处，每次浇灌棉花都要特别小心地注意这里，而且这片棉花总是比别处长得差，今天才知道原来这底下有个大坑啊。

此刻坑内的水早已不见踪影，但是地泥泞不堪难以下脚，也多亏了这底下的软泥，叶合买提才免于骨头摔碎之苦。即便如此，他的衣服也满是泥浆。叶合买提抬头一看，一小片天在头顶湛蓝湛蓝的，水冲出的这个大坑虽然有些坡度便于往上爬，可是对于他一个年过花甲的老人来说也是艰难异常。

叶合买提寻思：“上是上不去了，这下子要了我老汉的命了。”叶合买提收拾了一下身上的稀泥，正要扯着破锣嗓子喊的时候，他却看见不远处的黑暗中似乎有一个石门，心中紧张，打了一个寒战。细看之下，才发现这石头与平常所见的石头并没有什么区别，只是平整一些而已。叶合买提大着胆子走近一看这才发现不是石门，而是一块巨石。此时巨石的半截身子在软泥之中，看水印，是昨夜的洪水将这巨石全部泡了进去。在巨石的右下角有一个人头大小的洞，似乎是水冲出来的老鼠洞，如果没这个鼠洞估计水没这么快退。

叶合买提抬头看到，石头上恍惚有自己不熟悉的文字和石刻。突然，一阵寒风似乎是从那石头上刮过来一般，吹在叶合买提的湿衣服上，冷飕飕的。冷直冲脑门，似乎要钻进去一般，叶合买提赶紧起身从石头边上离开。搜刮完大脑中的各种词汇他都难以找到一个关于自家地里有这么大石头的记忆。难道这是文物？应该是这样的。叶合买提对这个想法比较认可。随即他就开始大声叫喊，连续喊了半个多小时可就是没有人来，这可急坏了他。

“这下子只能听天由命了。再等一会儿老婆子会找我吃午饭，说不定能听见我的喊声。”

失心疯

“大叔，怎么了？你找的这个地方躲着很好啊，老鼠都没你这本事。”当叶合买提正害怕没人听见自己的喊叫时，吐尔逊出现在了坑口，笑嘻嘻地说。

“吐尔逊啊，快去找人把我拉上去。”

“您老先在下面凉快着，我这就去找人。下面不孤单吧？”

“你小子就不能说点好话，快去找人！”

听见喊声的是吐尔逊，他家的地离叶合买提家的不远。吐尔逊也是来看棉花的，只是比叶合买提晚，听见叫喊声，他找了好长时间才看见这个大洞。

村里人用绳子将叶合买提拉了上来，大家很是关心他，问长问短地，叶合买提说自己不小心，中了道，差点要了老命。但是叶合买提却没有给村里人说他家地里有文物的事。吃完午饭，叶合买提来到村长买买提家，将事情一五一十地说了出来。

“这事情可不能耽搁，你做得对！我这就给县上文物局打电话。”买买提说着掏出手机，这个文物局局长的电话还是上次县上文物普查的时候留下的，让他有什么情况随时保持联系。

“张局长，我是喀帕克阿斯干村的村长买买提，昨天我们这发洪水了。有人在棉花地里发现冲出一个大坑，坑里面有一块大石头堵在下面，不知道是什么？我们觉得像是文物，想请你们来看看。”

“好的！你给乡亲们说要保护好现场，别让人随便到那里去。”

接电话的是尼丰县文物局局长张海林，这个四十出头的矮个子中年男人整天搞文物田野普查，忙着接待从全国各地甚至是海内外来的各类考古专家，这些人都是冲着尼雅古城来的。张海林也是仅有的几个进过尼雅古城的人，这一直是他心中最骄傲的事情。挂掉电话，张海林随即拿上衣服，赶往喀帕克阿斯干村。

在车上张海林寻思道，这个喀帕克阿斯干村位于塔克拉玛干沙漠的边缘，尼雅河从旁边流过，距离尼雅遗址非常近。喀帕克阿斯干村意为“挂满葫芦的村庄”。这是一座神秘的村庄，除了尼雅遗址以外，还有一个非常著名的伊玛木加法尔·萨迪克（伊玛木为伊斯兰教寺院最高管理者的称呼）麻扎。麻扎也就是现代人眼中的墓。据记载，喀拉汗王朝为了推行伊斯兰教向当时还是佛国的于阗（今和田地区）发动圣战，大批的宗教领袖带领信徒沿沙漠南下，旷日持久的战争一打就是四十年，许多战死沙场的将领长眠于漫漫沙海之中。从尼丰县城沿尼雅河向北一百公里的伊玛木加法尔·萨迪克麻扎就是一处神秘色彩异常浓厚的地方。这座麻扎相传正是为传播伊斯兰教到于阗古国的加法尔·萨迪克修建。

如果没有伊玛木加法尔·萨迪克麻扎，没有尼雅遗址，那么喀帕克阿斯干村是南疆一个再普通不过的维吾尔族小村庄。一条南北向的土路从村中央穿过，路两旁整齐地排列着笔直的白杨树，时有维吾尔族老乡赶着毛驴车嗒嗒而过，在车轮扬起的烟尘后，有年轻女人色彩鲜艳的丝巾飘动。

张海林心里冒出一个念头：“难道这个大坑里的东西和精绝国有联系？”

尼丰县这些年在国内出名就在于有这个属于精绝国的尼雅遗址在其境内。精绝国是当年丝绸之路上的一个小国，以殷实、富庶著称。当时，尼雅城叫做尼壤，是精绝国最繁华的城市。可惜的是，这个富庶的国家不知什么原因突然消失了，以至于四五百年之后，玄奘取经东归时经过尼雅城，只见到了满目的荒凉。张海林不断地搜寻着关于这个村子的各种记忆。其实，对他这样的基层考古工作者来说，能接触到的文物讯息太少了，甚至很多时候只能靠自身的经验积累和勤奋，但俗话说勤能补拙——这也是很多外来的考古学家都要找张海林带路一同去尼雅的原因了。

“叶合买提失心疯了！”

“叶合买提失心疯了！”

……

中午刚过，太阳懒洋洋地照着桑树，村头的几只狗正在树荫下四肢舒展地睡着，眼睛根本没有注意前方。突然，狗被不知道从哪里传来的喊叫声惊醒，不断“汪汪”地叫着。此时正是午休时间，村子里的人多半都在家睡觉。那一阵喊叫和狗叫声，一下子就吵醒了村子里的人们。

很快地，在叶合买提家不大的院子里聚集了一大批闻声而来的村民，大家看着眼前的一幕也不知道说什么好，因为有太多的神秘色彩笼罩在原本平静的村民脸上。

“大家让开点，村长来了。”

此时在叶合买提家，村子里的男女老少早就围拢成了一片。村长买买提看着院子里杂乱的情形，院子扔着还没吃完的馕，锅碗瓢盆也被扔了出来，窗上的玻璃也碎了好几块。此时叶合买提头发散乱，两眼通红，死死地盯着众人。在乡亲们的帮助下，叶合买提被绑在院子里的一根柱子上。即使如此，叶合买提依旧是双手握拳，恶狠狠地打量着周围的邻里。

买买提看了一眼这个刚和自己分手不久的老朋友，问阿提古丽：“这老家伙是怎么了？刚从我那儿回来……”

“我也不知道，他回家里就说累，午饭都没吃就躺下睡了。”

“睡觉还能把人睡失心疯了？”买买提疑问。

“睡觉前好好的，也就睡了一会儿，我看他头上好多汗，衣服都湿了。我就给他擦了擦，可是这老家伙一下子坐了起来，双手死死地抓着我，我喊他就是不松手。我吓坏了，一下子……”说着阿提古丽就哭了起来。

“好你个老家伙，老婆子你都要杀啊！”

“村长，他没打算杀我！就是抓着我的手不放，眼睛却没睁开，嘴里喊着，‘血，血，’我顺手拿炕上的奶茶泼了一下，这老家伙才醒来，醒来就成这样子了。”

“难道是中邪了？”

“我们家老头子为人这么好，每天的礼拜都没落下过，怎么可能中邪了？”

“看来是跟那个东西有关系啊！”

阿提古丽着急地问：“什么东西？”

“你们家地里发现了个洞，就是洪水冲出来的，有可能是文物。”

此时一直围在院子里的人听见这个洞，再加上“文物”两个字，私下喧哗起来。

“村长，将那洞封起来，那洞邪啊！”

“是啊，村长，这些年咱们村子得失心疯的人很多，会不会和这个有关系？”

“不行，要赶紧封起来。”

“这样下去迟早要害死人，村长。你可是咱们村里的人，不能见死不救，要赶紧解决啊！”

村民们说着就要各自散去回家拿农具。

买买提大吼一声：“你们干什么，干什么？那是国家的文物，你们这样做是要犯法的。谁这样做，第一个抓起来！”

村民们此时安静了下来。

买买提接着说：“这个洞的事情我已经上报了，乡亲们要解决问题但不能这么鲁莽。县上文物局的人很快就来了，到时候事情真相大白，我们也就踏实了，这样鲁莽行吗？不行，这样做只能害了我们自己。”

“万物非主，只有安拉，安拉至大！万物非主，只有安拉，独一无偶。万物非主，只有安拉，王权归他，赞颂归他。万物非主，只有安拉，无法无力，只凭安拉。谁在病中念了这几句话，然后去世了，那么火狱不能伤害他。”此时一直被绑在柱子上的叶合买提突然说话了。

买买提一听，这是祈祷词。忙走到柱子跟前，对着看来有些清醒的叶合买提喊道：“老家伙，老家伙，你没事吧?!”

“胡大保佑！地狱的大门是关着的。”

阿提古丽哭着跑过来说：“老头子没事了。”

“没事了。你们都站在我家院子里干啥？看热闹也要坐下来。我饿了，想吃点饭。”

众人将叶合买提解下来，抬到屋子里。

叶合买提吃了点饭之后，买买提开口问：“你这老东西，要升天就早点啊，吓死人了。”

“我也不知道怎么了，睡着就做了个奇怪的梦，有鬼要占我的身体，要我带他去找东西，我使劲地打他，摔他，后来他就跑了。”

“你老到得很呢，能将鬼打跑，你可以当民兵队队长了。”

“说假话胡大会让下地狱的。”

“我看那个洞有问题，一定要早点解开。”叶合买提说。

下午五点，张海林来到了喀帕克阿斯干村。村长买买提领着张海林径直来到叶合买提家的棉花地里，看着眼前这个土坑，张海林敏锐地觉得这肯定是一个大发现。

“拿绳子，拴住我把我放下去，我要下去看看。”

“要不要我陪你下去，这样比较安全。”买买提说。

“不用了，我是干这行的。你就放心吧。”

三位村民牵住绳子，张海林矫健地下到坑内。此刻坑内的泥泞比上午好多了，但是依然不太好下脚。只见叶合买提之前看见的巨石下部不知深入地下多少，顶部埋于泥土之中，整块巨石在土里镶嵌得极好，颜色也呈现土黄色。凑近一看，上面有各种浮雕，并有不太清晰的文字。

“啊！这……这是佉卢文啊！果然不错，难道这真的和精绝国有联系？！”张海林惊喜之下大声说。

神秘精绝

启超悠闲地坐在屋子里，盯着天花板。突然之间一阵风将桌子上的报纸吹了起来。“本报讯记者启超报道”的字眼出现在了眼前。

“每天就拿这些铅字换钱，越来越力不从心了。”启超心想，“现在劳动价值越来越低了，靠！”

一米七个头的启超，头发短，脸色白皙，属于那种扔在人群里你就找不见的人，平日里话少，但是遇到熟人和好朋友就是一个话匣子，脸上总是挂着微笑，好像这个世界没有让他不快乐的事情。

启超供职于一家报社，主要跑文化口，干工作才两年的他已经有了老记者的叨唠、识时务，早已没有了一个新人的激情。屋子里陈设简单，除了常用的一些物品以外，角落里都被各种书籍所占领，这些书籍之中尤以“世界未解之谜”一类最多。这是一个从来不注重物质生活的人，有钱没钱只要能填饱肚子就行。除了每天的工作之外，启超就在家里看各种书，各种杂志，他的目标是利用职务之便走遍新疆。

正在安详地享受美好时光时，电话来了。启超不耐烦地拿起一看，原来是发小，现在西域考古研究所工作的好朋友孟宪明。这孟宪明在启超眼里属于文弱书生，知识分子，大事谨慎，小事糊涂，个人生活一直搞不好——当然这里所说的个人生活并不是个人作风问题，而是他的生活比较邋遢随便。在启超看来这种知识分子一般都是如此，无法处理好简单的生活，只适合在专业领域里遨游。

“孟夫子，今天打电话说点好听的！别又说什么塔克拉玛干大沙漠下面是外星人的基地，哥们儿要的是证据。”

“启哥，今天不跟你讨论外星人在新疆的事。有新的考古发现了，

和往常一样，哥们儿带着你。”

“我害怕你把我带出去卖掉了，到时候想回来都没机会了。说吧，什么考古发现，说清楚一点，我也好给领导打声招呼啊。要不然到时候活不见人死不见尸可不太好。”

“你这是以小人之心度君子之腹，我是那样的人吗？事情是这样的，南疆尼丰县发生融雪性洪水，冲出一座古墓。那边县上文物局局长初步判断可能和精绝国有联系，这次你可捡上大便宜了。这个稿子你写出来，扬名海外绝对是不成问题。”

“哥们儿哪能跟你比啊，你们靠这门道吃饭，赚名利。哥们没现在这份工作，还可以去扛袋子，摆小摊，你行吗？”启超打趣道。

“哥从来不跟你争这个，说去不去，不去我找别人了。”

“别啊，哥们这是想你了，不和你侃侃觉得心里不舒服。西域三十六国，这可是大新闻。好，我马上争取版面，尽快去找你。”启超显得有些激动。作为一个文化记者，那些消失在历史记载中的西域三十六国一直是他感兴趣的话题之一。

孟宪明和启超两人是发小，一起长大。后来孟宪明考上数一数二的大学考古系，大学毕业后，由于各项出众，成为“中国西域学研究泰斗级人物”吴卫国的得意弟子，主攻西域考古学。后来在吴卫国的介绍下，他来到西域考古研究所。短短三年就已经成为国内名气渐升的西域考古学专家。也正是这个原因，孟宪明和启超两人又一次走到了一起。平常总是晚上十二点的时候，孟宪明突然打来电话，告诉他某地有重大考古发现，启超紧接着就赶往那地方。自此，报社的其他记者对文物口上的新闻都不抱有任何奢望，“因为，启超人家中央有人啊！”这已经成为其他同事的共识。当然，启超也不负众望，不断地将各种考古发现作为独家报道，算是赚足了人气。现在人对新闻的要求就是，越激动人心的稿子越能吸引读者，尤其是像“某某地方发现了某某人的古墓”——这样的标题肯定能吸引一大批读者，甚至连境外媒体都会关注。

乌鲁木齐市人民公园后门，尼丰县发生洪水的第二日早晨。

乌鲁木齐上班高峰期的堵车现象正愈演愈烈，有人调侃：堵车终于与首都接轨了。

一辆绿色越野车停在人民公园后门，身穿一身浅蓝色户外衣的启超迅速打开车门钻了进去。

依旧是一双黑边框眼镜，脸色黝黑的孟宪明坐在副驾驶的位置上，各种考古用具占了一个位子。启超估计这些考古用具是笔记本电脑一类的东西。另外一个位子上坐着孟宪明的同事叶尔兰，这是一位哈萨克族小伙子，有激情但是话少，懂哈萨克语、维吾尔语、汉语、英语等，每次见面，都和启超说不了几句话。此刻叶尔兰正在闭目养神，见得多了启超也习惯了。启超给他取了一个外号叫“叶沉默”。而孟宪明曾经也被启超高调地宣布过两个外号：“孟夫子”和“孟大胆”。前一个是因为启超最看不起孟宪明那股子臭知识分子的气息，后一个是因为孟宪明自小就胆子小，但是又干上了和死人打交道的考古行当，启超为了给孟宪明“鼓气”就送了个外号孟大胆。当然孟宪明也知道自己这个老同学的为人，不让他喊他说不定会给你起更有“特色”的外号，所以孟宪明就默认了这两个外号，从此，时常可以听到启超喊“孟夫子，你丫的！”“孟大胆，你就放开手干吧，哥们在你后面扛着呢！”诸如此类的话。

“我说，这些东西你放后面啊，孟夫子。去尼丰你以为是开玩笑两三个小时就能到？那可是要花费十六七个小时呢。”启超一上来就把自己不当外人一般地对孟宪明一阵说。

“这些东西不行，这可是单位新的考古设备。这次是第一次用。”

“那么金贵？”

“你以为呢，把你卖掉也不一定能买到这样一套机器。”

“那可不一定，我这身板还不错呢。哪位富婆如果包养了，说不定几年下来都能赞助你去找外星人了。”

“就你这身板我看难，每天不运动，一身肥肉啊！”

车出了乌鲁木齐市，驶上高速路。两边风景一贯的单调，此刻还好，但过库尔勒之后将是沙漠公路，那时候绿色就成了一种奢侈。

“我靠！别开了，咱们停一下，这不是托克逊县吗？快到路边上吃个过油肉拌面再走！”启超看见托克逊几个大字之后喊道。

“这才开出多长时间啊，三个小时，你这会儿吃饭是吃几点的啊？赶时间呢，咱们在库尔勒吃吧。”西域考古研究所的老司机马良玉在一边喊道。孟宪明对启超非常熟悉，这家伙什么都好，就是嘴贫，说话不饶人，爱吃。他笑着说：“算了，下次吧。机会多着呢，咱们先干正事。”

“你这是把哥们往火坑里推，咒你下次考古撞见大粽子。”

“大粽子是什么啊？”

“孟大胆，我告诉你，你可别手抖。这粽子是黑话，盗墓上经常用。大粽子就是僵尸啊、恶鬼啊一类的脏东西，你们不是经常撞见吗？”

孟宪明一听，身体抖了一下，颤颤地说：“你才遇见僵尸呢，哪里有那鬼东西，别吓唬人！”

叶尔兰听着两人说话，淡淡地笑了一下。

“你看，叶沉默同志遇见过。你没事问问老同志么，叶沉默也是我国考古事业的急先锋之一啊，人家肯定见过，是不是，叶沉默？”

叶尔兰看了启超一眼，说：“这个嘛，这个东西我真的没见过，但是听说过，野史而已。”

知道再多说也无用，叶尔兰转身闭上眼睛睡觉去了。

“叶沉默同志，你说话要摸着良心啊，你以为闭上眼就能逃脱了吗？孟大胆可是小字辈的，你要给他讲讲这个，让这小伙子有心理准备。”

孟宪明看着叶尔兰，说：“接着忽悠吧！”

其实叶尔兰和孟宪明年龄相仿，只是叶尔兰进考古所早，孟宪明晚一些而已。

至此启超和孟宪明陷入沉默。车快速地在山间驰骋，在香梨城库尔勒吃过午饭，车又一次出发了。美丽的孔雀河静静地流淌着，这条位于新疆的小河却是一条名声在外的明星河。据徐松《西域水道记》载：“河水又西行三十余里，出山。水又南流二十余里，经库尔勒与军台之间。又西南，凡七十里，经哈拉布拉克军台南。二十余里，又西，经库尔楚军台南而西。凡三百里，仍曰海都河。”两千年前楼兰古城因孔雀河和塔里木河的注入而灿烂辉煌，在这里发现的“楼兰美女”至今都让满头银发的专家们惊讶不已。

“又一次看见大沙漠了。启超我跟你说，你一定要相信我，塔克拉玛干大沙漠底下绝对有外星人的基地。”

“你再不要忽悠我了。我见你一次你就要跟我说一次你这个推断。你还是党教育下的唯物主义的考古工作者吗？”被打断思考的启超说，

“你还是讲讲这个精绝国吧，咱们关于这个UFO已经讨论了很多次，不可能有什么建设性的成就。”

“其实，关于我们所说的精绝国的资料比较少。发现的也只有尼雅遗址，在这个东西约7公里、南北约25公里的遗址范围内，分布着房屋、古桥、墓地、果树园、寺院、手工作坊、家畜饲养舍、田地、林荫路等，而且还保留着枯树林及河床等，出土了大量的木简、木雕、各种纺织物等，是极为珍贵的人类文化遗产，但是，尼雅之谜，至今没有被解开。”

“放着好好的日子不过，跑什么跑啊，把一座好好的城市就这样给毁了。说实话，孟夫子，这个地方我是没进去过，说不定进去就有所发现。”

“你这个记者也算是白当了。但是现在确实是不好进去，等有机会我去那里考古，到时候喊你。当初那里可是非常容易进去的，遍地是各种历史资料。斯坦因曾在书中记载了发掘经历：‘……土块刚挪开，就见鲁斯塔姆（斯坦因探险队的成员）的双手挖进了光秃的地面。还没等我发问，他的手已从挖了不到六英寸深的洞中拽出一枚完整的矩形木简，封泥完好，函盖仍由原来的线绳捆扎完好。鲁斯塔姆的手指好像突然灌注了‘寻宝人’的力量。他继续扩大洞口，很快我就看到，靠近墙的地方及墙柱基座下，堆满了同样大小的木简。由此可见一斑啊。”

“尔等现在也只能看看别人写的书上面的发现，心里激动吧。”

“这些贼！”孟宪明恨恨地说。

“‘精绝’这个名字一听到我就觉得像是回到古代了。”

“现在听到‘精绝’我就心里激动，因为它消失得太彻底。”

“别人消失得太彻底你就激动，你这是什么心态啊？搞得人家消失得越彻底，你心底里那点虚荣心就越能满足。我看你们这一类知识分子的研究可能会得出这样的结论：精绝国人很会保护环境啊！”

“那是。当年精绝人重点栽培的树木是沙枣树，这种树耐干旱盐碱，既可抵御风沙、美化环境，果实又可食用。而且法律明令禁止‘任何人不得将树连根砍断，否则罚马一匹，若砍断树枝，则应罚母牛一头’便是当时这一制度的生动说明。”

“孟夫子，这样做也太过分了吧！”

“这算什么。当年《成吉思汗法典》上记载有‘草绿后挖坑致使草原被损坏的，失火致使草原被烧的，对全家处死刑’这才厉害。”

“你是一个纯粹的环保主义者，向你致敬。”启超认真道。

“我们讨论精绝国，咋又扯到环境保护主义上来了，都是你引的。”

启超变脸说：“我曾经读玄奘的《大唐西域记》，其中一段记载说‘在一片发生过大战的战场往东走30多里地，就到了媲摩城。城中有一尊雕檀立佛像，高两丈有余，非常灵验，经常放出光明。从媲摩川东进入沙海，走200多里，就是尼壤城了。尼壤城周长三四里，位于大沼泽地中。那里又热又湿，难以跋涉，芦草生长茂盛，没有可以通行的途径，唯有进入城中的道路可以通行，所以往来的人没有不经过这座城池的。而于阗则以此地作为其东境的关防。从尼壤继续往东走，就进入大流沙地带。那里沙流漫漫，聚散随风而定，人走过之后留不下痕迹。也正因为这样，有很多人在那里迷路了。在大流沙地带，放眼四顾，都是茫茫沙漠，分不清东南西北。因此，那些往来的行旅就把别人的遗骨聚集起来作为路标。不仅分不清方向，那里水草也很缺乏，热风肆虐，风起的时候人畜昏迷不清，很容易染上疾病。人们在那里时不时地还会听到歌和呼啸的声音，有时会听到哭泣之声。不知不觉间，人就会跟随声音，受到魅惑，不知道身在何处，这样一来就经常有走失的人。这都是鬼魂精灵所干的事……’没想到，唐朝的时候尼壤城就被发现了，后来却成为外国人畅游之地，这是中国考古人的悲哀啊！这个斯坦因也不是个好东西，整个就一盗贼。我看过他的书，这个人很会骗人。”

“唉……”

出库尔勒，车一直沿着沙漠公路过若羌、且末，终于抵达尼丰县。此时黄昏已到，这就是新疆，从一个城市到另外一个城市少则三四个小时多则二十来个小时，在路况较差的路段，从乌鲁木齐到和田中途还要住一晚上。

第二章 古墓诅咒

Chapter two

封墓石

车拐进尼丰县，在当地文物部门的安排下，三人住了下来。

洗漱完毕，从喀帕克阿斯干村回来的张海林就来到了他们的住处。进屋之后，他先是和三人打了个招呼，接着拿起茶杯，也不管是谁的，一通猛喝。

喘了口气，张海林向三人介绍了一下初步的情况。在张海林介绍情况时，孟宪明忙着记录，一旁的启超则静静地听着。当说到叶合买提得了失心疯时，启超问："张局长，那个发现者怎么会突然就得了失心疯了呢？"

张海林看着眼前这个小伙子，似乎没见过，有些疑惑。

孟宪明赶紧介绍："这是咱们省报记者启超，一直跑这个口子。"

"哦！原来是记者啊！"

启超一听，这位张局长似乎对"记者"这个字眼很敏感，或者说有些意外。忙说："张局长，你放心，咱们行有行规，该说的说，不该说的不说。"

张海林笑答："小老弟，那个老汉也不知道是什么情况，现在好了。我也觉得很奇怪，但是听说这种事情在他们村子很正常，大家都习以为常了。"

“什么现在好了？这病好得挺快，挺麻利？”

张海林也不理会启超，他接着说：“当时我下到那个坑里，发现确实有块巨石，但是做什么用的并不知道。石头上有一些雕刻不是很清晰，还有，在石头上发现了佉卢文，这算是一个比较重要的发现。”

“什么，佉卢文？听张局长这么一介绍，我觉得应该是一个新发现。你想想尼丰县曾经就是精绝国的区域，如果我所料不错的话，你们看到的这个巨石应该是封墓石。”孟宪明急切地说。

“我也是这么想的。我已经给公安局说了，让在现场拉上警戒线，保护起来。”张海林带着汇报的口气。

古人如果有些财产的大户人家和王侯将相都会在死后的墓穴入口处放上封墓石，这是为了防止盗墓贼。封墓石一般都重达万斤，葬埋的时候从顶上下来，把墓道封死，这样盗墓贼想挪开它是很困难的事。

这一夜，微风习习，树叶低吟……

抵达尼丰县的第二日早晨，两人在张海林的带领下驱车来到喀帕克阿斯干村，此时村子发现文物的消息不胫而走，村民们坐在村口的桑树下你一言我一语地讨论着。

“叶合买提家的棉花地里有文物了，这下子这老家伙发财了。我前几天还用绳子拴着一个县上文物局的人进去了呢！”

“发什么财啊，这老家伙差点疯掉。”

“怎么？”

“反正不好说，有什么不干净的东西在那里作祟呢！”

“我听说，昨天好多警察将那里围起来了，现在都过不去。”

“反正挺大的一个坑。”

“我就说咱们这个小村子肯定不简单。”

“你什么时候说的啊？我们咋不知道！”

“那天你不在场，当然不知道了。现在你知道了也好些，这样以后可以宣传宣传。”

“你就吹牛吧。”

这时，启超和孟宪明等人从他们身边走过去，村民停止了讨论，盯着他们看，一直等到他们走远。

“你看，这些人肯定也是冲着那大坑里面的东西来的。”

“看来咱们村子有热闹看了。”

“这么多人来，肯定要吃饭，我回去弄两锅抓饭，到时候肯定能赚一些。”

“吐尔逊你小子脑子挺活泛啊，这都让你想到了。”

步行半个多小时，启超、孟宪明到了叶合买提家的棉花地里。此时县上已经用一个大帐篷将大坑罩在了下面，地头上拉起了警戒线。公安局局长坐镇指挥，一切显得井井有条。

张海林介绍道：“黎局长，这是西域考古研究所的孟宪明、叶尔兰研究员，是上面派下来参加这次考古发掘的。”又指了指启超，“这是咱们省报的记者，是来采访这次考古挖掘的。”

“三位，这是我们县的公安局局长黎民，县上这次派他来维护治安和协助我们的考古工作。”张海林很熟练地作了简短的介绍。

启超看到这位黎局长脸色黝黑，一看就知道是常年在外风吹日晒所致，他眼神犀利，站姿笔直，估计是从部队上下来的。而且握手的时候力气很大。简单地了解情况之后，孟宪明和叶尔兰要求下到大坑中展开第一轮的调查，但启超不能跟着下去。

“这算不算过河拆桥？写表扬信的时候是我，干具体工作却不让我去！孟夫子，你可不能这样玩啊！我也一同下去吧，刚好可以帮帮忙，也可以从整体上把握考古进程，写一个考古挖掘的整体动态稿件。”

孟宪明不乐意地说：“别开玩笑了，我们这是下去工作，顾不上你这个大记者，你就在上面待着，这墓说不定会有暗器，伤着你估计也是个大新闻。”

“不行，一起下去吧。我都已经给领导申请，准备写一篇考古现场的报道，我不下去，怎么能有现场感，你这是砸我饭碗啊！”

“行了，那就让启记者跟咱们一起下去吧，都采访很多次了，让他也亲身感受一下。”

叶尔兰这话一说，启超心里乐开了花，对叶尔兰也增加了几分好感。启超赶紧用眼神回谢了叶尔兰，叶尔兰也眨了一下眼。

“还是老同志会照顾人！”启超挤兑道。

孟宪明想了想，说：“行，但是你下去必须听从指挥，我现在就是领队，你必须服从命令。”

“行，给你个台阶，让你当回老大。”

此刻的大坑边上已经弄出了一个绳梯，这样可以方便上下，三人先

后下到坑底。启超抬头看去，坑内周围的泥土是新鲜泥土，没有任何杂质，在大坑的角落有些杂物，看来是水渗下后留在地上的，从这里可以判断出这个坑是水冲出来的，参与考古采访很多次的他已经有了最基础的专业知识。

孟宪明、叶尔兰两人沿着坑内不大的空间细致地寻找了一圈，没有发现什么东西，他们便拿出简单的考古设备来到巨石前。两人戴上手套，拿出毛刷子开始轻轻地刷附着在封墓石上的泥土，一点一点地。大约过了一个半小时，封墓石的真容展现在三人眼前。

呈现在眼前的只是这块巨石的一部分，只见其高度有五米，宽度为三米。表面浮雕明显是技艺精湛的高手雕刻，活灵活现，大概是佛祖涅槃，飞天，神兽，戴面具跳舞的人等内容。

“启超，你看这封墓石上的雕刻多美。我这还是第一次在新疆见到这么完美的一块封墓石，这些雕刻比较隐秘的一些角落还有颜料的痕迹，我想当年下葬的时候肯定比现在还漂亮。真的是很不错，很难得的一件文物。”

“是啊，我以前采访也没有接触过这一类的东西，你这下子高兴了吧！”

“这些东西似乎还活着一般，我都能感觉到它的呼吸，它太漂亮了。”孟宪明深深的赞美了一番。

“这里没有被盗的迹象。右下角这个不规则洞是一个老鼠洞，是在洪水的作用下被冲开的，这一点可以确定。”在一旁观察洞穴的叶尔兰说。

“那就好啊，这么大的一块封墓石里面的主人肯定不简单。”

“二位，二位别讨论那些没门道的事，你们快看，这上面好像有文字啊！”听到这话，孟宪明和叶尔兰赶紧凑到启超跟前，这是一个不起眼的角落，在封墓石的下部，靠近左边的泥墙，这些文字隐隐约约地藏在那里，像一群小蚂蚁，字写得很别扭，不是维吾尔文字，也不是蒙古文。

拿着手电死死盯着这些文字的孟宪明突然喊了出来：“这……这是佉卢文啊！好家伙，看来这上面的不全，这石头隐藏在泥土里面的应该还有一些。叶尔兰你看看。”

“佉卢文不是一种‘死’文字吗？怎么会出现在这里啊？”启超

不解。

“佉卢文不是一种‘死’文字啊！据说它是公元前3世纪印度孔雀王朝的阿育王时期的文字，原文为Kharosthi，全称‘佉卢虱吒文’，最早在印度西北部和今巴基斯坦一带使用，公元1—2世纪时在中亚地区广泛传播。公元4世纪中叶随着贵霜王朝的灭亡，佉卢文也随之消失了。18世纪末佉卢文早已经成了一种无人可识的死文字，直至1837年才被英国学者普林谢普探明了奥秘。”孟宪明背课文一样地说。

启超说：“孟夫子确实是下了苦功夫，小伙子！”

“胡适先生说：‘大胆假设，小心求证’，一切皆有可能。”

叶尔兰在一边提醒：“小孟，你是认识佉卢文的啊？”

“我只是认识一点点，我的导师吴卫国常年研究西域历史和文字，所以对这种消失的文字非常熟悉，也经常给我讲这方面的知识。他有一份字根表，在我电脑里，看看能不能把这些文字破译出来。”

随即孟宪明从背包里拿出电脑，连接好激光扫描仪，开始对封墓石进行扫描。扫描结束后，孟宪明将几个容易辨认的字体先对比破译。

“你看，这是‘精绝国’，这是‘诅咒’，这是‘王子’。难道这是一个精绝国王子的墓？不可能啊，现在出土的木简和史料记载都没有出现过精绝国国王的名字，怎么在这里会有王子呢。如果真的是如此，这次可真的是重大发现啊。”

“你说什么诅咒啊，不会是这墓里面有什么见不得人的东西，比如僵尸，比如法老的诅咒一类的？我可不想在这里拿生命开玩笑。”启超一本正经地说。

“胡说。我考古这么多年，也没见过有什么诅咒。那些都是前人用来吓唬盗墓贼的，不用担心。心里没鬼，则世上没鬼。”孟宪明认真分析。

“那敢情好，别出现什么不干净的东西。”

“只可惜文字太少，我估计在看不见的那部分石头上肯定还有文字。看来要先将封墓石全部挖出来才行，最好是吊出去，这样更方便一些。”孟宪明自语道。

然后他转身对上面的张海林喊道：“张局长，能不能组织一下村子里的村民参与到前期考古工作中来，先将这封墓石挖出来。你再到县上找找看有没有大型的吊车，到时候需要将这块石头吊上去。”孟宪明对

焦急地等在上面的张海林大喊。

“可以，我现在就去安排。吊车的事我也和县上联系，绝对全力配合你们。”

“启超，看来你今天是写不成稿子了。我要联系一下我的导师，他是这方面的行家，我将扫描好的墓石资料给他传过去，希望他能准确地破译这墓石上的文字，好给我们一些启发，如果他能来的话就更好了。”

“你说的就是那个有点愤青意思的老爷子啊？”

“什么愤青？他可是我的老师，怎么突然和你一样成了愤青啦？”

“对，他不是愤青，这个词是给年轻人的，他应该是愤老，愤怒的老汉。没事，老爷子只是一个考古愤老，对以前外国盗贼的这种犯罪行为给予一点还击还是应该的，那就赶紧联系吧，刚好我也需要权威专家的解读。”

“拿你没办法。”

“没事，刚好我也需要权威专家的解读。”

打开墓者死

北京，一所安静的四合院，院子里花朵盛开，有菊花、喇叭花、君子兰，房门半闭着。一只白色的京巴卧在门前，懒洋洋地晒着太阳，像是睡着了又像是在默默地想着什么。

屋子里一位头发花白的老者正埋头桌前，发黄的书籍在桌子上放得很整齐，此刻这位老者正在看一本英文杂志，边看边叹息：“这样的资料怎么能在外国呢，这明明就是我们的嘛，唉！”

正在感叹之时，电话来了。老者顺手拿起旁边的座机，然而眼睛却一刻也没离开桌子上的那本英文杂志。

“老师啊，我是宪明，您这会儿忙不忙啊？我这边有些新的发现，一时不知道该怎样解释。我知道您是这方面的行家，您给看看，我现在就将扫描的东西发给您。”

“我是行家不用你拍马屁，发过来吧，等我看完给你电话。”

老者快步走到另外一间屋子，打开电脑。眼前一幅普通的石头画面在电脑上展现开了，老者津津有味地品读着，像一只饕餮遇见了美食。

只见他不断地看着石头上的浮雕，发出赞叹之声。

“这小子找到的这个东西很有意思。”

突然，他一下子安静了下来，那几个看似不起眼的文字吸引了他的目光，他恨不得赶紧钻进电脑里面，将这几个字抠出来，放在眼前。

“这是佉卢文啊！好像不完整啊。”老者嘴里嘀咕着。

“这些佉卢文的意思是，精绝国、亡人、诅咒，打开此墓者死。打开此墓者死？这说明什么？难道墓中有机关。不行，我要去一趟新疆。”老者声音低沉地自语道。他的脑海中马上浮现出一片沙漠，那沙漠下掩埋的历史仿佛是一本无人查阅的书籍，而他就是这书籍的读者——他幻想着自己正站在一大片沙丘之上看着远处废弃的城墙。

他这辈子一直在默默地追寻着，追寻一个民族神话背后的神秘国度，一个比现存历史还要久远的神话。

“李梅，我又要见到你了。那些官老爷，伪专家，你们会有一天看到的！”老者死死地盯着电脑说。

老者拿起电话：“宪明，我是吴卫国，我给你说，我刚看了一下，这个石头很有价值。那些浮雕雕刻的手法很精湛，肯定不是出自平常人之手。以我现在的判断，这个墓肯定不是寻常人家的，这一点你们一定要明确。”

“是的，老师，我们明白这一点。那些字你看见没？”

“看见了，这些字我翻译出来了，分别是‘精绝国、亡人、诅咒，打开此墓者死’，但是我觉得不是很全面，应该还有其他的文字，记住，你们一定要小心，要注意安全。我决定赶今天最后一趟班机去你们那里。”

“是吗？那太好了，老师，有你来这次就好办多了。我联系单位到时候接你，然后送你过来。”

“那就辛苦你了，你们一定要注意安全。”吴卫国挂上电话，顺手拿起一些觉得有用的书籍，然后拿出几件换洗的衣服，换好衣服拿起电话打了两个电话后，就出了门。门口的京巴看见吴卫国要出门，也起身抖了抖身子，顺势要跟着出去。

吴卫国盯着京巴说：“毛毛，在家要听话。我出去办点事，很快就回来。等会儿有人会带你出去的。”

那京巴似乎听明白了吴卫国的话，趴在地上不断地摇着尾巴，似乎

极不情愿，又无能为力一般。

吴卫国笑了笑，然后蹲下身子摸了摸小狗的头，这下子这只京巴满意了许多，又跑回到屋檐下，继续闭上眼睛睡了起来。

孟宪明挂完电话显得异常兴奋，对启超和叶尔兰说："导师要过来，这下子我们可以更方便了。"

"你这位导师到底有什么不同凡响之处啊？"听完这一老一少的电话交流后，启超问。

"吴卫国不只是我的导师，他还是国内泰斗级的西域学研究者。他年轻的时候走遍了新疆的各个县市，经常进塔克拉玛干沙漠。他对工作严谨，时常说：'考古不是儿戏，一定要有证据。'在我看来，他是一位非常博学的考古人。"

"我以前只听你说这位老师火气很重，很愤青。"

"我什么时候说他是愤青了，你刚才还说他是愤老。我可知道尊老，你就不行。"

"我这人一向是很注重我们中华民族的传统的，尊老、爱老还是懂的。你这是污蔑吧。"

"我污蔑你，我像那样的人吗？"

启超变了个脸，"我倒觉得你这老师应该很古板吧，在我看来这些搞研究时间长的人都是这样的。"

"那你就错了。吴老师很会接触各类新事物，对年轻人也是如此。从来都是亲自实践，不妄加揣测。他安静下来的时候，又像一个父亲。老人一辈子把自己交给了中国的考古事业，没有儿女，所以对我们特别好。"

"那这样的人，我可要好好巴结巴结，多挖一些新闻线索回去。说不定得到他老人家的提拔，我这辈子好吃好喝的就不愁了。"

"导师其实最开始关注的是中国古文字，但是后来看到外国关于各种'佉卢文'的报道之后，下决心要专攻西域。导师曾经三进罗布泊，常年奔波在新疆与北京之间，有时候在塔克拉玛干大沙漠一住就是好几个月。后来渐渐地有了名气，很多外国机构邀请他去主持西域研究，可是他依然留在中国，在他看来西域这片神奇的土地还有更多值得期待的东西。"

"你的导师还是一位这样的大人物，说得跟钱学森一样。"

“别胡说，有点正经没？他看了咱们的发现之后，又痒痒了，我估计这会儿都已经订好机票了。”

此时从上面传来张海林和一位普通话不太好的人的对话，隐隐约约听到是关于招募工人的事情，听得不太清楚。

启超三人此时一看天色也晚了，随即上到了地面。

张海林介绍说话的人是这个村子的村长买买提，然后告诉孟宪明，由于之前疯传的关于叶合买提和很多村子里人得失心疯的病根就是这不为人知的古墓，村子里的人都不愿意来帮忙。

“他们都害怕魔鬼，害怕晚上得了失心疯。我做了好长时间的工作了，咱们的村民都不愿意来这里做事。”买买提有些急躁。

“这哪里有失心疯，我们这不是好好的吗？这些人真是的，封建余孽，顽固不化。”启超不客气地总结说。

孟宪明想了想：“这样吧，我去给乡亲们解释一下吧，看能不能打消他们的顾虑。”

“孟夫子，别怪我没提醒你。你去还不如让已经痊愈了的叶合买提去说，人家可以现身说法，你那点本本上的口技还是留着回去写总结吧。”

孟宪明一笑：“你小子总算出了个好主意。”

听了启超的安排，买买提带着叶合买提，挨家挨户地解释，并告诉乡亲们，一天一个人一百块钱劳务费。

启超等人坐在帐篷里，等了半个小时。远远地听见一些人操着维吾尔语侃着大山走来了，孟宪明等人出去，看见买买提带头，领着一帮子人走来。

孟宪明和所有人握手表示了感谢，告诉买买提：“这人我看挺多的，不如这样，分成两班，这样进度快些。”

买买提将人安排好，然后安排第一批人下到洞内开始工作。此时站在远处的叶合买提走到众人跟前，他已经知道这是考古所来的专家。

买买提简单地介绍了一下。孟宪明好奇地问叶合买提：“怎么会突然就疯了呢？”

“我嘛，一辈子嘛没做过什么亏心事。可是，那个梦嘛怪得很，好多人被杀了，死得很惨，他们嘛要我老汉的命，要杀我，要吃我的肉。我在梦中都看见油锅准备好了，我能不害怕嘛。好日子嘛，才开始，我还想好好过过呢，一想到这我就觉得一阵冰凉的东西冲到我头上，一惊嘛，那些人就抓住我啦，我挣不开嘛，也逃不掉，一下子就忘记了。”

启超闻讯，说：“大叔，你嘛是个好人，肯定是要上天堂的。胡大嘛，他老人家对善良的人嘛，都是很钟情的！”

“胡大保佑！让恶魔赶紧离开我们这里。”

送走叶合买提，孟宪明显得有很多心思。启超看到孟宪明对这次考古的重视程度：“怎么了，宪明很少看到这样有心思的样子啊？”

“这次考古我也不知道怎么了，心里老觉得好像有事要发生，有种怪怪的味道。”孟宪明自语。

“哈哈！行了别多想，叶大叔是上了年纪。也许是老人忙着看地，后来突然掉进坑里又遇到这样黑咕隆咚的石头，心里紧张，做了噩梦，以至于无法醒来才成了这样。”启超说。

“你的分析也不无道理，可是之前村子里出现失心疯那要作何解释呢？”孟宪明又问。

“很多事情，我们不能用常理来解释，你说是不是？”启超反问。

“嗨！你说我这人，咋这么多想法呢！”

新碑文

乌鲁木齐市地窝堡国际机场，夜色深沉。历史上乌鲁木齐是古丝绸之路新北道上的重镇，乌鲁木齐翻译成汉语意为：美丽的草场。这里是东西方经济文化的交流中心，是西方文化和中国文化的荟萃之地。乌鲁木齐是世界上离海洋最远的城市，是亚洲的地理中心。

华灯初上的夜晚，总给人一种归家的感觉，然而行色匆匆的人却不在少数，在机场出站口，举着接人的牌子就说明了这一点。其中一块牌子上写着“接吴卫国教授”。随着“从北京飞往乌鲁木齐的CZ6910已安全降落在地窝堡国际机场”的声音，人群开始精神起来。二十分钟后，下飞机的人从出站口走了出来。

“你是来接我的吧。”

“您是吴教授吧。太好了，我是西域考古研究所办公室主任李华，欢迎您啊，吴教授。”

“别客气！谢谢你！”

上车，吴卫国默默地看着车外的乌鲁木齐。景色还是往日的景色，然而人已经成了老人，岁月不古，人活不过时间。吴卫国在心中不断地想着，不断地回忆着。这是一座包容的城市，一座没有隔阂的城市。

这一夜吴卫国睡得很好，很沉。因为他知道，接下来的工作将耗费很多的脑力，必须好好睡。

休息一晚的吴卫国精神抖擞，布满皱纹的脸上多了一丝庄重，而更多的则是兴奋。在车上他的脑海中就不断地闪现着孟宪明发来的巨石上的文字，那些不太明显的字体在大脑里撞来撞去，让他万分的舒服。那些游动的浮雕，一会儿出现一个一会儿出现一个，有佛、有人、有兽，让他不能安心。就这样，一路上吴卫国在颠簸中，在想象中，在一种莫名其妙的舒服中度过。

下午抵达尼丰县的吴卫国并没有直接去宾馆，而是在县上安排的向导陪同下径直来到了考古现场。此刻现场早已是人声鼎沸，热火朝天的工地。原先的帐篷被拆除，安在了路边，作为临时指挥所。

洪水冲出的洞口被再次挖大，以利于下面挖掘的泥土运上来。最先看见吴卫国到来的是启超，他赶紧找到孟宪明告诉他来了一个老者。

孟宪明一听来了一个老者，心中已估摸出肯定是吴卫国，便急匆匆地从大坑边缘跑出来，一身的泥土也没来得及收拾。对于这位导师，孟宪明是崇拜万分。

“导师，您为什么不在宾馆休息一下呢？这么晚还来啊？”

“我心里不踏实，还是在这里好。一个战士就应该在战场上。现在进展情况如何？”

“按照现在的进度，我估计明天上午就可以挖出来了。到时候用吊车吊上来，可以在上面细细地研究，也可以知道石碑背后有什么了。”

“你这几天没好好休息吧？”吴卫国看着孟宪明发红的眼睛问。

“不碍事，我们是两班倒，这样可以加快进度。老师我给你介绍一个我的发小，也是省报的记者。”

“启超过来，见见我的导师。”启超从坑边来到吴卫国跟前，这次他算是真正见到孟宪明嘴中经常提起的导师了。只见这位老人面色红润，一顶灰色遮阳帽让人觉得威严，上身穿一件红色的已经旧了的冲锋衣，下半身的冲锋裤是黑色的，这样的装束不像是考古，倒像一位老驴友。

“吴老师您好！我是省报的记者启超。”

“嗯！很不错。年轻有为啊，考古这门事业不光要靠我们，也要靠你们宣传，才能让大家知道。如果人人都能搞考古，都懂考古，那我们的工作就好做了，那些盗墓贼也就没有空隙了。”

“导师，启超在考古方面也很有基础。一直都参与我们的考古工作，有时候很多观点也很吸引人的。”

“不错，我就喜欢和年轻人一起工作，有激情，脑子活。”

“这会儿有些乱，导师你先回去休息吧，我们看着。明天整个挖出来的时候，我通知你，你过来看。”孟宪明说。

“没事，我看你们这帐篷里有床，我就躺在那里。对于一个考古工作者来说，没有比躺在工作的地方更舒服了。刚好我晚上也可以再看看那些‘佉卢文’，这样明天可以更好下手了。”吴卫国说着就钻进路边的帐篷里，留下启超和孟宪明在那儿傻站着。

一同来的县上领导在帐篷里劝了半天让他回宾馆休息，可这老爷子就是不动身，还教育了一下尼丰县的领导，说什么“我是一个士兵，怎么能从前线下去呢？你们作为本地父母官，要设身处地地为我们这些人想想，不能整天就埋头搞些花里胡哨的面子工程。”

这些领导哪里受得了这样的气，但是也没敢说什么。用启超的话说：“不管如何，老爷子也是首都的人，得罪不起的。”

送走官老爷们之后，启超和孟宪明也觉得耳根子清静了许多。

夜晚凉风习习，此刻的南疆已经有了夏日的炎热，虽然如此炎热，但是却没有蚊虫，这也是南疆的好处。白班的村民走了，原先嘈杂的工地安静了下来。不一会儿，夜班的村民又来了，刚刚安静下来的棉花地里，又嘈杂了起来。此时在棉花地里已经有了一大堆新土，启超和孟宪明两个人就站在土堆上，看着远方。

“好久没这样静静地看天了。你说眼前的这片土地以前是做什么的？”

“又开始感慨了。以前我不知道是干什么的，现在我知道是干什么的。”

“现在是干什么的？”

“现在是种棉花的，地下有个道不清的古墓。正在让我发愁，你还有什么要问的吗？”

"你知道你们这些知识分子为什么这么多忧愁吗？因为你们读书太多。"

两人就这样你一言我一语地在土堆上胡乱侃着，也没有什么时间概念。这两个人在一起总有许多不正经的话，不知道的人还以为他们两个是多少年没见过的情敌，相互对掐，总想在语言里争个你高我低呢。

"都两点了，孟总指挥你去眯会儿吧。熬了一个晚上了，这会儿也出不了什么情况，我先在这儿守着，五六点你再起来换我。"

"好吧！那你就一个人在这里忍受孤独吧。"孟宪明开了个玩笑离开。

看着孟宪明走进帐篷之后，启超一个人显得无聊多了。人在寂寞的时候，脑子开始不清晰，尤其是长时间熬夜的人，此刻启超就有了这种感觉。他取出一根烟，慢慢地抽着，风时有时无，总是那么吝啬。其实启超不怎么喜欢抽烟，只是一个人的时候抽一点点，基本上控制着每天一根。

这些年当记者，启超也是走过新疆南北，上到阿勒泰下到昆仑山深处，但是总觉得这次跟着来考古有种莫名的忧伤，也许是多年来养成的习惯，表面乐观的人，内心总是有一种忧郁情结。正当他陷入那种情结的时候，大坑内出现了异样的情况，下面的人开始嘈杂起来，原来巨石已经挖出来了。在坑里的人也不知道该怎么办，有人爬上来向启超汇报。

"巴郎子，快起来，下去看看！挖出来了。"吐尔逊喘着气喊。

"太好了。等我喊一下孟宪明。"

"是不是出什么情况了？快去看看。"还没等启超喊，孟宪明已经睡眼蒙眬地从帐篷里快步走了出来。

"你耳朵够灵的啊，孟大胆。"启超说。

"别在那儿贫了，赶紧看看出什么事情了。"

"刚才吐尔逊说已经挖出来了，等我们下去看呢！"启超汇报道。

说着三人已经下到坑内，此刻挖巨石的众人早已放下手中的工具，站在巨石前愣愣地看着。虽然石头在南疆并不少见，然而这么大的石头众人还是第一次看到，巨石高约十米，宽有五米，很方正，上面的各种浮雕此刻完整地呈现在了眼前。泥土气息还没有从巨石上剥离开，但是那些精致的浮雕在昏暗的灯光中愈加唯美。

这是一幅何等美妙的图画啊，只见祥云展开，佛光普照，石头上的众人跪在那里聆听佛祖的教诲，虔诚之心油然而生。在这幅图上，远方的雪山、流水都被刻画得精致异常。除此之外，就是那些文字已经连贯起来了，它们像诗歌一般写成几行。巨石此时孤零零地站在这个大坑内，巨石背后是无言的黑洞，不知道伸向哪里。

“这太神奇了。导师看了一定会兴奋得睡不着。”孟宪明感慨。

“我也很兴奋，可是我很瞌睡。”启超疲惫地说，“这石头估计有几吨重，看来有的忙活了。快点喊醒吴教授，让他先看看这上面的文字，我们不可轻易行动。”

孟宪明应声而上，不一会儿，吴卫国和叶尔兰精神抖擞地站在了巨石前。只见这坑内此时被月光照得有点发白，阴沉沉的。光似乎就在坑口绕了一圈，坑内是几个焦急的人，在那里借着手电光不断地打量着一块看似平凡的石头，并不断地发出赞叹声。

吴卫国边看边称奇，兴奋之情溢于言表。他不断地扫描巨石，生怕落下一个角落。这一切完成之后，他吩咐挖土的人回家休息，明日继续前来帮忙，然后与启超、孟宪明、叶尔兰四人回到了帐篷。

孟宪明开口就问：“这些文字，导师您能破译出来吗？”

“现在齐全了，而且巨石保护得很完整，我相信应该很快。”

“那太好了。”孟宪明有点激动地说。

“别高兴太早，这点文字也只能给我们一些简单的讯息，不可能太多的。”吴卫国解释道。

“有总比没有强吧！”

“文字是我们开启这个秘密的一个重要线索，先看看吧。”

此刻四人已无倦意，吴卫国在灯下盯着电脑，不断地用笔在本子上写着每一个佉卢文字背后的寓意，这样安静地过了一个小时，吴卫国的一句话打破了沉默。“这是一个亡人集体墓啊！”吴卫国惊讶地说。

“什么？集体墓？难道说这里面埋的不是一个人，而是一群人吗？教授你能不能讲明白一点！”启超惊讶的表情说明了孟宪明和叶尔兰的疑惑。

“没错，从这些文字上可以看出来。这段碑文是这样写的，‘狂沙吹尽，精绝不灭。亡人之魂，指引前行。封墓洞开，噩梦如织’。”

“可是这跟之前破译的不一样啊！之前不是说‘打开墓者死’

吗？”启超疑惑道。

“其实那是翻译上的问题，由于不是全部的文字，只能简单地推测，才说出那样的大白话。”

“是这样的。看来这个墓不简单啊，有可能给我们的许多疑问带来答案。精绝国人的去向一直是个谜，此时这些字起码给了我们一些启示。其一，这是精绝国的坟墓，看级别应该是很高的，只是后来不知是什么原因而将一个人的墓变成了众多人的墓。其二，这里所写的‘指引前行’是指什么，应该会在墓中得到一些讯息。其三，一块封墓石上就有这么多字，里面肯定还会有其他记录有文字的木简一类的东西。所以我们要特别注意，在此强调一点，明天巨石吊出之后，切不可急躁，首先通风保证墓内空气质量，还有就是这上面虽然只是说打开墓者会做噩梦，我想里面肯定暗藏机关。”

“我们都明白，从参与的许多考古采访可以看出，古人的思维远远超越我们。”启超说，然而他似乎有些疑问，问道，“教授，可是这上面并没有说是集体墓啊，您是怎么判断出这是一个集体墓的？”

“其实很简单，这前一句话不是说‘精绝不灭’吗，那么如果国灭了，肯定不是一个亡人之魂了。呵呵，就是这么简单！”

“这个够简单的！”启超一听，觉得自己把事情想得有些复杂了，脸有些红了。

吴卫国看到启超好像有些脸红，忙说：“你的疑问是对的，考古工作是需要非常谨慎的，我们可以大胆想象，小心求证。”

启超点头表示认可，笑了笑。

然而，众人并没有对这几句诅咒的诗句产生多大兴趣，却沉浸在即将到来的考古新发现的喜悦中，殊不知一个巨大的噩梦带来的危险旅程已经向他们靠近。

第三章 精绝人墓

Chapter three

哭泣的墓道

天气晴朗，尼丰县常年如此，难得见到一场小雨，更别说沿海那样可以引发洪水的瓢泼大雨了。早早起床的吴卫国深深地呼吸了一口含沙的空气，他喜欢这种工作氛围，虽然已经年老，但是谁又能不老呢？三个小伙子忙了一晚上，此刻还在熟睡中，吴卫国站在棉花地里，远处的沙丘起伏，而更远处的沙漠之中埋藏着的秘密或许对他来说这辈子都不会揭开了。

在吴卫国的脑海中有一幅清晰的地图，在尼雅河、克里雅河和安迪尔河流域，西域三十六国之一的精绝国、弥国和货国的古城遗址至今鲜有人至或鲜为人知，为什么一系列的故国遗址今天大多远离人类社会，沉没于没有生命的大漠中？而这些他穷极一生努力解答的疑问似乎都指向这个秘密的终点——那里到底会是什么样呢？神话与现实有什么区别？那些黄沙下到底埋藏了多少不为人知的秘密？又有多少不为人知的秘密在沙漠中静静地躺着？

“吴教授，您不再休息一会儿了？上午还有重要的事情要做呢！”吴卫国一回头看见是启超，这小伙子很有激情，他对启超有着非常好的印象，遇事不慌张，很乐观。

“人老了，瞌睡少啊。不像你们年轻人，我现在算时间可是按秒。”

“导师，”孟宪明从帐篷里走了出来，“我已经和县上联系了，吃过早饭他们就派吊车过来。希望上午就能吊出巨石，这样我们下午就可以进入了。”

“那太好了。”

众人吃过热馕、喝过奶茶之后，阳光已升到头顶。此时的南疆太阳起得很早，落得很晚，光线很毒。刚放下奶茶碗，吊车就轰隆隆地开了过来。这是一辆汽车吊，最适合新疆这种平地使用，司机是一个湖南人，叫张辉，据说是尼丰县非常出名的吊车手，技术很出众。

张辉查看完情况后，找人将钢丝绳分别固定好，开动机器，只见钢丝绳吃力地收紧，巨石纹丝不动。众人的心提到了嗓子眼，原来这是张辉在试探性的起吊，发现不行之后，他开足马力，这一次巨石动了，缓缓地倒下，在巨石被拉离原来的位置后，张辉让人倒换钢丝绳的位置，让其可以通过坑口。经过一个小时左右的轰鸣，这块巨石终于被吊了上来，而巨石背后的约莫两米多高的洞穴此刻也出现在众人的眼前，像无底的深渊，时刻准备着吞噬周围的一切。

“先通通风，半个小时之后再下。”吴卫国指挥道。

“这块巨石估计有七八吨重，好家伙，什么人这么厉害，居然就这样给生生地放进去了。”张辉说。

“古人为了防止盗墓贼，可是费了很大苦心的。我们这次遇到的还好，但是下面的情况不知道如何？但愿墓穴之中不要再出什么难题，到时候可就不太好办了。”吴卫国感叹。

众人将封墓石包裹好，然后将帐篷移动，以便更好的保护巨石。弄完这些之后，众人开始准备下墓穴的事情，此时已通风四十多分钟，想必里面的有害气体已无法对人体产生危害。此番下墓穴查看的一共四人，吴卫国、孟宪明、叶尔兰、启超。原先吴卫国教授并没有打算带启超下去，主要是害怕有机关危险，作为考古工作者，这一点要在进入墓穴之前就有所准备，但是启超却决意要去，并信誓旦旦地表示，这样有利于体验工作，为后面写好稿子有大帮助，而且隔行如隔山，希望吴教授能够理解。在不断地恳求和孟宪明的强烈申请之下，吴卫国也只好带上启超。四人人手一个强光手电，光源射程两百多米。包里除了粮食和一些饮用水以外，还有绳子等应急用品，这样是为了出现意外情况时使用。

首先进入巨石背后墓穴的是孟宪明，其次是吴卫国，后面跟着启超，叶尔兰压轴。当叶尔兰消失在黑暗之后，真正揭开墓穴秘密的考古发现开始了。对于那个神秘消失的国度，对于眼前的这个神秘的墓穴，对于这个时常出现失心疯症状的小村子，这次考古意义深远。

四人沿着墓穴行走了大约百米，突然墓道开始以下坡的形式出现。墓道内空气干燥，这与南疆的独特气候有关，此时的吴卫国心里却是十分欣喜，因为如此干燥的气候有利于墓内尸体和各种陪葬物品的保存。众人边走边查看，没有发现盗洞，这说明墓保存得很完整。但这墓穴里面似乎并没有什么奇特之处，比如干尸、枯骨，甚至连一点人为的迹象都没有发现。

此时启超发现墓道两边都是黑色的石壁，细看之下这才发现，原来黑色的石壁是砌上去的，不知道是用什么物件，保存得这么完好，没有见到掉落的痕迹，而且砌的人技术很好，严丝合缝，这让启超很是奇怪。除了吴卫国以外，其他两人似乎也被这种技巧所深深地吸引，从手电筒的光线可以看出，那些黑色的石壁不断地勾起两人的思绪。

而在一边的吴卫国直直地看着前方，似乎眼前的这一切都普通得很，根本不配和他这样的考古界“老油条”对话，他急切地要进到核心区，那里有一片属于自己的绿地——在等待着他。

启超对这些似乎有发不完的惊叹，除此之外，总是感觉耳边有阵阵阴风，时有时无，每次有风动的时候身上的鸡皮疙瘩会不自然地起来。启超虽然是媒体工作者，但是他出生在农村，经常听老人讲一些关于鬼怪的事情，尤其是老爹经常讲“鬼只有眼睛看到的才是最真实的，不一定有，也不一定没有。不可不信，也不可太信”。此刻启超才发现老爷子这句话多么富含哲理，尤其是深入这样无人知晓的古墓，更觉得紧张，脑海中如放电影般出现各种鬼怪的形象，有趴着来的，有跳着来的。虽然这些都是脑海中的影像，但是启超心中还是不免一阵阵地害怕，总觉得背后有人在跟着，不是叶尔兰，而是另外一个隐藏在黑暗中的鬼。

“这些石壁好奇怪啊，吴教授，它是黑色的而且不反光，给人看不透的感觉。”启超为了给自己鼓气，不禁问。

“黑色是吸光效果最好的颜色，很少反光。古人看来是利用这一点来给进入的人制造一种神秘感。怎么了？小伙子你害怕了？”吴卫国开玩笑地说。

“没有，没有，”启超赶紧打气，“我只是觉得有些奇怪。”

“你刚接触，见多了自然就习惯了。”吴卫国说。

这是一段伸向古老的黑暗中的墓道，高约两米，宽一米左右。当强光手电的光线不断地打破黑暗时，此刻的墓道给人一种压迫感，似乎要挤压一切进入之物，启超明显地有一种透不过气来的感觉，胸口仿佛有石头压着，但是深吸一口气却总被那种墓穴里固有的霉味所呛着，这也许就是尸体腐烂之后，千百年来不断累积的味道吧。启超总觉得这股味道让自己脑子有些不清楚，头自从进了这个墓道总是很重，好像骨骼已经不能支撑了一般。而就在启超感觉身体这种微妙的变化时，耳边不断地响起一种诡异的声音，似有似无，似远似近，根本判断不出那声音的来源地。

“你们听到什么没有？我总觉得耳朵边有阴风吹过，风里面好像有人在哭泣，一阵一阵地扯着耳朵，特别的难受。”孟宪明首当其冲，痛苦地问。

“宪明，你没事吧。我好像没听到这种声音，等等……我听见了。是好多女人，边哭泣，边唱歌，哭泣的声音似乎很凄惨。”吴卫国说得很玄乎。

“我也听见了。这声音好奇怪，感觉好多人在说话，难道这里面有什么问题不成？”启超惊讶地说，再看叶尔兰他也点头应答，表示自己也有同样的感受。

“别胡思乱想，别自己吓自己。”吴卫国提醒道。

“看来这里面的门道真的是不简单，我们一定要万分小心，注意安全！”孟宪明叮嘱。

“嗯！大家都要注意，孟大胆说的对！”

吴卫国一听，问：“谁给宪明起的‘大胆’这个外号啊？”

“还能有谁，导师，就是启超这小子。整天宣传他的伟大成就，不光给我起外号，还给叶尔兰起了个叶沉默的外号。”

吴卫国哈哈一笑，形容说：“看来这声音飘得很慢，有一种很随意的感觉。慢慢地来，在我们耳边缠绕。”

“怎么可能有这种事情，教授？以前你们遇到过这样的事情没？”

“这样的事情倒是第一次遇到，但是也疯传过此类事件，权当听听

故事而已。以我判断这种声音估计是风所致，好多人在大风大雨的夜晚会听见有人哭泣的声音。那其实是风钻进一些小洞所发出的声音，人对这种声音很敏感，而且往往联想到鬼怪之说，传着传着就成了女鬼在哭泣了。”

“可是，这个墓穴肯定是封死的，哪里会有风呢？”

“这一点也是我难以理解的地方。但是，对于风来说，再小的地方也能成为它的领地，我们看不见，感受不到，并不代表它不在这里。”

只听这声音，越来越近，慢慢地从众人身边穿过，然后向身后飘去。可不多时，这声音又好似回声一样，又慢慢地从后面飘来，这让四人疑惑顿生。此时四人已经在这墓道里走了四十分钟，这缓坡也一直没有改变过，似乎保持着一个固定的坡度。越往下面走，那种哭泣的声音越大，有时候还很刺耳。

“导师，我第一次遇到这种情况。以前参与了许多墓穴的考古发现，都没有像今天这样，难道说古人开始利用空气的流动来产生这种哭泣声？这不可能啊，这种声音太强烈了也太真实了，您能解释吗？”

“这种声音我觉得越来越大了，而且我的耳朵有时候会被这种声音给刺痛，我觉得这肯定是从某个地方发出来的。”

“现在还无法确定，古人的很多智慧到现在还依旧是个谜。”说完这句话，吴卫国继续前进。这到底是一座什么样的墓，为什么会有哭声在墓道里？为什么要建这么长的墓道而不设计机关，难道是机关经过千百年的时间早已失去作用？吴卫国边走边在心中做着盘算，如此安全的一个墓穴，幸亏是自己发现，如果被不法分子发现，那岂不是要造成重大的损失，甚至是对西域文明研究的损失。

正当吴卫国思考的时候，孟宪明却远远地看见前方似乎有一扇敞开的大门。

“导师，你看，前面是什么？”

吴卫国边走近边查看，这是一个新的墓道的入口，这比之前他们进入的要豪华得多。只见四人所在的墓道出口处，有一个不大的广场，在广场的一头是一个宫门造型，只可惜没有门。

环顾一周之后，吴卫国的眼睛停留在左上角不起眼的黑暗里，那里似乎有五只倒挂的小圆球，灰灰的，与墓道的颜色协调得很好。而此刻吴卫国的脸上写满了惊讶、震惊和惊恐。

“这……这里……怎么会有它呢？”

怨灵蝙蝠

“吴教授，您说什么呢？它是什么啊。”站在背后的启超问。

“都先站住，等一下。”吴卫国厉声说，众人一听随即停住。

“这次咱们遇到一些小麻烦了，或许你们不信，我其实也不信。但愿这次我是看错了，如果是真的话，我们必须先消灭掉它，这样我们才能进入里面。我就说这里为什么会没有机关，原来有了它们，什么机关都不需要了。”吴卫国非常严肃地说。

然而其他三人却是一脸的疑惑，根本不知道吴卫国在说些什么，面面相觑的他们三个，环顾周围，似乎什么都没有。面对这突如其来的事情，启超三人也不知道该如何办。眼看马上就要抵达核心部位了，可是教授的一席话却让人匪夷所思。

“导师，到底是怎么了？”孟宪明一脸的迷茫。

“你们先看看，在那个左上角是不是有五个圆圆的小球。仔细看，看完之后，我再告诉你们那是什么！”

在如此黑暗的环境里要看清楚一个拳头大小的圆球谈何容易，还好，众人离这里不远，又有手电的帮助。只见那五个圆球好似马蜂窝，不注意查看，或许根本看不清楚那是什么。

“这里怎么会有这么几个有趣的圆球呢？古人还有这个爱好，挺有童趣的。”

“这五个圆球也没什么特别之处啊，导师！我看了半天，觉得并没有什么危险！”孟宪明说。

在一边的叶尔兰似乎也是同样的想法，向孟宪明点了点头。

此时，四人已经被这五个圆球阻挡在通道内，不知道该如何办，而唯一了解这个圆球来历的人是吴卫国，但是这老头却沉默着，好像在思考什么。

就这样，四人沉寂了一会儿，也许是几秒钟，一切都很安静，甚至没有了任何声音，连呼吸都渐渐地没有了。

“如果我没猜错的话，这是传说中的‘怨灵蝙蝠’。我们听到的那种哭泣声就是它们发出来的，应该是它了。”吴卫国的话打破了这种安静，启超等三人感觉那种安静好像持续了许久。

“怨灵蝙蝠，好邪恶的名字啊。”启超并不知道其中的危险。

“教授，您……您说的是怨灵蝙蝠吗？”一路沉默的叶尔兰惊讶地问。

“怎么了，叶尔兰，你了解它？”孟宪明问。

“你们如果相信的话，我就说，不相信的话我说了也没用。”

“叶尔兰你就说说吧，不可能会是鬼吧。”启超忍不住插话道。

“其实蝙蝠在新疆很普遍，各地都有分布。这种动物总是夜间行动，有的还喜欢吸血，而且长相丑陋。在北疆的草原上流传着蝙蝠在夜间出来吸取小孩灵魂的故事。草原上关于这种动物的传说很多，有的好比西方电影里的吸血鬼，有的干脆就是魔鬼的化身。”叶尔兰说。

“可是，这跟我们现在看到的东西有什么联系吗？”孟宪明有点紧张地问。

叶尔兰摇摇头没说话。

“我们现在看到的这种蝙蝠其实在出生时也是很普通的，但有人将它们捉住然后以新鲜处女之血饲养，蝙蝠的眼睛逐渐变为红色。血液是人体的精华，按照古人的说法是包含着人的灵魂的。那么多少女的血用来喂养蝙蝠，自然蝙蝠就有了怨气，这怨气越积越多，自然就成了怨灵。这还不是它们最可怕的地方。更可怕的是蝙蝠这种人为的饲养之后所形成的怨念，会遗传给下一代，而且据说这种蝙蝠的生命力和繁殖力极强，但是饲养却很困难。将这种蝙蝠放于墓穴，亡人的灵魂就会附于蝙蝠的身体之上。因此墓穴中的亡人越多，这蝙蝠就越厉害，越恐怖。我们刚刚听到的那种哭泣声肯定也是这种蝙蝠发出的。蝙蝠是唯一能真正飞行的哺乳动物，且非常适合在黑暗中生活。它们的眼睛几乎不起作用，而是通过发射生物波并根据其反射的回音辨别物体。它们飞行的时候由口和鼻发出一种人类听不到的生物波，遇到物体后会反弹回来。蝙蝠用耳朵接收后，就会知道猎物的具体位置，从而前往捕捉。但是不知道这些蝙蝠是如何做到的，居然发出的声音我们能够听见，难道这是警示？”吴卫国一边向三人解释一边又提出疑问。

“导师，您的意思是说眼前这几个小圆球就是按照您所说的方式饲养的蝙蝠？可是这种蝙蝠怎么能在这里生活那么长时间呢？”孟宪明问。

“这你就不懂了。这种蝙蝠通过特殊方式喂养之后，对于这么一个财大气粗的人来说，养它个几百只不成问题。这么大的空间是绝对不缺少食物，况且这墓里很低，因为蝙蝠有冬眠的习性，此时新陈代谢的能力降低，呼吸和心跳每分钟仅有几次，血流减慢，体温降低到与环境温度相一致。这些应该是最先放进来的那些蝙蝠的后裔，这些蝙蝠也不知道在这里生活了多久，看样子，这才是硬家伙。虽然此时这些畜生早已没有当初那么凶残，但是我估计停留在它们基因深处的对于血和灵魂肯定是有期待的！”吴卫国非常认真地说，抬头看了看那几个包裹在一起的圆球。

他接着说：“你们注意看没有，此刻这蝙蝠还很安静。我想肯定是有人将冬眠的习性给扩大了，如果有人将封墓石打开，或许是进入陌生人，怨灵蝙蝠会通过呼吸辨别出，这样就会醒来然后蛰伏于偏僻地，攻击。如果我没猜错的话，这些蝙蝠的血液里从它们上一辈那里遗传下来了剧毒，只要沾上它的血，活命就难了！”

“这种蝙蝠肯定不是产于新疆的，也不是‘口里’的！”叶尔兰说。

“是的。据记载，古天竺有这种蝙蝠。在华夏文明里，蝙蝠是‘福’的象征，这在许多古老的建筑，以及砖刻、石刻中随处可见。在我看来这种恶灵只有异域才能出产。”吴卫国说。

“听教授这么一说，那这蝙蝠可是名贵之物了，如此我们将它们抓住说不定出去之后就是一重大发现。”

叶尔兰说：“这种蝙蝠看似普通，实则恐怖异常。食人肉，吸人血，将人的灵魂纳为己有，甚至据说可以说人话。”

“我就不信它们还成精了？”

“启超，你如此鲁莽可是要吃大亏的啊。导师说得已经很明白了，抓破点肉皮都有可能引起死亡。”孟宪明规劝说。

“放心吧，诸位！我很惜命的。”启超说。

“千万不要小瞧了它们，这东西被放置在这里，肯定不简单。正如宪明说的，如果鲁莽行事，白白送了性命可不好。”吴卫国说。

正当几人谈论着怨灵蝙蝠的来历时，那几个小圆球微微地颤抖起来。慢慢从圆球里伸出了翅膀，又伸出了老鼠一般的脑袋，血红的眼睛里充斥着不明的怒意和凶气。这几只露出真容的蝙蝠，似乎已经感觉到

了这不同寻常的气味。而这一切似乎没有为正在搞“蝙蝠学术研讨会”的四人所注意。

“教授，那些圆球不见了。它们从刚才的地方消失了。”启超失色大喊。

听到启超的叫声，吴卫国三人同时看向圆球所在的位置，原本倒垂的五只圆球消失了。

“大家围成一圈，快。”吴卫国小声说。

四人背靠背围成一圈，手里紧紧握着手电筒或者其他考古工具以做防御之用。危险是不确定的，而那些邪恶的怨灵蝙蝠现在可以肯定也不知道会从哪个方向突然进攻，如果被抓到那就意味着生命在此画上了句号。敌人在暗，四人在明，紧张的氛围一下子笼罩了这个老少考古团，尤其是启超。虽然参加过多次考古发现的采访，可那都是很普通的，这次却是他积极要求进入墓穴——他不禁有些后悔。

四个人就这么安静地等了十几分钟，却不见怨灵蝙蝠的进攻。

“这些东西是不是被我们身上的正义之气给吓跑了啊？”启超小声问。

孟宪明看了启超一眼问道：“胡说，切勿多话，小心！”

“大家千万注意，不要掉以轻心！”吴卫国鼓励着，“它们虽然在黑暗里无法看见我们，但是它们拥有更加先进的‘生物波’定位，不用眼睛。”

恰在此时，从墓穴里传来拍打翅膀的声音，速度很快。声音虽然细小，却好像是从不同的方向传来的。叶尔兰眼睛最尖，只听他大喊一声，抓着手电筒的手猛的一挥。这只蝙蝠似乎是可以预知人的行动，在叶尔兰举手之际飞开了。四人此时较近距离地看到了怨灵蝙蝠的模样，除了干瘪的肚子——可能是长时间没有进食的缘故，其他与普通蝙蝠并无异样。但是那双红色的眼睛盯着四人时，就让人感觉很恐怖了。蝙蝠的这次进攻没有得逞，可又过了好长时间也不见它们进攻。

“好！叶沉默打得好啊！”启超忍不住打破了沉默。

“嘘！大家小点声，注意听飞来的声音，注意看情况。”孟宪明提醒道。

启超心里明白，此时事关生命安危，不管自己信与不信，眼前的这种事情必须解决好，同时心中也不免好奇。

“这些家伙为什么不来了？难道是走开了。”启超细声说。

“不是的，它们在等待。等我们疲倦，等我们暴露防守弱点。”吴卫国回答。

“导师，我看我们在这里不好，太空旷了，它们又小，我们根本发现不了。”孟宪明说。

“那你的想法是什么？”吴卫国谨慎地问。

“导师，启超，我觉得我们现在所处的环境有利于它们，而不利于我们，这些家伙回转的余地太大了，我们跑到墓道再作打算，那里地方小，它们更容易暴露。”孟宪明小声地说。

“那你的意思是我们要利用它们间歇的时间，冲到那里面？”吴卫国说。

“是这样的！”孟宪明说的坚定。

“时间够不够？”启超说。

“拼一把才知道啊！”孟宪明看着启超，眼含坚定。

“好！干！ 我就说嘛，你小子鬼点子多。”启超笑嘻嘻地说：“行，豁出去了，好不容易你小子男人一回。”

孟宪明眼睛已经有些红了，他和启超认识这么长时间，打小在一起，但这是第一次和启超这样面临生死。

“教授，我和启超在前，冲出去之后，那蝙蝠肯定是追我们而来，你们随后也冲出来，不管发生什么情况径直往那墓道里冲。”

“好！好！”

“启超，准备好了没？冲！”孟宪明显得大义凛然。

启超看了看吴卫国，再看了看叶尔兰，此时众人都脸色凝重，静静地看着他。

“好！跑就跑，死就死。怕什么！”

奔跑

“好！启超，你这次让我刮目相看。这样，听我喊声，我们四人一起往回跑，一、二、三，跑！”

随着孟宪明这一声跑，然而他却在喊“三”的时候已经冲了出去，启超心中大骂了一句：“卑鄙无耻，说好的一起冲出去，你这样出去是找死啊！”

孟宪明心里明白，如果自己先冲出来的话，吸引了蝙蝠们的注意，有利于启超他们逃到墓道里面去。况且从小，启超也跑不过自己，这次也一样。

启超心中一急，双手上下摆动，头也不回，大踏步地向前冲去。将孟宪明甩在了后面，冲进墓道中的黑色。孟宪明看着启超从自己眼前冲过去，心中不免惊讶：“你丫的，跑起来就跟疯子一样，我还真没见过，这次你居然比我都快了。”启超头也不回，根本不理孟宪明的小把戏，也不知道冲进墓道多深。

此时在后面的叶尔兰和吴卫国则跑得比较慢，有意和两人拉开距离。

这怨灵蝙蝠何等聪明，岂能是这种伎俩骗得过的。只见五个黑影从空中向四个奔跑的人影冲去，空中扇动的翅膀扬起一阵风，慢慢地，慢慢地向四人飞去。

叶尔兰回头一看，大喊：“这些家伙飞来了！飞来了！”

孟宪明喘气喊：“快！加把劲，进到墓穴就好了。”

启超第一个冲进到黑色的墓穴内，听脚步声，似乎跑出了一大截子。随后是孟宪明，他跑进墓道后，刚喘了一口气，就看见叶尔兰跑了进来。

孟宪明喘着粗气问道：“导师呢？”

“在我后面呢。”叶尔兰说。

“这么慢，我咋还没看见啊。没出什么事吧？”孟宪明着急问。

再看后面，还是没有。“不好！”孟宪明大喊，“导师肯定是出事了，快，出去看看。”

两人拿手电筒，先是看了一下墓道外的情况，发现没有危险，走出来，看见不远处角落里一个蜷缩的人，一动不动。只见这蜷缩的人用身上的衣服裹着自己，周身没有一点肌肤露在外面。

孟宪明一看，心里多了一丝苦楚，让这样一个本该在北京享受生活的老者来这鸟不拉屎的地方，受这个苦，真是自己这个徒弟的问题啊。

孟宪明也不管其他：“导师，你没事吧？”

“别说话，也别动，这些家伙就在周围某个地方呢。”

只见此时的吴卫国蜷缩着，半蹲在墙角，一动不动，不知道的人以为会是块石头。

叶尔兰道："教授，快进来啊！"

"不行。我现在不能动，如果我动，这些畜生就来了。"吴卫国的声音透过冲锋衣传了出来。

"导师，你快点出来，我们给你打掩护，没事的！"孟宪明着急道。

"怎么做？"叶尔兰道。

"叶尔兰，这样，我出去吸引蝙蝠，你带上老爷子往里面跑。"

孟宪明说完话，以最快速度跑到吴卫国蜷缩的地方，这是拿自己当挡箭牌。

叶尔兰马上跑过去扶起吴卫国向墓道内跑。此时那五只红眼睛蝙蝠完全被孟宪明的动作所吸引，孟宪明的行为被它们视为一种挑衅。原本藏在不远处的五只蝙蝠从不同的方向向孟宪明飞来，不断地在他头顶盘旋，翅膀扇动的风声非常刺耳。这五只蝙蝠似乎并不急于进攻，就像要玩弄一下这个必死的猎物一般。

孟宪明看着这五只蝙蝠，手中的手电筒不断地晃动着，空中横飞着手电筒发出闪烁的光来。

正当孟宪明不知道该如何办时，传来了启超的声音："快死了，你他妈的还在那儿玩，再玩我就要给你收尸了！"

"别废话，快点帮忙！"孟宪明边盯着头顶的蝙蝠边说。

"我在这里吸引它们，你快速跑过来！"

说着启超一手挥起自己的手电筒，一手抓过叶尔兰的手电筒，一齐向空中盘旋的五只蝙蝠晃过去，同时大声地吼着。蝙蝠的吸引力一下子投向了启超。

孟宪明一看，时机成熟，撒腿就跑，吃奶的劲都使出来了。那五只蝙蝠眼看上当，空中变向向孟宪明冲来，然而，这墓道的门也就两米高，一米宽，五只蝙蝠在墓道口变了方向。启超拉起孟宪明向墓道内跑去，喘着粗气跑到吴卫国跟前。

此时吴卫国早已从刚才的危险中回过神来，说："宪明，辛苦你了。"

"导师，威胁还在呢！这地方也只能做个缓冲，要赶紧想出收拾这些家伙的法子，要不然可真的是要挂在这里了。"

周围一下子陷入了安静，众人都在思考该如何应对当下的局面。

也许是这种安静给了四人一点思考的机会，孟宪明第一个打破了寂静，开口问："导师，您刚才不是说蝙蝠是靠'生物波'定位的吗？"

"是的，它们有'活雷达'之称，这一点你们学过生物课都知道的啊。借助这一系统，它们能在完全黑暗的环境中飞行和捕捉食物，在大量干扰下运用回声定位，发出超声波信号而不影响正常的呼吸。这正是蝙蝠的可怕之处，它们可以不用眼睛，只需要这种东西就能判断出我们所在的位置，甚至都能设计好攻击的线路。你问这个是什么意思啊？"

"我只是在考虑一个法子，不知道有没有用？"孟宪明说。

"孟夫子，你的意思是……"刚安静了一会儿的启超说。

"我们是不是可以打开电脑，还有我的手机和启超的手机上安装的驱蚊软件，不管有没有信号，尽量扰乱这里面的磁场，释放出各种各样的电磁波。我想这样或许会有点用。如果能够见效的话，我看都不用我们动手，这些蝙蝠都会自己撞死在墙上。"

孟宪明一说完，启超就说话了："这法子绝对可行。孟大胆你这次果然让我刮目相看，没枉费我对你的培养，吴教授，我看我们就这样办。"

启超说着话已经拿出手机，手机虽然没有信号，但是驱蚊的软件却可以正常使用，这种软件可以使手机释放出高频音波。除此之外，吴卫国和孟宪明也拿出各自的笔记本电脑。手机和电脑不断发出强烈的电磁波，这些电磁波经过黑色的石壁的碰撞后折回，又不断地在墓穴里相互碰撞，谁知道这些电磁波此刻已经成了什么，但是原本安静的墓穴里却多了五个不断翻飞的身影，它们发出的声波虽然小但是可以听见，不时有肉体撞在石壁上的声音，大约二十分钟后，这种碰撞声音消失了，整个墓道又一次被寂静包围。

"现在我们去查看一下，这些怨灵蝙蝠是不是已经死掉了，但是要小心，千万注意观察周围的情况。"吴卫国吩咐道。

四人分头行动，很快地在墓穴里找到了五只怨灵蝙蝠的尸体。这些蝙蝠胸肌十分发达，胸骨具有龙骨而且突起，锁骨与前肢也十分发达，上臂、前臂、掌骨、指骨都特别长，并由它们支撑起一层薄而多毛的皮，从指骨末端至肱骨、体侧、后肢及尾巴之间的柔软而坚韧的皮膜，形成蝙蝠独特的飞行器官——翼手，翼手之上有明显的剧毒药物残留的痕迹。在吴卫国的要求下，孟宪明将这些蝙蝠尸体装进了密封袋，然后放进了包。

“这就是怨灵蝙蝠？不怎么样啊，我们三下五除二解决了！”启超看着眼前的战利品。

“你小子总是这样马后炮，我们没受伤已经很不错了。你还想让我们出点什么事情啊？”孟宪明将蝙蝠放进袋子里。

启超一时无语。

收拾停当后，四人继续向前走去，过门道之后，脚下一段石头台阶斜斜地延伸下去，洞里面霉气扑鼻，气温更低，黑暗深不见底。顺着平滑的石头台阶，不停地往下走了好一阵子，才下到了台阶的尽头。整个地道有两米多宽，两米多高，地上和墙壁上都铺着窑砖。随后的地道时宽时窄，蜿蜒曲折，可能是修凿时为了避开地下坚硬的岩层所致。走完台阶之后，周围一下子变得空旷起来。似乎来到一个类似广场的地方，看不见左右的距离，四人由于刚才运动量过大，明显的有些体力不支，吴卫国在经过权衡后，认为有必要休息一下。然后在吴卫国的要求下，孟宪明和叶尔兰前去四周查看情况，以确定眼前这地方到底有多大，具体是做什么用的。

孟宪明和叶尔兰拿着手电筒，从不同的两个方向查看。只见这洞内空旷无比，除了“广场”中央平台上的石棺外，没有什么遮拦，也没有什么物件，跟一个聚会和休闲活动的广场一般。在一边的孟宪明越看越惊讶，虽然才进入考古界不久，但是已经有很深厚的实践考古经验的孟宪明判断出，这个墓的规格肯定不一般，拥有如此壮观的墓穴的人肯定级别在王级，然而此时这好比广场的地方居然连陪葬品都没有发现。

孟宪明那里是如此情况，叶尔兰遇到的也是如此。叶尔兰独自拿着手电筒查看着，只见这地是石板铺成，衔接得很好，地上除了灰尘以外，就是黑色的石板。石板打磨得很光滑，看来墓主人很重视这个离世之所。在这石板上落了一层灰，人走在上面仿佛是走在雪地里一般，身后留下一长串脚印。

叶尔兰沿着石板一步步地走，背后十多米处是吴卫国和启超，孟宪明则在另外一边。只见这地下并没有与众不同之处，顺着手电光，叶尔兰突然看见一个雕刻的花纹，好像是莲花底座。叶尔兰心中大喜：“难道是佛教雕刻？”

叶尔兰将手电筒的光调到最大，沿着发现雕刻的墙壁慢慢地寻找。

原来在叶尔兰所照的墙壁上雕刻着一座佛像，似乎很难窥见全身。雕刻手法细致，佛身保存得非常完好。叶尔兰看得非常细致，很激动，拿着手电筒的手也微微地有些颤抖，因为在地下遇到如此的大佛在他的考古生涯中还是第一次。

叶尔兰一点点地往上面移动手电筒的光圈，从莲花座一点点地向上，叶尔兰觉得自己的心扑通扑通地跳得越来越快。然而，当手电光打到佛像头部时，他大吃一惊，只见这佛像居然戴着一张黝黑的面具，诡异万分。

“啊！这里有戴面具的佛！”叶尔兰的叫声传到了吴卫国和启超的耳中，吴卫国猛地站起身，启超紧跟其后，快步向叶尔兰站的地方走去。

第四章 悬棺惊魂

Chapter four

戴面具的佛

吴卫国和启超快步来到叶尔兰跟前，此刻孟宪明也赶了过来。

吴卫国："什么情况？"

"这里有一座巨大的佛像，我刚用手电细查了一番，发现身体各个部位保存得都很好，没有被破坏的痕迹，可是当我看到头顶的时候，却发现有个地方不对。这尊巨佛居然——居然戴着一个不知道是什么东西做的面具，隐隐地发着绿光。"

"在哪里？让我看看。"

"还有这样的事情，以前只听说藏传佛教的宗教仪式中有戴面具的现象，今天却在这里遇见？难道这里和西藏有联系不成？"启超推测。

叶尔兰在一边道："西藏的那种仪式我见过，可是这个佛面具绝对和西藏的那是两回事。"

四人来到叶尔兰查看的区域，只见这区域之内别无他物，而眼前的墙上居然硬生生地被凿出一个巨大的佛来，高有二十来米。这尊佛像刀法娴熟精湛，线条流畅细腻——古人对于信仰是很认真的，不管是生前还是死后。

"这佛好大啊，看来古人当年为了建造这座古墓煞费苦心，由此我们也可以看出，这绝对不是一座普通的墓，这座戴面具的佛像绝对不是一个简简单单的设置。此刻，我们处于墓穴的核心，一定要注意安全。”吴卫国谨慎地说。

“我赞同导师的意见。以这种规模来看，这墓肯定不一般。”赶过来的孟宪明接话。

“那这么说，肯定是大发现了啊！”启超也来了兴趣。

“现在还不能过早地下结论。”

四人拿出手电，沿着佛像的躯体一点点地向上查找。当四束光柱齐齐地打在佛像的头部时，四人不禁心惊。

启超说：“这哪里是佛啊。你们看这佛像哪有一点慈悲的感觉？”

吴卫国盯着这佛像看了好长时间：“也许这里的主人想用这个佛来说明一些事情，你们认为呢？佛教很讲究偶像崇拜，这样做起码是大不敬。宗教面具用夸张变形的手段，达到荒诞怪异、浪漫奇幻、狰狞恐怖、严肃威慑之效果。而这种夸张源于宗教题材本身的神秘性、传奇性和包容性，同时也是宗教仪轨、教化传播内容和形式的需要。

“教授，你的意思是说历史上就有给佛像戴面具的？”

“这我可不知道，但是佛有众生相啊！”

吴卫国开始给几位学生讲解佛教在西域的传播情况：“大约公元初年或者更早的时间佛教传入塔里木盆地，以较大规模的绿洲王国为基础，形成了几个中心。后来，通过河西走廊，佛教传入了中国内地。而精绝国所在区域的佛教中心则是楼兰。”

“楼兰人信奉古老的小乘佛教。随着佛教的发展，小乘佛教进一步分裂。若按玄奘译《异部宗轮论》的说法，小乘教主要分十八部派。小乘佛教法藏部首先兴起于印度西北犍陀罗，所以用犍陀罗语为经堂用语。公元2世纪，法藏部南传大夏，同时又沿丝绸之路南道向东方发展，公元2—3世纪成为塔里木盆地南缘于阗国的国教。公元3世纪以后，小乘佛教法藏部在于阗的统治地位被紧随其后传入塔里木盆地的大乘佛教所取代，而塔里木盆地西部的疏勒、北部的龟兹和焉耆则是小乘佛教的天下。所以，塔里木盆地东部的鄯善王国成了法藏部的栖身之地。”

“那么吴教授，佛教是何时传入这片区域的呢？”

“佛教何时传入楼兰，现在还不十分清楚。从佛教于东汉末传入楼兰邻邦于阗来看，佛教大概与此同时也传入了楼兰。法藏部在于阗的统治地位被大乘佛教取代之后，楼兰显然成了塔里木盆地法藏部佛学的一个新的传播中心。法显时代，鄯善国的法藏部僧团发展到4000多僧人，下面又分五大僧团。它们是罗布泊西岸的楼兰僧团、米兰绿洲的伊循僧团、且末河流域的且末僧团、鄯善河流域的扜泥僧团以及尼雅河与安迪尔河之间的精绝僧团。由此可以看出古时精绝国信仰佛教的狂热了。但是给佛戴上面具这还是第一次见到。”

“西域佛教在中国佛教史上的地位颇为重要，地处东西方交通枢纽的西域不仅在早期佛教传播过程中起过特殊的作用，并且在漫长的历史进程中不断汲取诸种民族文化影响，形成极富特色的西域佛教艺术，从石窟的开凿、寺庙的建立，到音乐舞蹈、绘画雕塑等等，在许多方面都对中国汉地佛教、藏传佛教产生巨大影响。但作为宗教信仰的佛教本身在西域最终却走向没落。”

“西域佛教在中国宗教历史上有着非常重要的位置，这一点无须质疑。”孟宪明附和。

“看来这里的秘密还需要深挖，有太多的事情我们需要知道真相了。”启超说。

“小启说得对，那些学术问题还是留到后面吧。”

孟宪明也回过神来：“导师，我在墙壁间找到一些燃烧过的火把痕迹，也许还可以用。”孟宪明说完之后转身去墙壁点火，没想到真的能点燃。

“这是原油啊，看来这里一千多年前就有人发现了原油，并在这里使用过。”启超说。

随着孟宪明身体的移动，那些千年没有用过的原油被点燃了，顿时整个墓穴明亮了起来。这时四人才发现原来这个墓穴面积堪比一座足球场。四周墙壁上人为地凿出了各种佛像，且布局严谨有序。所有的平水墙、月光墙、券顶和门楼上都布满了佛教题材的雕刻，如四大天王、八大菩萨、五方佛、二十四佛、五欲供、狮子、八宝、法器等等，只见这些佛像都戴着面具。这些面具除了阴险，多少还带有悲伤。

启超说：“你们有没有发现，这些佛像有种淡淡的忧伤。站在这里如果不看佛像的话还觉得很自然，但是看完之后，我心里总觉得苦涩得很。”

“这是一种氛围，这里肯定出过什么事。要不然佛像不可能这样无

缘无故地戴着面具。按照古人的信仰来看，这样做肯定是大不敬，但是也有可能是他们本就故意这样做，造成一种神秘感，也就是小启刚才所说的那种悲伤。”吴卫国接着说，“如此巨大的石佛，肯定不是一两年能完成的，可是在史册上却没有记载，这件事情肯定是秘密完成的。也许戴面具的佛有一种象征意义。”

“也有可能。古人的信仰是很复杂的。能够激发灵魂的高贵与伟大的，只有虔诚的信仰。”叶尔兰说，“古代的哈萨克人曾经信奉原始宗教，即自然崇拜和祖先崇拜等，后来又信仰过萨满教、佛教、景教等。至哈萨克汗国时期，哈萨克族人民早已信奉了伊斯兰教。”

“信仰我们也有啊，给你说吧，电视上经常演的那些玉皇大帝啊，王母娘娘啊什么的，都是我们的信仰。其实信的最多的还是财神爷，这东西每到过年的时候，家家都要贴一张。”启超说。然后转身看向那不远处的巨佛。

“这些面具看来是青铜所铸，真是很惊人！如此多青铜的发现在新疆很少见，可是古人为什么要将原本很慈善的佛像都戴上面具呢？这一点让人费解。按照这里的规格来看，此地应该就是主墓穴。”吴卫国边查看边发表自己的看法。

“启超，启超。”孟宪明看见启超像丢了魂的人一样，死死地盯着不远处的巨佛，孟宪明喊了好几声，启超才回过神来，叹道：“这佛看来真的是有好大的悲苦！我看着那面具，就有种想哭的感觉。幸亏是孟大胆的嗓门大，要不然我这会儿早哭出来了，太邪门了。”

悬棺

四人被周围的戴面具佛所深深吸引，完全没有注意到此刻大厅中央的石棺，散发着黝黑的光，那光带着一种诡异，一种神秘。回过神来的四人聚到广场中央的平台周围。面对幽暗的光线之下的这具石棺，吴卫国心中产生了无法诉诸言语的激动，他感觉自己的心脏就快要脱离胸腔了。经历了这么多年的考古工作之后，吴卫国认为已经没有什么发现可以勾起自己的激情了，可是此刻，他不由自主地激动起来，心潮像一个年轻男子见到心仪女子一般的澎湃。

“这个石棺？”启超轻轻地说了一句。而孟宪明显然已经不知道说什么好了，他静静地看着，眼睛里似乎有泪花。而叶尔兰也和孟宪明有同样的感觉。

吴卫国看着石棺激动地说：“这应该是墓主人了。”接着又无比坚定地说，“这就是墓主人。这里没有陪葬品的痕迹，那么石棺里肯定会有证明墓主人身份的木简和代表其身份的随葬品。如果能确定身份，对于今后研究精绝国甚至整个楼兰地区都有帮助。”

启超看着这石棺，也没有发现什么特别之处。看着眼前这三个已经有些癫狂的考古人，启超心里不免也深受感动。

孟宪明和叶尔兰二人，听着吴卫国颤抖的声音，恨不得以最快的速度赶到石棺跟前。但是他们也深深地知道，越靠近真相越危险。

吴卫国回过神，冷静下来：“我和叶尔兰先过去，你们两个留在这里。万一有什么情况，我们也好脱身，别一下子把队伍给葬送了。”

“教授，别说得那么可怕，不就是个棺材吗？我就不信了，它还能跑出一个人来。”启超不屑地说。

“这你就不懂了，此时此刻是最危险的，千万不可大意。”吴卫国说。

启超也深知此时的危险，只好应答一句：“好，教授，你们一定要小心。”

孟宪明紧张的脸上挤出一丝笑容，内心对这位导师的担忧却是有增无减，但是他却一直静静的盯着那个石棺，深怕出一点问题。

此时队伍变成了：叶尔兰在前，吴卫国在后，启超和孟宪明两人则原地等待，以防出现不测。可是故事发展的过程平淡无奇没有出现任何危险，吴卫国和叶尔兰非常安全地走到这座石棺旁。

“奇怪了，这个墓居然这么安全。没有任何机关，这次考古可够简单平常的。”启超疑惑道。

而此时吴卫国让他们赶过去的声音传了过来。启超心底里却在嘀咕，面对如此一座古墓，为什么会没有机关呢？

孟宪明似乎看出来启超的疑惑了，说：“并不是每座墓都像那些悬疑小说、盗墓小说上说的那样有很多机关，你想想，经过千年的时光，古人的那些机关暗器要不已经腐朽生锈，要不在地壳运动、地震的影响下早已失去作用，要不然我们这些考古工作者不整天要在刀锋上工作啊。”

启超听孟宪明这么一说，心里踏实了许多：“你们也不容易，这刀锋上的活也不是什么人都能干，你看我还没遇到点什么，心就纠结了！”

“你还年轻嘛，况且这也不是你的本行。作为一次旅行还行，天天像你这样一惊一乍的也不是事，考古没送命，倒是被你吓死了。”

“哎，我说叶沉默，我现在发现你这人越来越像老油条了。对一个业余的考古队员，你应该拥有一颗前辈的博爱之心，要循序渐进地教导，哪有你这样将我神圣的考古梦想说成旅行的。”

启超和孟宪明看没有什么情况，也边说边走近那座石棺，可以清楚地看到，在石棺的壁上画着许多图画，这些画很怪异，既不是敦煌莫高窟里常见的佛陀受难图，也不是寻常石窟中西域胡商朝拜图，而是一幅幅单一线条勾勒出的人的形象。

在正对着启超一面的石棺壁上绘着杀戮图，阴森诡异。这幅画因为千年风蚀已经有些模糊了，但依稀可见一个长着翅膀，周身抹满赭红色染料的人正和一个男子交媾，周边燃起大火，还有众多舞女伴舞。而在另外远一些的地方，几个人被捆绑着，以站立的姿态插在几个旗杆上，血顺着旗杆两边的小槽流淌，旗杆上的旗帜飘着，那些人的衣服也飘着，甚是恐怖。

“这到底是什么人的墓？这到底是什么人的诡异想法？这样做难道是在呈现一种古老的崇拜吗？靠，这也太邪恶了吧。”启超心里嘀咕着。

此时在另外一边的孟宪明像是发现了什么，“咦”了一声，启超回过神来，问：“别疑神疑鬼的，会真的被你吓死的！”

“我可没打算吓唬你。”孟宪明严肃地说，“我觉得这石棺不对劲啊，怎么感觉好像是浮起来的啊。”

“不会吧，别开玩笑，我没发现啊。”启超说。

“你仔细看，看那黑色石棺的底部是不是空着的，有十几厘米到二十厘米的悬空的样子，有些黑。”孟宪明指点道。

启超看孟宪明不像开玩笑的样子，半跪下，低头查看，果然这底下是空的，只是光线的问题，加上石棺本身是黑色的，人的眼睛会习惯性地认为这是一个放在地上的石棺。而沉浸在石棺绘画中的吴卫国和孟宪明也凑过来询问发现什么情况。

“吴教授，叶沉默，你们发现这石棺有什么不对劲了吗？”启超神秘地说。

“没有啊，难道这石棺还有其他的不同吗？”吴卫国问。

“刚才宪明发现这石棺是浮起来的，我查看了一下大概离地二十厘米吧。这些古人的想法可够玄乎的。”

“有这样的事情，我看看。”查看完之后，吴卫国也非常惊讶地说，“这是怎么做到的呢？看来精绝人对这个墓是费了心机的。”正当众人琢磨这个悬浮起来的石棺的制作原理的时候，吴卫国突然说，“我知道了，这是磁石做的啊。”

“导师，你的意思是墓主人利用磁铁的‘同性相斥，异性相吸’原理建的这座石棺？”

“最早发现及使用磁铁的是中国人，据记载四大发明之一‘指南针’就是磁铁。”启超打开话匣子，“我在一本书上看到在西汉，有一个名叫栾大的方士，他利用磁石的这个性质做了两个棋子般的东西，通过调整两个棋子极性的相互位置，有时两个棋子相互吸引，有时相互排斥。栾大称其为‘斗棋’。他把这个新奇的玩意献给汉武帝，并当场演示。汉武帝惊奇不已，龙心大悦，竟封栾大为‘五利将军’。栾大利用磁石的性质，制作了新奇的玩意蒙骗了汉武帝。我想，这个石棺肯定是用磁铁石做的，在石棺的下面肯定有一块同一个‘极’的磁石，这样就使这座石棺悬浮了起来。”

孟宪明说：“要证明石棺是不是磁铁所做，最简单的法子就是拿出铁物一试便知。”大家也觉得说了这么多，孟宪明这个法子是最简单的，大家都笑了。

孟宪明拿出随身带的钥匙，靠近石棺时，一下子就被吸了过去。然后又靠近石棺地下，也是如此。

“看来真的是磁铁做的，这个石棺里的人肯定不简单。要不然花费这么大的力气做一个磁铁石棺干什么。”吴卫国感叹道，而此刻摆在四人眼前的这座石棺要如何打开又成了问题。

在石棺边四人盯着石棺看了半天，也没看出头绪。凭四人之力明显是无法打开棺盖的，而且也没有下手的地方。大家发现石棺之上雕刻着似乎很是杂乱的一些不知名的符号，连吴卫国这样的考古老前辈也觉得难以破解。

毫无头绪之下，启超开口说："教授，我们进来也好长时间了，我肚子都饿得咕咕叫了，我看还是先吃点饭，吃饱不饿想法子肯定比现在要快，光站着也不是个事。"

"嗯，也只能这样了。咱们先吃点，然后再作考虑。"

机关

四人拿出随身背着的馕、牛肉干和煮好的碎羊肉，吃了起来。启超边吃边想，越想越觉得石棺上的那些碎片可以组合成一幅图，只是这幅图好像被人为地打乱了。

启超自小就喜欢玩魔方，后来在高中又选读文科，地理学得异常好，对地图非常熟悉。尤其是选出一小块地图，给出经纬线，他可以快速地找到周边的国家并说出当地的气候条件等等。此刻看着眼前这凌乱的图像，他越来越觉得这是古人出的一道难题，这应该是一个怪兽的图案，他心想。突然，启超脑中闪过一个念头，这幅图好像刚才看见过，难道是，难道是那石棺外壁画中的旗帜？

"这太不可思议了吧！"启超寻思。启超将馕咬在嘴中，赶紧弯下身找到那幅图，借着手电筒的光来看，那还算清晰的旗帜上画着一只怪兽，其上部是狮子头，下部为马腿，中间仿佛是带翅膀的身子。这种畸形怪兽简直就像传说中的狻猊的仿制品。原来的颜色残存甚少，主要是粉红和黑色，用黑色在粉红底色上画出狮子毛。然后启超站起来细致地看着石棺上面凌乱的各种图像。

这时孟宪明似乎觉得启超有些不对劲。

"怎么了？"孟宪明问启超。

"我觉得有些问题。你看这里。"启超将自己的发现告诉孟宪明，孟宪明看完之后恍然大悟。

"原来如此！看来这是一个拼图啊！这能解开了。"孟宪明若有所思。

"我明白了，教授。这是一幅图，我刚才在无意之间发现这石棺上的一幅壁画，看见有面旗帜上雕刻着一个怪兽，我大概地将各个部位对照了一下，发现是打乱的那幅图。"

"是吗？我看看。"吴卫国说，然后查看了一番。

“没错，导师！我刚才也查看了，确实是这样的。”孟宪明说，“启超这小子眼疾手快，还真有那么点道道啊！”

“我就说，还是要吃点饭，不吃饭怎么想事情。”启超说。

“看来这是一幅需要我们重新组合才能打开石棺的图。现在你们都出去，站在刚才蝙蝠那地方，我估计这里机关重重，待会儿打开石棺时，不知道会发生什么情况。”

“不行，导师。这样做不可以，你如果出事了我怎么交代啊？”孟宪明规劝道。

“是啊，教授，我看你和宪明都离远些。”启超带着一丝嘲笑对着孟宪明说，孟宪明则恶狠狠地看着启超，如果不是吴卫国在，这两人又要开始打嘴仗了。

启超一看孟宪明明显地是在责怪他，忙说：“教授，说实在话我也是这个队伍的一员，虽然我不懂考古，但是我起码会干一些粗活累活，重活吧！但是你们三个里面谁出个问题，那不是一个人的损失，有可能是国家的损失，后面这个发现谁来继续做，宪明你说我说的对不对？”

吴卫国似乎也被启超的话说的不知道该如何作答。

孟宪明开口说：“你说的都对，可是你不是做考古的啊，出什么问题怎么办？”

“这样吧，你站我旁边看着吧，我们一起来做如何？”

“行，这样我也放心一些，起码我们俩个有个照应吧。”孟宪明转而对吴卫国说，“导师，你就往后面靠一靠，有我在应该不会有问题的。”

看孟宪明和启超的情形，吴卫国也觉得自己再做争取也没有什么意义，为了让这俩人没有后顾之忧，叶尔兰和吴卫国退了出来，但是离的并不太远。

孟宪明看着启超：“这次可不是开玩笑，你和我一定要配合的到位。”

“放心吧，哥们玩魔方比你玩的好多了。”

孟宪明和启超走到石棺跟前，先是认真观察了一遍，然后孟宪明转身向吴卫国示意可以开始了。

“好，你们将碎片重新排列。叶尔兰和我，时刻观察周围的情况，一有事情我们及时撤离，宪明，你一定要注意看石棺上细微的变化，我觉得机关有可能都在那上面。”

启超和孟宪明花费了半个小时观察旗帜上的图案和石棺上的碎片，

将两者都记入脑子。然后闭上眼睛，那些碎片飞快地在大脑里拆解，衔接，很快，一只和旗帜上一模一样的狻猊出现在了大脑中。

想完这一切，启超擦了擦汗，对孟宪明说："开始动手了。"

外围的俩人看着启超的手带着些许颤抖，一点点地将那些碎片在石棺上移动。这些碎片看似固定在这石棺之上，其实推拿起来很简单。千年来除了送这墓葬主人的人，还没有别人移动过。

启超慢慢地推着那些碎片，这些碎片看似凌乱，但是每推走一块，另外的还会自动打乱，重新组合，这让启超非常头疼，时不时地要再看一眼那旗子上的图画。而孟宪明在一边不断地提醒启超，不要着急，慢慢来，有的是时间！

孟宪明看着启超在那里忙上忙下，也是着急万分。半个小时过去了，启超那里还是没有动静。这墓内阴森万分，有点凉，可启超头上却是大汗淋漓，不时有汗水滴在那黑色的棺盖上。

汗水顺着棺盖一点点地滑下去，滴到地上。整个空间异常地静，唯有那些风吹动的声音，如冤魂索命一般叫着，启超盯着眼前的这些碎片，想了许久才动了一下。

"这东西看来没我想象的那么简单。"启超说。

"不要着急，事情总有个过程。你看那边是不是和这边可以对在一起，旁观者清！"

"嗯！"启超和孟宪明商量了一下，然后擦了一把汗，按照孟宪明的开始再一次的组合。

在推进最后一块碎片时，启超长长地出了一口气。最后一块衔接好，只听见巨大的机器转动的声音，伴随着阵阵轰鸣声和铁链拉紧的声音，石棺缓缓地打开了。启超显然被这景象给震住了，他呆呆地盯着石棺内，眼睛泛着异样的光。

这棺盖从中间分开，原本棺盖上的灰尘顺着裂缝掉了进去，那棺盖一点点地向两边退去，耳边隐隐约约地听见没有润滑剂的铁链"咔咔"的声音。随着光线照到，只见这棺材里居然还有一层，而这一层上面却是一层十厘米长的小铁针。还没等石棺打开一半，孟宪明已经看到了那一层闪着绿光的铁针。

孟宪明一把拉住启超喊道："危险！"

第五章 千钧一发

Chapter five

棺中棺

吴卫国等人还没回过神来，就看见启超一个驴打滚，离开原本已经打开的石棺，趴在地上。接着，听见暗器发出的声音，“嗖——嗖——”这声音消失得很快，也就一眨眼的工夫，接着就是铁针掉在地上的声音，不是一根，是很多根。

吴卫国等人听得很认真，却也不敢贸然靠近。

孟宪明和启超俩人四目相对，震惊、恐惧浮现在脸颊上。

“好险！”启超长出一口气。

“没事吧？”孟宪明问。

“没事，多亏了有你，要不就挂彩了。”

吴卫国关心道：“你们没事吧。”

“这些小伎俩奈何不了我们。”

“现在什么情况啊？”

孟宪明让启超坐下来休息一下，启超揉了揉刚才摔疼的肩膀，然后看了看石棺，说：“这里面好像还有一个石棺，我不知道能不能打开。你们在那边别动，我这就去查看一下。”

“你要小心，千万注意安全！”吴卫国再三叮嘱。

“等一下，咱们一起上去。”启超说。

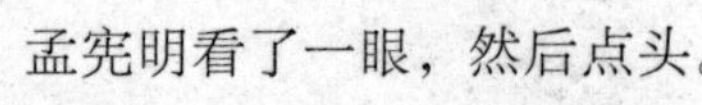

孟宪明看了一眼，然后点头。

启超和孟宪明再次走到石棺旁，此时之前打开的那棺盖上吸着一层薄薄的针，细如牛毛，长短不同。

“你这人死了还这么歹毒，真不是个什么好东西。在别人打开你的棺材高兴之时，你就突然发出暗箭，你以为没几个人能逃得过，想让我们不是眼瞎就是死在这里。可是你撞见的是我，我还完好无损呢，哈哈！我要打开看看你到底是个什么怪物。”启超对着石棺骂道。心想，也不知道这些长年累月和死人棺材打交道的考古人是怎样扛过来的，这玩的都是心跳啊，说不定挂在这儿了，成了现代的冤魂。看来以后要离这些人远点，起码也不要再参与到他们的考古工作中来。

“咱们还是赶紧干正事吧。”孟宪明规劝道。

只见这石棺此时露出的部位只比之前的小些，下面还有一层，这一层也和上面一样，有一堆凌乱的碎片。启超大概地看了一眼，觉得和上面的没什么差别，组合起来也是一样的画面。

启超看了半天笑着对孟宪明说：“妈的，这是在玩咱们啊。这不是重复劳动吗，你还不如在死前直截了当地来一层，你省心了我们也省心了，何必让我在你死了之后，还骂你几句呢。”边说，启超边摸索着组合，这次他更加小心，深怕哪里出现纰漏。其实启超说这么多话，为的就是给自己打气。

这幅图组合好之后，启超擦了擦头上的汗，接着从地下又一次传来清晰的铁链声，似乎有两只巨大的怪兽在下面拽着铁链拉东西一样。只见眼前的这石棺缓缓地从中间裂开，像花瓣一般退向两边。

孟宪明赶紧拿着手电筒，深怕出现什么问题，断送了大好年华。只见这石棺内躺着一具不知道是什么年代的尸骨，原本肉体撑起的衣服此刻干瘪地铺在棺内，丝绸上绣制的各种图案依旧鲜亮无比，孟宪明发现在那些图案上，有一条金丝绣成的龙，张牙舞爪，好不快活，好不威风。

“咦——”孟宪明看到龙之后，万分惊讶！

而站在一边的启超虽然不是考古工作者，但是知道龙在中国封建社会是皇权的象征，这种中华民族的图腾，至少在汉代已经由丝绸之路传入西域地区。自己常年采访各种文物发掘，从新疆各级考古部门了解到许多关于新疆出土的“龙”的资料。1995年考古工作者在尼雅汉晋时期的墓葬里，发现了一枚龙虎纹铜镜，该镜出土时，置于一锦袋中，银灰色，直径9.2厘米。镜背纹饰为一条龙和一只虎围绕着纽座嬉戏一圆球，图案生动形象。在内地尚未发现与此纹饰相同的铜镜，镜体保存完好，纹饰清晰，镜面光滑，是一件铸造精巧的铜镜。

考古工作者还在焉耆县博格达沁古城遗址附近的古墓中，发现了汉代龙纹金带扣。这枚重48克的龙纹金带扣主体图案是龙，共有8条，龙眼是用红宝石和绿松石镶嵌而成的。魏晋时期的新疆龙，是东西方文明交融的结果，其中疏附县艾孜来提毛拉山佛教遗址出土的陶器上的龙，环绕于希腊的忍冬纹饰中。1978年库车县一个佛教遗址出土的一件晋代木龙，虽然只有龙首，但龙口大开，龇牙咧嘴，一副怒龙形象，雕刻得十分逼真。

新疆出土的古代丝织品中也有龙的形象。1972年吐鲁番阿斯塔那唐墓中出土的联珠纹绮，纹样为在大联珠内填二龙戏珠纹。龙纹金色虎头有须，鹿状双角，口戏珠，蛇身无鳞，四足五只鹰爪，呈飞腾之势。图案中的龙，是典型的唐代黄龙的造型，而联珠纹通常被认为是受伊朗波斯萨珊王朝纹饰的影响。带联珠纹的丝织品在吐鲁番阿斯塔那古墓出土很多，有联珠鹿纹锦，联珠孔雀纹锦、联珠狮纹锦等，这件联珠龙纹绮，流露出东西方文化相互交融的痕迹。

启超心道：“古代天子都是穿龙袍，此人死后还是穿龙袍，难道他是一个皇帝？”不知道为什么，启超特别想看看这个人只剩下枯骨的模样，如此威风的巨龙，如此浩大的墓葬，能住进来的是一个何等威严的人物。

孟宪明沿着龙袍向上看，突然，他发现，在这位墓主人的头上居然套着一个面具，泛着黑光。面具上五官清晰可见，嘴巴处有一个口子，细如刀片，鼻子凸起，有两个小孔。此时眼睛处已是两个黑洞，深不见底。启超也发现了这个情况，他细细地盯着那眼睛看了半天，突然身上打了一个寒战，觉得那眼睛似乎显出了一点光线，那一双眼睛里分明出现了两个自己，不断地盯着周围看。启超此时完全沉浸在这种奇妙的感觉中。

启超和孟宪明不约而同的，隐隐约约地听见一个人在耳边轻轻地说着：“进来吧，让我们打开噩梦之门。”那句话一直在耳边回响着，回响着。像一个女人在耳边吹了一口气，清晰、透彻，周身舒服无比。

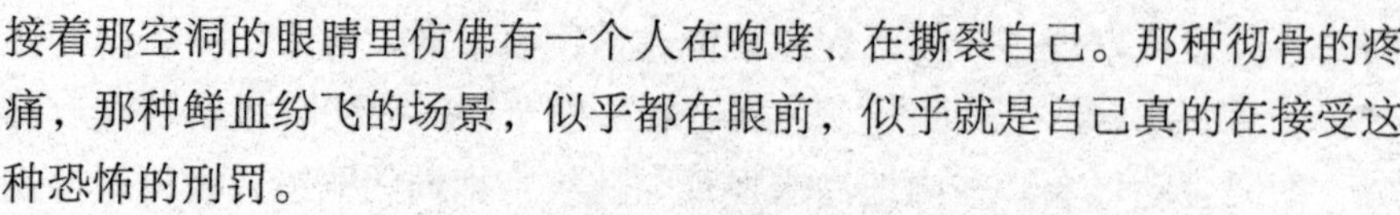

接着那空洞的眼睛里仿佛有一个人在咆哮、在撕裂自己。那种彻骨的疼痛，那种鲜血纷飞的场景，似乎都在眼前，似乎就是自己真的在接受这种恐怖的刑罚。

吴卫国、叶尔兰见俩人打开了石棺，便小心地向石棺走过来。突然，他们看见这俩人直挺挺地栽进了石棺里。

“不好！快躲进石棺！”吴卫国大喊。

乱箭之祸

叶尔兰被吴卫国这突然的一喊从震惊中喊醒。

“快躲到石棺里，别管其他！快，快！”吴卫国看还在犹豫的叶尔兰，赶紧补了一句。

吴卫国率先入棺，将启超扶起来，使劲摇了摇，此时启超似乎不太清醒，而叶尔兰也扶起了孟宪明。

俩人此时眼神有些游离，不知道发生了什么情况。

吴卫国猛的摇晃了几下启超，然后大喊启超的名字，这才让他苏醒了过来，在旁边的叶尔兰也是照旧。

俩人方才苏醒，就听见四面八方射来的箭，叮叮咚咚地打在石棺上。躲在石棺内的四人惊出了一身冷汗。如果此刻有旁人在场的话会看见，三个考古工作者加一个省报记者四人居然躲在一个古人的棺材里。而那些不知道从哪里射出来的箭在空中“嗖——嗖——”的飞着，不时地落在打开的石棺里。幸亏这石棺是磁铁做的，要不然此时这四人早已成了刺猬。

这阵箭雨大概持续了十分钟之久，最先探出头的是吴卫国，因为他确定没有危险了。

“好了，太危险了。”吴卫国长长地叹了一口气。

“过去了啊？”孟宪明也看了看周围。

“但愿是这样的，幸亏发现得早，要不然我们真的要死在这儿了。”吴卫国看着周围的乱箭道。

正在这时，那原本静寂的大厅又一次传来恐怖的铁链声，只见原本如花瓣一般的棺盖开始合拢，似乎力道比打开时还大。

吴卫国大喊：“快，起来，快！”然后伸手开始推那些棺盖。古人的机关之技是现代人所不能比的，还在梦游状态的启超一下子醒了过来。

孟宪明大喊一声，对着启超骂道："你把我的手踩坏了，赶紧滚起来！快！"

启超一脸无辜地说："我有点晕乎，不好意思。"

启超等三人看到吴卫国正在推那合起来的棺盖，可是此时这棺盖哪是一个老头子能扛得住的。三人赶紧站起来帮忙，刚站好推上面的，第二层棺盖又开始合拢。

吴卫国说："不行，下面的来两个人。小启，你和叶尔兰在下面。"

启超和叶尔兰闻讯，又再次蹲下去，坐在这棺内，双手开始推两扇棺盖。然而，四人越用力，越觉得这棺盖的力道大，慢慢地觉得这东西就要关上了。

启超喘了一口气说："我想过病死，被车撞死，老死，没想到到头来居然会是被夹死在这里。"

"你能不能说点人话？"

"可以。孟大胆。"

启超一边说，一边挪动身子，希望能在这石棺内找到一个可以挡住这棺盖合上的硬东西，哪怕是阻挡一时也行。然而他身子扭动了半天也没找到一个可以用的物件。

"妈的，你个变态狂，死了也不让我们安生。"启超说着就给那棺材内的尸骨一脚，这尸骨经历了不知道多少年月，此时已经易碎得很，哪能挨得起这丧心病狂的一脚。将那尸骨踢得支离破碎时，启超猛然看见那尸体下面居然有个拳头大小的形似按钮的物品。

"这是什么？"

吴卫国看了一眼，忙说："启超，快踩！那是机关控制器，快！我们保命就靠它了。"

启超一听，忙向那里移动，而此时所有的困难都压在叶尔兰一边，只见这位哈萨克族小伙子龇牙咧嘴，深怕这一合上就丢了性命。

启超既不能丢下手中的活，还要利用最后一点力气向那不远处的按钮移动，此时孟宪明、吴卫国、叶尔兰都死死地看着他，每向前移动一点，众人都会长出一口气。

启超使出吃奶的力气，一脚踩在那按钮上，只见这按钮缓慢地向下，然后起来。四人长长地出了一口气，可是这手中棺盖上的力道没一

丝减少，反而是变本加厉了。此时孟宪明已经和吴卫国平行了，孟宪明的背已经开始承受吴卫国那边的棺盖传来的力道，而在下面的启超也是如此。

孟宪明红着脸，眼睛似有泪花，哭诉：“启超，你他妈的踩的是油门吧，这咋比之前还厉害了啊？！”

“孟大胆！你好好说话，我可是按照你们的要求来按的，这能怪我吗？况且死又不是死你一个人，还有我们三个给你做伴呢。”

此时只听见远处又一次传来铁链的声音，启超等人手中一松，眼前开始冒起金花，四人一直将那棺盖推回到原先位置，这才趴在棺盖上喘气。

启超忽然站起来：“我再也不在这棺材里站了，我宁可死在外面也不在这里站着。他妈的，这是什么鬼地方啊，处处都是暗算，不是变成刺猬，就是要成为殉葬者，我可不想在这里待着。”说着就第一个从那棺材里爬了出来，躺在棺外，就此不动。

“不让你来，你喊着嚷着说不给你机会，现在知道了吧。我们都是刀锋子上工作的人，以后可别小看我们哦。”孟宪明说。

“我现在保持沉默，鉴于你之前的种种劣迹，我不和你说话！”

此时还在棺材里的三人，觉得启超此前的话很有道理，拖着疲惫的身子也走了出来，或躺或坐地在棺外不断地喘着粗气。

孟宪明拿出一瓶水递给启超，笑着说：“别生气，我刚才说话有点粗鲁，见谅！这也都是为大家好，你好他好大家好嘛！”

启超接过孟宪明递过来的水，喝了一口：“我哪能生你这样人的气，我这人好说话，不怕死，只要有人愿意陪我死，我还巴不得呢。放宽心，哥们儿从来没把你的话当话。咱们谁跟谁啊，自小一起在河里摸鱼，在村口抓鸟玩鸟蛋。”

“美好的童年啊。那你把我的话当什么？”

“天子忠言啊！时时刻刻把你的话当成红宝书，当成哲人名言，甚至要当成座右铭，我就不信了，我这辈子还成不了知识分子。”

大约休息了半个小时，吴卫国急不可耐地站起身来，走到那棺材边上，看着。孟宪明揉着手指头看到眼前的情况，半开玩笑地说：“导师，姜还是老的辣啊！”

吴卫国却不跟他搭茬儿，转身，指着地上的箭说：“你们看，这些箭是铁做的。”射在石棺上的箭落在地下之后又被吸到了石棺上。看来这墓主人是真的要让进来的人有进无出啊，幸亏发现得早，要不然这会儿躺在地上的就不是箭镞了，而是我们。所以宪明，以后考古工作不能只靠知识，还需要一定的头脑和耳听八方的能力。”

“我明白了，还需要很多学习的地方。”孟宪明诚恳地说。

启超在一边做了个鬼脸。低头拿起一根箭，发现这些箭长约三十厘米，周身通黑，一看都是纯铁打造，加上这里气候干燥，这些铁箭居然还保持着当初的样子。而在四周的墙壁上插着的铁箭更是数不胜数，可见墓主人是打算将进入者赶尽杀绝。

“等发现者沉浸在费尽周折打开石棺的喜悦中时，突然出手，加上这空旷的墓穴里无遮无拦，真是一个射杀的好地方。太狠了！差一点在乱箭丛中成了活靶子啊！”启超感叹道。

“怪不得一路上没遇到什么问题，原来所有的撒手锏都在这儿呢。”叶尔兰嘀咕道。

“叶沉默，你的力气真的很大，我都被你震撼了，看来回去后我也要好好补补。”

叶尔兰笑了一下说：“我给你开个方子，不光补身子，还可以补补别的。”

“你小子也有不正经的时候。”

王？王子？

四人心情平静后，开始查看石棺。只见这石棺内的尸骨此刻已经四分五裂，这一切都是启超干的好事。

吴卫国判断，墓主人生前身高应该在两米。其身上所穿的衣服鲜艳无比，初步判断应该是丝绸，衣服上用金线绣出一个巨大的金色龙，在油灯下闪闪发光。一张黄金面具遮盖住头颅。尸骨边上放着两个盒子，一件呈长方体，子母口，用锯、刮、凿、打磨等方法加工而成。盒的正、背面和底部有浮雕狼纹，狼呈匍匐低首状，腹部雕刻出一只羚羊头，表示刚刚享受过美餐。狼尾侧又雕出一只狼头，形态与前者相同；另一件形态和加工方法与前者相同，但是通体雕刻的图案与前件有别，以变形鸟纹为主。

启超指着那衣服："这衣服好生奇怪，是不是龙袍啊？"

吴卫国看了一眼："这应该不是龙袍。龙袍上除了龙纹九条外，还有十二章纹样，其中日、月、星辰、山、龙、华虫、黼、黻八章在衣上；其余四种藻、火、宗彝、粉米在裳上，并配用五色祥云、蝙蝠等。它们分别代表了不同的含义，'日月星辰取其照临；山取其镇；龙取其变；华虫取其文；宗彝取其孝；藻取其洁；火取其明；粉米取其养；黼若斧形，取其断；黻为两已相背，取其辩。这些各具含义的纹样装饰于帝王的服装，喻示帝王如日月星辰，光照大地；如龙，应机布教，善于变化；如山，行云布雨，镇重四方；如华虫之彩，文明有德；如宗彝，有知深浅之智，威猛之德；如水藻，被水涤荡，清爽洁净；如火苗，炎炎日上；如粉米，供人生存，为万物之依赖；如斧，切割果断；如两已相背，君臣相济共事。'总之，这十二章包含了至善至美的帝德。"

启超听完吴卫国的话后，感叹地说："古人讲究够多的啊。"

"再过上三五百年，咱们也就是古人，到那时候会不会有人和你一样站出来指着咱们的遗体说，你看这些人讲究真多。"

"我只是那么随口一说而已，你就记在心里了？"

"没有，我只是从考古的角度讲问题，从来不和你争学术以外的东西。"

"你和我争学术？我们不是一个级别的，咱们跟前有一个，你和他老人家争啊！"

"你小子能不能学点好！"

吴卫国似乎根本没注意这两人的对话。他盯着木盒看了好长时间，说："从这个人的穿着和金面具可以看出，这个墓主人是一位精绝国的王侯将相，甚至有可能是一位王子。要不然在那个时代谁会用如此多的黄金来给自己打造一个面具呢？还有那些青铜铸造的面具都可以证明这种可能性。这两个木盒非常有代表性。塔里木盆地的居民自古以来就有精湛的木雕艺术传统，而大夏、希腊化艺术和犍陀罗艺术的传入，则赋予这种木雕艺术以新的活力。"

孟宪明说："导师，你为什么要在后面加一个王子呢？"

"因为这个人穿的是龙服。在古代只有王子，甚至是皇帝的宠臣才有这样的待遇。"

"宪明，你将那两个盒子拿出来吧，说不定会有什么证明身份一类的东西。”

孟宪明戴上手套拿出那两个精雕的木盒，虽然经历了千年的时光，但是木盒光鲜依旧，让人万分激动。打开第一个木盒，一把羊脂白玉雕刻而成的玉斧出现在四人眼前。这玉斧长约二十厘米，手柄上雕刻着一个怪物，人面虎身，虎爪，九条尾巴，而在斧身则精致地雕刻着一个形状像马蜂的鸟兽，斧头的刃口处则被巧妙地雕成了锯齿状。除此之外，从玉斧手柄到斧身均雕有白云，似乎在流动。

孟宪明将玉斧递给吴卫国说：“这些雕刻应该是一种崇拜，玉石在古代是身份的象征。千年之前在这片热土上，以楼兰国为中心的西域文明有自成体系的原始古玉文化，而玉斧是一个部落权力的象征，在重要的祭祀和庆典中，玉斧则作为礼器。

“这‘人面虎身’之人是掌管昆仑山的陆吾，这在中国神话传说里也有记载。《山海经·西山经》：‘西南四百里，曰昆仑之丘，是实惟帝之下都，神陆吾司之。其神状虎身而九尾，人面而虎爪；是神也，司天之九部及帝之囿时。’陆吾神掌管这‘帝之下都’，还兼管‘天之九部’。他长得太神奇，体态怪异，长着虎尾。它特大的身躯十分雄壮，足有九十九只老虎那么大，他又有九个头颅，却长得很像人。它立在昆仑山上遥望东方，似乎在监护着什么，却并没有监护着什么。陆吾神办事谨慎，是掌管‘帝之下都’的第一天神了。它又被称作开明兽，本是黄帝都城昆仑丘的守卫，他把自己化装成老虎的样子，这样便可以获得老虎的威严和力量。看来这墓主人也想让陆吾这个天帝的大管家来给自己做管家啊！好大的想法。而那只像马蜂的是一种叫做‘钦原’的大鸟，《山海经·西次三经》有云：昆仑山，有鸟焉，其状如蜂，大如鸳鸯，名曰钦原，蠚鸟兽则死，蠚木则枯。这种鸟在神话里面传说很奇怪，它如果螫了其他鸟兽，这些鸟兽就会死掉，如果螫了树木，这些树木也会枯死，人遇上它凶多吉少。”

此时所有人的眼睛都盯着孟宪明手中的第二个木盒子。这第二个木盒内有数十块木简，不知道是何物所做的戒指，泛着淡淡的幽蓝之光。这些木简，长约十五厘米，宽约八九厘米，为当地最为常见的胡杨木所制。看到这些木简，吴卫国明显地激动了许多，颤抖着说：“我就等这些东西，真的是不负众望，这下子好了，总算没白忙活。”

启超一看出土的只是一些木简而已，而且上面的字也不是自己这样的人能读懂的，心想：这些搞考古的人真够怪的，发现金银珠宝不激动，反而发现几个破木简激动得要死，这世界还真有不为黄金所动的人。

“是啊，老师，您一直在期待能有文字打开西域文明消失之谜，这次发现的这些木简虽然不一定能揭开，但是起码可以给我们一些启示。这么大的古墓，这么多的贵重金属陪葬，在这么一个诡异的石棺里所埋葬的木简肯定会给我们带来非常重要的讯息。”孟宪明有些激动。

吴卫国让叶尔兰打开电脑，他要尽快将这些木简扫描进去，要不然木简长时间暴露在空气中，会导致字体不清晰。吴卫国戴上手套，毕恭毕敬地拿起一块木简，一边扫描一边说：“要知道，汉代的刀笔吏个个都是出类拔萃的书法家。在木简上工整的字迹之间，我们可以看到文字新的组成和形变。为了体现文字的美感，刀笔吏们刻意将两个字的偏旁部首相互结合，从而将两个字合二为一，从形式上来说这样看起来更为对称和工整。木简是还原历史最有力的证明，在有的时候，最确切的文献往往是来自于木简上的记录。”

“导师，我记得《史记·西域传》记载：‘精绝国，王治精绝城，去长安八千八百二十里，户四百八十，口三千三百六十，胜兵五百人。精绝都尉、左右将、驿长各一个。北至都护治所二千七百二十三里，南至戎庐国四日，行地空，西通扜弥四百六十里’。这是一座小城，人数也很少啊，我想不通他们有什么巨大的能力来完成这么大的墓穴和如此多的贵重金属来陪葬。”

“这你们就不懂了，在历史上精绝国虽是小国，但是它位于西域重要的路口，一直是国富民强，人民生活安居乐业。这从之前出土的精美的木雕、奢华的饰品就可以看出来。我们对于古代西域的了解太少，主要是因为文字和出土的文物太少，而这些国度又太神秘，甚至有些已经成了神话，只留给了我们想象的空间。”

“教授，我记得许多关于精绝国的考古书都表示精绝国小民寡，没有自己的文字，为了适应丝绸之路交通和内部管理的需要，中原的汉简和远东的佉卢文才先后出现在这里，这是不是真的啊？”启超带着疑问说。

“是这样的，作为一个位于丝绸之路上的小国，它的地位很重要，文化也很复杂，这一切都为这座辉煌的古城带来了灾难。也许这个国家的灭亡有它的历史性吧，很多事情不能用现代的眼光去看，说不定它的消失其实很简单，只是我们将它神秘化了而已。”

吴卫国正要细致地讲讲精绝国的历史时，启超偶一回头，竟发现在远处黝黑的昏暗空间里，出现了一个不大的洞。

这个洞的位置大概就在之前他们查看的佛像下，这个发现让启超很纳闷，心想："好像刚才没太注意这里，但是记忆之中刚才这里应该没有这么一个洞穴吧。"

他将这个发现告诉正在吴卫国跟前帮忙的孟宪明。孟宪明站起身后也细细地回想了一下，没有印象，或者说根本就没有注意，难道这是凭空出现的？他将这个事情告诉吴卫国，吴卫国表示，让他们两人前去查看一下情况，但是不要离开太远。

第六章 伏羲女娲

Chapter six

神秘岩画

启超和孟宪明一人带了一个手电筒，从石棺所在的位置向那个洞穴走去。

“难道是撞鬼了啊，这地方怎么会突然间出现如此神秘的一个洞呢？孟大胆，你说是不是啊，孟大胆，你想什么呢，问你话呢？”

“哦！”孟宪明回答了一声，接着说，“我在想刚才那个石棺里的人，我看到他那个面具下面的眼睛，总觉得很奇怪，好像他还活着呢。”

“怎么可能？”

“真的，我当时心中一冷，好像被什么东西给吸引住了，做梦一样。好奇怪的感觉。”

“我也好像有这种感觉，特别怪。”启超想了想道，“你还别说，我第一眼看的时候，也有这感觉，难道是我们俩被鬼附身了？”

“什么，被鬼附身？你胡说什么呢？”

孟宪明是家里的独生子，三代单传的儿子，所以家里人生怕这孩子出点事，这也造成了孟宪明胆小。启超知道孟宪明自小就胆小，小时候上学远，晚上放学要路过村子里的集体墓地，启超虽然和孟宪明一起放学回家，可是家比孟宪明家近点，每次放学启超都会要坏给孟宪明讲鬼故事。后来弄得孟宪明的妈妈晚上都要来接他了，从此，这就成了孟宪明在同学们之间的笑柄，而且这种胆小到现在都没减弱，甚至是变本加厉了。

“宪明，我给你讲个故事吧，我们报社上夜班的编辑经常拿讲鬼故事来提神。”

“你们单位人真够八卦的，我一直都给你说，报社这水太浑，天天搞文字工作，太八卦了，你还不信。”

“你到底听不听，你不会害怕吧。”

孟宪明给自己在心里鼓了鼓劲：“你以为哥们儿还是小孩子啊，现在练就了一身童子功，妖魔鬼怪近不了身的。”

“好，那哥们儿就开始讲了。”启超开始讲。

启超讲的这故事是从同事那儿听来的，也不知道是不是同事瞎编的。

“五年前的一天，我同事的朋友住到医院里，高烧不退，已经23天了。这些天，她那位朋友基本上都是早上退烧了，但晚上又烧起来，且浑身疼痛。她的朋友请求医生开止痛片，但医生不愿意开。医生说止痛片有副作用，不到万不得已，不能用这些药。

一天大清早，还没有病人起床，她朋友的母亲就来了，然后神秘地拿出了一个小瓶子，里面是红色的液体，吩咐她朋友不许出声，不许问。然后拿一些棉花沾一些红药水，从头到尾帮她擦身体，甚至连头发根也不放过。一边擦一边低声地念叨着什么。

很奇怪，从那一天起，她这位朋友没再发烧。在医院又住了一周后，出院了。

回家后朋友问母亲那天是怎么回事？母亲告诉她，仙婆说因为她经过火葬场，遇到一个死鬼，死鬼喜欢上她了，想找她做老婆，一直跟着她不放。所以才会生病，才会一直发烧不退。然后，仙婆用朱砂、桃树叶子等做成一瓶子破鬼的水，只要全身擦了，鬼就不能附身，就不能找她做老婆了。

然后她母亲还问，经过火葬场那天，是不是穿了一件黄色的衣服，里面是一件碎花黑色衣服。

朋友想了想，说是的。

她母亲说，死鬼很喜欢她那件碎花黑色衣服，为了让这个死鬼永远找不到人。要把当天她穿的那一套衣服扔到十字路口。

朋友虽然不迷信，但是病了一个月，害怕了，还是听从她母亲的话。我们同事说，不知道她朋友的妈妈说的东西是不是真的，一般肺炎住院，也就一两个星期。但朋友住院23天不退烧，确实她的病情有点诡异。如果不是真的，那为什么擦了红药水，当天就退烧了，世间的事情真的有这么巧合吗？”启超神秘地讲道。

“讲完了？”

“嗯，讲完了！”

“一点都不恐怖，也不害怕，你现在讲故事的能力不如小时候了，我看也是一种退化，可惜了。我就奇怪了，这桃树叶子也能驱鬼？”

“那你以为呢，咱们那儿不是有句俗语吗，‘桃木棒槌柳木刀，把鬼吓得摔一跤’。要不，我换个更恐怖点的？”

“别玩了，咱们干正事。”孟宪明说，然后心道：“看来回家要弄个桃木的护身符，以后你小子吓不倒我！”

两人走近一看，见那墙壁上插满了乱箭，这才明白，原来是刚才的乱箭力道太大，将原先封闭在这里的外墙皮射掉了一大块，刚好可以容许一个人弓着腰进去。此刻，里面一片黑暗，看不到尽头。

孟宪明一看到这个小洞，忙说：“这里难道会有个陪葬坑，好奇怪的构造啊！为什么要隐藏起来呢？”

“进去看了就知道了。”启超说。

“等一下！”孟宪明喊道。然后孟宪明先是弄了一把铁箭，将那些铁箭使劲扔了进去，等了一会儿，发现没有什么情况，率先进到那密室里。然后踩了踩脚下的地，对站在外面正在张望的启超道：“小伙子，此地安全，您老进来吧，别站累了。”

只见这通道狭窄，两边的石壁上有着精美的绘画。其中一幅上画着一群衣着鲜艳，手拿武器，骑着高头大马的人在草原上奔驰，最先领头的人接到来人禀报，像是在说什么，骑在马上的人很惊讶。

“宪明，你看这领头的人是不是很特别，我觉得看他的侧面，他的面目不清晰，好像是戴着面具的。”

“什么戴着面具，那不是和刚才咱们在石棺里看到的那个人一样吗？”

“这个我不能给你明确的答案。你看这岩画上，其他人的脸都很清楚也描绘得很生动，可是唯有这个领头的人显得神秘许多，根本看不清他的模样，除非描绘岩画的人也只是看到他戴面具的样子。”

“快，宪明，这边也有岩画。”走在前面的启超在附近的石壁上又找到了岩画。

只见这幅岩画上，这位戴面具的人与一个独眼人面向巨山，似有对话，而在不远的山坡上则是面具人的手下，他们静静地等待着，风吹着马身上的毛，虎虎生威。远处的雪山威武万分，看不见头，也看不见尾，唯有远远的一条小路向深山伸去，似乎要进入云顶一般，在那些雪山顶部，似乎隐隐约约有一个笔尖大小的洞穴。

启超感叹道：“这画家功夫了得，那个洞穴只是轻轻地一点，可是形象无比啊。可是他为什么要画这些东西呢？”

孟宪明说：“岩画的作用正是这样，记录生存方式和生活内容。”

启超又看向那岩画，说：“我就奇怪了，你看这独眼人腰间的这个石斧，这石斧是不是咱们刚才发现的那个玉斧。”

“还真是，你小子眼光不错，都赶上我这个老考古工作者了。这玉斧应该有两把。”孟宪明说。

“两把？”启超打量了一下那图，果然看到图上那人确实是在腰间有两把斧头：“说实话，这斧头还真的有两把，可是咱们就发现了一把啊。另外一把呢？”

“这事情要留在后面去研究了。”

两人顺着通道往前走，又在两边发现了岩画，这岩画则是战争场面，独目人和面具人带着一帮士兵模样的人似乎在背后的山间抢到一幅画卷，落荒而逃之时，被空中袭来的巨鸟震慑，只见这巨鸟是三只脚，三只脚像等边三角形的三个角一样，其中靠后的脚上人为地带着巨大的钢爪，在不断地袭击众人，专抓人的眼睛等要害之处。在岩画上可以看出，这帮人都是经历过长时间的战争磨炼，在有序地向树林深处退去。但是再强大的部队，在冷兵器时代，面对从未见过的三只脚的鸟也会被震撼，尤其是这种鸟还在不断地杀人，这支队伍死伤严重。可这是一支受过严格训练的部队，他们抬起死去的士兵，将尸体顶在头顶，向森林退去。

“幸亏我们没遇见这种鸟，要不然咱们估计是要挂了。”

神秘岩画2

“这岩画真的是让人触目惊心，如此画工放在现代肯定是出类拔萃的大画家。”

“描绘的很细致，让人一目了然，但是他要给我们讲一个什么故事呢？”

“让人难以猜测。”孟宪明不断的在脑海里搜寻着关于这个消失的国家的记忆，然而似乎都没有关于这些岩画上内容的记载。

在另外一幅画上，逃出来的众人在森林里搭起篝火，戴面具的人看来是受了重伤，命在旦夕，但是他还是对手中的那幅不知道是从何处抢来的画卷念念不忘，只见他将这画卷交到独目人手中，而独目人却将一个玉斧交到了戴面具人的手中，两人面对面，似乎还说了些什么，手和手握在一起，有种惺惺相惜之感。岩画上，戴面具人口吐鲜血，鲜血在面具上显得更加耀眼，而他抬头看见那不远的天空，似乎对生活充满无限的怨恨。

在紧挨着的一幅画上，一批人正在一片荒原上出殡，周围气氛浓重，很多人看上去哀伤不已。一队士兵抬着一个大棺材走在前面，另外一些人则抬着尸体。

“孟夫子，你看棺材里装着的应该就是差点送咱们命的人吧。后面抬着七个人，看来这里应该就是七人的墓葬了。”

“你咋知道的？”孟宪明问。

“这上面画着呢啊，你太不细心了吧。”

“我看看！”

孟宪明凑了过来，只见这画面上确实是有七个人，应该是被那怪鸟所伤致死，鲜血还凝固在衣服上。

“你看自古贵族都是舒舒服服地生活，死了还舒舒服服的有窝，这些出生入死的兄弟就不一样了，全他妈的还要给人家死了当垫背的，害怕主人孤单。”

“这是时代不同而已，你现在拉着人和你一起死，你就是死了，法律也要判处你！”

“我可没这么想。”

在随后的岩画里，只见城市里的人在不断地疏散，家门被敲开，从不同的道路有人带着他们离开。

“这些人从城市离开，难道是在诉说精绝人被迫转移的故事吗？他们为什么离开呢？这可是很有意思的。”启超开玩笑地说。

“这些年关于精绝国的消失一直是一个争辩不休的历史问题。有人说，它们的消失是沙漠的原因。这个论点现在认可的人很多，我研究塔克拉玛干沙漠南缘古绿洲的演变，得出结论是，这种演变基本上遵循着不断从下游向中上游攀升的模式。如两汉及晋代的古城多建于内陆河的下游尾闾；隋唐时代的古城，多建于中游；而宋元期间设置的古城，多位于现代绿洲的外围。也就是说，随着绿洲不断从河流下游向上游节节退缩，城镇随之节节迁移，而荒漠则节节进逼。迄今一部塔里木的历史，就是绿洲退缩、沙漠扩张的历史。”孟宪明如数家珍地说。

“可是我看许多记载上都说，古代我们如今所在的这里其实气候是非常好的，将古代绿洲与现代绿洲作个比较就会发现，古人的生存环境远比今人优越：那时候河流更长，水更丰沛，森林和草地更茂盛，野生动物更加繁多，土地也更广阔肥沃。正因为如此，故宜牧、宜农、宜采集和渔猎，成为人类社会早期的伊甸园。由汉至唐，横贯西域的丝绸之路从兴起到繁盛，留下了‘使者相望于道，商旅不绝于途’的盛况，并在东西方文明的交流和融汇中铸造出了独树一帜的西域文明。”启超非常肯定地说。

“所以我当初就说，对于塔里木盆地古代绿洲城邦的废弃，西域文明古国的消逝，学界有过种种推测：如战争破坏论、瘟疾流行论、气候变干论，等等。其实，这些论说都缺乏历史与科学的根据，对塔里木盆地绿洲的发展变化过程未做全面的了解。因为，只要存在良田沃土，战争破坏了人们可以重建家园，瘟疾过去了可以重新使用，谈不到废弃。至于气候变干论，也站不住脚。我们知道在漫长的地质时期，气候的变迁曾经对生态产生过巨大的影响，但在人类短暂的历史时期，这种变化并不显著，因为地质时期的变化以百万年为单位计算，而人类有文字记载的历史，至今不过几千年。”

“这也是吴教授的观点吧。”

“是的！导师一直认为精绝国的突然消失有着不为人知的原因，但是肯定不是自然环境改变造成的。但是导师这么多年也一直沉默地面对这些争论，他期待着历史的真相，这也就是为什么他这次如此激动，看完封墓石上的文字之后就立即从北京赶来的原因。”

“老教授是一个真正的考古学者。”

“只可惜，导师的身体越来越差了。他自己也曾经说过，害怕有生之年看不到精绝国灭亡的秘密大白于天下啊。”

“但愿教授能够如愿吧。”

“借你吉言，相信他能够等到真相大白的一天。”

通过这段狭窄的通道，里面又开阔起来，两人进到一个密室。只见这密室大小犹如一篮球场，正对两人的是一尊佛像。佛像身高1. 5米，头顶莲花瓣佛冠，发髻高耸，长发披肩。两耳佩戴环饰，袒露的胸膛上雕着花纹。下身着羊肠大裙，周身佩饰垂珠菊花。一条飘带从颈肩垂下，蜿蜒至手臂，娉婷环绕而随风飞舞。双手捻莲花，至胸前交合。莲花之上承托法器，左上托经卷，谓可使芸芸众生增长无穷智慧；右上托宝剑，能驱除邪恶，断除烦恼。

在狼牙手电光线所及的范围之内，摆放着数具枯骨。骨质中的水分早已蒸发尽了，就连骨头都接近腐烂，有些部位已经呈现出了紫红色，似乎这尸骨还被某种利爪狠劲地毁坏过。四周的墙壁上刻满了各种浅浅的浮雕，工艺古朴典雅，形象独特迥异，是两人以前从来没见过的。

“启超，如果没有猜错的话，这些人应该是刚才咱们在通道里看见的那些被无名的鸟袭击而亡的士兵，从很多被利器抓伤的骨头上可以看出这一点。”

“我也觉得应该是这样的。宪明你注意到没有，这里的这尊佛像没有戴面具，恢复了仁慈之相，这样做是为什么呢？”

“古代精绝人信仰佛教，在死后也希望聆听梵音，进而上升极乐。这就是为什么这里要建设佛像的原因了。刚才咱们也看见了那个戴面具的人作为头领不知道为了寻找什么东西而枉死，内心不服，加之这么多出生入死的手下与他一同枉死，墓主人虽然内心信佛，但是他也是怨恨，所以想出用诡异的面具遮挡住佛的慈悲。”

第一次考古

“话又说回来，这地方甚是诡异。是不是第一次参加考古就这感觉啊？”启超询问。

“第一次参加考古，就跟初恋一样，有甜蜜，但是也有挫折。”孟宪明沉浸在那种美好的回忆里。

“那讲讲你第一次的感觉啊！”

“说实话，我第一次参加考古，还是在大学的时候。那时候整天听学长吹嘘，发现了什么什么，特别想自己能有这么一个机会。”孟宪明说。

“你这完全是羡慕啊，还给自己找借口。”启超说。

“终于有一次，教授说联系到湖南的一个古墓发掘项目，我就被派去参加考古挖掘工作。那次真的把我给震撼了，好多尸骨，好多以前在书中看到过，却没摸过的文物。我真的是开眼了，一下子坚定了我的信心。”

“讲讲吧！谈谈你的处女行！”

“其实那次去参加的考古队，人数不多，但是大家都憋着一肚子火。因为那是一个古墓群，已经发掘了好几次了。我属于走后门参与进去的。那个考古队有教授的一朋友，所以教授就推荐了我。我当时看到这个古墓的简介，上面介绍说在这里既出土过明代的酱釉碗、辽代的铜钱、汉代的陶瓮，还有女性的随葬品耳铛、发簪，一对合葬夫妻脚踩的盖罐……”

“这么多东西，明代的、汉代的，居然是出在一个古墓群，我还是第一次听说。”启超也很惊讶。

“其实这样的古墓群在中国很常见，一个垒在一个上面，谁占了好风水的地，过上一二百年，只要地形没变，还是有人会发现，接着在周边给自己建上墓。”

孟宪明抬头想了想接着说当时我去之后，人家就没安排我参加考古，而是在一边帮忙看。看到第一座出土的是明代土坑木棺夫妻合葬墓。在这座长2.84米，宽2米，高0.5米的墓葬内，土层内可见到松木棺材的木屑。当时这墓葬内的尸骨为仰身直肢葬，保存基本完好，但是年龄已无法推断。我当时一看就知道，这是一个平民墓，没多少价值。”

“我知道，你肯定是想等大头，弄个帝王墓，起码也要弄个上将级别的。上下五千年，先人们除了在世间留有无数的瑰宝，也在地下为我们留下了不可思议的宝藏。一个农夫无意中的一锹，挖出了沉睡千年震惊世界

的宝藏——秦陵兵马俑；英雄一世的女皇武则天临终前脱下黄袍，归葬在丈夫身边，也留下了“无字碑”给世人以无数的猜想，也不知道埋藏了多少稀世珍宝……其实我对考古没兴趣，我就是特别喜欢那种发现宝藏的快感，比如这次，我参与发现了木简。这就足够了。”

“你这是胸无大志啊。”

“我是燕雀，比不了你的‘鸿鹄之志’，哈哈！”

“其实那次考古，之前并没有什么特别之处，直到一个晚上。”

原来那个晚上，孟宪明看没有什么情况，就去睡了。半夜，突然听见有很多人在外面喊：“塌了，塌了！”

孟宪明被这喊声惊醒，跑出帐篷。“当时我就看见远处灯光下尘土飞扬，好多人向四周不断地跑，大家生怕跑得慢了。”

“怎么回事？出僵尸了啊？”

“我问别人才知道，原来刚才发现了一个大墓，可是没人知道里面的情况，就有人提议进去看看，可是走到半路上，不知道谁碰了什么机关，这墓道从上面塌了下来，在下面压了好几个人，其他在外面围观的人一看这情况还不就散？”

“看来你这开头够不顺的啊，先是难以有重大发现，有了重大发现又来塌陷，开局不利。以后出门我们要算算，不宜出门就不出了。”

“我当时也想，好不容易能出来，参与一次考古。正想着怎么回去给别人炫耀呢，一听到这事，我心里五味杂陈。这塌陷结束后，连夜现场就被拉起了警戒线，又组织营救。挖了半晚上，才将埋进去的人给挖出来了。”

“死了？”

“你以为呢，死相很惨。窒息而亡，你以为开玩笑呢。”

“死了几个！”

“三个！”

“生命可贵，远离考古！”启超感叹。

“当时挖出来这些人，死相难看是一方面，但是脸上的惊讶表情让人疑惑许多，好像是有生命的东西把他们给吓着了。其中一个人手里还拿着好像是从墓穴里带出来的宝石链子，白花花的，在晚上闪闪发光。”

“我给你说吧，肯定是僵尸、粽子什么的，要不就是有鬼！”

“当时考古队里的民工，很多都说是遇到鬼了，要不然为什么刚才好好的就出现这么个问题，还压死了人。那些人说什么都不干了，集体罢工。”

“人民的眼睛是雪亮的啊！”

“我当时就不信这个邪，可就是涨工资这些人都不愿意干，我看其他人都因为这个事情显得很悲伤，整个气氛一下子由没有重大发现的躁动变成了对失去生命的悲伤，我主动请缨，要求去周边看看能不能发现什么。”

“好同志，组织就需要你这样有战斗力的小伙子！”

孟宪明回忆道：“那是当然，考古队的负责人一开始不同意，后来我再三争取终于让划了一块地，在那里带着民工们挖掘。一天时间我就搞出来一座辽代的圆形砖室墓。当时这个墓，顶部及四根立柱已遭到破坏。未见到窗。墓底用砖错缝平铺，北壁有砖砌的尸床，尸床上放有不完整的尸骸。墓室直径为2.8米。在墓室南侧有砖砌甬道，底部没有铺砖。墓室内共出土三十三件器物，有九个陶罐、两个陶釜、一个陶碗、两个陶瓶、两枚在钱币发展史上占有重要地位的唐代开元通宝等。”

“挺有成就啊，小伙子，第一次实战你就弄了个满堂彩！”

“我当时也挺激动的，可是弄完之后才发现，原来塌陷的地方已经被填埋了，整成了平地。据说，是因为那个墓太邪乎了，不适合考古挖掘。”

“我以为你们不信这个呢，原来还真的信啊？”启超挖苦。

“我是不信，但是遇到那么多人奇怪的死亡，奇怪的表情，再胆大的人都会被这种事情给冲昏头脑。领导们害怕了啊，死了那么多人，吸引了那么多媒体眼光，他们害怕自己的官帽子丢了，就下令将挖开的回填。”

“媒体人的力量还是很强大的。”

“好了，你现在知道我第一次遇到的比你这次遇到的强大得多了吧，现在高兴了？心里是不是舒服许多。”

“其实，你讲这个宽慰我，当时我觉得挺刺激的。”

“光有刺激是不够的，考古讲究的是清晰的头脑，慎密的思考，这样才能游刃有余。”

启超回头看了看道："我明白了。你这位老爷子教授咋还不过来，再不过来我们就要往里面走走了。"

"算了，咱们别等他了，他一看到那些木简肯定激动得很，此刻说不定就坐在那儿检查呢，我们还是往里面走走吧。"

"也好！"

站久了，两人觉得里面肯定还有什么发现，开始往里面走。两边有岩画，也有一些简单的浮雕，甚是诡异。

猛然间，启超看到在左侧的墙壁上似乎人为地留出来一个洞，只是这个洞和周边的环境都显得很立体，似乎是真的一般。这洞高约一米，周围是一些人抬着某种贡品，在向这洞内走，图很有立体感，好像那些人就是凸出来的一般，很真实地站在眼前。

"孟夫子，这图好怪啊！"

"这是'立体图'啊！古代人难道已经掌握了这种图的创作？"

"你说的是那种街头艺术吧，画个坑，人走在上面感觉是要掉下去了一般？"

"其实就是这原理。我们之所以有一对眼睛,是因为这样能看到物体的空间位置，而不只是像照片一样只给人一种平面的感觉。原因是左右眼看到的图像并不相同，之间细微的差别被大脑识别，用经验即可判断物体的空间位置。在五六十年代的欧美国家，曾经流行看一种'立体镜'。在人们用立体镜去看时，就会呈现立体感觉。还有一个视点的问题，人们看某物时不会前后都清晰，当我们把视点调到前面时，后面就会模糊，反之前面就会模糊。当然，这些调节是我们无意识的。我们想看清什么物体时，就马上把视点调到它上面。三维立体画也是相同的原理，看画时把视点落在立体画后面合适的位置，使左眼看到的画面与右眼错开一个单位块。左右眼也就看到不同的图案。如果我们把这两幅图案做成像左右两张照片一样有一定差别，就能看出立体效果。"

"看来古代人够贼的啊，这都被他们发现了，如果把这些人放在现在上海、广州的大街上，让他们来创作，我相信绝对火。"

"我就是想不明白，古人是如何发现这东西的？"

"孟夫子别想那么多，费神得很。我还是第一次看到这东西，我要摸摸。"启超说着就顺手摸了那些人，眼睛看到的那些立体图，却在手中摸不到，启超看到手在那些立体图画上游走，却抓不到。叹道："妈的！真的太奇怪了，太神奇了。”

顺手又摸到那洞口，启超手在那洞口转了一圈，马上缩了回来：“我靠！不会吧，这东西是空的啊！”

“那当然是空的了，你抓的是空气，这立体画就是利用了眼睛的盲角。”在一边速记那些图画的孟宪明说道。

“不是的孟夫子，这洞是实体的，是真的洞！”

“你脑子烧糊涂了吧，是不是受到了刺激，这立体画，怎么会成了真的呢？”

“给你好好说话呢认真点！不信你自己看。”启超说着，将手从那洞里塞了进去，孟宪明惊讶地看着启超的手穿过那立体画中的洞。

孟宪明张大嘴：“真的啊！这家伙太神奇了，和这立体画结合得太好了，居然在这里有个洞！”

此时两人才发现，原来这个洞是一个椭圆形，里面黑暗无比，根本看不见什么。

“进不进去看看啊，孟大胆？”

“进去啊，肯定要进去。”孟宪明看着那洞。

只见孟宪明将手电筒的光调到最大，活动了一下身子，然后先是脚踏进去，试了试，没有什么问题，然后进去。

启超见没有事情，也准备跟着进去。

伏羲女娲

启超一个箭步，跨进那洞内——只见这洞其实并不大——径直向孟宪明那边跑去，此时孟宪明呆呆地站在原地，手电筒光也是直直地朝着前方。

启超来到孟宪明跟前，拍了一下孟宪明肩膀道：“没事吧？”见没反应，再下手狠狠地拍了一把，提高嗓门吼道：“你丫没事吧！？”

启超正在纳闷呢，孟宪明猛的一个转身，手电光照着嘴，鬼喊：“我能有什么事？”

启超被这突如其来的一招吓了一跳，然后转身：“你丫玩这么损的事，不怕天打五雷轰啊！”

“还给我玩阴的，吓我！”

"这地方不大啊，太暗了，看不清楚。"

"我刚看了一眼，角落里有个尸骨，其余的都是些画。没什么意思。"孟宪明说道。

此时启超却在兴致勃勃地看那石壁上面的岩画，只见这岩画上画的多是山水河流，轻描淡写的人影，还有许多草原，飞驰的骏马，狩猎图等等。转了一圈，启超突然看见一幅图，只见这洞内其他的图都是黑白色的，而这图却很突兀，是彩色的。

这图画得很是细致，用功。上面两个拥有蛇身、人面的怪物相互交叉在一起，似乎在不断地蠕动，又似乎是在祈祷什么。

启超看着觉得有些奇怪，问道："孟夫子，你说这古人是不是很怪，为什么要将人想象成这种模样呢？"

"什么模样？"

"你自己不会过来看啊！"

孟宪明走到启超跟前，盯着上面看了一眼说："我以为是什么东西呢，原来是伏羲女娲图啊。"

"这是'伏羲女娲图'啊？跟怪物似的！"

孟宪明看了一眼启超，然后说道："你这人懂什么，这叫艺术。伏羲女娲是中华民族的始祖神，正像西方世界的亚当、夏娃一样，他们结为夫妇，共同创造了人类。伏羲是古代传说中的三皇之一，相传他创造了八卦，又教人渔猎。传说女娲用黄土造人，炼五色石补天，断鳌足以撑四极，治洪水、杀猛兽，使人们得以安居。在吐鲁番的阿斯塔那墓地那些深邃的古墓墓顶，悬挂着一幅幅画在绢或麻布上的伏羲女娲图，给这个冷冰冰的地下世界增添了人间的暖意。"

"你这么一说，还真有那么点感觉，原来我们就是他们俩生的啊。"

"不是我们！"

"那是谁们？"

"是咱们的祖先！"

"看来咱们祖先进化够快的，很快就没有了蛇身子，进化成了两条腿，还是腿用着舒服，看着那蛇身子我就瘆得慌！"

"要学会尊重祖辈，你这孩子。没想到你到现在还这么怕蛇啊？"

"你说呢？一朝被蛇咬十年怕井绳啊！"

原来启超七岁的时候，有一次跟着母亲去地里看秧苗，这孩子不省事，在路上抓蝴蝶，跑草丛里，一不小心被蛇给咬了，虽然没送小命，但是从此以后就给这孩子留下了阴影。老做梦梦见蛇，害怕弯曲的小虫子。

由于启超对伏羲女娲图了解得不够深，孟宪明临时给他开起了小灶。原来在这画面上，画成男人形象的是伏羲，画成女人形象的是女娲。他们身体的下半部分被画成蛇形，亲密地缠在一起。伏羲手持矩用来表示方，女娲手持规用来表示圆。画的上半部是两人的上半身。左边是女娲，高高的发髻，细长的眉毛，端庄的脸上点缀胭脂，眼中的神情显露出娴静；她左手搭住伏羲的左肩，右手执规高举头上，广袖垂至肘部，露出圆润的手臂。右边是伏羲，头上戴着方巾，插着一支形似满弓、尾如麦穗的簪子。他与女娲相对，两道长眉中间点着一记朱砂，圆圆的脸庞上写满祥和，平添一种神的超然；他右手揽住女娲的右肩，左手执矩举在头上，用食指与女娲对指着。

两人的脖子犹如蚕身，颀长的身躯没有明显的性别差异，都穿着对襟镶边的花上衣，至腰际两体相连，合穿一件“超短裙”。裙裾之下，是两条粗硕的，相互盘绕、互缠三匝的蛇身。

“方和圆，在中国古人的思想中，是用来表示天与地的，而围绕着女娲伏羲的自然是日月星辰。这种画不用解释你也会明白，世界是两极的，阴阳结合化生天地万物。自然界和人类就是这样生生不息，代代不绝。”

启超道：“这个你不用解释，我能明白！”

“要谦虚，孩子，在别人传授知识的时候，学会铭记，而不是打断！”孟宪明语重心长地说道，“在中原地区，伏羲女娲图从汉代起就开始流行。从魏晋时起，随着中原和河西走廊地区大量汉族移民的到来，这种图画和思想也传到了吐鲁番，成为这个盆地古老的文化传统之一。”

“那咱们怎么在这里发现了？”

“这我哪能知道，还需要研究来证实，说不定那时候文化的传播比实际考古研究得出的要快得多。”

启超看着伏羲女娲手中拿着的东西道：“我记得世界上特别神秘的组织‘共济会’的标志也是方矩和圆规组成的象征符号，难道这两位神人也是这个组织的？”

“你又开始玩神秘了！”孟宪明道。

“难道你忘记了，共济会成员自称为该隐的后人，通晓天地自然以及宇宙的奥秘。《创世记》里有关于共济会最早的记载。”

这段《创世记》里的记载大概意思是说洪水消退之后，神因诺亚的虔诚而喜悦，并且决定不再毁灭人类。然而人类并没有忘记对神之领域（自然科学）的探索，在复兴之后，大多数人类仍旧十分愚昧，只有石工仍旧掌握着自然科学和几何学的秘密，根据这些知识他们知晓了人只不过是神的“不完善的复制品”。石工们发现如果通过自身努力，就可以克服人类自身的精神和肉体上的缺陷，从而回归神的领域。诺亚的不孝之子中有一个叫古实，古实有一个儿子叫宁录，他是传说中最强大的猎人，宁录是巴比伦的国王。当时石工们从四面八方聚集到巴比伦，开始建造一座通天塔，也就是传说中的巴别塔。宇宙的伟大建筑者这一次采用了一种幽默的手法进行惩罚：搅乱了他们的语言，于是他们荒废了造塔的工程而散布到世界各地……从此他们不再将伟大的学问透露出去，而是秘密结社，采用口令暗号和秘密的握手方式表示身份——同时区分在团体中的级别和工作中的职务。这些“自由石工”在耶路撒冷建造了所罗门王的神殿。他们在古希腊被称为丢尼修建筑团，在中世纪为基督教徒建造教堂和各种大型石造建筑。石工们严守组织秘密，在建筑工地旁开设的集会所进行聚会，交流知识，他们信奉宇宙的伟大建筑者，通晓宇宙天文、人体解剖学、几何学等浩瀚知识，他们互相称为“兄弟”，奉行兄弟友爱、同舟共济。而这里所讲的就是共济会。伏尔泰、孟德斯鸠、歌德、海顿、萨德侯爵、莫扎特、腓特烈大帝、华盛顿、富兰克林、马克·吐温、柯南道尔、加里波第……无数共济会会员的名字如同星光一般闪耀在西方近代史的夜幕之中，而如今甚至有人更大胆地推测说美利坚合众国的实际统治者是共济会，而非总统。而在共济会里据说还有一个非常神秘的组织被称为“光明会”。

“你当时给我说了共济会，可是你没告诉我共济会是美帝国主义的幕后黑手啊，这事情我为什么不知道？”

“我当时害怕你一下子接受不了，会骂我。”

“我是那样的人吗？一切新事物都是我要接触的！快点讲讲。”

“你看到过美国发行的1美元钞票图案没？”

“嗯！我见过，这跟美元有联系吗？”

“也许你当时没注意，但是我确实是在网上专门看了一下。”启超说。

“1美元由一座未完工的金字塔、一只‘全知之眼’和两条拉丁标语组成。这座金字塔共十三层，代表美国建国伊始的十三个州。金字塔黑暗的一面朝向西方，暗示了当时蛮荒未被探索过的北美西部。金字塔是古埃及的象征，埃及文明是人类古文明的主要发源地之一。此图表明美国不仅是英格兰新教精神的天然之子，而且也与人类最古老的文明一脉相承。未完工的金字塔，象征着合众国会继续无止境地上升，强盛不衰。金字塔上方独立的‘帽子’中，包含一个全视之眼，象征了美国的建设还没有完成，但在上帝的帮助下，目标一定会达到，最底层上有‘MDCCLXXVI’的字样，是罗马数字的1776，代表美国人民于该年一举脱离了英帝国主义的殖民统治。两条拉丁标语，下面的一句是：‘Novus Ordo Seclorum’，翻译成英语是‘A New Order of the Ages’，再翻成中文是‘世界新秩序’。这是共济会的用语之一，这句拉丁文是在1782年才被发现和共济会有关的。代表的是新纪元的秩序，即美国脱离英国独立之后的新秩序，或者说是那个‘影子政府’所要建立的新世界秩序。

“我还要告诉你，曾经在中国有个共济会的分支，叫洪门！他们以爱国为己任，保护中华文化的传承。”

“行了，别给我灌输这些神秘思想了！我很正派的，你小子正在腐蚀我！”孟宪明道。

“但是你说，这伏羲女娲图里的问题要如何看呢？”

“其实伏羲女娲图一直以来都很神秘，尤其是在人类发现脱氧核糖核酸分子的30年后。有一天，一个西方人面对着这张图突然惊讶得说不出话来：这张图上蛇尾的交缠，不正是双螺旋线的结构方式，不正是生物的基本遗传物质脱氧核糖核酸的分子结构吗？这仅仅是一种巧合吗？近2000年前的人们为什么会想到用这种双螺旋线来表示人类繁衍呢？难道，中国人在远古时代，就凭直觉洞悉了生命的起源方式？或者是一种来自天宇的神谕，让中国人洞察了天机？”

启超盯着那图再看了一眼：“还真的是挺像那么回事的。咱们中国的专家们为什么就没向这方面联系呢，你看外国专家多有想象力，人家在跟我们祖先玩思想，玩神秘。”

"'共济会'确实很神秘，有太多不为人知的东西，很多世界大事似乎都有他们的影子。但是那确实和伏羲女娲图没联系。"

"启超，宪明，你们跑哪去了？"外面传来了吴卫国的喊声。

"我们在这儿呢，导师！"孟宪明回答了一声，然后接着说，"走吧，老爷子忙完了，咱们出去。"

第七章 连串秘密

Chapter seven

串起来的故事

两人从那小洞里出来，看见吴卫国和叶尔兰从通道走了进来。

“小伙子们，有什么新发现啊？”

孟宪明说：“导师，我们有一些重大发现，不知道你是怎么看的。这里有一些像连环画的岩画，看起来精绝国人是故意离开的，是因为某种危险而离开。但是绝对不是因为自然环境的改变。还有这里有个小洞，里面有个尸骨，看来也是死了很久，其他没什么重要的。”

“你们看到的岩画在哪里？我看看。”启超和孟宪明带着吴卫国、叶尔兰又重新看了一遍他们发现的岩画，吴卫国边看边啧啧称奇。

“这个戴面具的人应该就是咱们发现的墓主人，从这里可以看出他应该是大将军一类的军官。”

“是的，教授，我和宪明也是这样看的。这个岩画上戴面具的人和石棺里的是同一个人。”

“你们有没有发现，他们到底是在找什么？按照这些岩画来看，应该是面具人得到一个士兵的回报，得到某种讯息，然后才组织这次寻找的。在第二幅岩画里，出现一个独目人，这个独目人是从哪里来的？他是如何遇见这个戴面具的人？难道他也得到了和这个面具人一样的消息，所以来一起寻找的。还有，他们看向群山，难道他们进山之后是去寻找手中的那幅画卷？其后那种三只脚的鸟攻杀这些士兵，士兵在不断地死亡。后来杀出重围之后，面具人知道自己时日不多，就将这个画卷交给了独目人。当时独目人用随身携带的玉斧替代了画卷，我猜想那个玉斧应该是一种象征，一种无上的权威，为的是以后有个凭证，也好前来寻找。要不然面具人不可能将自己用生命换来的这个交给独目人。最后一幅就明显了，这次寻找得罪了某股势力，不得已精绝国开始全面撤离。”

“导师，我也是这样认为的。您得到的那些木简记载的是什么？”

吴卫国似乎有意隐瞒，没有说话。

启超却满不在乎地说：“我在一本书上看过关于独目人的故事。

“相传约5000年前，古希腊的水手在现今意大利西西里岛上一个叫爱特那山的岩洞里，发现了一大堆酷似巨人骨头的巨大骨骼，只有一个眼眶的庞大头盖骨横七竖八地散布在洞里，水手们认为这就是可怕的独目巨妖，以前可能就住在这个岛上。而今冒犯了这些巨人的坟墓，必将招致灾祸，这使希腊水手们深感不妙，立即离开了这个荒岛。相信西方那边住着一些独目巨人，是他们妨碍了希腊人在西西里岛建立殖民地，这种说法代代相传，有好几个世纪之久，人们都对独目巨人的存在深信不疑。

“其实我在北疆考古的时候见到过这样的岩画。我在青河县考古调查时遇到过在陨石上雕凿而成的圆球状石人，以及刻在陨石上的牛、羊、马、骆驼等岩画，其中有一幅‘独目人’图案的陨石岩画与分布在世界许多地方的独目人岩画惊人的相似。刻在陨石上的‘独目人’头部呈圆圈状，中间绘有一眼，两手相连环置胸前，胸以下左右被两道圆弧包裹，只露出双脚。比这个人要恐怖许多。”

叶尔兰此时说：“独目人一直是阿尔泰山区古老的谜团，传说在3000多年前，阿尔泰山的南坡曾经生活着一个神秘的部落，他们身材高大，骁勇善战，每个人的额头上都只有一只眼。全世界的古老神话中都有独目人的母题，一只眼的民间神话令无数人疑惑了数千年。在所有的考古发现中，独目人的图案时隐时现，世界各地的人们在寻找独目人的过程中，一直困惑于独目人出现的最初画面。独目人岩画出现的年代往往无从证实，但是，这种普遍现象的背后，恰恰反映了世界原始宗教对这种超现实主义的迷恋。”

“一只眼的天神形象几乎出现在所有曾经辉煌的文化中，那么究竟是什么引发了古人对独目人的联想呢？我倒不觉得这人有多恐怖，反而他的形象比那个戴面具的人更清晰些。”启超说。

“那是，这些艺术化的人物肯定是和艺术家心目中的形象一样的，总不可能把他画成魔鬼的样子，那样岂不是要吓死人了？”

启超想了想，说：“其实，有这么一个人走在大街上，回头率肯定很高。”

“如果按照传说中的记载，这些人都是身形魁梧，和姚明一般。”孟宪明说。

“那咱们的篮球可是有希望了，这样的人往球场上一站，好家伙。一个眼睛，齐刷刷的，那些洋人们还不吓死，别说打球了，说不定从此以后就要顶礼膜拜我们！”

“其实关于独目人文字记载最多的还是西方，而在中国只有岩画和神话传说，已经是一种神话人物了。”

“外国人就喜欢搞些没门道的，什么异形啊，变态啊，吓死人不偿命。我说，你以后考古之前别看那些恐怖片，要不然你脑子里经常会出现这些画面，哈哈！”

叶尔兰看两人侃大山，侃得兴致颇高，接口说：“我小时候在草原上也听说过独目人的故事，大人说那是一种吃羊怪兽，他们可以将羊撕开，然后吃还在噗噗跳的心脏，而且是在晚上偷偷地出来，牧羊犬见到这样的怪兽都不敢叫，因为他们的眼睛是月光色的。”

“什么，月光色的？”启超思考了一下，说，“这种怪物居然有月光一般的眼睛，那应该是很漂亮，多温柔啊，叶沉默你又没见过，咋能胡说呢？”

“这是草原上的传说，属于野史，不能轻信。”

吴卫国似乎没有听见这三人的对话，愣了好一会儿才回答了一个关于木简的问题，说道：“哦，你说那些木简啊，我只是录入进去了，还没来得及查看呢。这样吧，启超，你和叶尔兰再到四处看看还有没有其他的岩画。”

启超正聊得兴起呢，支支吾吾地轻语了一阵，孟宪明觉得这家伙肯定又是在发牢骚，正是因为受不了管束，启超才做记者的。用他的话说“记者自由啊，每天不用坐班，还可以来回溜达，巡视国土。”叶尔兰则属于那种唯命是从的人，总是规规矩矩的。

听到吴教授的吩咐，他便和启超两个人转悠去了。支走两人之后，吴卫国紧绷的神经放松了一点。

“导师，到底发生了什么事情？你有什么事情瞒着我们？凭你对佉卢文的破解能力和你的兴趣，你不可能没看木简上的文字。”

“这次的发现很重大，刚才我们看见的那个石棺里面躺着的是精绝国王子‘叱’，那些木简记载了一个能震惊世界考古界的大事情，这一点你一定要明白。”

孟宪明明显地感觉到吴卫国内心的激动和颤抖，好久没有看到能让吴教授震惊的考古发现了，这到底是一个多么巨大的发现呢？

吴卫国说：“1931年，斯坦因违背监管人员不得动土的指令，让随从从废墟中挖掘出26枚汉代木简，就是在这样的木简中，他终于找到了让他期盼已久的记载，‘汉精绝王承书从……’这7个字直接清楚地肯定了，木简出土的废墟确实就是《汉书》记载的精绝王的住地，尼雅就是《汉书·西域传》中的精绝国故址。这样一个消失了一千多年的古城突然被发现，让多少人为之鼓舞，但是古城消失的秘密又让多少学者煞费苦心。”

“是啊，自从精绝国被发现开始，伴随着的就是争论和无休止的研究，由于消失得彻底，加上文字历史上的记载也少，这个小国的命运一直是个谜。”

“宪明，这次我终于懂了。”

“导师，您懂什么了……”

“教授，你们快来看，这里还有几幅岩画。”启超的喊话打断了吴卫国的话。“记住这件事先不要张扬，等我确定了再说。”吴卫国悄声说。孟宪明点点头表示理解。

启超和叶尔兰在右下角一不明显的角落里发现一幅油画般的岩画，色彩艳丽。只见画面上一队人马远远驶来，看不到头。领头的居然是一位女将，在其左右的皆为女性。这些女将身穿紧身的皮甲，身线苗条，岩画上的士兵多为男性。在不远的地方他们看见一座城，城建辉煌，佛塔明显。然而城门大开，无人把守，一看就是一座空城。画面一转，只见曾经出现在通道中的独目人似身受重伤，来到一座宫殿内，将随身携带的另外一把玉斧交给了宫殿内的侍者，观者皆惊。在西北方向有一女将带领百余人在追赶数十个人，只见这其中一人也戴着面具，他的手中紧紧握着与之前面具人一样的画卷，背后则是一片汪洋大水，水面上已经隐隐有血迹，看来此人是凶多吉少。除此之外，在斜角居然用汉字书写着：无名之地，无疆之国，昆仑狼图，传国秘典。

启超看了一眼这些字后问："看这些字写得神魂颠倒的，够悬疑。教授？什么叫'传国秘典'？"

"这……这难道说我的推测是对的？"

"教授，您说的推测是指什么？"

吴卫国觉得刚才给孟宪明说的那句所谓保密的话已经没有任何意义了，因为面对这几句话，就是傻瓜也能明白这个墓穴背后的故事，索性把该说的都说了吧。

"刚才我在外面发现，这是精绝国王子'叱'的墓穴，从这些岩画中可以看出来，精绝国一直在寻找一个隐藏着的秘密，终于有一天这个秘密被'叱'得知了。他找到那位独目人一起参与进来。我想他们不惜生命而获得的画卷应该是类似于藏宝图一类的东西，再推测一下应该就是他们所说的'昆仑狼图'，这也给这个国家招来了杀身之祸。"

"导师，你的意思是精绝国的灭亡和'昆仑狼图'有关。"

"应该没错。这'昆仑狼图'应该是它们的寻找者给起的名字，其实叫什么都无所谓。他们的最终目的是获得'传国秘典'。只可惜还没有找到就已经丢了性命。"

"那我就不明白了，为什么这幅岩画中会画这么多士兵，然后由女将来担任领导职务呢？我想那个时代女性应该很保守的啊。"

"小启，你们不知道，这是'女儿国'的人。"

"什么'女儿国'？这不是胡诌的吗？"启超惊讶地问。

"其实，这不是《西游记》里面杜撰出来的，是实实在在有的国家。她们自称'苏毗族'。玄奘在《大唐西域记》卷四中记载了这个奇特的国家，称之为'东女国'或'苏伐刺拿瞿呾（dá）罗国'，并说此国'世以女为王，因以女称国'。不过，对于'东女国'，玄奘也只是听说，并没有到过那里。"

"难道这个'东女国'就是苏毗国吗？"

女儿国的秘密

吴卫国看了三人一眼说："她们自称苏毗族。大家都知道《西游记》里面女儿国的故事，那是一个只有女人、没有男人的地方，叫做女儿国。女儿国国王爱上了唐僧，想留唐僧做夫婿。一段浪漫的传奇就这样展开，并以遗憾结尾。许多人大概以为，女儿国不过是杜撰而已，很少人知道玄奘真的听过女儿国的所在，也很少人知道精绝国与女儿国之间还有着不得不说的故事。许多年前，斯坦因等人在精绝国遗址出土的其中的一些木简中就有过关于这个民族的记载。根据木简的只言片语可知，精绝国王朝长期受到西南方向的强大部落'SUPIS'人的威胁和入侵，并且步步加深，国王对'SUPIS'人的威胁十分担忧。在精绝人的眼中，'SUPIS'是一群像魔鬼一样野蛮、凶猛、可怕的敌人。有人据此认为，精绝国的消失就是'SUPIS'人造成的。推敲'SUPIS'的读音，与苏毗二字极其相近，苏毗国的位置，相对于精绝国来说，是在西南方。而从岩画上判断这些女将带领的士兵就是从西南而来啊。"

"啊！在历史上居然真的有这么一个国家啊？"启超惊讶地问道。

"别打断，让导师说完！"启超的嘴还没合上，孟宪明赶紧提醒道。启超觉得自己有点失礼，赶紧闭嘴。

"女儿国，在历史上被称为女国，国中之人则称自己的国家为苏毗。在鼎盛时期，苏毗国是一个北接于阗、东北邻青海通天河、西至天竺、东与吐蕃接壤的部落型国家，是一个大国。苏毗国在形式上是一个母权国家，最高统治者为女王。苏毗女王每五日一听朝，处理军国大事，另外还有一位小女王协助女王管理国家。苏毗国的王位由女性终身把持，后继者也必须是女性。王位的继承有两种途径：一是两位女王如果都死了，大臣们就带着丰厚的礼物，求死者族中最有声望的女子两人，一个立为女王，一个立为小女王，共主国政；若女王死了，小女王就可以即位为女王。二是女王死后，由女王的侄女继承王位。根据苏毗国的风俗来看，苏毗人保留着相当原始的生活方式，在已经步入封建社会的精绝国人看来，苏毗人必然是野蛮可怕的。虽然在精绝国遗址出土的木简中未见有'苏毗'等确切的字样，但汉朝时苏毗国不为人知也是极有可能的。精绝国曾经与'SUPIS'在一段时间里爆发了战争，而且经常打败仗。苏毗国在隋代时被记载有上万家，人口估计在7万以上。那么，在汉朝时，苏毗国人口也应该远在精绝国之上，更何况比较原始的民族青壮年男子都可以在战时成为战士，远不是仅有500士兵的精绝国所能战胜。种种迹象表明‘SUPIS’就是苏毗国。”

“那么这个国家应该是有男人的吧？”启超问。

“那是肯定有的，必须的！要不然哪里来女人，哪里来战士啊？”孟宪明说。

吴卫国似乎也没太注意这两人的调侃，接着说：“男人当然是有了，你看到的那只是小说而已。国王的丈夫被称为金聚，社会地位远不如女性。记载上说，这女国向中原王朝所遣使者，虽然都是男性，但他们的职责只是执行命令，不能决断国事。因此史称：‘凡号令，女官自内传，男官受而行。’《新唐书》称：‘（苏毗国）俗轻男子，女贵者咸有侍男。’就是说，像古代中原有钱有权的男人妻妾成群一样，苏毗国的贵族女子都有很多丈夫侍候。据《唐会要》记载，在苏毗国，不仅是贵族女子，就算是最没钱没权的女子，也是家中的家长，有多个丈夫。女人生了孩子都随母亲的姓氏。而再尊贵的男性，也不能有妻子之外的女人。”

启超心里想，在这个国家男人的地位够低贱的啊，活在这样的国家还不如自杀算了，再看孟宪明似乎也在考虑这个问题，两人相视而笑。

吴卫国接着讲道：“至于苏毗国的来历，在青海流传着这样一个传说，苏毗国开始没有男人，女孩只要到黄河源头的星星滩去洗个澡就可以怀孕。据说女儿国后裔一年一度的洗澡节就是因这个风俗而起的。至于后来居住在苏毗国的男人，则是战败的羌人战俘。苏毗国重女轻男的风俗在婚姻问题上最突出。由此可见，苏毗国是一个并不多见的一直承袭母系氏族公社传统的国度。考证它的国家机构，已经属于奴隶社会，但观其风俗，则俨然是母系氏族公社。苏毗国人的生活有很浓厚的原始风情，平时喜欢在脸上涂抹颜料，头发也不论男女一律披散着。”

“导师，这个国家人的生活习俗很怪异啊。”

“是这样的，虽然保留着浓厚的原始风貌，但苏毗国却曾经是个非常富有的国家，属民以畜牧业、农业为生，男子务农狩猎，女子要么出将入相，要么就是尽享一家之主的荣光。苏毗国出产有上等黄金，还有黄铜、朱砂、麝香、牦牛、蜀马、骏马等。国中尤盛产盐，与印度有贸

易往来，具备相当殷盛的国力。苏毗国是一个非常让人感兴趣的国度，曾经拥有辉煌的文明。遗憾的是，这个曾经以原始制度称霸一方的民族没有延续下来。”

“幸亏这个国家没有向外侵略，要不然在它的统治之下对男人来说简直是暗无天日啊。”说完这话，只见孟宪明和叶尔兰此时会意地笑了笑。启超心道，这两人其实也不是什么好东西，看这笑容就知道在想什么。

吴卫国也不管周围的情形，接着说：“由于实行女王与小女王的共同执政，苏毗国内逐渐出现了裂痕，矛盾日益激化。当时，苏毗女王达甲吾居于辗噶尔旧堡，而小女王墀蚌苏则居于悉补尔瓦之宇那。达甲吾昏庸暴戾，大臣念·几松上言劝谏，反为达甲吾放逐。念·几松怨恨在心，于是暗中策划，杀死达甲吾，投奔了墀蚌苏。墀蚌苏也不是英明的君主，被她器重的念·几松的妻子又恣意妄为，残酷虐待奴隶，于是激起民怨。一些大臣暗中联系吐蕃王南日伦赞，里应外合，一举占据苏毗王宫，处死了女王墀蚌苏，苏毗从此被吐蕃吞并了。后来，南日伦赞死于内部斗争，苏毗人造反独立。南日伦赞之子松赞干布即位后，又重新征服苏毗。苏毗与吐蕃合一后，迅速由女权社会转变为男权社会，苏毗军队因为战斗力极强，成为吐蕃武力扩张的得力工具，在河陇、西域一带屡次征战。苏毗也成为吐蕃的后方大基地。当时，苏毗具有相当大的势力，在吐蕃诸部中最强大。有的苏毗人不堪忍受吐蕃奴役之苦，就投奔唐朝。唐玄宗天宝年间，就有苏毗王没陵赞企图率部投唐，结果被吐蕃发现，没陵赞及其家族共2000余人被杀；公元755年（天宝十四年）春，没陵赞之子悉诺逻也要投奔唐朝，事情再次暴露，其1000余部众被吐蕃所杀，悉诺逻本人则逃至陇右，后来到了唐都长安。唐以后，苏毗渐渐淡出历史，苏毗被逐渐藏化了。”

“导师，您的意思是说精绝国的灭亡是由于苏毗族的进攻而造成的吗？”

“这一点不能这么肯定。苏毗族处于奴隶社会，所以它需要经过战争来获取大量的奴隶和财富，只能说它加速了精绝国的灭亡。这是我之前的想法，今天发现这个古墓之后，我又有了新的推论。”

“教授您的新推论是不是有划时代意义啊？”启超拍马屁。

吴卫国笑而不答，转而问：“小伙子们，假如是你们，你们现在是女儿国的皇帝，你们进攻精绝国会为了什么呢？”

孟宪明想了想说：“在我看来，这场战争肯定不是那么简单的！”

“怎么个不简单法，宪明说说你的看法。”

“首先这精绝国本身就是一个小国，你说财力吧，肯定比不了楼兰。还有精绝国人口不多，地盘也不大，发动战争无非就是获得财富和奴隶，可是这么一个只有五百人军队的小国，能获得多少奴隶，所以我说这苏毗族攻打精绝国肯定不是为了这些。”孟宪明说。

“我看这苏毗族就是缺男人了，你想想那么多女人，都是性成熟阶段，没男人怎么活啊。这人荷尔蒙分泌一旺盛就会有很强大的暴力，所以拿精绝国练了靶子，当了沙袋也有可能，宪明太武断了。”启超开玩笑地说。

“启超，别闹腾。导师，你就别吊我们几个的胃口了，赶紧说说吧。”

吴卫国深吸了一口气，道：“因为精绝国知道了一个大秘密！”

“什么秘密？”启超三人都惊讶地问。

第八章 昆仑古国

Chapter eight

灭世大洪水

吴卫国静静地说：“也许说出来你们不信，其实我刚接触的时候也不信，那是一个没有文字的时代，我们现在只能通过神话传说寻觅其踪迹。”

“教授，你是说这个秘密和我们的神话有联系？”启超问。

“没错！是和神话有联系！”

“什么神话？”

“我们国家自古就有昆仑神话的传说，而这个昆仑神话的原型人物是西王母。据《山海经·海内西经》记载，昆仑山是西王母居所。昆仑山脉位于今新疆、西藏、青海境内。”

“现在的昆仑山只是古代昆仑的一部分。”启超赶紧补充。

“其实在我看来，中国历史上确实是有一位这样的人物，只是随着时间的推动，后人将这位人物给神话化了。”

“教授您的意思是说，西王母确有其人。这个论断我可是第一次听说哦！”

“是这样的。在许多古书上都曾经记载过，《尔雅》上写道：‘西荒有西王母国’。《山海经》云：‘王母之国在西荒。凡得道授书皆朝王母于昆仑之阙。’《瑞应图》云：‘黄帝时，西王母献白玉环。’

《贾子修政篇》云：‘尧身涉流沙地，封独山，西见王母。’《易林明夷之萃》云：‘稷为尧使，西见王国。’《尚书大传》云：‘舜以天德祠尧，西王母来献白环五块。’《竹书纪年·郭注》云：‘穆王西征至昆仑丘，西见王母。’如此多的书籍中出现这么一位让人敬仰的人物，我们怎么能不关注。我曾经长时间地寻找，后来才发现一个事情。”教授讲到兴头上，拿出矿泉水喝了一口。

“什么事情？”

“在昆仑山有一个国家，一个曾经无比辉煌的国家，它就是我们中华民族的起源。在那里我们的祖先创造了‘亚特兰蒂斯’大陆一般的文明，而这个国家就是西王母所在的国度，也就是说这个国度是母系氏族社会。我在心中一直默默地将它称为‘昆仑国’。那里有金碧辉煌的宫殿，有锦衣玉食的人们，有高度发达的水利灌溉系统，人们观星相以确定时令，人们取雪山之水来浇灌植物。那里的人们淳朴善良，能与上神交流，那里的统治者被称为‘西王母’。”

“教授，您的意思是说‘西王母’是一个统称。”

“是这样的，‘西王母’是这个国家统治者的统称，就好比我们现在所说的皇帝一样，一代代都这样称呼。”

“那这么伟大的一个国家为什么没有留下遗迹呢？”

“你们听说过‘大洪水’吗？”

“什么大洪水？”

“史前大洪水。”叶尔兰说。

启超问：“你说的是那场毁灭世界的大洪水吗？我看好多书里面都将这场洪水说得很虚幻！”

孟宪明说：“那是一场在世界各个文明中都有所记载的洪水。在北美洲、中美洲、南美洲的130多个印第安种族中，没有一个种族没有以大洪水为主题的神话。事实上，记录大洪水的并不限于美洲的印第安人，在世界各大陆上生活的民族中几乎都有关于大洪水的记载。”

“那这跟我们现在所说的昆仑国有什么联系？”

“你听我慢慢给你讲故事嘛，”孟宪明说，“在我国西南地区有一则关于伏羲的著名传说：在很久以前，山里住着一户人家，父亲操劳着农活，一双儿女无忧无虑地玩耍。有一天，雷公发了怒，威临人间，要给人类降下大的灾难。天上乌云滚滚，暴雷一个接着一个，大雨像一条

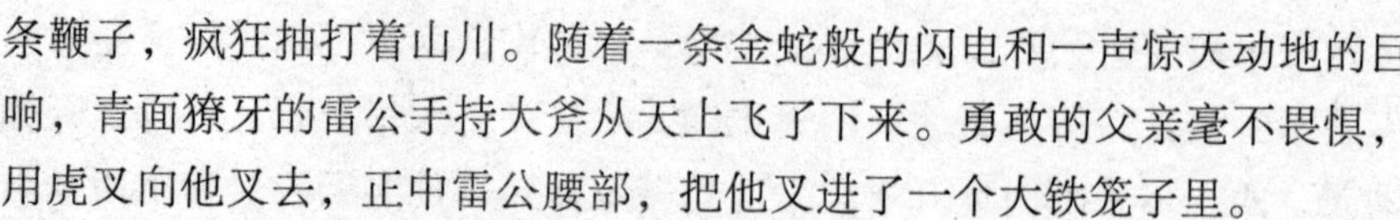

条鞭子，疯狂抽打着山川。随着一条金蛇般的闪电和一声惊天动地的巨响，青面獠牙的雷公手持大斧从天上飞了下来。勇敢的父亲毫不畏惧，用虎叉向他叉去，正中雷公腰部，把他叉进了一个大铁笼子里。

“第二天，父亲要到集市上买点香料，临走嘱咐两个孩子说：‘记着，千万不要给他喝水。’狡猾的雷公用装病欺骗了善良的小女孩，得到了几滴水，恢复了神力，挣脱了牢笼。为了感谢小女孩，雷公从嘴里拔下了一颗牙齿，交给两个孩子说：‘赶快种在土里，如果有什么灾难，可以藏在它所结的果实当中。’说完飞腾而去。

“父亲从集市上回来，得知雷公已去，知道大祸就要临头，赶快备好木料，连夜赶造木船。两个孩子把雷公的牙种到土里，转眼间就结出了一个巨大的葫芦。两个孩子拿来刀锯，锯开了葫芦，挖出里面的瓤，钻了进去。这时，倾盆大雨从天而降，地底下也喷出了洪水，大水淹没了房子，又淹没了高山，一直淹到神仙住的天门。

“天神们害怕大水会最终淹没天国，所以让雷公赶快退水。大洪水来得快，退得也快，一下子就退到了海里，坐着船的父亲从空中摔下来给摔死了，只有两个小孩活了下来。哥哥叫伏羲哥，妹妹叫伏羲妹。长大以后，他俩结婚做了夫妻，人类这才又重新开始繁衍。这则神话传说直接记载了大洪水的暴发经过和毁灭整个人类的严重后果。”

“我靠！不会吧，我们的祖先原来是兄妹啊，这是乱伦，法律是不允许的。怪不得我们中国足球出不去，这也是原因。”

“别扯淡，听我说完。在蒙古族、满族等的传说中也有关于大洪水的记载。”

在一边的吴卫国，很得意地看着孟宪明讲出这些传说，然后补充道：“大家都听说过诺亚方舟和大洪水的故事，《圣经》和《古兰经》里都有记载。”

“那这又跟西王母有什么联系呢，教授？”

“当年一场大洪水袭击了整个世界，万恶的巨浪袭击了世界上所有的文明，任何一个没有准备的人都逃脱不了。近千米高的洪峰，以雷霆万钧之势，咆哮着冲向陆地，吞没了平原谷地，吞没了这些地方的所有生灵。高山在波涛中颤抖，陆地在巨变中呻吟……而西王母所在的‘昆仑国’也难逃此厄运。”

“这个大洪水我看好多都是神话故事里面出现的，还有电影叫《日本沉没》。”启超插话道。

“《日本沉没》跟洪水没联系！”

“都一样，死在水里了嘛。说不定我们的时代也要终结在水里，谁知道呢，‘好好享受生活’是我的名言。”启超道。

吴卫国并不理会，接着说：“其实对于考古工作者来说，要善于抓住世代流传下来的每一个字，甚至一片树叶都有可能记载着历史。咱们的祖先们也有很多这方面的记载，《淮南子·览冥训》曰：‘往古之时，四极废，九州岛岛裂，天不兼覆，地不周载，火爁炎而不灭，水浩洋而不息。’《尚书·尧典》记载说：‘汤汤洪水方割，荡荡怀山襄陵，浩浩滔天。’《山海经·海内经》记载说：‘洪水滔天’。”

启超的脑海中闪现出那巨大的海浪，巨大的洪流，巨大的冲击力夹杂着世人难以想象的破坏力冲了过来。这哪里是洪水啊，这就是一种史前猛兽的群体性攻击，遇人杀人，遇树砍树，遇建筑吞噬它。来不及躲避的人们在洪水中嘶叫着，卷进去又卷出来。人与石头在水中相撞，人与人在水中相撞，躲在屋子里的人也难逃厄运，而躲进石洞的人窒息而死，山峦成为水底的铺陈。启超越想越心惊胆战，仿佛那洪水正在自己的肚子里不断地翻滚，要冲破肚皮。

“导师，您的意思是说，西王母所在的‘昆仑国’也是因此而毁灭的吗？”

“是这样的。当年这么一场巨大的洪水肯定也袭击了昆仑国，但还是有一部分人逃了出来。他们四散而去，将文明的种子带到了华夏大地，甚至这些种子翻过了雪山抵达了南亚次大陆，越过沙漠到了中亚也有可能，说不定佛教也有可能是华夏民族的先祖在南亚次大陆的遗腹子突然顿悟所存。这就是后来的昆仑神话的源泉，它也是中国神话的主体部分。世界关于大洪水的记载大多是慑于它的威力，然而中国关于洪水的记载中，有很多却是对它治理。中国古代神话传说，水神共工造反，与火神祝融交战。共工被祝融打败了，气得用头去撞西方的世界支柱不周山，导致天塌陷，天河之水注入人间。女娲不忍人类受灾，于是炼出五色石补好天空，折神鳌之足撑四极，平洪水杀猛兽，人类始得以安居。还有大禹治水，这些都是关于洪水的故事。”

“关于昆仑国是否存在的争论一直拷问着考古界的底线。”

“难道有人认为这不是真的吗？”启超道。

昆仑

“也许你们并不知道，你们所受的传统教育说中华文明上下五千年，可是外国很多专家不认同啊。因为中国可考的文明只有3500年。之前的夏朝和三皇五帝等属于传说时代，如果拿二里头文化当做夏朝的标志的话，苏美尔文明中和其发展程度类似的时期至少能上溯到7000年前。而我们的三皇五帝，从学术意义上来说不能算作文明。”吴卫国感叹道，“正是因为拿不出考古证据，我经常和那些外国专家在会场上争吵，每每遇到这样的事情，我真恨不得上去给他们两拳。”

启超看着吴卫国双手抱拳，紧紧地握在一起，可以想到这老汉在国际上肯定因为这些问题和很多专家论战过。

孟宪明说：“从黄帝纪元即公元前2698年算起，中华文明到现今一共是4709年，不足五千年而接近五千年，这就是‘五千年’说的真正来源。”

“不会吧，你们都是这样算时间的啊，亏我多看了这么多书，原来我们好多历史时间不准确，孟夫子这都是你的错。老爹老妈供养你上学，你研究了半天，到现在还忽悠着我，不行，我以后不能让孩子看我们的历史书了。”

“这能是我的错吗？连导师都没法揭开的秘密，我怎么能一下子就给你搞开，况且这事情能有多少人相信？”

吴卫国“唉”了一声说：“是啊，我最看不起国内的考古学界，闭门造车，坐在屋子里高谈阔论，好像全世界的历史都能在屋子里给规划出来。你想想，史前人类没有文字记载，只能靠神话故事和传说，如果真的是大洪水造成了灭世，人死了，可是神话留下了啊。我们的考古界思维定式是：神话就是神话，不足为信。”

“那教授你是怎么看的？”

孟宪明在一边说：“其实导师一直认为中国历史文明怎么说也要超过五千年，因为神话传说就是历史。”

“是啊！古人的想法哪里有现代人这么复杂，我听说现在有很多风景区高价请人写景区的神话传说，吹得神乎其神的。古人却不这么想，他们要不就是神话自己，要不就是帝王，神话很多是不能解释的自然现象。”

“这么一说我就明白了，昆仑神话作为国人曾经的信仰支柱，在中国历史上是很有名的，而且古代很多帝王也很相信这个。”

“小启，你说得很对。关于昆仑神话，我一直就认为昆仑国是一个曾经活生生存在着的真实国度，它的传说就是真实。那是一个让我这样的快要入土的老人都心潮澎湃的真实故事，我这辈子的最大梦想是去那里，真实地揭开它。”

“那这么说，推倒不周山引发大水的还是咱们祖先了？看来咱们的老祖先也曾经灭过这些洋鬼子啊！如果真能找到这个理论的依据，那么我们中华民族的整个历史将会以完整的样式出现在世界面前。那些所谓的西方考古专家就要闭上嘴了。”启超一副深明大义的样子。

“是这样的，当我们在不断地将中华文明延伸到世界各个角落时，我们也应该去寻找中国人精神世界里最坚实的信仰的起源地，如果让我来说，这个起源地就应该是昆仑神话所隐藏的昆仑国。”

“可是教授，咱们好像跑题了，这个跟咱们今天看到的精绝国有什么联系呢？”启超提醒吴卫国和孟宪明这两位沉浸在想象喜悦中的考古者。

“很快你就会知道原因了，小启。昆仑国灭亡之后，一些人向世界散播文明的种子，另外一些人则继续在昆仑周边安定了下来，而这些人则继承了昆仑国的传统，女性为主导，苏毗族就有可能是这批逃难者组成的一支。而这个自称苏毗族的逃难者估计想也想不到，她们的祖辈是如此的辉煌。”

“导师，你还是没有说到为什么苏毗族要攻打精绝国，精绝国人又为什么要逃走呢？”孟宪明询问道。

“这是一个巨大的秘密，是一个所有人都想知道的秘密。这个秘密是我们这个国家是我们中华民族每一个人都应该知道，也是每一个中华民族儿女都要保守的秘密。这秘密就是你们看到的八个字：昆仑狼图、传国秘典。”

“您说的这八个字的意思是不是说有宝藏啊？”启超好奇地说。

“可以这么说。当年苏毗族留下来是源于一个重要的使命，那就是保护昆仑国的宝藏，这个‘传国秘典’肯定也是其中之一，你想想这么大的一个国家，如此的富庶在大洪水来临之时肯定将国之瑰宝转移到某

个不为人知的地方了。这个地方被秘密地保护了起来，或者说这个地方已经成为一个秘密，知道者甚少。”

“照您这么说，这个宝藏的规模应该是很大了？”

“不是很大，是巨大。甚至可以给我们打开一条通往天际的道路——都有可能。”

“吴教授，其实我对上天没什么感觉，我喜欢宝藏。”启超开玩笑地说。

孟宪明一听启超这小子又开始不正经了，赶紧说：“导师，那岩画上所记载的面具人和独目人所找到的画卷是不是和昆仑国宝有联系？”

“我也是这么想的，我在扫描这些木简的时候，大概浏览了一下这上面的记载。据木简上面记载，关于昆仑国宝真实所藏的地方被昆仑国的能工巧匠画在一幅白狼皮上，藏于四个不同的地方，这四个地方异常神秘，有我们难以理解的神力在那里护佑着。其中两幅已经找到，一幅就是那独目族拿走的，另一幅就是那被追杀之人所携带的。这两幅现在下落不明，其他两幅所藏之地我现在一时还无法揭开，还有另外的一些记载要等我回到乌鲁木齐和国内外的一些专家进行研究，希望能尽快破解吧。还有，忘记告诉你一个事情，那个独目族在历史上出现过很多次，应该是确有其人的。”

孟宪明说：“难道老师你的意思是说，在北疆草原地区发现的那些独目人的岩画是实实在在有这样的人吗？”

吴卫国很慎重地说：“这一点现在还没有足够有力的证据，但是我相信曾经在中亚、北疆和俄罗斯大片的草原和山林地带确确实实存在过这样一个人种，只是他们和佉卢文一样消失得太彻底。记住，凡事要抱着怀疑的态度去想，古人没有现代人这么复杂，他们画岩画更多的只是记录而已。”

启超思考了一下，打断俩人对话问道：“教授，这么长时间了。按照您说的这是史前的文明，那么这狼皮起码也有个七八千年历史，说不好已经是上万年了，这能保存下来吗？说不定现在它已经尘归尘，土归土了，狼皮卷早就成了一堆沙土？”

“小伙子，你太傻了！你站在一个现代人的立场上，以为古代文明就是落后的代名词。木乃伊保存那么久依旧如活人一般，‘楼兰美女’4000年后出土，眼睫毛都是光鲜如初。你想想，狼皮这么重要的东西，能没有经过处理吗？白狼皮更是稀有，因为白狼是狼族最聪明的，昆仑国人把自己的讯息记载在这么一张皮上，肯定是举全国之力，保存它万年不朽。”

“教授这么一说，看来是我多虑了。”

“放心，一千多年前他们争来争去，这皮都好好的，我相信应该不会有什么闪失吧。”吴卫国说这些话的时候心底忐忑不安，他害怕那狼皮真的有什么闪失，那这辈子的梦想是无法实现了。

“我就怕保存在潮湿的地方，到头来一场空。”启超穷追不舍。

“现在说那些都有些早，一切都靠缘分。我相信古人的力量，也相信他们保存这些物品的技术。”吴卫国说。

逃出去的人

“行了，别在这听我老头子吹嘘了，大家赶紧收拾收拾，我们出去吧。”吴卫国笑着说。

启超心道：“好你个老头子，把人胃口吊起来了，你就来一脚将人踢开，靠！这文化人也玩这一套耍把戏的事。”

孟宪明拉着启超，边走边说：“别再刺激教授了，他老人家这些年因为研究昆仑神话，又竭力将昆仑神话和中国古代历史相联系，已经和很多人闹翻了。原先一直和教授关系很好的专家，都认为教授是到了人生的极点，因为突破不了所以选择研究神话和传说。”

“迂腐不化啊！这些坐在屋里的专家，真的很害人。”

“所以教授一直都很受排挤，虽然他的水平很高，在世界上有着很大的声誉。可是人言可畏，谁能不防啊？”

“可惜了教授？！”

只见这地上有很多已经没有了原先模样的人的骨头，由于脱离了肉体，此时在地上显得有些凌乱，孟宪明不时踩上人骨。

“哎呀！孟夫子，你刚踩的是人大腿骨！”启超在一边赶紧喊道，然后转身说，“对不起，对不起！我不是他同伙，你有什么仇啊，怨啊的别找我，找他，找踩你的人。”

孟宪明似乎心不在焉，一直在心里数着地上的人头骨，“一个、两个、三个、四个、五个，加上那个小洞的是六个……第七个头骨呢？”

“启超，你发现没，这里只有六个头骨啊？”

“怎么了，你还对头骨有研究？”

“不是，你没明白我的意思。我们刚才看到那个出殡图上画的明明有七个人死了，被埋了下来啊。”

“那个小洞不是有一个吗？加上去不就是七个了。”

“靠！你能不能别把我想得那么弱智，我已经把那个算进去了，还是六个头骨，难道真的闹鬼了。”孟宪明惊悚地说。

在一边的启超突然站起来，说：“我是鬼，孟大胆你踩我的大腿骨了，我要吃了你！”

“别闹，真的！真的差一个人！”

“不会这么凑巧，我们给鬼盯上了吧。”启超说完，转身看了一周，然后走到孟宪明跟前，悄悄地说，“宪明，你看那边是不是有个人影。”

孟宪明转身看，在手电的灯光下，什么都没有啊，只有闪烁着的光和夹杂在其中的黑暗。

“别四处乱看，他在看我们呢！”

“你如果敢忽悠我，我就打死你，你信不信？”

启超突然大声道：“我信，但是在你打死之前，先让鬼吃了你。”

“你小子真的忽悠我，看我收拾你！”

启超转身却说：“孟夫子，我刚才开玩笑的时候顺带地数了一遍这里的头骨，还真的是五个，加上洞里我们看见的那个，确实是六个。看来这里实实在在地缺了一个人，难道这人变成空气跑了不成？”

“这墓看来还有什么秘密，没有被我们发现，说不定有什么机关一类的东西。如果这个人没有死，跑了出去，也有这种可能。”孟宪明推测，然后开始在墙壁上寻找。

这墙壁上黝黑得很，除了一些简单的歌功颂德的岩画以外，似乎别无其他，根本找不到一个可以打开机关的地方。孟宪明并不服气，他相信自己的推测，认为肯定有某个机关能让人通向外面，要不然怎么会少一具尸体呢。这尸体肯定知道什么秘密，要不然是不会出去的。

孟宪明在这墙上摸了一遍又摸了一遍，启超看得是又着急，又没法子。孟宪明固执起来是谁也拦不住，认死理。正在这时，孟宪明突然在离地面十厘米的地方看见一块石头是松动的。

“找到了，原来在咱们脚下，怪不得我们找不见。幸亏刚才手电光打在这里。”孟宪明说着就去看那石砖，他将石砖从墙上拉出来。这石砖长二十厘米，厚八厘米，周身通黑。

将石砖扔在一边，孟宪明拿手电筒看那里面，只见一个铁块露出。孟宪明伸手进去，摸了摸。其实他也害怕，生怕这又是一个陷阱，可是心中又好奇万分，特别想看看。

理智此时已经不起作用了，孟宪明轻轻地将那铁块顺时针一扭，然后回头看了看周围情况，似乎没有什么事情发生，周围一片安静。

突然，铁链声又一次传来。

“咔——咔——”

启超和孟宪明两人惊讶地看着周围，似乎觉得有什么事情发生。

启超说：“孟大胆，你他妈的这不会是真中邪了吧。这样玩，咱们迟早要完的，你小子居然敢不请示就自作主张，打开这不知道是什么的东西。等会儿我们被乱箭射穿，你就高兴了。”

“别这么悲观，我的朋友。事物都是有两面性的，考古就是一场冒险，我们不要害怕。”

此时只见墙壁“马面”露出一个洞来，黝黑得很。

“看吧，我说这东西肯定没什么危险。”孟宪明自豪地说。

“原来你玩考古都是先不考虑后果，干了再说啊。”

“哪里！”

“宪明，出什么事了？怎么会有铁链的声音？”此时吴卫国和叶尔兰从有岩画的过道那边赶来。

“导师，我刚才在这里查看的时候，发现画里原本是七具尸体，可是我和启超在这里只看到有五具，在那个小洞里发现了一具。”

“这是六具啊！那还有一具呢？”

启超在一旁：“跑了。”

“什么，跑了？”吴卫国在一边急道，“你们这俩孩子，别在这卖关子了，快点说吧。”

“导师，我也不知道我猜测得对不对，我觉得这七人里面有一个人没死，或者说是装死了，他躲过一个时间段，然后从这个密道逃了出去。”

“你是说有人从这里出去了？”

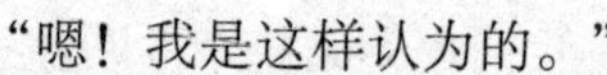

“嗯！我是这样认为的。”

“那这密道通向哪里你知道不？”

“我们也是刚发现，还没进去呢，我想应该是通向外面的某个地方。”

“这样吧，为了验证一下，我们进去瞧瞧，你们看怎么样？”吴卫国来了兴趣。

“这样太危险了吧，要不教授你留在这儿，我和宪明去看看。”启超说道。

“如果真的有人从这出去，那就没机关。这个密道也真够奇怪的，别人死了都害怕被人知道，生怕来挖宝。可这位王子却怪得很，还专门留出来一个地方，让人走。很有心机啊，死了也要留一招。”

“人家都灭国灭种了，怎么也要留个后吧。尼雅河流域的人类活动历史，从考古发现来看，最早可以追溯到石器时代。但是，没有人能够证明精绝国人就是那些挥舞着石刀石斧的人发展来的。他们之间也许是继承关系，但也可能是毫不相干的两群人。看来这些人最有可能是跑到自己故乡去了，这样也好啊！”启超打趣道。

“从《汉书》首次记载了精绝国以来，此后的史籍对精绝国的记载都很少，而且是人云亦云，使我们对精绝国的认识极其模糊。比起史籍来，考古工作者能够向我们讲述的要多得多。尼雅遗址那些辉煌的发现，就是属于精绝国时期的遗迹和遗物。遗址里的建筑、墓地和生活用品，都向人们揭示出了这个早期绿洲城邦的物质文化和精神世界，令今天的人们瞠目结舌。精绝国人最后在历史上出现时，已经是改名为鄯善的楼兰国的子民了。作为一个袖珍国家，仅有500名士兵的精绝国在那个兼并战争如同家常便饭的时代是不可能长期独立存在的。楼兰国在改名鄯善之后，因为是西出阳关第一站，又得到了中原王朝的扶植，曾经盛极一时。大约在东汉王朝的末年，强大起来的鄯善兼并了包括精绝在内的邻近的几个绿洲城邦。从那时起，尼雅河流域被纳入鄯善王国的版图，变成了它的一个行政区，精绝国也改名为精绝州。鄯善王对精绝的治理比较高明。他任命当地的一些有势力的人物，委任官职，负责管理精绝州的人民。国王还保留了直接派遣官吏检查税收和监察地方官吏的权力。他还下令：全国的百姓如果在地方上遇到司法、行政、民事纠纷，都可以直接上诉国王，由国王本人裁决、处置。那时正是西晋时期，精绝人虽然没有了自己的国家，但生活比以前更好了，也比以前更安定。然而，就是这样一座曾经辉煌过的城邦，它的创造者在历史没有记载的情况下失踪了。”孟宪明说。

“那么这些人去了哪里？难道是为了复国？”

“这些我们都不要猜测了，小心求证吧。进来好长时间了，事不宜迟，快点走。别让外面的人等急了。”

四人穿过墙角的洞，借着手电光向深处走去。这密道也是清一色的黑。

吴卫国边走边说：“看来这里是后来才开挖出来的，有可能是后来因为某件事情，墓主人才想起在这里开挖一个密道，以保留实力。”

“有可能。看来这里出去的应该不只是一个人，有可能是几个人。”

“怎么这样说？”启超道。

“一个人何必花这么大的力气去挖这么一个密道啊，那岂不是多此一举？”孟宪明说。

“为什么要躲在这呢？多憋屈啊！旁边还是死人。”

“以我来看，这里应该是保留了精绝国最精锐的士兵，人数应该不会很多。”孟宪明带着推测的口味说。

“孟大胆的意思是不是说，精绝国并没有亡种？那么这些人出去，他们去了哪里呢？千年已经过去，这些人到底要隐藏多久？”启超说。

“这个问题谁能解答呢！”

这密道宽约一米，高两米，只能容一个人走动。四人沿着路行走了半个小时也没有发现什么奇怪之处。只见这密道似乎是通向更远处一般，静静的，连一点风都没有。

走累了，四人就站在密道里休息一会儿，接着向前。四十分钟后，突然，密道变得宽敞了。

只见这密道开阔处，居然放着一个桌子，一些灶具，还有已经干枯了的麦子等。

在墙壁上挂着一些骨头，启超看了看说：“这些人看来在这里是住了一段时间，然后才离开的！”

孟宪明看了看周围情况：“导师，我数了数，这里有七个看来是休

息的地方。”

吴卫国沉思了一会儿，说：“看来这里的秘密还不只是这些，这里有七个人，七个在这里隐藏了许久，而且是生活了很长时间的人，他们为什么要藏在这里呢？“

“有没有那么一种可能。这个墓主人预测到了精绝国的灭亡，但是他又留下了希望，俗话说‘留得青山在，不愁没柴烧’，这七个人肯定就是资本。而如果他们真的能找到昆仑国，那么复国不在话下。”孟宪明说道。

“你的意思是说，就好比《天龙八部》里面的慕容复，以一人之力准备恢复大燕国？”

孟宪明反问：“难道没有这种可能吗？”

“这种可能性估计只有在小说中才能出现。”

吴卫国想了一下，说：“再往前看看吧。看看这地方到底通向哪里，有没有别的线索。”

“导师，你在这儿休息一会儿，我和启超去看看。”

“也好！我在这儿看看有没有别的发现，叶尔兰留下来帮我！”

孟宪明和启超沿着密道往前，然而，此时两边的墙壁变成了土墙，原先的黑色石壁消失了。

“看来，他们的国力也只能到这种程度！”

“为了一个死去的人，花费了这么大的力气，耗费了不知道多少国力，唉！古人的想法真的难以猜透。”

启超不服气：“如果没古人搞这么大的墓葬，你也就只能喝西北风了，我也少赚千把块钱呢。那个时代有那个时代的需要，我在那个时代，我也给自己建豪华点的墓！”

“你丫就是一暴君，早晚被人民赶出庙堂。”

“我享受了啊！”

“挖出来鞭尸，然后晾在太阳底下，暴晒！让你舒舒服服地死，哼哼！”孟宪明说。

“我第一次发现，你有点变态，你有点癫狂，你有点心理不健康，不行，回去之后一定要带你到四医院（新疆精神病医院）去看看。”

“你才要去四医院呢。”

两人正走着，突然觉得脚下开始有些泥泞了。

“不好，这里进水了，我估计前面塌掉了。”

手电光一照，在不远处，只见沙土已经填埋了密道，无路可走。

“这下子咋办？我们找不到路了，看来这地方通到哪只能靠后面的挖掘来证实了。其实我个人认为，这密道通向哪儿已经不重要了，重要的是那些人去了哪里，到现在为什么还没有站出来？”

“我想他们肯定在蛰伏着，等待着—— 一个时机！”

启超神秘道：“一个时机？好像你知道一样。”

“走吧，回去，将情况说一下。”

第九章 噩梦如织

Chapter nine

第一个梦

两人原路回到吴卫国和叶尔兰所在的位置，将情况简单地说了一下，吴卫国表示无可奈何，反正人已经走了，也许已经成为永远的秘密。

吴卫国和叶尔兰在这个地方也没有发现什么有价值的东西，只好退出密道，回到墓室。墓室依旧是那样的安静，没有风，时间也仿佛在黑暗面前停止了。

在吴卫国的安排下，叶尔兰和孟宪明将古墓再次完整地搜寻了一遍，尽可能多地扫描下古墓的全部内容，每一个角落都没有放过，然后四人带着两个木盒全身而退。

对于这次发现吴卫国的内心是激动的，充满无限的遐想。在他的内心其实早有了打算，这是一场实实在在的战斗，首战虽已告捷，但真正的战斗才刚刚开始。

此刻孟宪明的内心也波澜起伏，对他来说这是第一次如此完整地去面对一个秘密，那个秘密在这里等待了千年，终于有人来揭开了。他很高兴自己能成为这个秘密的发掘者和见证者，可是接下来的事情要怎么办呢？

叶尔兰是一个很朴实的考古工作者，在他的内心深处，对这片生养他的土地充满好奇，这里的考古发现可以让他的人生无比辉煌。

启超则不这样想，他所思考的是那个古墓背后所隐藏着的神秘之国，那场大洪水所摧毁的国家和西王母的真实存在。

四个人带着各自不同的心情沿着原路返回，然而没有人知道等待他们的会是什么。

走出墓道的那一瞬间，启超心中无比的感伤，这里埋葬的是多么神秘的一个人啊。走出古墓之后，四人抬头一看，满天星斗，遥远寂静。原来已是午夜，时间过得真快。

“你们终于出来了。还以为你们在里面出了什么事情呢。再不出来我就要组织人进去找你们了。”四人首先看见的是张海林那一双已经急红了的眼睛，紧接着就是他的一通询问。

“张局长辛苦了，我们都好着呢！看来真的是过了好长时间了，要不然张局长也不会这么激动。”孟宪明开玩笑地说。

回到帐篷之后，四人已感到困乏，都想倒头就睡。可启超还要赶稿子，但问题是要如何去写这次发现呢？难道写“精绝国王子墓被发现”？

“教授您看，这次发现我准备写个新闻稿。可是眼前这种情况，我不知道该如何表述这个古墓。你看是写‘精绝国王子墓被发现’吗？”

吴卫国想了一会儿说：“小启，这次古墓的发现还有很多疑点，关于这个墓的一些观点只是我的一面之词，你就不要写‘精绝国王子墓’了。按照贯例，就说初步认定为‘精绝国贵族墓’，这样进退都好说。我们不能太早地下结论，还有就是千万别写我的那些关于宝藏的推测和苏毗族，这样做比较合适。”

启超心想：“好你个老爷子，这事情你想得够周全啊，害怕自己多说话，到时候砸了招牌，选择一个模棱两可的说法。你都已经认定这是王子墓了，此时却改口成贵族墓。”

“教授，我有些不明白，为什么不能提岩画上关于宝藏的秘密呢？这是一个非常大的新闻点啊。”

“小伙子你不懂。新疆是一块神奇的土地，那些辉煌的文明是我们中华文明的重要组成部分。你知道20世纪初那么多探险家为什么如此热衷新疆吗？你以为他们真的只是来这里进行考古的啊，他们多半都是来寻找昆仑国和昆仑宝藏的。记住，那不只是神话，那是我们民族几千

年来的精神支柱，甚至是我们文明的发源地。如果你报道出去，将会有更多的人参与进来，到时候又将是一阵腥风血雨。我们中华民族先祖们留下来的宝贵遗产怎能再次落入他人之手，这要我们华夏子孙去保护，去寻找，去传承。”

“我懂了，教授。”

“好了，早点休息吧。明日我们就赶回乌鲁木齐，然后我要回北京一趟，将这次考古发现上报国家有关部门，如果可以我希望能组建一支考古队，以此为契机充分地掌握和了解昆仑国的秘密。”吴卫国坚定地说。

看着吴卫国睡下，启超随即从包里拿出笔记本电脑，开始写稿子，主标题为《洪水冲出古墓疑为精绝国贵族之墓》。按照吴卫国的说法启超略掉了这个古墓发现的最大故事点，转而以吴卫国的口吻介绍了古墓发现的意义。写完这些之后，启超看表已经是凌晨四点多，孟宪明的呼噜声差不多可以传到两里地以外了。

启超心想：这个时间稿子传过去也上不了今天的报纸了，搞不好还要挨顿骂。算了，明天再上传回去吧，随即躺倒在行军床上，睡着了。

启超刚躺下不久，忽然觉得有风凉飕飕地吹到帐篷里，一阵猛于一阵。这风虽然没有那种一下子将被子掀起来的力道，但是对于熟睡的人来说，总觉得冰凉。此时启超也是这种感觉，半睡半醒的他，往上拉了拉被子，而在另外一边熟睡的孟宪明也是如此。

那阵风刚过，启超只觉得脑海深处有一个人，轻轻地喊着：“带我去那里，带我去那里。无名之地，无疆之国。无名之地，无疆之国……”

那是一种可悲之音，由远而近。迷迷糊糊的启超坐了起来，不知道是一种什么样的力量促使自己站了起来，他沿着白天考古的路线，慢慢地走，慢慢地走，走过通道，走过台阶，来到墓室。此刻墓室似乎是黑着，又似乎是明亮着，反正一切都显得诡异。好像有什么东西在引领他，走到那个石棺边上。此刻那石棺半开着，这是他们打开的。

他走近一看，原先早已成为一堆白骨的墓主人此刻鲜活地躺在里面，周身的骨质上一瞬间都成了实实在在的肉体，他被眼前的这一幕给镇住了。

“为什么会出现这样的情况，为什么会出现这样的情况呢？”他在心里冥思苦想，可是他完全无法理解自己为什么会突然来到这里。此刻再看那面具，黄金面具上那双空洞的眼睛依旧空洞，像是要熄灭一切，像是要夺走一切。那里面有无尽的痛苦和幽怨。启超越来越心惊，他想逃开，然而双脚早已不听指挥，他仿佛像一块铁被这巨大的磁力吸住了。

此时耳边传来的声音是嬉、笑、怒、骂、哭，夹杂着骨头撕裂开的声音，衣服被扯开的声音。而那些戴面具的佛像突然之间面具全无，露出的本相却是一颗颗骷髅头。启超感觉那些骷髅头的眼睛里都有一个自己的影子，他开始不断地想象自己，不断地思考自己所在的位置，他觉得没一个眼睛里面的自己是真实的。

突然，一双手扼住他的喉咙，使劲地扯着他的身子。启超想喊叫，想动手可是一切动作和语言都已经不听大脑的指挥了。

启超此刻反而清醒了许多，他开始回想刚才自己和吴卫国在聊天，然后写稿子，然后睡下，然后……然后就没有了啊，难道眼前的这一切是梦，是幻觉？可是此刻为什么这双手扼住他的喉咙却能感觉到凉意与痛苦呢？启超想不明白。可是眼前这事情该如何办？为什么要抓住我，为什么是我呢？

启超使劲摇了摇头，觉得喉咙有点干，有些涩，似乎那是血的味道，又觉得不太像，不真实。

“为什么要抓我？你是谁？”启超痛苦地问。

那双手的主人没有一句话。启超只觉得那双手越来越用力，但不管那双手如何用力，启超的脚就是不动。启超似乎看到自己的身体一点点地被那双手传来的力道往里面拉，那力量无穷无尽。

启超觉得自己要被撕开了，要成为两截了。

“这样的下场可不是我想要的。”此时启超想到。其实对他来说，除了眼前的这突发事件以外，并没有什么让他感觉到惊奇的。没有疼痛，没有感觉，似乎一切都不是发生在自己身上。

只听见“咔嚓”一声，启超觉得自己从腰部断开了，鲜血从动脉血管往外喷射。此时头可以转动了，双手也灵活了。他转头看见自己的双腿仍直立在那里。这时，启超的上半身已经进入石棺，突然一片黑暗，那石棺关上了。启超觉得内心空荡荡的，仿佛已经没有了跳动的心脏，他的上半截躯体在半空中漂浮。这时，石棺又开了，那个王子戴着黄金

面具走出石棺，站在巨大的墓室里，旁边启超的双脚还直直地立在那里。

活过来的王子背对着只有上半部身体的启超，取下面具，开始拿起那双属于启超的腿慢慢地啃起来，啃得声音很大，鲜肉被撕裂的声音回荡在空中，而此刻的启超早已没有了疼痛感，他看着那个人啃着本属于自己的肉，没有丝毫怜悯，反而多了一阵快感。那个王子啃着啃着猛的一回头，看向启超所在的位置，此刻启超看清楚了，取下面具的王子明明就是自己啊！

他拿着人腿在那里神秘地笑着，边笑边说："无名之地，无疆之国，昆仑狼图，传国秘典。"

启超突然觉得自己眼前有一个巨大的旋涡，他就在那旋涡的中央，不管他如何奔跑都无法逃出去，越跑那旋涡越大，身体被一点点地吞噬着。可是明明自己已经被吞噬了，却总觉得又能复制一个自己，作为旁观者，慢慢地观看。

一阵尿急将启超从梦中拉回现实。"好奇怪的梦啊，好真实的故事。"启超心里想。一摸额头全是汗，而此刻外面已是阳光灿烂，一看表已是上午十点了。启超出了帐篷，撒完尿，开始回忆梦中的景象，越回忆，越觉得真实，像是亲身经历过的一样。

启超心想：从小就是一个不喜欢做梦的人。做梦最多的也就是年轻的时候，有时候做几个春梦而已，像这么神秘的梦自己还是第一次，真是很吓人。

"启超你起来了啊！"正低头回想梦境的启超，突然被打断，一看是孟宪明。只见孟宪明也是满头大汗。

启超半开玩笑地说："宪明你这是怎么了，你不是吹牛皮，你的身体好得很吗？怎么会出这么多的虚汗？看来回去要多吃些羊腰子补一补啊，小伙子这样下去可不行，革命工作还是很需要你这样身体健硕的同志嘛。"

孟宪明边撒尿边说："别提了，刚睡下不多会儿就做梦了，而且还做得很邪乎。"

"什么邪乎的梦？"启超惊讶地问。

孟宪明的梦

孟宪明从屋子里拿出两张椅子，顺带地看了一下还在熟睡的吴卫国和叶尔兰，然后两人坐在阳光下。

“我昨天晚上刚躺下一会儿就睡着了，也许是白天考古太费神了。可是没多久，我突然很清晰地发现自己站在一片荒漠里，那片荒漠无边无际，眼睛中所能看见的除了黄沙就是累累白骨。我当时很震惊，以前做梦从来没有像这样子的，而且感觉特别诡异。

启超着急地问：“然后呢？”

“我一直走啊走，虽然能感觉到头顶的阳光，可是我一直都没有觉得渴过。就这样不知道走了多长时间，突然看见前方有一片白色，随即赶了过去。这一下子我又被眼前的景象震惊了，只见眼前出现的大小不一的金字塔，都是人骨垒成的。里三层外三层的，头对头，一个垒在一个上面，一层层诡异万分。风吹着那些白色的尸骨‘嗡嗡’的响，那些人骨看起来像是生前受过残酷的刑罚，有的身上还插着箭。”

启超听孟宪明讲到这一幕不禁暗叹：我的那个梦算什么，宪明的这个梦才是恐怖。此时正好有一阵风吹过，他觉得那风中都带着尸骨的气息。启超觉得孟宪明讲的这个诡异的人骨金字塔好像就在自己的眼前，那一个个逝去的灵魂在呐喊，不断地寻找进入幽冥的路。这是一片没有人知道，早已被人遗忘的死亡之地。

“我大概地数了一下，白骨金字塔大概有十五个，每个高度有五米，尸骨有数百具之多啊。”

“死人，你一考古工作者应该见得多了，这样的梦怎么能把你吓着呢？”

“别提了，正当我纳闷的时候，突然天昏地暗，一场黑风暴迎面而来。我转身便跑，边跑边回头看，白骨垒成的塔在黑风的肆虐下已不见踪影。跑着跑着，我眼前一黑好像是掉到了什么地方。”

“你当时没被吓醒吗？”

“真的是太累了。我特别想醒过来，可是如何强迫自己都无法从那个梦境中出来。这次掉下去的是一个好深好深的井。我当时感觉自己似乎是掉进了深渊，不知道该如何是好，想喊却出不来声，只能这样听天由命。等我落到井底一看，这哪里是一个井啊，眼前出现的是一个宏大的场面。只见一个灯火昏暗的大厅内，正中央有一只三足鸟的雕像，雄伟无比，周身呈现黝黑色，环绕大厅一周我看见四周的墙壁上雕刻着各种各样的生活场景：宫殿豪华，人们安居乐业，简直就是一个‘乌托邦’啊。可是当我想走近去看的时候，那些墙壁仿佛会行走一般，我根本走不到跟前去。此时我感觉到脚下高低不平，低头一看，天啊！不知道是哪里来的头颅就这样整齐地铺在脚下，这就是路。我当时一阵阵地紧张，一阵阵地担忧。我真巴不得你在我跟前，起码有个人和我说话。”

启超笑着说：“好事你想不到我，这个时候你突然想到我了啊。你这人心怀叵测啊！我早就看出来啦。”

孟宪明开玩笑地说：“我当时真的是这么想的，你要相信我。当我感觉那墙壁是我根本够不着的时候，脚下有一种莫名的阴冷传来。我低头查看，只见一阵阵黑雾从那些排列整齐的人头中滚滚而来，不断地张牙舞爪变幻着各种形状，此时耳边传来那只鸟发出的声音：‘该来了’，‘该来了’。我转身就跑，边跑边看。很快那黑雾就笼罩了整个大厅。慢慢地向我逼近，这时我发现我还在原先的位置上站着。”

“不会吧，你跑了那么长时间都没跑出一步？”

“你以为我不想跑啊，我跑得飞快，可是越跑越觉得这就是个迷宫，最后还是会回到原点。”

“怎么会呢？”

“我也纳闷了，可是事实就在那梦中出现了。当我再次想往回跑时，却发现自己的身体已经僵硬，不管想什么法子都无法动弹。我看着黑雾靠近我，笼罩我，慢慢地将我包裹，当我看自己的身体时发现自己的身体已经变成一堆白骨。我一下子就被惊醒了。现在回想起来，那个梦太真实了，好像是我真的经历过一样。在我看见梦中的我变成白骨的那一瞬间，我心里凉凉的。”

启超心想好诡异的梦境啊，为什么会突然出现在我们两个人身上，难道吴卫国和叶尔兰也会做同样的梦吗？

启超听完之后说：“实话说宪明，我昨天晚上也做梦了。和你做的这个梦一样诡异，我真不知道该如何解释。”

孟宪明惊讶地说：“什么！你也做梦了，给我讲讲你做的梦。”启超大概地将自己昨晚所做的梦给孟宪明讲了一遍，听得孟宪明一阵阵地惊叹。

“说实话宪明，我和你一样的感觉。总觉得这梦太真实了，真的好像昨晚自己真的没有休息。可是我从梦中惊醒之后又发现自己是在这床上躺着。你记得咱们在封墓石上看到什么了吗？”

“记得，当时封墓石上的文字是‘狂沙吹尽，精绝不灭。亡人之魂，指引前行。封墓洞开，噩梦如织’。你难道相信咱们两个做的梦和这个封墓石上的诅咒有关系吗？”

“我觉得这个梦很诡异，两个梦境为什么不出现别的景象，而要偏偏出现跟这里有联系的呢？你的那个梦境出现的三足鸟、尸骨都与这个古墓内的东西有联系，你不觉得奇怪吗？

“宪明、小启，咱们收拾一下抓紧时间回乌鲁木齐吧。”吴卫国的声音从帐篷里传来。

孟宪明答应了一声“好”之后，转身对启超说：“咱们这个梦境的事情后面再说，但是千万别在导师面前提起，要不然他肯定会不高兴。”

“我明白，你以为我脑子不行还是嘴不行？”

“你什么都行。”

四人吃完早饭，收拾好行李之后，吴卫国告诉张海林：“张局长，这次古墓的发现非常重要，我会立刻赶回北京，向有关部门汇报。这里将很快就成为一个吸引世界眼球的地方，里面的文物现在不要拿出来，我回去争取立项研究这座古墓，争取在发现地建立一座历史博物馆。你们要做的是派人日夜保护好这里，我相信很快就会有相关的专家前来。记住，这里一定要有人二十四小时保护，最好是武警。”

“我明白，吴教授，我也会很快将这件事情报告上去。”

叮嘱了注意事项后，吴卫国一个人静静地走到洪水冲出的大坑前，看着那个古墓。这位老考古学家的内心在翻滚着不为人知的悲伤。已经年过花甲的吴卫国以为这辈子都将无法解开精绝国的密码，但是这座古墓的发现却让他已经丧失的信心又一次回来了。看完古墓之后，吴卫国果断地走到越野车前，打开车门坐上了车。

启超、孟宪明和吴卫国坐一辆车，叶尔兰坐一辆车。两辆越野车从沙漠中驶出，从尼丰县城驶过。很快车就进入沙漠公路。司机为了防止自己瞌睡，放了刀郎的音乐。车窗外的沙漠和刀郎沧桑的嗓音一次次地

敲击着三人的内心。

启超心想：这巨大的沙漠像一只熟睡的大象，它的身体里藏着太多的秘密，哪怕是它翻一个身子，说不定都会有惊天的发现。窗外单调的风景很快就将启超和孟宪明的瞌睡虫给勾出来了，两人肩靠着肩慢慢地睡着了。坐在副驾驶位置上的吴卫国回头看了看这两个疲惫不堪的小伙子，嘴角挂着一丝笑意。

第二个梦

“这是哪里？”

“这到底是哪里？”

“宪明，是不是你啊？”

“启超！天啊，怎么回事？我看不见你在哪里啊。”

“我也是只能听见你的声音，看不见你在哪里。这到底是怎么回事。”

“你小子别吓我了！”

启超只觉得眼前一片黑暗，似乎四周都是虚空，你可以这样走也可以那样走，你可以想象眼前有一堵墙，你可以直立地在墙上走。

“宪明，你那边感觉怎么样？”

“启超，我总觉得这边有一种虚空的感觉，没有实质的东西。这里好像什么都没有。可是我不管怎么走，都感觉是在平地，太奇怪了。”

对于眼前的情况，启超不知道该如何办，也不知道如何去面对它。这是一个梦，是一个完整的梦，可是梦中的故事又这么清晰。

“启超，不好了，我感觉有人靠近我，有人靠近我。我可以听见他的刀在地上划出的声音，他那边是实体的。”

听到孟宪明这话，启超竖起耳朵听，可是什么都没有听到啊。难道我们是在不同的空间里？这不可能啊，这是一场梦境，怎么可能会有空间存在呢。

“宪明，你先静静地想一想，这是我们的梦啊。”

“启超，这不是梦，我能感觉到他的气场，他的呼吸。他的每一个动作都在我的耳朵里，非常的清楚。”

启超总觉得哪里不对，难道这不是梦吗？

“啊——启超，我……我被刀砍到了！我的胳膊！我的胳膊！”

“宪明，你怎么了？！你怎么了？！”

“这是你，启超，这个人是你！是你！你为什么要杀我？”

“不是我啊！不是我！宪明我在这边，我在这里。”启超大声喊着，可是不知道在什么地方，宪明已经没有了声音，没有了呼吸。“宪明，相信我，我在这里，我怎么能去杀你呢？”启超悲伤地说。

这时已经没有了孟宪明的声息，只有从远处传来的诡异的声音：“无名之——地，无疆之——国，昆仑狼——图，传国秘——典。”这声音和第一次梦境中的声音一样，带着些微颤抖，但是可以明显听出是有人故意发出这样的声音。

启超大声问道：“你是谁？你为什么要来到我的梦中？”

而他的声音就好似回声一般在这空旷的虚空中回荡着。刚喊完，启超一脚踩空，就犹如孟宪明所说的那样猛的开始往下掉，但是此刻的启超能喊出声来，而且似乎那个喊声还可以被自己听到。等再次醒过来的时候，启超以为已经回到了现实，但是抬头一看周围风景依旧是沙漠，可是只有自己孤零零的一个人在沙漠上游走，像一个失去肉体的灵魂。

启超就这样一个人慢慢地走，慢慢地走。这时不远处闪现出一片绿洲，胡杨、草地，一泉清澈的湖水，草地上还有几只野骆驼在悠闲地晃荡着。启超心想：真是一块好地方。他快步走近一看，在这胡杨林里居然还有一座废弃的古堡。古堡占地面积不大，但是气势威严，青砖上布满灰色的苔藓，看来是已经废弃了许久。

启超想也不想地就走进了那个古堡。古堡的地上满是摔碎的茶具和各种武器，还有死人的骨架，这都说明这里曾经有过一场恶战。走着走着，突然他看见墙上出现了三足鸟的雕刻，这次所见的三足鸟和古墓中的一模一样。启超想，难道这里也和昆仑国、苏毗族、精绝有联系吗？

进到古堡内部，只见墙角一个人蜷缩着，不断地颤抖着。启超从穿着上看出那是孟宪明。

“宪明，你小子在这儿呢，我以为你出事了。”启超边看边靠近，可是孟宪明依旧在不断地颤抖并不抬头看。难道这小子有什么事情？启超暗自思索。

“你丫的不说话什么意思，哥们儿以为你挂了呢。没什么事情吧，看你这贼样子，吓我一跳。”

启超边说边走到孟宪明跟前，拍了拍孟宪明的肩膀。这时孟宪明突然停止了颤抖，回过头来。启超大吃一惊，孟宪明诡异地傻笑着，嘴上挂着鲜血，不断地滴在地上。这时启超才看清楚，孟宪明面前放着一双腿，这腿明明就是自己之前梦中被扯下来的腿，此刻孟宪明正在津津有味地啃着。

启超惊叹道："宪明，你在做什么？"

孟宪明开心地说："吃肉啊，很好吃。"并撕下一块给启超，启超猛然向后退，突然之间一阵剧烈的颤抖将他摇醒。原来是车已经到了库尔勒，司机将车开到路边的拌面馆门口准备吃午饭。而此时孟宪明也从梦中醒来。

吴卫国下车之后对启超说："小启，你的脸色很差，是不是不舒服，晕车啊？"

启超完全没有注意到自己的变化，忙对吴卫国说："没有啊，教授，我常年出差，怎么会晕车呢。没事，自然反应。"

孟宪明以上厕所为由，询问启超去不去，启超表示同意。

"启超，是不是出什么事情了？"

"是的，我又做梦了。"

"啊！我也做梦了，特别的恐怖。"

"什么……"

"是的，我骗你干什么呢？在一个无边的虚空里，我一直奔跑，好像背后有人在追赶我一样，我能清楚地感觉到他的呼吸。"

"那你有没有听见我的喊声，有没有喊叫啊？"

"你开玩笑，我早上跟你说你能和我一起在梦境中出现那是逗你玩的，你还当真了啊。"

"可是我做梦，梦见和你一起在虚空中，我们能听见对方说话，可就是见不到面。后来在一座古堡，我撞见你在吃……在吃我的腿。"

"这太诡异了。太可怕了。我怎么会出现在你的梦境中呢，你身上有股子骚味，我才不吃呢？"孟宪明此时还在与启超斗嘴。

"说正经的。难道我们两个真的受到诅咒了吗？"

"不会的，你不要胡思乱想。"

启超痛苦地说："我也不想这样猜想，可是眼前的事情总要解决吧，我们不能让这样的噩梦一直纠缠着，要不然哪一天我真的会被逼疯，成神经病的。”

“你小子也相信这些啊，我是不信的。”

“不是我相信，是实实在在存在，不由你不信。看来我要改变一下我的信仰观了。”启超显得很认真。

“你有信仰吗？”

“我没有，但是现在有了。”启超说。

“现在是什么信仰？”

“我开始相信鬼神，开始相信诅咒，甚至开始怀疑你是不是真的孟宪明，说不定真的你，有可能在某个角落在啃我的大腿呢。”

“你就忽悠吧，你的腿有鸡腿好吃吗？没有经过烹调的人腿肉我是不吃的，我们食人族很卫生。”

启超一听“食人族”马上往后一退道：“我早知道你不是真人，你们够快的啊，这么快就渗透到我们人类中间了，好小子。我今天要代表人民收服了你，以免你再去害别人。”

启超说着就要动手，孟宪明大喊一声说：“我狂暴了，看我变身，先吃了你小子。”

说着两人“哈哈”一笑。

孟宪明道：“好了。咱们不争吵，等导师回北京将这次发现搞清楚之后，我会跟他说我们的这个问题，看看他能不能给我们答案吧。”

“但愿如此。我等会儿将稿子发回去，你要不要审查一下，例行公事？”

“不必了，你的水准我还是很放心的。”

“那是。”启超自豪地说。

四人在库尔勒吃完油肉拌面，继续赶路。在路上启超将这次古墓发现的稿子传给了他的主任，主任叮嘱他一定要随时保持联系，并争取拿到第一手资料。

凌晨两点多抵达乌鲁木齐。久违的乌鲁木齐依旧是灯火辉煌，司机将吴卫国送到酒店，随后孟宪明给吴卫国订了第二天最早的一班飞北京的机票，这些事情安排完已经是凌晨四点。启超和孟宪明告别吴卫国，随后分手各自回家。

斯坦因的发现

伦敦著名的富人区切尔西，每一栋住宅都像一座小型的欧式宫殿。它们多数以白色砖石砌成，体现的多是18世纪英国摄政王朝时代的都铎式建筑特色。这些私家建筑往往配上罗马式的庭柱和穹顶，有些还在外表装饰巨大的挂钟，加上配在建筑入口两侧的卧狮等石像，如果不是知道这里只是私人住所的话，一定会误以为是博物馆。

“亲爱的佑教授，您好啊。”说话的是一个身材高大，面目清秀，看起来三四十岁的中年人。他一手拿着刚刚点燃的雪茄，一手拿着电话放在耳边，这人站在巨大的玻璃窗前，盯着外面草地上的一座漂亮的狮身人面雕像。

“是你啊。”话筒里传来远在巴黎的佑教授的声音。

“是我。不知道您今天看到来自你的祖国的一篇新闻报道没有？”

“你说的是一篇什么报道？”

“关于精绝国的考古发现。”

“什么？”对方明显感觉到很吃惊，声音中有明显的怀疑。

“你说的是那个在新疆的精绝国？那个消失的国家？”

“亲爱的教授，看来您离开自己的本职行业之后，是越来越不关心这方面的信息了，只是专心做生意了啊。要提醒一下自己：钱乃身外之物，生不带来死不带去。”

“我的生意还不是要靠你们帮忙。”

“不开玩笑了，佑教授，这次的发现者是你的老同事、老朋友吴卫国。”

“怎么，是他！那这个考古发现就有些意思了，能让这老家伙感兴趣的绝对不是什么小考古发现啊。”

“佑教授，我给你打电话的意思是希望你能来伦敦一趟，我这里有些事情需要你的帮助。飞机票我已经给你订好了，从巴黎飞往伦敦，等会儿机票就会送到你那里。我会派人在飞机场接你，咱们见面再谈吧。”

“好的。”

挂上电话，中年人静静地看着外面，似乎对对方的回答很满意。他慢慢地抽着雪茄，像是特别享受这个乐趣。他嘴中的这个佑教授，全名佑哲闵，曾经是中国数一数二的西域学研究学者，可是由于一次考古发现的失误，被迫离开本职行业，下海经商，主要推广中国汉文化。“我一定要拿到这批东西，一定。”他暗下决心。

五个小时后。

“佑教授，再次见到您很高兴。”

“哈肯先生，我也很高兴见到你。”这位佑教授年纪大约六十岁，身高一米七，大腹便便。但是他头发乌黑，尤其是眼睛非常有神，似乎能看透人的心。

佑哲闵嘴中的哈肯，则是一个实实在在的外国人，头发枯黄，身高在一米八以上，手中总喜欢拿一根雪茄。

佑哲闵开口便直奔主题：“哈肯先生，不知道你这次急匆匆地找我过来想了解一些什么情况。”

哈肯说：“佑教授，我知道你在没有下海前也是中国国内非常知名的西域学方面的专家，尤其是对西域文明有着独到的见解。”

佑哲闵心想：好你个英国佬，又想从我这里得到好处。谁不知道你，正当生意是做矿产开发，背地里却干着倒卖文物的勾当。以为我不知道啊，世界各地只要你想得到的你都在想方设法，以开发矿产为由四处找寻各种奇珍异宝。“不知道哈肯先生想了解什么情况？”

“佑教授，您先看看这篇报道。”哈肯将打印好的一张纸递给佑教授。这纸上居然是启超写的《洪水冲出古墓疑为精绝国贵族之墓》的新闻报道，佑哲闵越看越觉得这篇新闻稿有很大的问题，完全没有把握住考古的重点，只是简单地交代了一些讯息，甚至连墓地发现的位置都没有写出来。

哈肯似乎是看出来佑哲闵的疑惑，问道：“我了解你们中国的新闻事业，也了解你们中国人凡事都讲究谨慎，新闻也一样，这样的稿子肯定没将最重要的东西呈现出来。佑教授，你对这么一个简单的考古发现有什么看法。”

佑哲闵说：“不管考古本身和其他，以我对我的老同事吴卫国的了解，除非是重大考古发现，他一般是不会去的。而且我敢肯定，这次发现很突然，是洪水冲出的古墓，当时参与考古的人员肯定是遇到了麻烦，所以才找到吴卫国，而一定古墓中的某些东西打动了吴卫国，他才

赶过去的。”

哈肯点点头表示认可，佑哲闵接着说：“从这篇稿子的内容可以看出，稿子肯定是在吴卫国指示下写出来的。”

“这是为什么呢？”

“因为在中国，对于古墓的考古发现考古学家们都是很慎重，没有得出最后的结论他们是不会公布的，所以才说是‘精绝国贵族墓’，但是贵族的范围就很大了。这个发现肯定是重大发现。”

“佑教授，你这么肯定？”

“我可以肯定地说。从吴卫国所阐述的对古墓发现的意义来看，他显然是有意隐瞒。”

哈肯急问：“那教授你的意思是说这个有疑点？”

“是这样的。”

“佑教授，您知道亚特兰蒂斯吗？”哈肯转移开话题。

“我知道。那是一个在柏拉图的著作和希腊神话中出现的神秘地区，一个人类至今无法解答的谜。在现今发现的许多世界文明中有过这样的记载：地球上曾先后出现过四代人类。第一代人类是巨人，他们毁灭于饥饿。第二代人类毁灭于巨大的火灾。第三代人类就是猿人，他们毁灭于自相残杀。后来又出现了第四代人类，即处于‘太阳与水’阶段的人类，处于这一阶段的人类文明毁灭于巨浪滔天的大洪灾。而在大洪灾之前，地球上或许真的存在过一片大陆，这片大陆上已有高度的文明，在一次全球性的灾难中，这片大陆沉没在大西洋中。近一个世纪以来，考古学家在大西洋底找到的史前文明的遗迹，似乎在印证着这个假说。”

“是的，那就是亚特兰蒂斯。19世纪中期，美国考古学家德奈利经过毕生努力，出版了他的研究成果《亚特兰蒂斯——太古的世界》，他也因此而被誉为‘科学性的亚特兰蒂斯学之父’，在他的研究中西方文明来源于洪水袭击之后幸存的亚特兰蒂斯居民。”

佑哲闵说：“那么哈肯先生也相信这一理论？”

“是的，我相信。我还要告诉你一个秘密。”

“什么秘密？”佑哲闵问。

“您知道斯坦因吧，我的爷爷曾跟随他参加过尼雅遗址的考古发现，也是在那一次考古发现中精绝国被世界所熟知。我的爷爷叫鲁斯塔姆，他跟随斯坦因进入那里，然后在无意之间发现了木简，当时斯坦因得到木简之后异常兴奋，因为这木简上记载了一个伟大的秘密。”

哈肯慢慢地思索着，像一个讲故事的高手，不断地吊着佑哲闵的胃口，而佑哲闵表面平静，内心早已急迫得很了。斯坦因到底在那里发现了什么秘密呢？

哈肯接着说：“斯坦因当时在一座佛塔的砖缝里发现一批木简，那批用佉卢文记载的木简上记载了一个史前文明‘昆仑国’的宝藏和传说。”

“什么？‘昆仑国’？！”喊了一声后，佑哲闵觉得有些失态，心道：真的有这么个国家，被那个老家伙给说中了。

哈肯还是慢吞吞地说：“是的，佑教授，‘昆仑国’。后来我的爷爷一直在研究，包括我的父亲他们都在研究这个国家，如果说西方文明来源于亚特兰蒂斯的话，那么东方文明就应该是起源于昆仑国。那也是一个史前的文明之国，富庶、安康，后来在史前大洪水之下消失了。但是这个国家却保留了让世界震惊的财富和文明，只是这一点一直没有被人重视，唯一留下的就是中国人的信仰：昆仑神话。”

佑哲闵此时已经显得激动万分：“是的，中国古代许多奇书都记载过昆仑山的神话故事，我的同事对此多年研究深信不疑。现在听你这么一说，我才恍然大悟，也唯有这样解释才能讲得通。”

“当时我爷爷和斯坦因在尼雅获得佉卢文木简后，斯坦因竟想独吞。你想想是什么让他抛开我爷爷多次前往尼雅再作调查？”

佑哲闵边听边想：如果尼雅仅仅是出土了那种世界上只有几个人能读懂的“天书”，不会引起更多人的兴趣。当然，尼雅发现的文物远不止于此。斯坦因在这里发现各类文物，其中有用梵文书写的一段段佛经、汉文木简等。出土文物种类之众多，连身临其境的斯坦因当时都不敢相信这会是真的。

“我也是后来在爷爷的考古笔记里看到这些的，说实话我当时也被震惊了，因为斯坦因的发现在当时的欧洲引起了巨大的轰动，可是他却隐瞒了这个轰动全世界的秘密。”哈肯有些激动地说。

佑哲闵平复了一下激动的心情：“可是，那些木简上到底记载了什么？”

“是这样的。当年精绝国王得知这宝藏的藏匿之所，派人寻找，

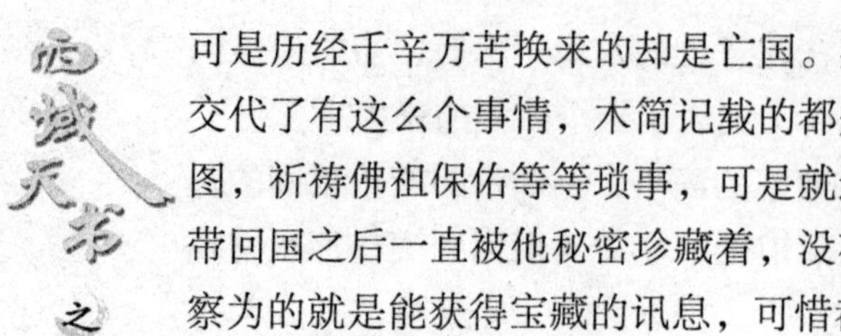

可是历经千辛万苦换来的却是亡国。斯坦因当年得到的木简只是简单地交代了有这么个事情，木简记载的都是精绝国王派王子‘叱’寻找藏宝图，祈祷佛祖保佑等等琐事，可是就这样斯坦因也视如珍宝，这些木简带回国之后一直被他秘密珍藏着，没有对外宣扬，之后他还前去西域考察为的就是能获得宝藏的讯息，可惜都没有找到。”

“那现在这批木简呢？”

“在我手里。”

“你是如何得到的？”

“这个佑教授就不必询问了，我只是想请你一起与我参与发现这批宝藏。因为据我所知，你的老同事吴卫国这次发现的古墓里就有关于这批宝藏的记载，此刻他应该已经说通了中国政府参与考古发现。你想想，这样一个震惊世界的发现没有你的参与多么可惜，所以我想邀请你加入。”

佑哲闵虽然下海多年，但是他对考古这个行业有着天生的热爱，听完哈肯说的故事他的心早已在十万里以外的昆仑山区了。那些金碧辉煌的宫殿，一眼望不到边的辉煌建筑，还有传说中的昆仑神宫、西王母，这一切都让他心潮澎湃。

“好，我答应你，那我们现在该如何做呢？不可能去抢吧？”

“太好了。现在我们只要等待时机就行了，我相信用不了多久中国政府就会有动作的，我们静观其动。在中国用抢的方法不行，而且那样做也是不明智的。”哈肯说。

送走佑哲闵，哈肯继续点燃雪茄，静静的等待着，他在等待一个人，一个鬼魅。

这个人谁都不相信，也不相信任何人。他只认黄金和美元，是的！这个浑蛋，哈肯每次想到他都恨得咬牙切齿，因为他让哈肯的私人博物馆少了太多的东西。

但是哈肯明白，如果没有他，自己的博物馆也不可能这么丰富，自己的事情也不可能这么顺利。

“咚咚！”

“老板，他到了！”

“好，让他进来！”

来人穿着一身黑衣，带着黑色的帽子，黑色眼睛，似乎他很怕光。这人个子不高，脸上有一个明显的刀痕，在白色的灯光下，显得诡异很多。

哈肯看着他走到屋子里，但是却没有发出任何声音，做到这一点很难。这也是哈肯不得不依靠他的原因。

“张，我现在需要你，太需要你了。”哈肯变了变脸色，表现出一种非常高兴的样子。

“嗯。”

“有个大买卖，我们要去做。”

“钱，我不感兴趣。”

“这次不是钱的问题，是一个新的世纪，是一个发现历史的时刻。宝藏，无边无际的东方宝藏，你会喜欢的。”

“是吗？”

“是的！这次你最熟悉了，我要请你去中国新疆，在那里悄悄的蛰伏起来，等待时机，然后如毒蛇一般，死死的咬住猎物，让我得到这批东西。”哈肯志在必得。

“怎么分？”

“老样子。七三。”

“不，这次我要六四。”

哈肯冷冷地看着那副黑色遮光眼镜背后的眼睛，思考了一阵，说：“好！四六。就这样定了。”

“好！那我就出发了，保持联系。”

哈肯太了解这个张了，但是他又看不透他。哈肯只知道张只是他的一个代号，真名叫聂疯子，在中国有人送他‘八面金佛’，意思是他改头换面的本事很大，善于乔装仪容，做事快、狠、准。后来由于盗宝和盗墓被通缉，他跑到外国，改姓张。没有人知道他这些年在干什么，也没人知道他住在哪里，和什么人在一起。

哈肯也是通过别人找到他的。他觉得有了这个聂疯子，很多事情变得简单了。

第十章 组建考古队

Chapter ten

又见吴卫国

“啊——！”

启超又一次从噩梦中惊醒，在从尼丰县考古现场赶回来之后的三天里，他的睡眠一直很好，可好日子不久，他很快就被噩梦又一次纠缠上了。不断地在梦境中出现的恐怖景象一次次地将启超从梦中惊醒，而这一次他面对的则是一场洪水。

巨大的洪水裹着数不清的尸体向城镇滚来，一瞬间就席卷了一切。启超看见那些扭曲的人睁着惊恐的眼睛在看着什么，愤怒、无助、惊讶全部写在他们的脸上，当这一切都出现在梦境的时候，启超听见那些因为洪水而死亡的冤魂在大脑深处歌唱：

雪山在阳光照耀下露出王冠
河流沐浴着女王的仁慈
上神的肉体化作我们不朽的信仰
在森林里，我们找到爱情
大地带来遥远的气息，丰收
从双手的夜晚装入谷仓
那美丽的山涧，流淌着
流淌着我们死亡的血液。

在梦境中，启超时常看见人肉垒成的城墙，不断往外面流着血，一阵阵的黑色雾气笼罩梦境。还有那个戴面具的人，此时却以启超的形象出现在梦境中。启超时常认为这个戴面具的人已经完全占领了自己的梦境，想躲都躲不开，想逃都逃不掉。由于长时间的睡眠不足，使启超的精神看起来十分委靡，他又不能告诉别人是因为做噩梦导致身体差。

报社的领导很关心他，说是放假几天让他回家好好休息休息。启超听完之后表示感谢，可是他的内心可不这样想啊，还睡啊，再睡都真的要成神经病了。启超坐在床上想了想，认为这样下去肯定不行，必须要找一个解决办法。事情肯定是出在了尼丰县的古墓那边，必须要将这件事情告诉吴卫国。

启超找到手机，拨通孟宪明："喂，孟夫子啊，你起床没？哥们儿都快恨死你们这些考古的人了，现在要被你们害死了！"

"我早起床了，已经在上班的路上了。别这么多怨气啊！"电话那头传来孟宪明的声音。

启超长叹一口气说："宪明，说实在话，我扛不住了。我这几天天天做噩梦，没有睡过一个安生觉，这样下去肯定不行。"

"什么？你又做梦了？"

"是啊，一次比一次惨烈，一次比一次恐怖，一次比一次真实。我现在真的相信那石头上写的诅咒了，宪明，我真的被诅咒了。"

"启超，我也跟你一样，这几天睡不好吃不好的。我觉得自己都瘦了。"

"你也该瘦瘦了。怎么，你也做梦了？"

"你以为呢，遍地的尸体，不断惨叫的人声，无所不在的恐怖，黑暗，走不到头的宫殿，这些都是哥们儿所遇见过的。你想都想不到，我内心也是十分的煎熬，你懂吗？"

"我不懂，我只知道我们肯定是被鬼上身了，要不就是被鬼给缠上了。我以后再不搞考古采访了，太恐怖了。"

"你小子可记住你刚才说的话，后面有好多人等着采访我们呢，你以为离开你我们就没人宣传了吗？"

"别啊，我就那么一说，你搞的真要封杀我一般。你们是爷，我伤不起你们啊。我还是干好本职工作吧。"

"行了，别贫了。这样吧，电话里不好说，你来我们单位吧，咱们

见面谈。”

“好的，我马上就过去，聆听你的指导。”

洗脸刷牙，出门在路边的小店吃了五个薄皮包子，喝了一碗奶茶。启超感觉轻松多了，坐上2路公交车之后孟宪明直达考古所那一站。

西域考古研究所位于乌鲁木齐高新区，是一片安静的小院子。院子里种着橡树和榆树，年头都很老了，据说这是当年新疆省主席盛世才的别墅所在地，后来划拨给了西域考古研究所。研究所的楼不高，放在乌鲁木齐高新区很不起眼，但是牌子很硬，每年“中国的十大考古发现”都会出现这个研究所的名字。

来到孟宪明的办公室，启超一看，好家伙，孟宪明的熊猫眼比自己还重，一双眼睛红红的，一看就知道没睡好。坐到沙发上后，孟宪明先开口说话了：“你现在看到了吧，我也和你一样被折磨得很惨。我觉得我如果能有梦里那样的速度，现在早成超人了。”

启超问：“咋了，你还跑得很远啊。”

“别提了，我这几天做梦一会儿是沙漠，一会儿是草原，一会儿是大水，反正没一样是好的，都是杀来杀去，鲜血淋漓。有时候突然之间感觉自己要被人给勒死，有时候双脚仿佛是被吸住了一般不能动弹，身体就这样僵硬着，看着那些杀戮。我现在睡觉之前都要说上一遍‘别做梦啊，别做梦啊’，可是每当说完这句话，睡下没半个小时，妈的就来了。”

“那你这梦有没有规律？”

“有什么规律啊！做梦还有规律？”

其实这也是启超最担心的事情，因为这没有规律的出现，根本不知道这梦什么时候会来，什么时段来。

“宪明，我今天来就是要找你，先跟你商量一下，我们要将这事情告诉吴教授，也许他能给我们出点主意，或者是起码能让我们明白吧。”

“嗯，我也是这么想的。我昨天给教授打了电话，他说这几天一直在北京忙着破译那个木简，还有联系协调科考队的问题。”

“什么，你们要组建科考队啊？这次一定要带上我，要不然，我跟你说我就天天来骚扰你。”

“你不害怕噩梦啊。”

“噩梦肯定害怕，但是哪里有被报社领导骂可怕啊。那这科考队主要是做什么？”

“鉴于你刚才在电话中对我说的那些话，我决定不录用你参加科考队。起码是不让你参加前期的工作。”孟宪明说。

“别这样，我请你吃饭。前后工作我都参加，行不？”

“这样我还可以考虑考虑，看你表现吧。”

启超转口：“问你话呢，这科考队主要是做什么呢？我也好有个说法，给单位批出差申请啊。”

孟宪明神秘地说：“教授让我不要告诉别人，尤其是不告诉你们这些搞媒体的。但是我相信你，因为你不会乱写，你这个同志在这一点上还是很有大局意识的。我听他说国家对咱们在尼丰县发现的那个古墓非常重视，据说已经惊动了中央，要求导师组建科学考古队尽快获得第一手资料。我从导师的声音中可以判断出，他很激动。能让他激动的事情绝对是大事。”

“有时候我也认为，能让老爷子激动的肯定也不是什么好事。”

“嘴上积点德，晚上说不定就不做梦了。”

“不管刀山火海，这次我都要参加进来，一定要参加进来。让他激动的大事，对我们来说也是大新闻，大手笔，哈哈！”

“放心，小伙子，你这顿饭不是白请的。我已经跟导师申请了，导师说这一两天就到乌鲁木齐，到时候再说。我说了，你再说说，我觉得导师很喜欢你，估计应该不成问题。”

“喜欢不喜欢无所谓，他老人家只要愿意要我，我就跟着去。”

“你放心吧。”

“走吧，去吃饭，大盘鸡！”

“就等你这句话了哈哈！”

两人在附近找了一家大盘鸡店，点了一个分量十足的中盘，要了皮带面，吃得是大汗淋漓。辣椒、鸡肉、洋芋、大葱，大盘鸡在取其浓浓的乡土风味，本来就是一道大路菜的内质。

“大盘鸡的菜料或是形色，都留着一种自然样儿，这也是大多新疆菜式的风格。新疆菜式首要的印象是简单，但这种简单是简朴的简单，而绝不是简陋的简单，是大气笼罩下的简约无华，是精心烹制过的率直袒露。在人们生活日益走向精致的今天，点一道鲜香浓郁、原汁原味的大盘鸡，体会一下狂放不羁、透彻心脾的新疆宴，也是很好的放松。”这是一位新疆作家关于大盘鸡的文学描述。

到新疆，你一眼望过去，只要有路的地方就有大盘鸡。在北疆沿途，从乌鲁木齐到伊犁、塔城、阿勒泰、博乐等地，沿路多是大盘鸡。而司机这活儿辛苦，中午饭讲究吃饱吃好，快速、便易、实惠、可口，大盘鸡自然是首选。

吃完大盘鸡，启超告别孟宪明后，来到单位，得知没有事情之后，回家继续看书。在战战兢兢地过了两个晚上后，清早接到孟宪明的电话，要求启超和他前往地窝堡机场接吴卫国。启超和孟宪明在西域考古研究所会合，然后开车上机场高速。乌鲁木齐的好处是机场离城市很近，高速半个小时就到了。在人群中接到吴卫国后，三人上了车。

吴卫国在车上先开了口：“宪明，你和启超怎么好像没睡醒的样子，是不是为了接我这个老头子一晚上没睡好啊？”

启超心想：“如果是为了接你没睡好，那还可以。可是现在哪里是一晚上没睡好啊，是连续好几天没睡好！”

孟宪明和启超面面相觑，不知道该如何说。“怎么，你们俩还有什么难言之隐吗？这可不像你们小伙子们的作风吧。有什么问题给我说说。”

孟宪明想了想，开口说：“导师，我们俩实在也不知道该从哪儿讲起，又不知道说了你信不信。”

“是啊！教授，这事情很邪乎，说出来吧，害怕您骂我们不按照唯物主义思考问题，不说出来吧，这东西天天搅和我们俩的梦。”

吴卫国一听这话觉得有些不可思议：“你们是不是遇到什么困难了，说出来听听吧，或许我能帮上你们的忙。”

“好吧，导师，那我们就告诉您吧。”

考古队

“导师，您还记得咱们在尼丰县发现的那个古墓封墓石上写着什么吗？”孟宪明开口问。

吴卫国不假思索地说：“记得啊，当时你们最先发给我的不全，后面我在现场破译出来的是‘狂沙吹尽，精绝不灭。亡人之魂，指引前行。封墓洞开，噩梦如织’，这有什么不对吗？”

孟宪明面露痛苦之色：“这话没有什么不对，但是这里面的有些话在我和启超身上应验了，而且从一开始就跟随我们俩，到现在了。”

“是啊，教授。从发现古墓之后睡的第一个觉开始，我就被种种噩梦纠缠着，而且那梦比平常做的梦都清晰，都恐怖。”

“这也就是你们为什么脸色这么难看的原因吗？”

“是这样的，导师。现在我们两个都害怕睡觉。第一次出现这样的情况是咱们回乌鲁木齐的前一个晚上，我们两个都做了梦。当时没太注意这个情况，也没告诉你。可是现在越来越严重了，而且不是周期性的。”

“你们还记得梦的内容吗，细细给我讲讲。”

孟宪明和启超将各自的噩梦完整地告诉了吴卫国，吴卫国越听越觉得心惊胆战。作为一个老考古工作者，这样的事情也是第一次遇见，但是事实就摆在眼前。

“这……这样的事情，这样的事情我还是第一次接触，为什么是你们，而我没有呢？”吴卫国惊讶地说。

启超在心中笑道：“看来这诅咒只针对帅哥，老人家看不上，所以老爷子没被诅咒，感觉好像有点失望。”

内心虽然这样说，但是启超嘴上却说：“这也是我和宪明这么疑惑的原因了，一起进去的四个人，难道就我们两个吗？这也太不公平了。”

孟宪明在一边咳嗽了一声，意思就是别说过了。

“导师，我们真的被诅咒了吗？您作为一个老考古工作者，有没有什么法子啊？”

吴卫国看着两个年轻小伙子，一个是自己的爱徒，一个是启超。心中不断地涌现出考古界人人闻风丧胆的“法老的诅咒”、神秘的“冰人诅咒”等等在考古界已经成为不朽话题的诡异之事。吴卫国想起，在古埃及法老图坦卡蒙的陵墓上镌刻着这样一行墓志铭：“谁要是干扰了法老的安宁，死亡就会降临到他的头上。”虽然那次发掘震惊了世界，可是接下来发生了参与发掘的二十多人在不太长的时间内先后死去的神秘事件，而且死因不明。还有，在欧洲发现了一具5300年前的冰尸。在冰尸被发现后不久，7名与这具冰尸有过接触的人死于非命。可是这

一切都是在外国啊，中国这些年不管发现的王侯将相之墓，还是普通古墓，都没有出现过这类诅咒，最多的也就是机关之类，这些机关经过千年多半也都已经失去作用了。

听完孟宪明和启超的噩梦之后，吴卫国沉默了。一路沉默，最后车来到西域考古研究所，坐在西域考古研究所孟宪明的办公室里，吴卫国静静地闭上双眼，他的脑海里不断地复制着孟宪明和启超叙述的各种梦境。他开始回想：为什么自己没有这种梦境，难道说这种梦境是有选择地出现在他们两人身上，这显然不符合逻辑，可是面对这样的情况，逻辑有什么用呢？猛然之间，吴卫国脑海中闪过一个念头，询问："小启，你说梦境中那个戴面具的人变成了你的形象，然后嘴中念念有词地说'带我去那里，带我去那里。无名之地，无疆之国'，是不是？"

"是的，教授。"

孟宪明也想了一会儿说："导师，我的梦中也出现过这样的话，我有点印象。"

"这就对了。看来你们两个真的中邪了。"

"什么？中邪了？！"启超和孟宪明惊讶。

"是的。你们也许不信，但是现在有很多事情科学还无法解释，在中国很多地方都流传着人死之后由于其灵魂对于人世间未了之事牵挂不已，所以附在宿主身上的鬼故事，虽然我不太相信，但也觉得很诡异。可是流传千年的这种事情，有时候不得不信。"

"教授你……你的意思是……说我和孟宪明被鬼魂附身了？"启超问道，此时的孟宪明脸色蜡黄，显得很无助，也很无奈。

"可以这么认为，也可以不这么认为。我觉得有这种可能，他希望借助你们来完成自己没有完成的愿望，这样或许你们的噩梦就会消除。如果你们相信，就这么认为，如果不相信也可以不这样认为。"

启超心中大骂："你一个年过花甲的老爷子，此时在这儿拿两个小辈开玩笑，说什么信与不信，我信不信，梦就在这儿，越来越恐怖。这不是拿我们两个开涮吗？说点实际的吧。"

孟宪明听完吴卫国的话，心中大惊，可以明显地感觉到他的身体有些颤抖。启超看着孟宪明的样子，心中好笑，又觉得可怜。对于鬼附身一说，启超似乎很坦然，因为农村经常出现这样的事情。可是孟宪明就不一样了，他自小懦弱，受不了这个刺激，况且一直又属于无神论者，心中又对鬼怪之说半信半疑。

孟宪明颤抖着说："可是导师，现在我们怎么完成啊，我们连一点线索都没有。"

吴卫国沉思了一会儿说："线索现在已经有一些了。我这次来乌鲁木齐就是带着上级的指示，组建'昆仑国考古队'，当然这个名字是我们内部的名字，我们对外统称'西域文明联合科考队'。"

"'西域文明联合科考队'？导师，这名称好响亮啊！"孟宪明一听到与自己本职专业有联系的事情精神立马起来了，似乎鬼附身这事也被抛到九霄云外了。

"是的，我拿着发现的那些资料回到北京，给有关部门起草了一个相关的研究资料，这次把那些官老爷们给镇呆了，很快这个事情就得到相关领导的批示，要求各部门联合组织，务必要保证这次考古的顺利完成。"

启超一听急了："那教授，我是不是能够参与进来呢？对我来说这可是一次千载难逢的好机会，你可不能不答应啊。况且我现在还身中剧毒，这鬼毒不知道什么时候才能解，说不定路上就遇到解救之法了。"此时的启超早已将噩梦忘得一干二净。

"小启，之前我没考虑让你加入，因为这次科考必须是在保密的情况下开展，可是现在我必须让你参与进来，因为那个噩梦已经将你紧紧地和这次考古联系在了一起。当然，你这小伙子也很不错。"

"那我没这个梦，教授你是不是都没考虑我啊。你太打击我了。"

"当然不是了。这样的考古，小启，你是知道的，对各方面的要求很高。可是我觉得你比某些考古工作者都要尽心尽力，说不定能派上用场。"吴卫国说。

"导师，我想问一个很不知趣的问题，是不是能最终解决梦中那人所喊的谜题，我们的噩梦就会结束？"

吴卫国疑惑了一会儿，然后坚定地说："应该不成问题。但是也不一定，说句实在话，我其实对这个问题真的不太了解。"然而，当他回答完之后就开始后悔了，因为对他来说，这样的事情太蹊跷，他也没有把握。可是眼看着两个正值事业上升期的年轻人就这样倒下，必须给他们精神上的鼓励，让他们有盼头。

孟宪明眼睛有些红了，启超看着他知道这小子精神快崩溃了，要不是这个考古队接下来的工作，说不定立马就能哭出来。孟宪明说：“导师，咱们这次的考古队要如何组建？”

“现在还有些事情需要做，我还从上面拿到一些物资，这很实用。还有两个人这几天就赶到，他们都是很不错的。你们很快就会见到的。现在我要去联系本地的一些事情，这件事情必须保密，我们不能太张扬，因为很多事情不只是我们在窥探。”

启超似乎听出来吴卫国话外之意，问：“教授您的意思是说，难道还有别人和我们一起吗？”

“记住，这次考古不是我们想象中的那么简单，等我把组建的事情搞完之后，成员到齐，我会给你们解释的。”

新成员

清新的早晨总是让人无比地喜欢，哈肯看着报纸，一边喝着温热的咖啡，他喜欢这样的早晨，对于人生来说，美好的时光总是短暂的。正在享受这难得的好时光时，电话响了起来，来电显示是佑哲闵。

“哈肯先生早上好！”

“佑教授，早上好，这个美好的早晨能接到你的电话真是一种无比的享受啊。有什么事情吗？”哈肯显得有些懒散地说。

“是的。你之前谈到的那件事情有些情况了。”

“你是说……”

“没错，我昨天接到老同事吴卫国的电话，说中国方面要组建一支‘西域文明联合科考队’，希望我能够参加，我当时以已经退出考古界为由回绝了。”

“你这样做不太好啊！”哈肯显得有些急躁，刚拿起的咖啡杯又放回到了桌子上。

“哈肯先生，听我慢慢跟你说。这次科考队由吴卫国负责，我去参加不太合适，所以我就推荐了我曾经的学生，现在在德国莱比锡大学攻读博士的杨可馨，她也是吴卫国非常熟悉的学生。”

“可是这孩子可靠吗？”哈肯有些疑惑地说。

“这是当然，她的母亲现在因为癌症需要一大笔治疗费用，这个孩子虽然上学没有花费多少钱，但是家里依然不富裕，所以我跟她谈好了价钱，她也同意了。”

“价钱不是问题，我想知道，你的老同事吴卫国对此有何看法。”

“他很欢迎，说让年轻人锻炼锻炼也是好的。”

哈肯询问：“他有没有告诉你这次科考的主要目的是什么？”

“这个倒没有，只是表示，这是一次比较重要的科考，希望我能参加。”

“好的！那这位杨可馨什么时候出发？”

“我已经告诉吴卫国了，让他和杨可馨联系。”

“很好，看来我的人也要出发了。这次科考我觉得没那么简单，请将联络方式转给杨，这样很快就会得到相关的情况了。”

“好的！”挂完电话后，哈肯已经无心享受美好时光，他走到电脑前，打开国际视频。只见电脑前出现一彪形大汉，毛寸的短发，黝黑的肤色。

“莫斯洛夫，你的队员怎么样了？我现在需要行动。”

“先生，我这边已经谈好了价钱。乌克兰退役下来的特种兵，我已经联系好了。1号和2号很快就可以进入战斗序列。”

“很好，近日就让他们进入中国，到时候会有人联络。不要轻易暴露，中国的国安可不是吃素的。”

整理好这一切后，哈肯拿出一支雪茄，点燃。静静地站在窗前看着远方，那里是中国，有一个神秘的地方叫新疆。

他现在非常期待，期待自己也有机会去一趟中国，因为这个神秘的国度让人一想起就精神振奋。但是他觉得现在时机不成熟，要等，要等到那个时机成熟，他再去中国，带走他想要带走的东西。

两天之后，乌鲁木齐国际机场，一架从阿拉木图飞来的飞机稳稳的停在了机场。

人群中两个彪形大汉，随着人流向外走去。

他们不断观察着周围的情况，也不时的相互对话。机场嘈杂的声音里，夹杂着一股异样的气味。

出机场大门，打车，直奔市内的西域考古研究所，他们要找什么呢？

乌鲁木齐二道桥，这里有独具特色的维吾尔族地毯、民族服饰、各种手工艺品令游客眼花缭乱，爱不释手。飘香诱人的烤羊肉串，香脆爽口的烤馕，还有那仁、粉汤、拉条子。

二道桥的历史可追溯到清朝，清代著名学者纪昀在1771年曾用“半城高埠半城低，城内清泉尽向西”对当时的乌鲁木齐进行生动的描绘。在位于城南东高西低的地段，有一座木结构的桥，在很长的一段时间里，从宁夏湾通向河滩的排水沟经过桥下，此桥便是二道桥。但是如今这里已经没有了桥，有的只是“二道桥国家大巴扎”，说白了就是一个大市场。那橙黄色的砖、来往的人群，还有那座骑着毛驴的阿凡提雕塑，以及多年来一直在这里与游人拍照的骆驼都让来往者印象深刻。

乌鲁木齐人有句话：不到二道桥，就等于没到乌鲁木齐。这里有经营民族特色商品的百年老市场——二道桥市场，有西北地区最大的展现新疆民族文化的新疆民街，同时还有由室内民族商业购物展示广场、室内民族美食歌舞广场、露天欢乐广场、80米高的观光塔、观光性清真寺、500米长的步行街组成的新疆国际大巴扎。

在国际大巴扎收藏品市场里，有一个穿着简单、戴着金丝边眼镜、个子不高、脸色红润的中年人，脸上挂满了无奈，他每到一个摊位前就拿起各种古玩，边看边摇头，边看边发出不屑的声音。

只见那人走到一家专卖瓷器的商铺前，拿起一个不大的瓷器。瓷器上画着一个老和尚坐在一棵大树下，小溪从旁边流过，鸟儿在草地里吃草，老和尚似乎对鸟儿有由衷的爱，像是在逗它。这人越看越有意思，嘴角露出了微笑，店主人一看这人，忙过来说：“嗨！老板，这可是真货，我前几天才收回来的，喜欢的话便宜点。”

那人闻声收起笑容，淡淡地问：“多少钱啊？”

“给这个数！”只见老板伸出三根指头，淡定地说。

“三百啊。我看也就值这个价钱。”

老板这时脸上变了色：“你不是开玩笑吧，我这可是货真价实的老瓷器，起码也值三千，你买回去不出一年，肯定是要升值。你看看这成色，这都是价值连城的行货啊，老板这东西买了不亏。”

“老板，我看未必吧。这一看就是假的。”

这老板一听急了，“你胡说什么呢，我这可都是一个个鉴定过的，你不懂装懂，不买拉倒。现在这人，真是什么样的都有，你不买算了，还说我的东西是假的，这不是砸我招牌吗！”

那人正要转身走，听见老板说这话，便道：“我说你这是假的你还不信，是不是不服气啊？”

“你凭什么说我这是假的啊？”

“我跟你说，老板，这是人家买回去的新瓷器，用人尿加消毒液，将瓷器泡进去，泡过半年后，洗掉本身的颜色，然后再在这些去釉的瓷器上让画家在上面画出古色古香的图案，喷出仿古的釉色。所以你看不出来，这是假的！你上当了。”

这时，已经有路过的人围了过来，指指点点，这老板一看急了：“不买算了，在这装什么行家，走开，赶紧走吧，不想和你在这唠叨。”

老板边说，边将那瓷器拿回店里面去了。

那人一看这老板属于朽木不可雕之人，只好摇摇头走了出来。没走多远，拿出电话，不一会儿说：“我说吴老哥，这新疆就没什么正经的货色吗？多半都是假的啊。”

“旻斌，你什么时候到的，也不给我打个电话说一声，我好让人去接你。你现在在哪呢？”

“我在二道桥呢，这地方的东西不行，假的太多。”

“新疆的收藏行业还不太成熟，这里的收藏者多半都是集邮、养玉，所以你也别见怪。”

两人在电话中笑侃了一顿后，挂了电话。

接完电话的吴卫国，赶紧安排孟宪明派人去二道桥接了旻斌。

几天之后，启超接到了孟宪明的电话。

“启超，导师要求所有人必须今天到我们单位集合，具体的事情很快就会安排下来。还有，我要提醒你，最好带上各种必需品，因为这里已经给你们安排好了宿舍，估计随时都会出发。”

启超接完电话后，沉思了半天，为了解开噩梦之谜，必须豁出去了。他回到家里，带上衣服、笔记本电脑、口香糖和普里什文的书。他喜欢普里什文笔下的乡野气息。打车到西域考古研究所，此时院子里停着三辆丰田4500，全新系列，清一色的绿，这样的车很适合新疆的土地和公路。

孟宪明带着启超住到西域考古研究所腾出来的职工宿舍里，只见这宿舍两张床，两个床头柜，热水壶和脸盆应有尽有。此刻已经有一人睡在了里面，此人就是旻斌。孟宪明和启超进去的时候他还在睡觉，见两

人进来，他起身问了好。启超放好东西，然后随孟宪明出来，去找吴卫国。

走出门口，启超问孟宪明那人是谁。孟宪明小声说：“文物鉴定专家旻斌，吴卫国请来的。”然后介绍说，这个旻斌其实祖上算是个有钱人家，家道中落之后旻斌的爷爷就在陕西和河南周边干盗墓的勾当，这些都是新中国成立前的事了。新中国成立后，因为考古事业急需人才，旻斌的爷爷又刚好有一身盗墓和寻宝的好本事，所以就由黑变白了，到他父亲已经成为国内的一流考古学家，而旻斌也成了很有分量的鉴宝专家。

“导师专门找他来的，因为不知道会遇到什么情况。导师虽然对考古很有研究，可是他不懂鉴宝，这个旻斌从上一辈那里学到很多东西，对我们今后的工作肯定有帮助。加上这次考古工作是国家直属的，导师就将他喊了过来。”

“原来是这样，看来这个人很厉害。悠久的中华历史让无数精湛的工艺和珍贵的文物在世间流传，无数被掩埋的文物还在等待着世人去发现发掘。古玩市场上，从不缺一夜暴富之人，也从不缺形形色色的陷阱与诱惑。和他搞好关系，没事找他看看说不定能弄到一两件真东西，放几年就一套房子了。”

孟宪明看着启超笑着说：“你小子想得美。”两人边说边笑着，来到吴卫国的房间。

第十一章 喀纳斯狂曲

Chapter eleven

山海经

吴卫国正在通过电脑和两位专家商讨木简内容。对方是一个外国人和一个看起来有八十来岁的老者，启超判断这位老者应该是中国人。吴卫国见两人进来，示意将门关好，并没有说话。孟宪明和启超凑到电脑跟前，只见那个黄头发蓝眼睛的外国人说：“吴教授，这个发现绝对具有历史意义，也充分证明了我们的推论。”

电脑里另外一个人显得很紧张也很激动。戴着无框眼镜，脸上有很重的老年斑，头上已经有些秃顶，拿放大镜的手也在微微颤抖，他开口说：“如果真的能肯定的话，这事情必须得到很高的重视。”

“我明白老师，您放心。”吴卫国带着尊敬之意说。

此刻一听吴卫国喊那位老者老师，孟宪明和启超很是震惊，吴卫国已经是全球范围内都很有名气的西域学研究学者，那么能让吴卫国称为老师的人会什么样的地位啊。那位老者说完话之后，就离开了电脑，而那位外国人也表示，将尽他所能尽快搞清楚木简里的更多内容。谈完话，吴卫国长出了一口气。

启超好奇心突起，忙问：“吴教授，那两位是谁啊？我看你还称呼那位老人老师。”

“一个是美国考古学家默克尔，他也是一位古代西域学研究的专家，我喊老师的人你们都知道，是王老。”

“什么，吴卫国教授是王老的学生。”启超惊讶地说，吴卫国点点头。启超虽然没见过王老，但是知道王老是国学大师，国宝级人物，尤其是在吐火罗语的研究上打破了“吐火罗文发现在中国，而研究在国外”的欺人之谈。

吴卫国还告诉孟宪明和启超，这次古墓内木简的发现让王老非常激动，当时就要求参加科考队，但是考虑到王老的身体原因，还是安排他作为顾问，负责破解木简内容和今后的发现，有了王老做后盾，更保证了这次科考的成功。

吴卫国显得很激动，说：“这次木简上记载的内容你们想也想不到是一个什么样的世界。”孟宪明和启超惊异地看着吴卫国，能让王老和吴卫国这对师徒激动的事情，肯定简单不了。

吴卫国卖着关子说：“上古时期神话和现实之间，并没有我们现在所说的界线。那时人心目中的外部世界，那些黑暗的森林，高不可攀的群山，广大的海洋，天上的星体和地下的深洞，以及无数种奇形怪状的生物，所有这一切，既难以知晓，又不可理解。每一样被赋名的，都当有个主宰，每一样会移动的，都有神通，每一样新发现的，无论是海平线上的岛屿还是山脊那边的江流，都危险重重。多数人谨守自己的家园，少数人外出游历，带回来各种见闻，既一点点丰富着大家的知识，又巩固着原来的恐惧和向往，因为他们难免把道听途说的事情越传越玄，又难免给自己的经历添油加醋。”

听吴卫国说了这么多，在启超和孟宪明心里出现了一个共同的疑问：这跟发现的木简和精绝国的灭亡有什么联系吗？

吴卫国似乎看出两人的疑惑：“你们也许觉得我这些感慨有些跑题了，其实不然。你们读过《山海经》吗？如果读过就知道那本书是一本记载上古神话的书，我们的思维现在已经成为定式。假如，那书记载的是真的，只是我们将许多记载与神话联系了起来。如果《山海经》不是一本书，而是一幅地图，而这地图上就有一个曾经以昆仑为中心的国度，这样一切就都可以解释了……”

“导师，您的意思是说，《山海经》不是神话，而是一幅地图。”孟宪明惊讶地问道。因为这一切都是自己没有接触过的新领域，如果真的能确定《山海经》里面的记载，那么这许许多多的谜团就可以揭开。

启超在一边看着、听着孟宪明和吴卫国两人激动的对话，心中感叹："这师徒两人真是一对。"

启超说："我比较赞同教授的这个看法。我曾经看过一篇报道，说美国学者墨兹博士研究了《山海经》，试着进行按经考察，墨兹背起行囊一步步地按照图上的寻找。她要像中国古代的旅行者一样，用双脚去丈量勘测那些山脉。她的方法是：《山海经》中的中国古人让你向东，你就向东，让你走三百里，你就走三百里，看看会发现什么。经过几次失败后，她一里一里地依经上记过的山系走向，河流所出和流向，山与山间的距离考察，最终她成功了。她查验出美国中部和西部的落基山脉，内华达山脉，喀斯喀特山脉，太平洋沿岸的海岸山脉，与《山海经·东山经》记载的四条山系走向，以及山峰、河流走向、动植物、山与山的距离完全吻合……"

吴卫国长叹一声说："我也看过这方面的报道，墨兹博士按此寻找了美洲的山水河流之后，由衷地赞叹：对于那些早在四千年前就为皑皑白雪覆盖的峻峭山峰绘制地图的刚毅无畏的中国人，我们只有低头，顶礼膜拜。而反观我们国内的这些迂腐的专家们，就是不相信本书所记载的事情。中国历代君主对《山海经》颇为客气。秦始皇焚书坑儒，这本没烧；汉武帝废黜百家、独尊儒术，摒弃的书不少，《山海经》也不在其列。由此看来，《山海经》并不是一本平常的书，它奇特的内容与丰富的想象，一直令古人心驰神往。你再看这本书毫无感情色彩，可以想象古人根本就不是在写文学小说，也没兴趣写。我推测它只是一本地图的说明书，而且现在很多专家都表示《山海经》以前是有图的，所以也叫《山海图》。陶渊明在《读山海经》诗中曾经写过'流观山海图'一句，可惜图片都已经遗失了，后人再也看不到了。"

吴卫国默默地思考了一阵接着说："'研究中国人种发源'的史籍，大量出现'昆仑'二字，并直指'昆仑区域'可能是中国人祖先的发源地！《山海经》记载：海上昆仑之虚，在西北，帝下之都。昆仑之区，方八百里……为百神之所在。假如这些'神'是人的话，那么就完全合乎我们的推理了。"

"教授，那你的意思是说我们这次发现的木简上记载的昆仑国就是《山海经》里面记载过的'昆仑之虚'？"

"这'昆仑之虚'不一定是指所有，有可能是城市，也有可能是国都所在地。按照这次出土木简上的文字中记录的昆仑国讯息来推断，这个国家大概就在新疆境内。”吴卫国肯定地说。随后陷入沉思，在他心里那是一个还没有人知晓的国度，但是神话传说已融入到了五十六个民族的血液中，那是华夏文明的发源地。

孟宪明看到吴卫国已陷入沉思后，便拽了拽启超的衣服，示意他一起出去。启超也明白过来，与孟宪明轻身而出，关上了门。此刻两人心里五味杂陈，长时间的正统教育使他们对吴卫国的讲述将信将疑，然而结合他们所经历的，所看见的，又不得不信如果昆仑国的真实性被确认，那么这将在考古界掀起多大的一场波澜啊。

“老爷子这种想法确实在中国考古界甚至是世界考古界都属于重磅炸弹。”

孟宪明看着启超说：“说实话，我第一次听到导师讲昆仑图时还没工作呢。当时我很震惊，你想想作为一个受到正统教育的人，突然有人告诉你那些神话都是真实的，而且这人是你一直最崇拜的人你会怎么想？”

“你孟夫子当时是怎么想的？”

“说句真心话，我当时在心中大骂，这样的事情也能来骗我。可是我回来又好好的想了一遍，觉得导师讲的有几分道理。你想想，现在中国的历史多半都来自古代存在于中原地区的王朝，可是神话传说却在昆仑，这意味着什么呢？”

“你们真够麻烦的，不直接去找找，天天在办公室想，拿我们纳税人的钱喝茶聊天看报纸。我也讨厌你们坐在办公室。”启超道。

“你小子，整天就在那里跟个愤青一样，别乱咬，咬到我还要去打针呢。”

“孟大胆，你长进了啊！现在骂人都不带脏字了，还用了个比喻句，居然比喻我为狗，难得啊！”

“开个玩笑！”

赶往喀纳斯

大树遮盖住了一切，安静而祥和的表层之下，则是一派繁忙的景色。

和这里繁忙的情景一样，旁边瑞豪酒店的七层楼725房间也是一样，两个人对着窗户边上架设的高倍望远镜不断的看着什么，也不断的做着记录。这俩人一丝不苟，做事情显得非常有条理，很显然是经过专业训练的。

这时电脑远程视频响起，其中一人说道："老板，没有动静。"

镜头中的人正是哈肯，哈肯说："细细的观察，兔子很快就要出动了，千万不要暴露。"

"明白。"

在西域考古研究所无聊地待三天，每天就是看电视，溜达，也不能上网。没事干就去和孟宪明打打嘴仗。那个和启超住在一起的旻斌似乎很能静下心来，天天在屋子里，不是看书，就是睡觉。

第三日的午夜时分，启超和旻斌都在酣睡当中，突然一阵急促的敲门声惊醒了两人。旻斌迷迷糊糊地说："谁啊？"

"我，孟宪明。快穿好衣服，准备出发。"孟宪明在门外喊。

启超边穿衣服，边不耐烦地说："去哪儿？你们考古研究所就这样折腾人啊。"

"赶紧收拾，先到会议室。"

"打仗了吗？我是你们西域考古研究所请来的客人，你就这样对待我，不公平。"

启超听着门外早就没人了。

启超和旻斌磨磨叽叽地穿好衣服，简单地整理了一下，来到西域考古研究所的办公室。这个办公室很简单，一个圆桌，椅子整齐地摆放着。启超一眼看到吴卫国，此时吴卫国显得很精神，眼睛里射出一种急切的光。启超环视一周，发现屋子里已经坐着吴卫国、孟宪明、叶尔兰和一位不认识的青年人。办公室很静，非常地静，启超看向孟宪明，孟宪明示意他找地方坐下，旻斌就坐在启超旁边。那位青年人起身关好门。

吴卫国开口说："现在是晚上十二点。一个小时后出发。我们这次考古队对外称'西域文明联合科考队'，必须记住，不能提一件与'昆仑国'有关系的事情。尤其是媒体的随行人员，先不要发稿子。"

启超一听，这不是在说自己吗，心想这是去考古，又不是去打仗，搞得这么神秘干什么。

吴卫国似乎明白了众人的疑惑，接着说："这次考古活动知道的人很少，为的就是安全。有关部门已经得到消息，境外早有组织盯上了，说不定现在我们就已经成了别人眼中的猎物，所以我希望你们能够理解，这次行动并不是我们想象中的那样。对于我们所要寻找的东西，早有人盯上了，只是由于国内的各种因素，难以成行。好了，现在大家分头准备，一个小时后集合出发。"

刚进来凳子都没坐热，就已经散会了。启超不明白，这个会就是通知大家出发，可是目的地在哪儿都没有告诉大家。有这个疑惑的岂是启超一人，连孟宪明都无法弄明白。

"索夫，有情况！"

"什么？"

"你快来看！"

其中一人将正在熟睡中的人喊起来，被称为索夫的人赶紧站在望远镜跟前观察。

"看来，他们要行动了。"

"是的！"

"咱们收拾东西，也出发吧。"

凌晨一点，乌鲁木齐大街上繁华逝去，亮着"空车"的的士也少得可怜。三辆丰田4500打着转向灯驶出了西域考古研究所的大门。第一辆车上是吴卫国、孟宪明和启超，第二辆车上是叶尔兰、旻斌和考古设备，第三辆车上则是那个一直沉默的年轻人，车上也不知道装的什么东西。

启超觉得这车是要向北走，因为已经过了米东新区，再往前走就是阜康市了。只见这时坐在前面的吴卫国拿起对讲机喊道：走216国道。然后就见他安静地闭上眼睛，启超和孟宪明不懂其中道理，也不知道该不该问，就这样一直沉默着。从被喊醒到上车这段时间，启超发现自己异常清醒，看来已经过了瞌睡点啦。

车驶过大黄山之后，就驶入了古尔班通古特沙漠，即准噶尔盆地里。由于是在沙漠戈壁地带行车，路面时有翻浆，车少人少，黑夜无限，星光闪耀。之后进入卡拉麦里有蹄类野生动物保护区，这段路上时不时有鹅喉羚羊、野驴、狐狸、呱呱鸡等野生动物经过。启超想这里还有放归自然的普氏野马，它们已失去了野性，不知道是否还能适应野性的自然。

然后车继续向前行驶，过富蕴县晨光已经能看见，此时启超和孟宪明已经醒来，而坐在前座的吴卫国似乎一夜没睡的样子，两眼一直盯着前方。众人在阿勒泰吃过早饭，早饭是油塔子和奶茶，继续前行。此时吴卫国又拿起对讲机喊道："到布尔津，我们先开会。"

此刻众人才明白，原来吴卫国的目的地是布尔津县。到达布尔津县时，已经是十二点多了。这个被称为"童话王国"的小城让众人欣喜不已。小城不大，但有特色。街道两旁的楼房一律红色尖顶，欧式风格，一派俄罗斯风情。小城街道不宽，有云杉一条街，白桦一条街，红柳一条街，白蜡一条街，在每棵树中间，还种有丁香、珍珠梅、榆叶梅等。春夏之际的布尔津县，正是最美好之时。住到县宾馆后，众人来不及欣赏美景，就来到吴卫国的房间，准备开会。

吴卫国终于开口说话了："这次目的地不是布尔津县，我们今天下午就赶往喀纳斯，在那里我们要作一系列的调查。"

众人一听喀纳斯，都心生向往。尤其是那位一直不苟言笑的年轻人，脸上也露出了一点惊喜，但是很快就过去了。

吴卫国接着说："王老从木简上得到一点讯息，当年精绝国王子舍身得到的那幅图应该就在喀纳斯周边，具体来说应该就是在喀纳斯方圆不到五里的地方。"

"教授，你说的那幅图就是精绝国王子在临死前交给那个独目人的图吗？"启超询问。

"是的，就是那幅图。"

"可是，当时看到这位独目人好像身受重伤，不知道活下来没有。"

"你们也许不知道，这个人身受重伤也是因为有人追杀，他在楼兰国献出了另一把玉斧得到楼兰王的保护，治好伤之后，回到了他的国家。"

启超道："教授，这些东西我们并不知道。"

"其实，我也是从木简上知道的，原来这个独目人是一个国家的领袖，事发突然，这位精绝国王子和他有点交情，就联系到了他。"

"难道这个独目人还有国家？"孟宪明说。

"是的。现在这个国家消失了，或者说根本就没出现过。所以我们要找到它，拿回图。”

“可是，这个国家到底在哪儿？”启超道。

“这个就不太清楚了，反正要找出来。以我和王老的推断，这个国家人数不会太多，没有太多建筑，或者说是住在洞里，至于入口就需要我们去找。”吴卫国说。

启超心里不悦，原来说了半天，一切都还停留在纸面上，与这个国家存在不存在还是两码事，看来现在考古也是一个幻想的职业。找到还好，找不到可以说一句不存在就此了事。

散会之后，众人各自休息，启超和孟宪明住一间屋子，但是两人辗转反侧睡不着觉。

“孟夫子，你睡了？”

“没有！”

“那你咋不说话？”

“说什么啊，多休息休息吧，把你的唾沫留点吧。”

“那个小伙子是谁啊？”

“哪个小伙子？”

“就是坐在最后一辆车里，很低调的小伙子啊！”

“哦！你说他啊？”

“嗯。”

“我不知道，以前没见过。”

“还有你没见过的人？”

“我也只是听导师喊他‘小刘’，其他的一概不知。你不会对这个小伙子感兴趣了吧。”

“哥们儿没你那么低俗。”

两个大男人躺在床上胡乱地侃了一会儿，接着陷入了短暂的沉默。对于吴卫国和王老的推断两人倒不猜疑，只是这没有目的的寻找让人苦恼，想着想着两人慢慢地睡着了。然而启超和孟宪明的梦境中同时出现了一片水域，水色清澈，突然，在远处的岩壁上出现了一个巨大的黑洞，那个熟悉的声音不断地喊：“进——来——，进——来——”然后，两人就被敲门声惊醒，原来是叫两人起床的。两人面对面坐起，竟然说出了同样的梦境，当下惊叹不已，随即又把噩梦丢在了脑后。吃过一顿简单的饭后，车开动了。从布尔津到喀纳斯用了三个小时，路边景色宜人，草原和绿树让人快活得很，除此之外就是各种旅游大巴车载着各色不同的人。

喀纳斯湖，新疆阿勒泰地区布尔津县北部的著名高山淡水湖，位于阿尔泰山脉中，面积45.73平方公里，平均水深120米，最深处达到188.5米，蓄水量达53.8亿立方米。外形呈月牙状，被推测为古冰川强烈运动阻塞山谷积水而成。喀纳斯湖中传说有湖怪“大红鱼”，据称身长可达到10米，有科学家推测为大型淡水食肉鱼类哲罗鲑，但未得到实际观测支持。该湖风景优美，四周林木茂盛，主要居民为图瓦人，为中国国家5A级旅游景区。喀纳斯是蒙古语，意为“美丽富饶、神秘莫测”。喀纳斯湖比著名的博格达天池整整大10倍。

众人到达时，夕阳正好照在湖面上，湖面碧波万顷，群峰倒映。喀纳斯湖呈弯月形，湖东岸为弯月的内侧，沿岸有6道向湖心凸出的平台，使湖形成井然有序的6道湾。每一道湾都有一个神奇的传说。其中第一道湾的基岩平台有一个巨大的羊背石，恰似一只卧羊昂首观湖；三道湾的观湖台，是赏湖上落日的最佳地点；当旭日东升或夜幕降临时，乘船或站在第四道湾平台上探寻湖心秘密，运气好的话还可能看到时隐时现的神秘“湖怪”。北端的入湖三角洲地带，大片沼泽湿地与河湾小滩共存，地形平坦开阔，各种草类与林木共生，一派生机勃勃的景象。喀纳斯湖上端，有湖心岛浮于水面，四周皆森林茂密，湖水碧绿纯净。

在车上吴卫国告诉启超和孟宪明，早在800年前，喀纳斯的名字就和成吉思汗的名字连在一起，成吉思汗西征路过喀纳斯湖时，被喀纳斯湖的美景所吸引，亲自下马欢捧湖水，仰头痛饮。所以后人都把喀纳斯湖的水称作“王者之水”。

在喀纳斯景区管委会的安排下，这一行人没有住到宾馆，而是在吴卫国的要求下住到当地图瓦人家里。管委会负责人只好同意，在慎重选择后，联系到当地一位非常受人尊敬的图瓦智者叶尔德西家里。

图瓦人亦称“土瓦”和“德瓦”、“库库门恰克”，历史悠久，在古代文献中早就有记录。有些学者认为，图瓦人是成吉思汗西征时遗留的部分老、弱、病、残的士兵，逐渐繁衍至今。而喀纳斯村中年长者说，他们祖先是500年前从西伯利亚迁移而来，与现在俄罗斯的图瓦共和国图瓦人属同一个民族。图瓦人保存着自己独特的生活习惯和语言，图瓦语属于阿尔泰语系突厥语族，与哈萨克语言相近。在生活习惯上，

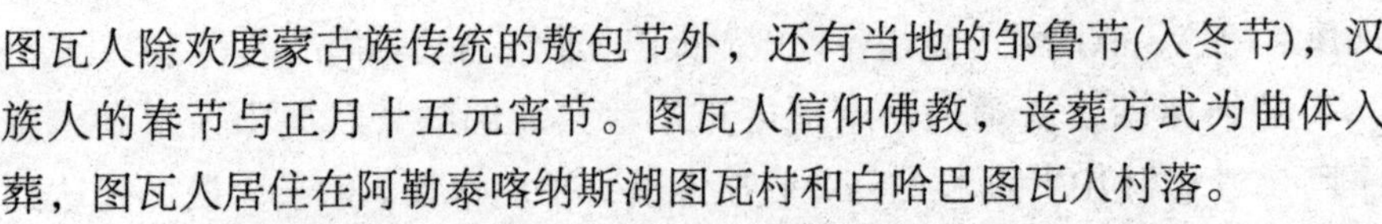

图瓦人除欢度蒙古族传统的敖包节外，还有当地的邹鲁节(入冬节)，汉族人的春节与正月十五元宵节。图瓦人信仰佛教，丧葬方式为曲体入葬，图瓦人居住在阿勒泰喀纳斯湖图瓦村和白哈巴图瓦人村落。

叶尔德西家在湖边的图瓦人聚集的喀纳斯村，这些用松木搭盖而成的尖顶小木屋散落在绿荫丛中，溪水淙淙从屋后流过，饱餐的牛羊懒卧于房前。小木屋基本有大半截埋在土里，以抵挡这里将近半年的大雪封山期的严寒，显得特别原始古朴，并带有游牧民族的传统特征。房顶一般用木板钉成人字形雨棚，房体用直径三四十公分的单层原木堆成，既保暖又防潮。

鹿石

早已经打过招呼的叶尔德西老人和媳妇、儿子、儿媳妇站在门口等着，看到众人到来之后，便高兴地带着他们进到屋子里。坐到屋子里的炕上，众人才发现，原来叶尔德西老人的生活很滋润，电视、电冰箱一应俱全。墙壁上到处挂着旱獭皮、狐狸皮和狼皮，供奉着成吉思汗的画像。不一会儿，马奶酒，烤馕和肉都端了上来。

叶尔德西今年70岁，脸色红润，身体硬朗，从长相上来看很像蒙古族，能说一口流利的普通话，他告诉吴卫国等人，他的家里现在开着家庭旅馆，能住二三十个人，生活很幸福。

由于一天的旅途劳顿，众人简单地吃过晚饭，就各自回到屋子里休息，没人管美丽的夜景。

窗外是月光下的喀纳斯湖，湖水安静，没有一丝流动的迹象。谁能说清楚一潭湖水的秘密呢？远处的山林里，一些动物在活动，启超在梦中听见狼的叫声，欢快而悠远。马的响鼻声一声强过一声，似乎没有什么可以打扰这些灵性动物美好的生活。

这一夜，外面平静。然而启超和孟宪明依旧被梦打扰着。

启超此时正静静地站在不知名的草原上，远处一大片不知名的石头直直地指向天空，像一把把刀子。没有人，没有风，甚至没有一个可以说话的鸟儿。那些草不动，头顶的云也不动。

启超看着眼前的一切，无助地摇了摇头，既然来了那就走走看吧。那些草原上的石柱子启超根本不去理会，他得出一个结论，越关注越容易进入噩梦的圈套，索性绕开走，向着石头相反的方向走去。

一个人就这样在自己的梦境中孤独地走着，像一个无所依靠的孩子失去了母亲。他不断地走，越走越宽，突然，启超觉得自己是在奔跑，跑得很快。这腿似乎已经不属于自己了。

突然，草原地带，出现一个裂口，他直直地掉进这个裂口里。然后又一次爬起来。此时眼前出现一些巨大的石头建筑。有屋子，有不为人知的寺庙。此时这些建筑凌乱得如英法联军焚烧过的圆明园，看不到一丝完整的迹象。

启超慢慢地爬上这些石头，这些建筑蔓延得很远。启超心想："如果吴卫国在这儿的话，肯定会激动死，只可惜这是梦。"启超开始觉得这个梦很奇怪，居然没有一点恐怖气息。

站在那些石头上看了许久，启超突然觉得有些困了，躺在一块大石头上静静地睡着了，而这一睡让他终于回到了现实。

夜晚短暂，这就是新疆的夏日。早晨的阳光照在不远处的山林里，鸟叫声愈加欢快。众人起床，吴卫国边吃饭边介绍说："今天我们先沿着喀纳斯湖两边的树林寻找，看看有没有线索。"

"教授，这森林可大了，我们找起来那可麻烦了。"

"其实，我的意思并不是说一定会有什么大的发现，我只是想让你们先适应一下这种工作。"

启超心想：这考古工作还需要适应啊，又不是爬山。但是碍于面子，也不好意思提出什么意见。就这样闷闷地吃过早饭。

众人带上简单的物品，开始向喀纳斯湖深处的森林进发。这里的森林属于落叶乔木，以桦树、松树等为主。树林保护得非常好，其实也很少有人能进到这样的森林里，因为游客都是冲着喀纳斯湖的美景。

现在所看到的喀纳斯湖只是这个区域的一小部分而已，其实喀纳斯湖的范围很大，周边有高低不同的山脉，很多都是原始森林。而此次吴卫国所带领的众人就是沿着左边的山脉进发。

走了两个小时，吴卫国才透露："其实我们这次寻找的不只是这一处，后面会遇到很多危险，很多地方根本没有路，只能靠人。"

"原来教授的意思是先考察考察我们的体力如何啊？"

"也并不是这样。按照考古记载和木简上的讯息，那些独目人曾经确实是生活在这里的某个地方，只是后来不知道为什么突然消失了。我

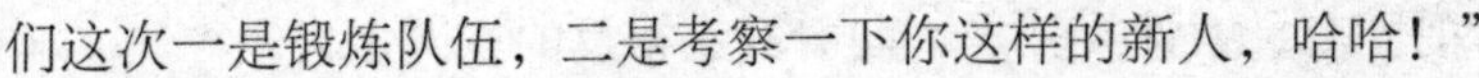

们这次一是锻炼队伍，二是考察一下你这样的新人，哈哈！”

启超打趣道：“我是老人了，和小刘同志比，我起码是老同志啊。”

孟宪明哈哈一笑：“你考古是老手，徒步不一定是高手啊，你看人家小刘都走到哪儿了，你在哪儿？”

启超这时才发现，小刘已经将众人抛在了后面，而且小刘的包明显比众人重。随后是旻斌和叶尔兰，最后才是吴卫国、孟宪明和启超自己。

“我靠！走得快就是好同志啊，要看谁保护重要人物。我现在就是保护重要人物，教授！这些人太差了，无组织无纪律！”启超看了看周围的山势，这山虽然不高，但是没有路，脚下全是腐枝败叶。启超再看了看一边的孟宪明说：“我说孟夫子，我保护吴教授呢，你在我旁边干什么呢？你作为一位专业考古人员，应该是急我们之所急，第一个冲在前面，察看地形。”

“你小子现在将矛头指向我，我可是在为你说话呢。”孟宪明说着便去追在前面的叶尔兰和旻斌。

这时只见已经上到山顶的小刘，拿出望远镜看着前方，看了一会儿便冲着还在山腰的其他人喊道：“那边好像有什么东西！”

吴卫国一听这个，来了兴趣，快速地向山顶走去，扔下启超一个人在那里惊讶地看着。

启超看着吴卫国消失在自己眼前：“哎！老小孩就是老小孩，给颗糖就高兴得不知道天高地厚了。”说着，也跟在孟宪明等人后面向山顶快速走去。

众人赶上来的时候，吴卫国和小刘已经查看了远处的景象。启超这时才看见，在山脚下的树林里有片开阔地，开阔地里不知道是些什么材料做成的石片，直直地插着，冲向天空。

启超看到这些之后，突然脑海中浮现出夜晚的梦境。心道：这不是和我梦中的那些石片一模一样吗?

吴卫国看着这些东西，显然不是那么的激动。孟宪明接过望远镜看了一会儿说：“应该是北疆很普遍的那种鹿石。”

“原来是鹿石啊！”

“你知道？”孟宪明问。

“别搞得你们什么都知道一样，这鹿石又不是什么珍惜品，况且这些年发现的也很多。”启超道。

“没错，我也觉得应该是鹿石。”吴卫国边向山下走，边说，“关于鹿石，人们的认识还非常模糊，有人认为它是图腾柱、始祖祭祀柱和神人拴马桩，有人则认为它是世界山、世界树和男根。鹿石一般形状为长方形石碑状，最上端刻有一圆圈，稍下刻有直线或点线纹，线以下一般有鸟喙状鹿群头朝上向圆圈做飞翔状。对此很多人称这是古人向太阳敬献牺牲，认为在古代游牧民族的心目中唯有世上跑得最快的鹿和马，方能追随宇宙中最光辉最富有生机的太阳。现已发现可称作鹿石的碑状石刻有近600通之多，尤以蒙古国最为集中。它历史悠久，最早可以上溯至3000年以前，俄蒙学者认为更早，有3500年至4000年的历史。”

“我一直都觉得古人很爱玩神秘，留下几个桩子，咱们就要累死累活地去找，甚至一定要给弄出个现代人的解释。其实依我看，古人的想法很简单，就是立在那儿好看，就成了。”

“你这是无知的说法。”孟宪明说。

“孟大胆，你敢说我这是无知。”

“你小子又来了。”

众人花了四十多分钟才穿过森林，来到这片区域。只见地上散乱地摆放着一些不知道是什么年代留下的鹿石。这些鹿石高约一米五，宽约四五十厘米，有些由于风吹日晒，早已经断开了。

在这些鹿石上有很多图案。其中一块鹿石上的图案还比较清晰，有一个圆圈，酷似人眼。在圆圈的位置上有很多种神秘图案，并不能用太阳一物以蔽之，其中有一条斜线，两条、三条或五条斜平行线纹，带点双套环纹、大小平行对应或一上一下双环纹、上下左右分列三环纹、四环纹、五环纹、三角形、圆锥形、阴阳双套环纹，以及带三根支架状图案的圆圈纹等等。

这次发现的鹿石上的动物也并非只有鹿和马，其种类可说是五花八门，应有尽有，其中有羚羊、牛、驴、野猪、狼、虎、豹、天鹅和鸨，以及其他种属不明的动物等。

“我们很难想象古人会不分青红皂白将什么动物都拿去祭献给神圣尊贵的太阳。苏联学者萨维诺夫曾经说过：鹿石问题的分析并最终得以解决，要求助于独立于风格研究之外的另一种论证体系。由此，我们应该将视野扩大，应多借助于多学科、交叉学科、边缘学科等多领域的研究资料

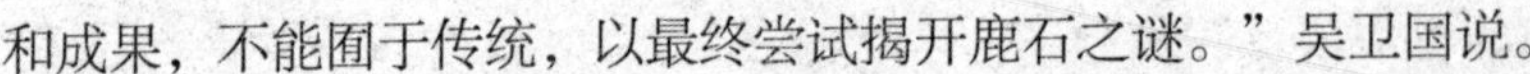

和成果，不能囿于传统，以最终尝试揭开鹿石之谜。”吴卫国说。

“看来，教授，这东西也没有什么很特别的地方。除了这个圆圈以外。”启超道，然后指着那个圆圈说，“你们看这圆圈像什么？”

“像圆圈呗。”

“孟夫子，你别让我骂你！”

“那我就不知道了。”

“我觉得像一只眼睛，像一只一直不愿意闭上的眼睛。”

在一边的旻斌盯着那鹿石看了半天说：“我也觉得那是个形象化的眼睛，我刚才看了一下，初步觉得这应该是三千年左右的东西。三千年前的人真的好奇怪，为什么要围绕一个圆圈来创作那么多古怪的符号呢？”

在一边的吴卫国说：“难道这东西和独目人有关系？”

旻斌开口道：“关于对鹿的崇拜是一个全球性的神话和宗教现象。从一些汉文史籍中的记载，人们可以发现鹿很早就被古人作为人格神，成为通向光明界和幽冥界的灵使和沟通地下界与天上界的象征，这一意识可以说是血脉相承、广泛流传的。

吴卫国在一边说：“是啊！史前时期的北方游牧民族流行萨满信仰，鹿石上表现的飞鹿则具有了穿越天、地、神三界的神力，成为萨满沟通天、地、人间的桥梁，而这些飞鹿则围绕着这个圆圈，可见这个圆圈是多么神圣了。”

“教授，大胆地设想一下。这些飞鹿和眼睛都是图腾，那么就可以解释得通了。我敢肯定这东西就是独目国的遗存。”

看着周围的吴卫国、旻斌、叶尔兰和孟宪明等都在笑，启超不明白，反问：“难道我说错了？”

孟宪明说：“你说得没错，但是我们不能就这样判断啊！没证据。”

“没证据？眼前这东西不就是证据吗，考古太麻烦了，一点推测都不能有吗？真凭实据我看难找到！”

吴卫国在一边规劝：“其实也没说不能推测，只是你这样太武断了。好了，咱们吃点东西，再往前找找，就返回吧。”说着，走过来拍了拍启超的肩膀，意思是：小伙子，小事情，别放弃。

吴卫国看了看时间，然后说：“我都饿了。能有点发现是好的，我们别要求太高，这么明显的地方，怎么会一下子就出现我们要找的东西呢？凡事要讲究机缘，这也是我这些年考古的经验。”

孟宪明一旁：“其实我们这次不是没有什么发现，起码启超和旻斌两人的推断对我们后面的工作提供了一点线索。”

“谢谢孟夫子表扬。”

然后众人将随身带着的食品拿出来，围成一圈，边吃边聊。

第十二章 秋密之湖

Chapter twelve

独目族

启超拿了一块碎羊肉，咬了一口干馕，然后指着远处的鹿石说：“吴教授，我虽然看到过一些关于独目人的岩画，但是我一直不敢确信有这样的种族，你是怎么看的？其实这个问题我已经憋了好久了。”

“启超，你能将这事情从尼丰县装到现在不容易啊！以我对你的了解，你小子从来就是十万个为什么！有一次将采访对象当场问哭了，因为人家就没准备你当时所问问题的答案。”

“哈哈！”叶尔兰和旻斌在一边笑了，叶尔兰说：“我说启超啊，你还有这么一出呢。”

“那是，想当年哥们儿也是初生牛犊不怕虎，哪能像现在这些小孩子，干工作不认真。我是认死理，一个问题问到底。可是人家采访对象答非所问啊，你不问咋办？不问你稿子就写不成，没想到人家当场给哭了。”启超在一边解释。

“你们不知道，人家那采访对象是个美女，启超这小子什么都好，就是一看到美女便把持不住。据他后来介绍，当时的采访对象有惊为天人之美！”

旻斌、叶尔兰两人在一边起哄，“哦！——”

孟宪明接着说：“这美女谁都喜欢啊，况且是一个年轻力壮，正是寻找爱情年龄的小伙子。启超这小子就使劲往人家跟前凑，大家都看看启超长得那模样，不出众，没什么特色，人家能答理他吗？”

“不能，我都不想答理。”叶尔兰在一边显得很严肃地说。

“所以，这小子一看失落了，悲伤了，心里不服气啊。拿鸡毛当令箭，直接抛出一大堆的问题，把人家女孩子给气哭了。”

“我说孟大胆，你丫的能不能说点实在的。搞点正经的东西？天天在那儿揭我老底，有意思吗？你一个知识分子，能不能不那么八卦，搞得跟媒体记者一样，天天道是非。”

孟宪明眼神一转，道：“其实关于你的疑惑，我曾经也查过一些资料。独目人一直是阿尔泰山区古老的谜团，传说在3000多年前，阿尔泰山的南坡曾经生活着一个神秘的部落，他们身材高大，骁勇善战，每个人的额头都只有一只眼。全世界的古老神话中都有独目人的母题，一只眼的民间神话令无数人疑惑了数千年。在所有的考古发现中，独目人的图案时隐时现，世界各地的人们在寻找独目人的过程中，一直困惑于独目人出现的最初画面。独目人岩画出现的年代往往无从证实，但是，这种普遍现象的背后，恰恰反映了世界原始宗教对这种超现实主义的迷恋。一只眼的天神形象几乎出现在所有曾经辉煌的文化中，那么究竟是什么引发了古人对独目人的联想呢？还是真的就存在过这么一个种族？”

吴卫国说：“其实独目人又被称为独眼族，他们的存在被公元前7世纪后期的希腊诗人阿利斯铁阿斯所证实，因为他漫游过中亚，并据他的旅行见闻写下了长诗《独目人》。但这部长诗在后来失传，因为如果他真的见过独目人，他就该知道独目人不是一只眼。那其实是一个塞语名词，前半部是塞语‘孤独的’，后半部也是塞语，是‘守望者’的意思。独目人本身只是塞语‘孤独的守望者’和斯基泰语‘一目人’这一语言差异造成的误会！可以说这是历史上最早的以讹传讹的范例了。”

“那教授您的意思是说，历史上没有这么一个种族？”启超问。

吴卫国被这一问，内心的某个东西被悄然打开了。其实在吴卫国心底却是抱着一个独目人真正存在过的希望，而且就在这阿尔泰山脉这片区域里，可现实是如今的考古发掘还没有获得任何这方面的证据。

“独目人部落是公元前7世纪或更早的时候中亚草原的霸主，这与考古专家们判断青河县三道海子山谷的巨石建筑的年代相近。从巨石堆建筑的形制来看，它与图瓦共和国和哈萨克共和国的许多塞人遗迹类似，这更使人们相信，塞克人就是那神秘的独目人。塞人是今天哈萨克族的祖先之一，属印欧人种，在古波斯文献中称为萨迦，这可能是对所有讲斯基泰语的民族或部落的统称。塞人其实和斯基泰人同源，亚里士多德把中亚西部操东伊朗语的民族叫斯基泰人，把中亚东部讲东伊朗语的民族称为塞克人，现在出现在中国北疆地区以及前苏联地区的许多巨石建筑有很多都是塞人的墓葬。”

“那教授你的意思是说，有可能这独目人是先前的一个民族，并有可能是塞人的一支啊？”

孟宪明听着吴卫国的话，思考了半天道：“现在的哈萨克族由塞人、乌孙、乃蛮、克烈等部落构成，其中包含有不少古塞种人的成分，在很多部落中都有支尔塞克、别斯塞克、波尔塞克和卡尔塞克等氏族血统。但从他们中间任何一个分支，都不具备独目人的基本条件。所以说这独目人属于哈萨克族祖先之一也不对！在我看来，独目人更有可能是这里的土著居民，甚至有可能是这片土地上最早的原始人也有可能。”

听着孟宪明的话，吴卫国插了一句，说：“其实这独目人的记载，咱们国内比国外的要少。给我印象最深的‘独目人’故事是在希腊荷马史诗《奥德赛》中的情节。奥德赛在特洛伊城被攻破后乘船返乡，和伙伴驶到一个荒岛，为补充给养，他带领十二名水手进入了一个山洞，发现有羊羔、牛奶和奶酪，正在这时，一独目巨人突然外出归来，他在里面用巨石封堵了洞口，随后吃掉了几名水手。为了逃离，奥德赛用红酒灌醉了独目巨人，趁他酣睡之际，用火红的木扦将其仅有的一只眼睛戳瞎。为截住奥德赛一行人，独目巨人把守洞口，只准羊只出洞，奥德赛等人急中生智紧抱羊腹，一个个逃出了山洞。从此，独目巨人的父亲海神波塞冬怀恨在心，他掀起狂涛巨浪，弄翻了奥德赛的船只，迫使他在海上漂泊了十年之久，历尽艰辛。”

旻斌补充道：“其实据历史记载，在公元7世纪以前的一段时间，东西方都开始了寻找独目人的行动。西方首先出场的是一位希腊诗人，而东方首先出场的是一位著名的君王：穆天子。好在公元前5世纪时的史学家希罗多德根据《独目人》一诗以及他自己从斯基泰人处所得到的知识把中亚东部的情况写入自己的著作中。希罗多德转述这位希腊诗人的‘旅行记’说：受阿波罗神的感召，他到伊塞顿人的领地旅行。越过伊塞顿人是独目人驻地，越过独目人是看守黄金的格里芬人，越过格里芬人是希波伯里安人，他们的领地一直延伸到大海。按照希腊诗人阿利斯铁阿斯本人的说法，希波伯里安人居住的海滨异常寒冷，这个地方显然在南西伯利亚的贝加尔湖地区，这一判断从希波伯里安人和西伯利亚人这两个相似的读音里得到了证实，希波伯里安的意思就是‘北海’。以此推断，格里芬人应该在盛产黄金的阿尔泰山北麓。至于独目人的居地，许多学者认为应该在阿尔泰山南麓。”

启超很紧张地听着这两位专家的讲述，脑海中在不断地搜寻，关于这个独目族的记忆。

吴卫国听着旻斌说完，他接着说：“令人不解的是，类似的传说在欧洲各国史籍中，以及《一千零一夜》和中国的《太平广记》等文献中均有记述。而在赫西俄多斯笔下，独目人是乌勒诺斯和该亚的三个儿子，他们常常被关押在地下。而克洛诺斯在独目巨人的帮助下取得了统治宇宙的权力后，害怕这些野蛮力量，给他们钉上了镣铐。宙斯将他们释放，他们成了赫准斯托斯的助手，帮他给雷神锻造电火，给英雄们锻造武器。在希腊神话中讲到用巨石砌成建筑物是从吕喀亚来到希腊的独目巨人们建造的。希腊人认为，凡是有‘巨人’建筑物的地方都是独目巨人居住过的地方。而在古希腊、古罗马的艺术作品中，他们被刻画成额上有一只眼睛的神灵。

“我研究过许多国内的古文献，上面都记载阿尔泰山在很久以前恰巧存在过‘独目人’。成书于公元前4世纪的中国著名先秦典籍《穆天子传》，讲述了阿尔泰山和额尔齐斯河上游的地理、民族状况，其中也提到过独目人的痕迹。刚才旻斌说的那个《独目人》一书记载说，这里有一种阿里马斯普人，他们毛发毵毵，面貌奇特，只在前额当中长着一只眼，故名‘独目人’。他们经常与看守黄金的格里芬人战斗，以争夺黄金，由于阿尔泰山盛产黄金，所以这一描绘更证实了独目的阿里马斯普人居住在阿尔泰山地区。”

叶尔兰也说：“随着文献翻译的不断深入，我和孟宪明发现操突厥语、蒙古语乃至整个阿尔泰语系民族中都有英雄勇斗独目巨人的神话母题。那么这些人为什么要和他们斗争呢？如果能解开这个问题，说不定对我们的研究也是有帮助的。可以说阿尔泰山地区是世界上‘独目人’母题蕴藏量最大、流传最久的地区，其中古代突厥诸部均有巴萨特斩除神灵‘独目巨人’的传说。故事讲到乌古斯部遭遇战乱，被弃于野的可汗之子巴萨特由一头母狮抚养大。部落里另有一个牧人，有一天在‘长泉’突遇一场大风，看见带翼的神女从天而降，牧人扔出毡被，罩住了其中的一位神女，随即他扑了过去。后来神女展翅飞到空中对牧人说：‘来年你会从我这里得到你所想要的东西，但是你会因此给乌古斯部带来无穷的灾祸。’第二年牧人又来到这里，看到一个圆圆的、闪闪发光的球体，他吓得惊慌而逃。人们见到神秘球体，纷纷踢打它，那球体便慢慢打开，从里面走出一个只在额部正中有一只眼睛的小人，可汗将他养大，成了独目巨人。然而他却以怨报德，以活人活畜为食，并到处欺压百姓，可汗只好将他赶入深山。在山中他仍拦路劫掠，专门吃人。正当独目巨人凶残作恶时，巴萨特远征归来。他巧妙地进入巨人山洞，趁独目人不备之际，用烧红的铁钎刺入其独眼，最终将他斩杀，从而使乌古斯部民摆脱了灾难。除了古代突厥语文献外，至今维吾尔族、哈萨克族、柯尔克孜族、乌孜别克族、哈卡斯人，以及肖尔人和图瓦人等都有‘独目人’传说，其中心区域即阿尔泰山区。根据传说内容判断，‘独目人’遗存与天神崇拜有着千丝万缕的联系。”

启超越听越觉着玄乎，说：“这种人实在够残忍的，可以说是中国的食人族部落，还好消失了。”

“其实，很多传说都有杜撰的成分，这独目人吃不吃人还是两说。但是阿尔泰山自古盛产黄金，在阿尔泰山北侧，原苏联考古学家在巴泽雷克发掘了五座春秋战国时期的大型墓葬，从这些墓葬中出土了大量黄金制品，其中包括一些带有格里芬形象的饰物，可见阿尔泰山北部的巴泽雷克墓穴主人就应该是传说中的格里芬人。如果真的能够这样确定的话，那说明这里真的就是独目人曾经的国土，我们现在所站的位置，说不定就是独目人的一个祭祀台。”

“可是教授，如果阿勒泰真的有金子，那么这些金子为什么这些年都没有出土过呢？”

“据传说，这斯基泰人是西方来的人。相传当年一支斯基泰人到阿尔泰开采黄金，并把采到的黄金源源不断运到西方，所以沟通东西的路又叫黄金之路。除了著名的阿尔泰，还有天山以及山体被风蚀、水蚀形成的河道、沙滩中都有黄金出产。山中出产大块的以斤计算的豆瓣金、滚筒金、狗头金、狗肝金等，但最多的还是混在砂中的砂金。”

“好家伙，那可是一斤一斤的黄金啊！这么多黄金他们都运出去了啊？”启超道，心想，这么多黄金怪不得成为金山！

旻斌说：“这斯基泰人的金器非常著名，只可惜出土得少。他们曾经在伊犁草原建立过王朝。不知道以后还能不能有这样的机会出土几件。”

“说白了，斯基泰人这个种族所携带的东西在当时那个年代太诱人了，你想想，他们有太多的黄金在手中，无论走到哪儿，只要被人知道那还不抢？”吴卫国说。

“那倒也是，黄金在那个时代是一种身份的象征。”

“现在黄金不也是如此吗？”孟宪明在一旁说。

“野炊结束了，咱们也该往回走了。今天就这样吧，咱们慢慢来，别一次把你们所有人都给搞伤了，我可交代不了。”吴卫国也开玩笑说。

图瓦智者的话

沿着原路返回，下午的阳光正浓烈地照射着。然而，密林里却是一派清爽，小鸟的叫声总是让人欢喜。也许是累了，众人一路上无语，只听着远处的流水和风吹树叶的声音。

启超脑海里一直在思考独目人的问题。他认为如果曾经在阿勒泰地区真的有这么一个种族的话，为什么这些年除了岩画以外，没有其他关于独目人的发现呢？这个种族消失得太彻底，太不可思议了。真有一只眼的人吗？从生物学的角度来说，人的双眼是从一个基点上分化出来的，当双眼不分离的时候，大脑也不会分离，那他的生存竞争力就不会很强，应该是被淘汰的物种，恐怕连马都不会骑，更别提什么骁勇善战了。难道东西方各种文明的想象力都停在了一只眼的巨人身上吗？

“这显然是不合理的！很多文献记载的可信度到底有多高这是一个值得商榷的事情。”启超在心中怀疑。

走了大约两个小时，众人回到了喀纳斯湖边的叶尔德西家。

叶尔德西友好地与各位打了个招呼：“这么早就回来了？”

吴卫国开玩笑道：“我们害怕回来得晚了，吃不上你们家的饭啊，哈哈！”

众人各自回到屋子休息，洗刷了一下。

启超向孟宪明打听：“今天没什么发现啊，接下来我们干什么去？不会就这样天天巡山吧。”

“你想得美，今天只是熟悉一下环境，你以为考古就是这么简单地在山里转悠，找几个鹿石就行了？”

“我还真的以为你们搞考古就是这样在山里溜达一圈，回来就说有重大发现了呢，看来要比我想象的复杂点。”

“考古可是一门跨行业的学科，你这样的人嘛是不懂得哦！”

“孟大胆，你丫的再用这种嘴脸和我讲话，我准备把你的嘴撕烂，然后扔到湖里喂湖怪。”启超恶狠狠地说。

“行了，咱们别扯这些了，赶紧收拾收拾我都快饿死了。中午那点饭根本不够吃，这环境一好，人好像也吃的多了。”孟宪明说。

“别太胖哦，容易高血压！”启超说。

“你丫才高血压呢！走，我都闻到肉香味了。赶紧走吧，还是要吃点。”孟宪明拉着启超就往外走。

来到餐厅，只见吴卫国等人已经坐在餐厅里等着了。看到两人来了，吴卫国笑道：“你们这两个小伙子吃饭也不积极啊，我一老头子都饿得不行了，看来你们还是没饿。”

启超说：“教授，我早饿了。孟夫子不饿啊，我看吃完饭让他再跑几圈，看叶尔德西大叔家的马呀什么的是不是要散散心，让孟夫子带着去。”

“我正愁没人帮忙呢，既然这样，那就让这位孟夫子帮忙给马洗个澡吧。”在一边端饭的叶尔德西说。

“哈哈！”在一边吃肉的叶尔兰和旻斌被这一阵对话逗乐了。

孟宪明从盘子里拿出一块羊肉，塞到启超手里，然后说：“赶紧吃饭，你不是快饿死了吗？”

“就是，你很有眼色。赶紧，给教授一块，教授还没吃上呢。”

吴卫国边吃边说：“这喀纳斯湖旅游是不错。”

叶尔德西接过话茬子说：“那是，这些年好多旅游者来这里就是想看看湖怪。那些人真是每天闲的，那东西有什么好看的？”

“大叔，你看见过湖怪没？”启超边啃骨头，边说。

“这小伙子说得有意思，我能见到湖怪还能像今天这样给你们做羊肉吃啊？”

吴卫国说：“那你们是怎么知道湖怪的？”

叶尔德西如数家珍地说：“我们祖祖辈辈生活在喀纳斯湖边，但是从来不打鱼。这是因为在图瓦族的传说中，湖里有湖怪，湖怪能吃掉整头牛。但湖怪到底长什么样，谁也说不清。图瓦族的前辈还有过两次捕捉湖怪的尝试，但都以失败告终。所以图瓦人至今不到湖里打鱼，也不在湖边放牧。”

吴卫国转身补充说：“其实，有人认为喀纳斯湖怪是一种生长在深冷湖水中的‘长寿鱼’，其寿命可达200岁以上，而且行踪诡秘。但是也有人不这么认为，所以就引起了很多争论，但是这样的争论对喀纳斯的旅游业带来了极大的帮助。”

“我看这些年，每年都在搞科考，每年都在湖面上找湖怪，也没弄出什么有实际意义的东西。这湖怪是不是真的存在还是两码事呢？”启超道。

“宁可信其有不可信其无啊，很多传说都不一定是假的。我们图瓦人的祖先是不会骗我们的。”叶尔德西说。

孟宪明听完启超和叶尔德西的对话后，问道：“咱们图瓦人在这湖边生活了这么长时间，还有没有其他的什么传说呢？”

叶尔德西老人放下马奶酒碗，给众人填满之后继续说道：“这些年关注图瓦人生活的人越来越多，图瓦人一直有个传说，说成吉思汗当年西征的时候最喜欢的地方，就是被他誉为金色的阿勒泰草原，当这位一生叱咤风云的汉子策马来到阿勒泰时，他突然被这里的宁静和美丽所震慑，虽然这并没有挡住他西去厮杀的脚步，但他却说，他希望死后能长眠于此。成吉思汗最喜欢的臣民，是善良诚实的图瓦人，他曾下过一道密令，将死后的遗体交给图瓦人。所以这些年有很多专家来我们这里打听，是否有这方面的故事，但是由于我们图瓦人没有文字，只有语言，所以也没流传下来。”

启超想，确实这些年有一些专家提出过这样的设想，当这位旷世豪杰在攻打西夏的征途中坠马而死之后，他的遗体是否就被悄悄地运回了阿勒泰，而后又被埋葬在喀纳斯湖边了呢？为了让英雄的魂魄长存，又担心后人来打扰他，因此图瓦人编出一个湖怪的传说，来震慑四方。成吉思汗死后究竟被埋在哪儿，一直是一个困扰世人的谜团，神秘的喀纳斯成为这个谜底的唯一线索。

在与叶尔德西闲聊中，吴卫国得知，在上个世纪初，有一群俄罗斯人从群山的北边翻越了过来，说是要寻找他们丢失的马匹，当他们来到喀纳斯湖边的时候，他们被图瓦人拦住了。老人说，他们并没有带走俄罗斯人的马匹，丢失的马匹已成为“湖怪”的祭品了。说完这些之后叶尔德西喝了一口马奶酒，脸色红润，神秘地说：“我看那些俄罗斯人不像是来找马的，虽然他们嘴上这样说。当时我就觉得不对劲，怎么可能有马翻山越岭跑到喀纳斯这里来呢。那几个人在山里找了好长时间最后才离开。”

说完话叶尔德西将碗中的酒一饮而尽，畅快淋漓。此刻，老人已经显得有些迷糊了，要为大家献上一首曲子。老人身穿盛装，手里拿着他的宝贝——楚吾尔。楚吾尔是一种图瓦人特有的乐器，那是一根简洁又奇怪的笛状物，用喀纳斯湖一道湾特有的一种“扎拉特”草的茎秆做成。笛上开有三个孔，都开在笛的下端。最下面一孔与端口有四指的距离；第二孔离第一孔三指；第三孔与第二孔有四指距离。“楚吾尔”呈淡褐色，空心，上粗下细，几乎没有重量。“楚吾尔”的声音时而高昂，时而委婉；一会儿急促，一会儿舒展。从“楚吾尔”的声音中，几乎都能听到大山里的动物和鸟类的生活情景。

叶尔德西小时候是跟爷爷和爸爸学会了吹奏楚吾尔，就一直坚持了下来。随着旅游开发，经济发展，人心渐渐浮躁，一部分人也不安于此，虽然游客对图瓦人的文化十分好奇，但年轻人不再喜欢学习吹奏楚吾尔了，会吹的人越来越少，只有他，生于斯，长于斯，留在这里，成为喀纳斯必不可少的一道风景，被人们称作图瓦人音乐的活化石。

老人为吴卫国一行吹了三首曲子：《美丽的喀纳斯湖的波浪》、《奔腾的黑骏马》、《欢乐的阿勒泰》，其中第一、第三首曲子是他自己创作的。闭目倾听，仿佛喀纳斯湖边的风声、雨声等一切自然声响悠悠传来，让浮躁的心渐渐沉静下来，引人遐思。

听着老人的曲子，启超慢慢地陷入深思，他想到图瓦人也成为这个巨大的欲望球体内的一部分，为陌生而稀罕的旅人献上奶茶、奶酒，这帮流着哈喇子的匆匆游客欲掠夺的就是这稀有的仙景以及少数民族职业的微笑，职业的歌舞，职业的奶茶，职业的奶酒。生活，它只是摆设；文化，它只是旅游纪念品；少数，它只是多数的乏味清汤中的几粒盐。

曲子唱罢，叶尔德西似乎陷入深深的悲伤，不知道为什么，那自由的乐声，带来的不是激动也不是欣喜，而是久久的伤感。吴卫国示意大家可以回去休息了。启超先回了屋子，没过一会儿，又被喊了起来，几人来到吴卫国的屋子之后。此时孟宪明也在这里。

吴卫国询问：“启超，你们是不是做过一个相同但是很奇怪的梦？”

启超看了看孟宪明，他心里明白，这家伙肯定将他们做的梦又说给吴卫国了，忙答：“宪明给教授说了吧？”

“这个讯息很重要。我觉得有可能是在提醒我们，秘密就在湖内。我今天听完叶尔德西的话之后，觉得之前俄罗斯人肯定是为了某个目的来这里，他们也是为了找到这个东西才来喀纳斯周边的，他们在山里没找到。这也就更加坚定了我认为这个秘密就在湖里的推论，现在咱们是摸着石头过河。”

启超心想：“在新疆哪个故事都会有老毛子（俄罗斯人称呼）的身影，跟鬼一样。”

“那他们难道也是来找独目人的？”

“其实俄罗斯人已经对新疆的很多东西研究许久了，况且这独目人留下的东西肯定也不只是我们现在所掌握的资料。那些人肯定是来找财宝一类的物品，只可惜被图瓦人给挡了回去。如果真的如我们所料，那么这些人肯定已经将目标直指湖底了，说不定这也可以为我们开辟另外一条路。”吴卫国说。

“导师，你是如何判断出咱们要找的东西就在这湖底的呢？这些年一直有人在考察喀纳斯湖，也没有什么发现啊！”孟宪明说。

“其实很简单，我觉得你们的梦有些是有启示意义的。除此之外，那些俄罗斯人为什么要到喀纳斯湖这边来找，喀纳斯湖的范围很大，为什么他们偏偏要选择这里呢？只能说他们无事不登三宝殿，如果不是当地图瓦人的阻挡的话，这些俄国大汉说不定能做出什么事来。”

“所以教授就认为我们要找的东西可能在水中？难不成这些独目人已经进化成水中的湖怪了？或者是美人鱼的近亲。”启超打趣道。

“凡事要大胆推测，小心论证。这些事情都有可能，虽然我也不敢相信，但是喀纳斯的神秘就在于此，因为它有太多的秘密了，所以我们要下去。”吴卫国总结道。

旻斌急问道："那我们真的要下湖？没装备啊？"

"装备你们不用着急，小刘已经准备好了。"吴卫国说。可是吴卫国没有多说与小刘相关的内容，转而说道，"明天我们还有一个同行加入，这样人就齐全了。明天咱们就开始跟着小刘学习一下潜水设备的使用。"

第一次下水

在马奶酒的酒精作用下，启超、孟宪明美美地睡了一晚，还好这几天没有做梦。虽然已经快入夏了，但是喀纳斯湖的早上还是有些凉。穿好衣服，叶尔德西老人已经准备好奶茶和馕饼子，吃完早饭，吴卫国要去接新成员。小刘带着大家就在叶尔德西老人家的院子里开始潜水训练。虽然这些人没有真正的经历过深海潜水，但是游泳还是会的。当装备展现在眼前时，众人才明白，原来吴卫国早有准备。面镜、脚蹼、呼吸调节器、潜水服、配重、浮力背心、三联表（气压表，深度表，指北针）、气瓶等等，由于车内空间小，所以只带了四个人的设备。

正当几个人热火朝天地学习的时候，吴卫国带着一个年轻的姑娘过来了。只见这女孩身材苗条，1.7米的个子，短头发，戴太阳镜，眉清目秀。一帮男人一看吴卫国带着姑娘过来，停下手，纷纷观看。

吴卫国带着这位窈窕美女，走到正在发呆的众人跟前，介绍说："这是德国莱比锡大学考古系博士杨可馨，也是我的学生。"孟宪明想了想，这杨可馨听吴教授讲起过但是没见过。而一旁的启超则显得有些惊讶，启超对这个杨可馨的名字却很是熟悉，这跟大学的一个同学名字太像了，那个女同学后来也报考了考古研究生。

启超心想："世界上难道真有这样的事，她不会和她是一个人吧？"

正当启超陷入神想的时候，杨可馨取下墨镜，一双圆而有神的眼睛出现在众人面前，杨可馨笑着跟大家打招呼，这下子启超才看清楚，还真是冤家路窄，居然真是自己的老同学。

而此刻杨可馨也死死地盯着启超，可是启超一脸的无所谓，装着没看到。孟宪明觉得很奇怪，以他对启超的了解，见女孩子起码要套个近乎吧，露出他邪恶的一面，可是这次很邪乎，感觉好像对这女人不感兴趣。

“难道今天早上吃的饭有问题，猫不吃鱼了？”

介绍完之后，吴卫国和小刘回到屋子，不知道谈什么。而叶尔兰、旻斌、启超等人则继续鼓捣潜水设备，此时杨可馨来到启超面前，笑着说：“老同学，你也在这儿呢？”这甜甜的一问，反倒让启超有些不好意思了。

“呵呵，还真是有缘分，居然能见到你。”启超说。突然那个曾经一起在大学校园里，为办文学社刊物而争得面红耳赤的杨可馨，那个学习劲头十足，目标明确，单纯可爱的杨可馨，那个曾经和自己安安静静地走在校园的树林里，谈论人生理想的杨可馨浮现在启超的脑海里。

“我也是曾经的一个老师安排的，这才有机会参与国内的重要考古。”杨可馨微笑着说。

此时吴卫国和小刘从屋子出来，宣布吃完午饭先由吴卫国、孟宪明和小刘下水，初步地看一下水下的情况。

听完之后孟宪明觉得不妥说：“导师，你的年纪都这么大了，你就在船上坐镇指挥吧。”

“教授，你就听我们的。带上设备我们将画面通过水下电脑记录下来就行了啊，到时候你在上面看不也一样吗？有宪明这位后起之秀，你还怕什么啊？！”

启超看着头发已经有些花白，脸上皱纹经过这段时间风吹日晒愈加明显的吴卫国，心中不免感慨起来。在一般人的眼里，考古工作总显得有些神秘，而如果一个考古工作者工作的地点是茫茫的戈壁滩，辽阔的大沙漠，人迹罕至的崇山峡谷，世界屋脊上的帕米尔高原，那么，不但他所从事的工作本身，甚至于这个人也会充满神秘的色彩，引起别人无比的好奇，而吴卫国就是这样的人。但是此时的他，又是那样的感伤，不管如何，人斗不过时间，再执著也是如此。

“教授，他们说得对，你就在湖面，有我呢。”一直严肃的小刘说。

“既然你这么说了，那好吧，有你我也放心。”吴卫国这话一出，众人心里已经有底了，这小刘的背景很深，要不然他说一句话为什么会得到如此重视。

“教授，教授！我发表一下意见，我作为一个小同志，小学生，我也想跟着下去，反正是初步试探嘛，也让我练练手艺，要不然这队里的某些同志会瞧不起我的，你说是吧，宪明？”启超笑嘻嘻地说。

孟宪明一听，这小子明明是在说自己，不怀好意，回应道：“是啊，导师，也让启超跟着下去转一圈吧，反正他待在上面也帮不了什么忙，还不如跟着我们下去，学习一下，也好让他打消后面的那些想法。”

“就是的，我还碍手碍脚的，还不如我跟着宪明下去多学习，和同龄人在一起才能找到自身的差距啊！”

而此刻一直沉默的杨可馨开口说：“教授，我在国外有海底考古的经验，我也想和他们一起下去，这样也好熟悉熟悉环境。”

吴卫国想了一会儿后，点头答应，说：“但是，小启，你这孩子就是太鲁莽了，凡事要小心，不可大意。那就这样吧，我和旻斌叶尔兰在上面，你们四个下去，但是千万要小心。安全的事情，小刘你一定要放在心上啊！”

“明白了，教授你就放心吧。”

在叶尔德西家吃过午饭，喀纳斯管委会准备了一艘大一点的旅游船，带着众人和装备上了船。这是启超第一次如此真切地参与水底考古调查，因为在新疆的考古很少涉及水下，更别说一媒体记者能参与进来，在这一点上，启超觉得吴卫国做得很开放，起码让所有的人都能参与进来。

船开动后水花不断地溅起，两岸风景不断变化。喀纳斯湖有六道弯，一般的摩托艇只能带游客到第二道弯口，前面几道弯口是深水区，游人禁止进入，而那里也是湖怪曾经出没的地方。吴卫国一行一直将船开到第四道弯，这里是深水区，两边的山势险峻，似乎被湖水掩埋了很多山体。这里的湖水已经变成蓝黑色，行内人一看就知道这里水很深，简单地测了一下这里的水，有一百米深。拉上潜水服，吴卫国再次叮嘱注意安全，这次只作为初步试探。

听到四声入水的声音后，只见湖面上荡起一波涟漪。

在湖中的四人形成前后两排，孟宪明、启超在前，小刘和杨可馨在后。喀纳斯湖属于冷水湖，冰雪融水汇集而成，虽然已快入夏，但是湖水深处还是很冷。喀纳斯湖里的鱼不算多，但保护得很好。四个人身边不时游过江鳕、哲罗、狗鱼、河鲈俗称“五道黑”。孟宪明手中的水下电脑不断地扫描着周围的情况，此时已经显示潜水到八十米。头顶的阳光已经不是那么明显，身下则显得有些昏暗，水也开始不那么清澈。

突然小刘显得有些紧张，便携式水下无线通话器里传来他的声音："好像有什么东西刚才从我们旁边过去？"

孟宪明疑惑地问："你确定？"

"我看见一个黑影，从我们下面过去了。"

此时四人都同时低头向下看，那黑影似乎是在炫耀一般，缓慢地向远处移动，悄无声息。

只见这拥有巨大身躯的怪兽在幽暗的水中远远地游走了，这是一个何等的躯体啊，如果它刚才突然之间对四人发起攻击，那么后果不堪设想。孟宪明显得镇定许多，他用电脑扫描了一下那个黑影，四人此刻心中多半都有些担心了：这家伙到底会不会突然出现在某个地方，在他们毫无防备的情况下突然进攻？然而接下来一切都很顺利，他们沿着被水掩埋的山体不断地扫描。

这些山体虽然在水下不知道过了多少年，但依旧可以看出一个简单的走势。山势陡峭，凹凸不平，有些阳光还能照到的地方有水草，除此之外显得空荡荡，寂寞得很。

在对讲机中，杨可馨说如果是真的有人为痕迹的话，唯有这山体的石头上能留下点痕迹，想要在湖底找到人为的痕迹很难，因为这水下沉积着厚厚一层不知有多少年的沙土。

依照杨可馨的指点，四人不断地在山体上寻找着各种类似于人类活动后遗留下的踪迹，然而时间一分一秒地过去，什么都没有，甚至连一个引人兴奋的伪造品都没有留下。

正当四人准备铩羽而归时，突然杨可馨在对讲机中喊道"等等"，然后快速地游到一片已经有些松散的石头跟前，将灯光打开，启超三人不知道发生了什么事情，孟宪明问道："怎么了？杨博士！"

杨可馨边看那些在水中被泡散的石头，边说："别喊我杨博士，怪难听的。喊我小杨就行。"

孟宪明被这么突然一说，觉得很不好意思，看了看小刘和启超，发现两人并没有嘲笑自己，说道："小杨，有什么发现吗？"

启超在对讲机中实在憋不住了，喊："你丫的不会过去看看啊，我们俩又不懂，孟总指挥是等我们去看呢？"

孟宪明此时才发现自己有些失态了，忙游到杨可馨身边。原来杨可

馨是看见这些石头上有些岩画的痕迹，但是在水中已经不太明显了。孟宪明似乎看到了一些圆圈一样的东西，和鹿石上的圆圈有点像。

杨可馨一边看一边说：“这水中怎么会有岩画呢？不可能啊！”

“这些岩画时间很长了，已经不清晰了。可是这些圆圈代表什么呢？为什么要在这里画呢，古人难道能在这么深的水中作画？太厉害了。”孟宪明道，然后回头看了看自己这帮子人，背着氧气瓶，拿着高科技设备，也只能在这湖水下过两三个小时。

“看来只能到这个程度了，其他的不清楚，我也没办法。”杨可馨在那里自言自语道。

“这不是你的错，小杨。有发现是好事情，咱们回去和吴教授商量吧。相信他能够解释的。”

第二次下水

上到船上，众人将下面的情况简单地介绍了一下。吴卫国迫不及待地打开电脑，一遍遍地看那些山势的变化。这些被淹的山体由于常年遭受水的冲击，已经变了样子，虽然没有海藻一类的寄生生物，但是山体上还是呈现一种淡淡的绿色。吴卫国边看边思考，突然看见电脑画面里出现一个黑影，惊讶地问：“你们当时发现了它，还是它发现了你们？”

启超一听笑着说：“教授，如果是它发现了我们，我们估计现在都挂啦。”吴卫国听完启超的话后，眼睛转向小刘，小刘点头表示默认。船开到岸边之后，这些背包客又一次拿起东西回到了叶尔德西家。吃过晚饭，众人鱼贯来到吴卫国的房间。

静悄悄的屋子里，吴卫国安静地说：“明天，我们要再下去一次。从今天你们带回来的资料可以判断出，这里之前山势陡峭，我想明天再到第五道湾和第六道湾之间进行探索，还有，你们这次背着的氧气罐已经从布尔津重新调过来一些，这次你们可以一人带两三个氧气瓶。”

“教授，不知道你对那个巨大的黑影有什么看法？”启超说。其实这也是众人都比较疑惑的，对于潜水他们并不担心，水里出现生物也很正常。可是眼下这样一个巨大的来历不明的黑影，总让人觉得心里不踏实。

吴卫国思考了一会儿说：“我已经将资料传到北京大学生物系我的一个老朋友那里了，希望能很快得到答案。我们现在只当它是图瓦人传说中的‘湖怪’。”

“‘湖怪’？我知道英国尼斯湖水怪，没想到在咱们中国也有湖怪。”杨可馨激动地问。

“那是，中国奇怪的东西多着呢。”启超乐呵呵地说。

“导师，我们在湖中的石头上还发现了一些岩画，你看看那是做什么的？”孟宪明道。

“我刚才看了，虽然不是很清楚，应该是和咱们发现的鹿石上的圆圈一样，属于崇拜一类。”

“我说教授，这东西不会也是那独目人的眼睛的形象化吧，我总觉得肯定不是胡乱的画作。”

吴卫国在一边解释说：“其实我们现在看到的岩画，很多都是古人随意地画上去的。讲一些小故事而已，不是很形象。”

“原来古人也忽悠我们呢。”

“岩画的价值在于很直观地反映了一些真实的自然情况，不一定就能给我们考古带来什么样的帮助，所以岩画的事情我们暂且放下。”

众人侃了一会儿大山之后，各自回房睡去，准备迎接明天的新挑战。

抵达喀纳斯湖的第三日，天晴，微风。

早晨的阳光依旧灿烂，岸边的小花开得美丽。马儿逍遥地在草地里低头吃着，如今马算是解放出来了，也只有冬天大雪封山之时干些体力活。在美丽的喀纳斯生活的马是自由的，是马中的贵族。

启超和孟宪明起床收拾好屋子，刷牙洗脸一气呵成。叶尔德西准备好早饭，此时吴卫国和小刘已经在吃了。打过招呼，两人也坐了下来，不一会儿杨可馨来了。最后是叶尔兰和旻斌，这几天旻斌比较郁闷，因为本事完全不能展开，心里窝着一股子劲。虽然如此，可是这个考古队里的人不都一样吗？

匆匆吃完饭，众人就收拾好设备赶往湖边，船已经停在岸边。上船，吴卫国告诉驾驶员开到五道湾和六道湾之间。大约二十分钟后，船抵达目标水域。这次小刘给众人不光配备了照明设施，还有两杆鱼枪。此刻四人悬着的心总算有点着落了。

依旧是四声落水声，溅起阵阵水花。看着四人从水面消失，吴卫国心里忐忑不安。

四人缓缓地潜入水中，大概半个小时后，已经抵达九十米深的地方。打开水中照明灯，眼前除了水之外似乎没有其他，当然，偶尔会有小鱼游过，此刻大鱼早已不见踪影。人在水中总有一种模糊感，没有任何重量，像是漫游。陡峭的山崖间，藏着不知名的小鱼小虾。由于氧气带得足，此时四人也并不显得急躁。

周围安静得让启超有些受不了，他在对讲机里说："如果这个时候有一片珊瑚礁，一群五颜六色的鱼儿该有多好！"

孟宪明说了一句："美好的事多着呢，不止这一个，比如美女，比如幸福的生活。"

要上到喀纳斯观鱼亭必须经过四千多个台阶，这可不是一般人能承受的。此时在观鱼亭上站着两个戴着遮阳帽，身形魁梧的蓝眼睛大汉，他们拿着望远镜不时地扫描着湖面。这样的情况在喀纳斯湖的观鱼亭很普遍，由于这些年关于湖怪的报道非常多，而这观鱼亭就是为了让游客欣赏湖怪的，所以这两个外国大汉在这里也并没有引起其他人的注意。

他们看着启超等人消失在湖面后，掏出电话说道："老板，他们已经下到湖里去了。"

"很好。你们不要轻举妄动，和杨小姐保持联系。"

"好的，老板。"

这两人对话简单，像是一个士兵在报告敌人的动向。

在水下已经两个小时了。此时四人已经基本上查完了五道湾，开始向两道湾中间的湖域游去。

"等一下，你们看这里是什么。"对讲机里传来杨可馨甜蜜的声音。

随即杨可馨向水下移动，启超三人也紧随其后。只见杨可馨在湖底的淤泥里找到一个生锈的箭头，拿在手里看了好一会儿。

孟宪明也想看看，这时杨可馨开口说："这箭头好奇怪，现在人好像已经不用箭了吧。"

"新疆不落后，咱们就拿箭射射飞机玩！"启超在一边说。

孟宪明在对讲机"呵呵"地笑了一下，心道：你小子够坏的，人家一小姑娘你就这样糟蹋吧。继续他的扫描工作，而小刘依旧是非常谨慎地打量着周围，唯有杨可馨似乎对这些不感冒。

杨可馨停顿了一会儿说："这箭镞好像不是现代人用的。现在多半都是精钢所制，制作得很精良，这个明显制作粗糙。"

"我看也是如此。如果这个东西不是图瓦人使用过的，那么到底是什么人使用的呢？图瓦人不是从来不到湖中捕鱼吗？"孟宪明疑惑地问。

"我猜想这个箭镞在这里时间不会太久，这铁锈也并不是很明显。"杨可馨说。

杨可馨将那个箭镞收好之后，又在周围的沙泥里找寻着什么。

过了一会儿，杨可馨突然从泥里找出一块骨头，这骨头只要是有点常识的人都可以看出来，这肯定不是水底动物的。杨可馨拿着骨头端详了好一会儿才告诉大家："这应该是人的骨头，确切地说是人的小腿骨的一部分。"

其他三人听到这个消息都惊呆了，大喊："这里怎么会有人的骨头呢。"

正在四人被那块白色的骨头吸引的时候，在他们背后的深水里，一个黑色的影子出现了，它游得很慢，很慢。静静地向这四个人靠近，靠近，再靠近。此时一直在观察骨头的小刘突然感觉到水流缓慢的变化。

他大吼一声："小心！"

第十三章 湖底遇袭

Chapter thirteen

鱼怪袭击

其他三人闻声慌忙转身，只见离身十几米开外，一个黑色的身影在不断地扭动着躯体向四人悄无声息地游来。虽然还无法看清楚它的大小，但是一双在湖水中闪闪发光的大眼睛却是再明显不过。启超一看震惊不已，这是什么动物，居然在这百米深的湖水中，有一双发光的大眼睛，此刻小刘手端鱼枪，想躲是躲不过去了，眼看着这家伙就要发动攻击。

小刘在对讲机里喊："等这家伙靠近，鱼枪齐射，不管是死是活，我们要赶紧撤离。"

"咱们真的要霸王硬上弓啊！我看不是它的对手！"

而在一边的小刘却反问："你能在水里游过它吗？"

"这东西是水中的大爷，我能游过它我还用干记者啊，早去投奔国家游泳队了。这下子完了，大爷的。撞见小鱼小虾多好，却要来这狗东西。"

"大家一定要注意看好了，千万注意安全！"在一边的孟宪明似乎已经有些害怕了。

"嗯！宪明你保护好可馨，实在不行，你就先和可馨撤！"

"好！我明白。"孟宪明大喊。喊完之后，对讲机里顿时安静了下来。

启超拿鱼枪的手已经微微有些颤抖了，孟宪明收起电脑，拿出明晃晃的匕首。五米开外，水下照明灯打在那鱼怪身上，这时四人才看明白。

只见这怪物形似鱼，长五米，宽一米。周身布满黑色的鱼鳞，一对闪闪发光的眼睛长在两边，然而在头部居然还有突出的两个眼睛，只是这一双眼睛是朝后看的，谁也无法弄明白它到底是什么怪物。在五米外它停下身躯，似在等待什么。

正当四人疑惑时，它开始绕着四人不断地游来游去，像是在炫耀美丽的身段，又像是在寻找漏洞，周围的水流跟着它的身子不断地转动，似乎要形成一个旋涡。

突然，它尾巴一摆，向杨可馨袭来。小刘大喊不妙，突然鱼枪射出，这鱼枪的力道如果放在海水中一般的鲨鱼早就刺进去了，然而此时这枪却在那鱼怪身上轻轻地刺了一下，虽然没有刺深，但是那怪物还是摇了一下身子。启超一看小刘那一枪已经无用，找准时机又射出一枪，这一枪虽然比小刘那一下刺得深，只见那鱼怪的被刺部位已经有血液流了出来，四人一看心喜。这鱼怪虽吃疼，还是给杨可馨造成了一点伤害。孟宪明赶紧查看，确定暂无大碍。虽然无碍，但是那擦破的地方依旧流出了血迹，在水中这血迹很快就散开了。

然而，这鱼怪虽觉疼痛，却无停下的意思，似乎是血腥味使它更加疯狂。转了个弯后，它又回头向四人冲了过来。小刘和启超扔掉鱼枪，拿出匕首，准备做近身搏斗。鱼怪冲入四人之中，孟宪明先是一刀，可是不管如何用力都难以刺进它的皮下。再看启超那里，他迎着这鱼怪的头部而上，那鱼怪张口就咬，启超一转身，躲了过去，接着又是一口，启超的胳膊被那鱼怪的牙齿撕下一块皮来，血开始弥漫开来。启超吃疼，心中怒火顿生，已有杀心。

他手拿匕首，一个直刺后拉，那鱼怪的头部已经有一个十厘米长的口子。启超一看，原来这头部才是它的脆弱之处。

此刻孟宪明被那鱼怪用尾巴甩出老远，小刘在对讲机中喊道：“孟宪明带着杨可馨先撤出战斗，快。这血液散开之后肯定会引来同类。”启超一听觉得很有道理，点头表示认可，边动手边在对讲机中喊道：“孟夫子，你们俩先走，我们后面赶过去，往那边走！小心后面。”

孟宪明知道这是玩笑话，但是眼睛突然一热，泪如雨下，说："行，你们快点赶上啊！"然后转身孟宪明带着杨可馨向前方的远处游去。

两人走后，启超和小刘此时更加放开手脚。启超虽然有些伤处，但是并无大碍。小刘一看都是练过的人，手中力道十足，刀刀见血，那鱼怪吃疼之后，猛回头，启超此刻找准机会一刀下去将那鱼怪闪闪发光的一个眼睛砍下，落入水中，黑血涌出。吃疼之后的鱼怪，身体开始不断地在水中打转，启超和小刘一时找不到下刀之处。此时启超瞧见不远处泥沙里的鱼枪，迅速赶到，拿起鱼枪来到翻滚的鱼怪身边，对着那翻滚的头部就是一枪，鱼怪似乎也觉得自己命不久矣，扭动得更加厉害。这一枪直接射进如牛头大小的鱼怪头部，吃疼的鱼怪更加肆无忌惮，血从头部的枪眼中不断地喷出。不多一会儿，这鱼怪就翻起白肚，向水下沉去。

启超此刻看着那鱼怪心想，说不定这就是喀纳斯湖中的湖怪，如果能将它的尸体带回去交给吴教授，说不定有助于破解喀纳斯湖怪之谜。随即游去拉起这尸体，准备打道回府。小刘也似乎明白了启超的意思，前来帮忙。但此时摆在面前的问题是：孟宪明与杨可馨不知去向。

两人在对讲机里喊了半天，却没有回声。一种不祥的预感油然而生，该不会出什么事了吧？启超心想。两人沿着孟宪明与杨可馨离去的方向游去。这鱼怪的身子虽然有些巨大，但是在这种水中拖着它倒也不算太累。大概寻找了半个小时，突然在一山体坳口发现三个巨大的黑影，而那黑影前面似乎有一个刚好容一人钻过去的小洞。此刻启超和小刘都已经明白，看来孟宪明和杨可馨肯定是困在那里面了，而这些黑影有可能就是被杨可馨的血腥吸引来的，如果再这样下去孟宪明他们恐怕支持不了多久。

启超计从心来，说："那些家伙不是闻到血了吗？我们将这鱼怪的尸体割开，说不定会吸引它们过来，我们刚好乘机进去。"

"你说的有道理。"小刘表示认可，两人随即拿出刀子，将这鱼怪的尸体分割开，那血开始向四周散去。启超突然觉得那鱼怪剩下的一个眼睛很漂亮，依旧在闪闪发光。不能就这样回去，起码要带个战利品，这鱼怪的眼睛就可以。

随即手脚利索地拿下那鱼怪闪光的眼睛，装进兜里。说也奇怪，那鱼怪的眼睛虽然离开身体，但是依旧光亮明显。小刘一看启超这一举动，似有所悟，将鱼怪身上、尾巴上的肉割了几块下来，放进背包。

启超看着小刘做完这一切，突然觉得这家伙有些可爱，虽然话少一些。然后，他们将那鱼怪的肉扔在较远的地方，两人回到躲避处，看见那三个黑影猛然间似乎被什么东西所吸引，开始离开，并向鱼怪尸体方向游去。两人见黑影离开之后，快速地钻进那一小洞穴。

这洞穴内部水更加深，而且比外面更暗。两人不断地在对讲机里喊，不断地向前寻找，可是越走越觉得这洞似乎是一斜坡，似乎是在向上面游去。大概过了四十分钟，突然一抬头，露出了水面，照明灯打在四周的墙壁上。只见这是一个足球场面积大小的湖，两人取下呼吸器，洞内空气充足，有小风。

启超大喊一声："有人吗？"声音与声音的回声在洞内不断地回荡着。

海酋之谜

忽然，一个声音喊道："启超，是你们吗？"两人一听这是孟宪明的声音，随即那边传来微弱的光芒。

启超喊道："宪明，你准备带着杨可馨在这里与世隔绝，过桃花源里的两人世界呢？"

"别贫了，赶紧过来。"孟宪明带着哭腔说。

"孟大胆你别急，我和小刘会保护你的，你放心。你现在就是国家干部，我们就是中南海保镖，一定将你安全地送出去。"

"就你还保镖呢，你能保住自己就行了。在那吹吧。"

两人向孟宪明打出的灯光方向游去。上来之后才发现，原来这里是这个山体内部湖的出口：有一条一米宽的小河，河里有些小鱼在不断地游来游去。此时孟宪明相当狼狈，手上有几处不小的伤口，已经简单地处理过了，再看杨可馨背靠岩石，潜水服有三个划开的口子，而吸管也已经坏了。

启超看了看之后说："没事就好，没事就好。要坚强地活下去，我们一定能活着出去的。"

"说点吉利话吧，别死啊活啊的！"

“你不是不相信吗？这会儿咋觉得你有点邪乎了，是不是又中邪了？”

孟宪明一脸无助的样子，低声答：“这下子可好了，怎么和教授他们联系上，这里没有手机信号。我们俩这样子现在也下不了水。”

此时杨可馨也咳嗽了几声，看来情况真的是不妙。

一直在旁边观察情况的小刘这时说：“这里有风，如果我们能顺着这条小河往前走说不定能找到出路，出去就好联系吴教授了。”

启超站起来也查看了一番，只见这一米宽的小河向不远处更深的洞穴流去，洞穴的深处看不到一点光芒，但是明显能感觉到风是从那里吹过来的。

“我看小刘的推断有可行性。”启超说。此时已经离下水五个多小时了，四人都没有吃饭，这时启超觉得肚子有些饿了。

这时小刘从包里拿出那些背着的鱼怪肉，说：“大家都饿了，虽然没吃的，但是这些肉起码可以顶顶饿，凑合着吃吧。”

小刘拿出匕首将鱼肉割成小块，给启超三人分了些，然后自顾自地吃了起来。杨可馨拿着那些生肉居然也吃得很有味道，并开玩笑地说：“这跟生鱼片没多大区别。”

启超随后说：“你没事了？可千万要保护好自己，这地方其实你本不该来的，多危险啊！”

“我说启超，哥们儿也受伤了，安慰安慰哥们儿啊！”

“去去去，你那叫受伤啊！一点皮外伤，就开始泪如雨下了，我咋认识你的呢？我一直想不通我们是怎么认识的？”

“我们的认识其实是和一个暖水瓶有关，好像是这样的。”孟宪明在一边打趣道。

“去你的暖水瓶。”

此时吃了点肉的杨可馨显得精神多了，说：“我和启超是大学同学，我们俩还在一起办过文学社，他在大学里不好好学习！”

“揭秘了吧！揭秘了！”孟宪明在一边喊道，然后接着说，“你们俩就是同学那么简单？”

这一问，让杨可馨猝不及防，苍白的脸上似乎有点微红。启超道：“那你觉得我们应该发生点什么？”

“没有，没有。”

“你和杨可馨不认识啊，她也是老爷子的学生啊。”

“其实说实话，我只是听过名字，并没有见过。后来她出国留学，我哪能见到这样的才女啊。我和你一样，属于不爱学习型。”

“你这人打击面够广，自虐之后，还要带上我。我可属于爱学习的人。”这鱼怪虽然有些难看，但是肉的味道却跟鱼肉没多大区别。启超边嚼着肉边转移话题说：“这家伙到底是什么东西，能长这么大？”

“你们弄死的这个是小的，刚才追我和可馨的，好家伙，很大。”孟宪明说。原来在两人离开不久，就在水中遇见那三个大家伙，危急时刻，孟宪明和杨可馨突然发现了这个洞穴，所以躲了进来。

此时吃着肉的小刘突然说了一句话：“这鱼怪应该是‘海酋’。”

“什么是‘海酋’啊！”其他三人惊讶地问道。

小刘停顿了一下说：“其实海酋也是一种鱼类，而且是鱼类之王，但是它们早已灭绝了。”

按照中国古代的动物分类法，鱼属于鳞类，此类动物的首领是龙。所以在古老的字典里有这样的句子：‘龙，鳞虫之长。’但鱼王的存在，却使龙的职权始终无法真正深入到一切游鱼当中。鱼王生活在海中，按照古人的说法，海酋选举它们中的强者担任鱼王这个职务。身形巨大是海酋的最重要特点。据曾经目睹过海酋相貌的人说，它大得无法想象：假使你坐的船与海酋相向而行，看到它的头以后，再数7天，才能看到它的尾巴。”

“听你这么一说，我咋觉得我们见的还算小的啦。”启超开玩笑说。

“那是当然，这东西很奇怪。见到的人少，但是攻击力十足，完全可以将我们一个个地解决掉。”小刘在一边说。

“那看来是我们运气好。可是小刘，你是怎么判断它就是海酋的？”启超问道。

“其实我判断这鱼怪是不是海酋还要靠那双眼睛。”小刘说。

据记载，海酋的眼睛有些特别。渔民常说，尽管死去的海酋只有两只眼睛，但活着的却有四只。因为在年迈的海酋把自己的尸体沉入沙砾之前，总会设法用礁石把自己的眼睛挖出来，塞进自己孩子下唇的裂缝里。四只眼睛的配置为海酋观察世界提供了最好的帮助。它们的眼睛异常锐利，在冰冷黑暗的海水里，是唯一能发出温暖光芒的东西。在神奇光芒的照耀下，鱼族的任何动向都不能逃脱它的视野，因此尽管身体

庞大，这鱼王却能有效地管理治下的子民。人类中有一些胆大妄为而水性特别好的勇士，带着匕首潜入海里，图谋窃取这些精美的眼睛。他们在礁石上找到小憩的海酋，用匕首迅速划开它的下唇，掏出藏在其中的眼睛。趁着海酋忙于剧痛后的挣扎，盗眼者们努力冲破水流，浮出海面。”

“古人很有意思，这眼睛能有什么用，冒死去拿这眼睛？”

“你没有发现那眼睛很明亮吗？晋朝人崔豹在《古今注》中提到海酋的眼睛，他解释说，用小刀剖开肉球，里面是一个比拳头略小的白色石珠。把它养在水里，到了晚上就会放出淡红色的温暖光芒。有时候，人们将它称作‘夜明珠’。鱼王的另一神迹与龙略有相似之处。曾经目睹它真面目的人不约而同地提到鱼王出行时总是伴随着行云布雨的活动。于是人们认为，和龙王一样，在干旱的季节向鱼王乞求，也可以获得降水，缓解人世的灾祸。”

“那我拿到的那个东西是‘夜明珠’了？”启超说着便拿出鱼怪的眼睛，果然闪闪发光，很是漂亮，只是这哪里有拳头大小，最多也只是小孩子拳头。“可是这海酋本是海里的东西，怎么会出现在喀纳斯呢？”

困兽

小刘不假思索地说：“亚、非、欧、拉美洲的大陆上也都不乏古海陈迹，在18~19亿年以前，新疆只有一些岛屿散落在浩渺的亚洲古老大洋之中。距今5.7~8亿年间，塔里木和伊犁都出现了陆上冰川，后期又沉入水下成为浅海，塔里木还有过多次大规模的火山活动。5.7亿年后塔里木和伊犁形成广阔的陆表浅海，准噶尔古陆之间有深水大洋相隔。4.39亿年以后和西伯利亚拼连到一块儿，到3.75~4.09亿年时，阿尔泰与准噶尔分离了，准噶尔几乎是一片火海。3.23~3.55亿年间地壳又张开形成一个喷火大裂谷，将准噶尔和吐哈陆块分开。古特提斯海只到达塔里木周围和北疆东南部，新特提斯海主要分布在昆仑和喀拉昆仑，最北曾进入到塔里木盆地的库车地区。在这数十亿年漫长的沧桑演变之中，经过多次反复，形成了如今的地质。我想喀纳斯湖所在地曾经也是一片海域，然而大海离去之后，有些鱼种没来得及逃跑，就造成了‘湖怪’，世界上许多湖泊都应该存在这种情况。”

说完这些话后，小刘也显得有些疲惫，他靠包坐下。可是不多时，他又站了起来，启超和孟宪明疑惑地问道：“你咋了？一会儿坐下，一会儿起来。”

小刘不好意思地说：“我刚听见我的包里有什么东西在叹息，很模糊，但是真的有。”

启超和孟宪明一听兴趣上来了，这话怪啦，刚遇见鱼王海酋，此刻包里有东西叹息，难道说我们杀的鱼王有魂吗？

“完了，孟夫子，我们又被鬼给盯上了。”启超在一边说。

“去你的鬼。什么时候了，你还在糊弄人，赶紧看看啊！”孟宪明说。

“我不看，要看你自己看！”

“我说启超，你小子能不能有点出息，这个时候了你当然要站出来，像个西北汉子啊，挺起胸膛，看看是什么。”孟宪明在一边怂恿道。

启超一按小刘的包，那包里装着一些海酋肉，此刻还有些软。没想到真的有叹息声。

“我靠，这里真的有叹息声啊！很清晰。”

孟宪明也试了一次，果不其然。三人赶紧将包里的肉拿出来，不断地翻找，在一块肉上找到一个黑色小虫，大拇指般长短，没有眼睛，看起来阴郁、恐怖。

小刘一看欣喜若狂地说：“这，这小家伙是，是胆兽啊！好东西啊！”

“什么胆兽？我怎么没听说过？”杨可馨这时说话了。

“胆兽不只是你们没见过，我也是第一次见到。”

“据说，胆兽藏匿在其他动物血液丰沛的下腹部，用一些白色黏稠的脉络固定在其他动物的脏器上。咬开任一器官的表皮，它就可以获得自己赖以维生的血液。由于长期湮没在寄主的血液中间，胆兽的表面呈现出一些血液氧化后的黑色，这令它们的捕捉者要在寄生者庞大的腹部，穿越错综复杂的肠道，躲闪来自肝脏的血流的袭击。虽然如此，胆兽们却依然执意给寻找者制造更大的麻烦，它们在肺泡丛林里东躲西藏，或者把自己伪装成筋腱，在肌肉里暂时栖身。唐人段成式撰写的

《酉阳杂俎》里如此形容胆兽的这一活动：'随四时在四腿，春在首，夏在腹，秋在左足，冬在右足。'中国的历代史书中也不乏某大臣因为适时成功捕获了胆兽，解救了皇帝的恶疾而得到赏赐的记载。关于胆兽的叫声，有两种不同的说法，根据《淮南子》的记载，将捕捉到的胆兽投到滚烫的铜板上，它会发出牛吼一样的鸣叫。另一种说法是，在被捕捉到的一刹那，胆兽会吐出一滴墨绿色的汁液，并且发出一声轻微的叹息。根据后一种说法，胆兽又被称作'叹息兽'。"

"原来如此，小刘你真是见多识广。"孟宪明说。

"其实我也不是见多识广，只是偶尔读读书，加上常年的野外生存训练……"说到这里小刘停了下来。

"咋了？"

"没什么。"

"我们这么长时间了，吴教授光介绍称呼你小刘，我们还不知道你名字呢。"孟宪明帮腔地问。

"我叫刘学军。"

"学军，你有什么要隐瞒的，咱们都出生入死的人啦，还怕什么。"启超说。

"其实，我也不想隐瞒，只是吴教授坚决要求不让我说。"

"既然是导师这样说了，那不说自然有他的道理。"

"你们太迂腐了，唯命是从，搞个人崇拜。什么导师说的就自然有他的道理，我看就没什么道理。不想让人家小刘融入我们团队，孤立人家，用心叵测啊！"

"你小子忘记是谁同意让你来的了，此时过河拆桥。"

原地休息了半个小时之后，四人恢复了一些体力。将电池统一在一起，还可以够用一天照明，唯一缺的就是食物，肉不多了。孟宪明认为这河里的鱼食用没有问题，小刘也这样觉得，唯一害怕的是杨可馨的伤，但是杨可馨表示自己没事。四人说了些打气的话后，开始前行。

这样四人沿着小河前进。这河水不深，两边有冲出的平地，可以走人。这个洞穴越走越大，越走越宽。大概走了两个小时，此时的洞穴走向开始呈斜坡状，一直向下延伸，这样四人又走了大约一个小时，感觉已经深入地底很深了。突然一个大型洞穴开阔了起来，并有不少亮光从上面投射下来。原来河水在这里汇集成一个面积不大的湖，而在湖那边又有一个更深的洞穴，看不到尽头。风从头顶上吹下来，四人抬头看见，这时应该接近黄昏了，没有阳光。树根在洞穴的顶部露出一些，像爪子，又像无主的鬼魂。

“这么高啊，这能上去吗？”启超看着头顶说，然后又盯着周围的环境问，“这地方可真的是地下王国，我们再往前走不会遇见什么蜥蜴人吧，别到时候成了人家的快餐。”

“蜥蜴人来了，还不知道我们是谁吃谁呢？”孟宪明说了一句，接着略带伤感地说，“不知道导师现在是不是很着急，这次出师不利，一下子丢了我们四个人，肯定要急死。”

“没事，孟夫子，你放心。老爷子这会儿正在水面上烤羊肉串，拿着啤酒乐呵呢，你不要害怕，还有哥们儿一帮子陪你，你不孤单。”

正在一边的小刘看着眼前的情形说：“这里肯定上不去，我们没有带攀岩设备，看来只能再往前走了。跟着风。”

启超冷笑一声：“好，跟着风，我们走。”

“我们休息一下吧，有点累了。”杨可馨轻声地说。

此时启超三个大男人才发现，原来他们都忘记了受伤的杨可馨。三人顿时觉得有些过意不去，因为这样一个受伤的姑娘，能这样默默地坚持着很不易，此时说累了，肯定是已经达到了身体的极限。

启超赶紧过去扶住杨可馨，说：“不行就别逞强啊！这么多年，还是倔犟得很！”

“你还不了解我吗？说这些没有用。”杨可馨低语道。

“也是，说多了都是废话。行了，不劝你，赶紧坐下休息一会儿，看看要不要吃点什么？”

“我不饿，就想歇一会儿。”

四人沉默着，只听见小河水哗哗地响，也许是对前途的担忧，也许是为了保持体力，不管是为了什么，四人此时一下子静了下来。

在这里休息了半个小时。刘学军开口：“咱们出发吧，启超，你就帮忙照顾照顾小杨。”

启超点点头。四人又接着向前走。绕湖来到这湖水的出口，又进入一个不大的洞穴。这个洞穴似乎比之前更加黑暗，伸手不见五指，此时只有一盏灯在刘学军手里，其他三人只能看着那个灯光行进，其他的都看不清。

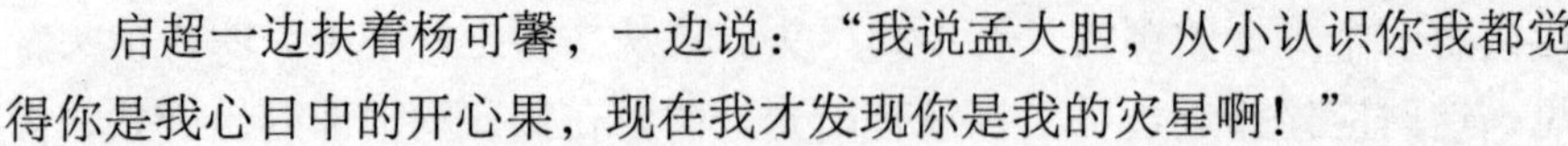

启超一边扶着杨可馨，一边说：“我说孟大胆，从小认识你我都觉得你是我心目中的开心果，现在我才发现你是我的灾星啊！”

孟宪明边走，边问了一句：“我怎么突然间成了你的灾星？你变得够快。”

“你说，我自从跟你在一起之后，先是在墓中差点送了命，后是中邪做噩梦，今天，你看看，今天我们就跟在地下生活的人一般。”

“不让你来吧，你哭着喊着要来。现在又怪到我身上。你无理取闹嘛！”孟宪明反驳。

“你们伶牙俐齿，我说不过啊！”

第十四章 地下长城

Chapter fourteen

联想坎儿井

此时正在湖面的吴卫国几人已经等的非常着急，这么长时间也不见四人出现，心里早已是七上八下。

“吴教授，放心吧！不会出什么事的！”旻斌劝解道。

“也不知道叶尔兰那边有什么情况没？”

此时叶尔兰正正坐在一艘快艇上，在湖面上寻找这些人的下落，已经绕着湖转了三圈，依旧不见踪影。

正当叶尔兰犯愁的时候，湖面上传来游客尖叫声。

“有血！好多血啊！”

叶尔兰赶紧过去，发现湖面也不知道是什么原因，居然出现了一片血迹，其中还夹杂着一些布片。

叶尔兰心中大感不妙，难道是出事了。

这时在观鱼亭一直静静观察动向的两个外国人，也发现了情况，他们并不知道发生了什么事，但是从血迹判断出来，在水下肯定有过战斗，说不定也出现了伤亡。

他们赶紧将这事报告给哈肯，哈肯也不知道该如何是好。刚铺展开的大网，似乎一下子就破了一个洞，这让他很着急。

一向谨慎的哈肯，这次有些慌张了。等待了这么久，终于有的一点

线索似乎也要断了，如果这个杨可馨出什么问题，那岂不是要前功尽弃。

哈肯安排俩人继续监视，自己静静地坐在沙发上，慢慢地思考，他要做好最坏的打算。

想好接下来该如何办，哈肯先给佑哲闵打了一个电话，告诉具体的情况，然后安排如果杨可馨出现什么问题，他必须进入这个考察团，不能因为一个人的死亡而坏了大计划。

佑哲闵表示同意。

接着哈肯联系了聂疯子，聂疯子告诉哈肯自己已经在北京，收集到一些材料，并在联系自己以前的朋友。

聂疯子的讯息也就是这么多，他并不想让人知道的太多。哈肯知道，聂疯子现在是自己手里最隐秘的一张牌，不能让其轻易动，如果动，必须一招致命。

现在他只能等，继续等。

启超看着眼前的景象，神秘地问道："我说孟夫子，你看眼前这地方像哪儿？"

"还请启老师指导，学生笨拙。"

"你看这里像不像坎儿井？"启超提醒。

孟宪明看了看周围的情况，脑海中想到坎儿井是把盆地丰富的地下潜流水，通过人工开凿的地下渠道，引上地面灌溉使用的。坎儿井由竖井、暗渠、明渠、涝坝（积水潭）四部分组成，在盆地边缘由高向低打若干口立井，再将立井逐次从地下挖通串联，水便从地下引出地表。

孟宪明想了一会儿说："这特别像坎儿井啊！"

"没错！"

"不对，我突然觉得这地方不对！"孟宪明说。

刘学军停住，看着孟宪明说："什么叫不对？"

孟宪明脑海中突然冒出一个想法，难道这地下的小河是人工开凿出来的？不可能啊，什么人要花费这么大的力气去弄一条小河呢！

"没有道理，绝对没有道理。"孟宪明自言自语。

"什么没有道理？你能不能一次说完？"启超问道。

"如果这真的是人工开凿出来的，那要花费多少年啊。这工程的巨大，虽然说比不上长城，那也是地下长城啊！"孟宪明感叹。

“我也是随口一说，这儿有点像坎儿井，没想到你小子就能联想那么多，太没意思了。看来以后不能和你说话。”

正在这时，杨可馨来了兴趣：“宪明，给我讲讲那个坎儿井吧。我虽然知道这东西，却没见过。”

“早在2000年前，坎儿井就已经出现了。《史记·河渠书》和《汉书·沟洫志》均有对坎儿井的说明，《史记》中把它称为‘井渠’。但最早的记录是在春秋战国时期，《庄子·秋水篇》中就有‘子独不闻夫坎井之蛙乎’之说。其实孟大胆忘记了一条，坎儿井其实不是井，这是最重要的一点。”启超郑重其事。

“不是井？”杨可馨反问道。

孟宪明赶紧补充：“没错，不是井。它是一个饮水工程，使用地下暗渠输水，不受季节、风沙影响，蒸发量小，流量稳定。”

“这坎儿井可是与长城、大运河齐名为中国古代三大杰出工程，虽然现在知道的人不多，但是很著名。可馨，你那时候学习太刻苦，没去看，等有时间了去看看。”

“那你是不是陪我去？”杨可馨反问，然后睁着已经有些疲惫的眼睛看着启超。而在旁边的刘学军和孟宪明睁大了双眼，惊讶地看着两人。孟宪明一直觉得很奇怪，这两人说话咋感觉有股味道，很奇怪的味道。

“我看可以，就让启超跟着你去，带你去看看。”孟宪明说。

而在一边的启超道：“我还要去陪我女朋友呢，不陪她她会吃了我的。”

孟宪明一听这家伙居然还隐藏着这么一手：“你什么时候有女朋友了？我咋不知道，你快点告诉我，是哪家姑娘瞎了眼看上你了？”

“我的事情要向你通报啊？”

“行，你小子太狠了。这事情你等着，我回去收拾你！”

“没有就没有嘛，还在这装什么？我还不了解你，死要面子活受罪，况且我没说一定要让你去。”杨可馨推了一把启超说。

然后杨可馨说：“我看到国外的考古书籍上记载，坎儿井是起源于古波斯的，不知道是不是这样。”

孟宪明赶紧打住说：“这话在我跟前说说就行了，别在教授跟前说。他从来不这样认为，因为现在人们相信波斯地下暗渠起于公元前

800年，却没有认真研究中国史籍中有关坎儿井的记述，不无偏废之嫌。”

“难道很多古书上还记载了现在的坎儿井？”启超凑到孟宪明跟前问，顺手又扶了一把杨可馨，杨可馨试着扭了扭，但是很难摆脱启超，只好顺从了。

“其他的记载都比较模糊。然而司马迁《史记·五帝本纪》云：‘瞽叟又使舜穿井，舜穿井为匿空旁出。舜既入深，瞽叟与象共下土实井。舜从匿空出去。’舜穿井时，就挖了一条从旁出的‘匿空’也就是我们平常说的地道，这与坎儿井的挖掘方法极其相似。如果‘匿空’为水平地道，就是坎儿井，这是公元前21世纪的史迹，比传说波斯于公元前8世纪有坎儿井要早1000多年。”

杨可馨不以为然：“那还是比较模糊，也只是现在人的推测！我看也不足信，很多事情不能靠这样模糊的文字，外国人考古比较实在，喜欢钻牛角尖。”

“你这些年没学别的，专门学外国人怎么推翻咱们中国的考古研究了，我看以后别出外国学习，还是在国内考古吧。960万平方公里的国土，随便一把土，都比外国人的上帝久远。”启超说。

“你这人属于典型的愤青，应该勇于去接受国外的先进考古经验和技术，这才是我出国留学的原因。哪像你想象的那样？”杨可馨气愤地说，然后又是一阵激烈的咳嗽。

“我没有想象啊！你这人太容易激动了，如果能平心静气一些，或许会对伤病有好处。”启超边拍杨可馨的背，边说。

“好了，几位专家，咱们也讨论完了，上路吧？”刘学军在一边冷冷地说。

孟宪明看了杨可馨一眼：“要不再休息一会儿？我看你状态不太好！”

“哼，我再怎么差，也比你们这些逞口舌之快的大男人们强，走！早点出去，把你们的事告诉教授。”杨可馨看着启超和孟宪明。

“看吧，我给你说了女人惹不起，你不信！”启超看了看正生气的杨可馨对孟宪明说，“我就知道，你们准备把我挤走！”

“我可没说哦，还有，你什么时候给我说女人惹不起了？”

“行了，你们俩别在那儿演戏了。咱们赶紧走吧。”说着杨可馨就和刘学军向前面走去，留下启超和孟宪明两个人在那里惊讶着。

“女人啊！”

“我也不想得罪她，我这大学同学，唉！”

孟宪明和启超跟在后面，在黑暗中像两个隐形人。孟宪明凑到启超跟前轻声问：“我咋觉得你们俩不像同学那么简单？”

“我们俩就是同学，真的！别这么八卦好不好，将我对你的美好印象保留一点点！”

“不对，以我对你这小子的了解，你肯定和这位杨美女有点什么，说不定曾经在大学有段恋情。”

听到“大学恋情”四个字时，启超身子一颤，他不知道该说什么。

“孟夫子，别在那猜测了。赶紧想想咱们要怎么出去吧，作为总指挥，你带着我们进到这个人鬼不知的地方，是犯了很大的错误，你还是想想自己的后事吧。”启超转移话题。

“我怎么了，这也不是我想看到的结果。”孟宪明狡辩。

四人就这样吵来吵去在地下暗道里走了一个多小时，突然刘学军说：“听，前面有水声。”

启超三人侧耳听到很强烈的流水声。

“难道前面有落差？”

“这么大的水声，应该是地下瀑布。”孟宪明解释说。

“地下跟地上除了没有植物，没有人，我看都差不多了。”

“谁说没有人！”孟宪明反问，“我们不是吗？”

越往外面走，流水从高处落入低处水潭激起的水声，越发明显。似乎有千军万马在沙地上奔跑着，嘶鸣着。

瀑布命名

大约又往前走了十几分钟，这地洞突然开阔起来了，周围一下子清爽了许多，只见眼前一片黑暗，似乎有雾气沸腾而上。此时借唯一的光源一看，四人明白，眼前是一个巨大的深坑，坑的面积很大，这河水在这里形成一个小瀑布，落差有十来米。眼前这巨坑好像是谁故意将里面的泥土去掉一半，又好比是一颗巨大的石球将地上硬生生地砸出一个坑。

看着眼前这巨大的雾气和瀑布，启超说道："大自然之力真是无穷尽啊，居然在这地下有个如此的世外桃源。如果这瀑布在外面，我觉得应该又是一个风景区吧。"

"这瀑布真漂亮。"杨可馨指着眼前的瀑布说。

"这可是我们发现的瀑布啊，我说孟夫子咱们给这瀑布起个名字吧，也算是苦中作乐。"

孟宪明看着瀑布说："就叫它'暗河瀑布'吧，听起来很有气势，也符合现在的情景嘛。"

"'暗河瀑布'多俗的名字，这样吧，就按照国际惯例，以发现者名字命名，叫'启超瀑布'，诸位看如何啊？"启超自豪地说。

刘学军、孟宪明和脸色煞白的杨可馨听着启超将瀑布以自己的名字命名，各自摇了摇头。

刘学军抬头说："我一贯不与人争，可是启超，这次我要说说你。什么叫你是发现者，我们三个是干什么的啊？"

"那你们说，你们自己看，这瀑布叫什么名字？我不和你们争了，行不？只要觉得合适我举双手！"

刘学军看了看瀑布说："你看这瀑布在这里，不知道多少年了，一直默默无闻，忍受寂寞，也许见过的就我们几个人，所以我觉得应该叫'启军明馨'瀑布，这样子我们都加进去了。"

"这名字不错。"孟宪明说。

"我就是一粗人，别夸我了！"刘学军不好意思地说。

"那就这样通过了。"孟宪明说着，拿出小刀子找了一块平滑的石头，在上面刻写"启军明馨"瀑布四个字，随后在下面又用刀子刻上："孟宪明题"。

启超看着孟宪明刻完字，挖苦道："就你这字，别在后代跟前丢我们的脸了，还不如我那两笔呢。"

"这你就不懂了吧。现在是写得差点，但在几百年后被人发现时你们早就作古了，谁能知道我这字很差啊！别的地方我不敢留字，害怕罚款，这地方我留字谁管得着吗？"孟宪明在一边高声说。

"行，这次你抢先了。我不和你争，留着力气还要赶路呢。"

在一边查看瀑布水深的刘学军说："我们没有绳子，看来只能豁出去了。"

刘学军拿起一块小石头，扔进坑内的积水，这才发现，水很深。查看完情况后，小刘纵身跳入这瀑布下的水中，然后迅速地游到岸边，启超等人见状，也依此跳下。

这时才发现这巨坑面积相当大，灯光根本看不见远处。头顶居然还有高低不平的钟乳石，这让四人大饱眼福。

杨可馨由于受伤，脸色有些苍白，要求休息一会儿。启超三人给她打开一盏灯，查看了一下周边情况后，并没有什么危险。孟宪明从河边找来一些树根，生了火，刘学军拿出肉烤着，不时油滴在火上，美味很快勾起四人的食欲。

烤熟之后，四人边吃边说。

“现在估摸着已经到晚上了，我们要在这里过夜，柴火够我们取暖。这里的风很强烈，我觉得我们快到一个出口了。休息一会儿之后，我们就接着向前赶。”启超说。

“就是的！我们已经进来有一天了，再不出去教授估计要找救援队了。”孟宪明说。

“我们在这里越久，生还的希望越渺茫。况且，说不定七天一过，人家直接给个死无尸体，消了户，分了我的财产。等我们再出去就是黑户了，走哪哪不认！”启超开玩笑说。

孟宪明坚定地说：“要对咱们有信心。”

“我对我有信心，对你我可没那么大信心，不知道哪天没吃的了你一狠心，先把我给生吃了，也说不定。”

“吃你没味道，我还是喜欢这小河里的小鱼小虾。”

“既然如此，到时候没吃的了我先把你吃了，然后再把刘学军吃了，再然后……”启超看着杨可馨，不知道说什么了。

“再然后就剩下你和小杨，不会在这里发生点什么吧。难道要在这里造小人？隐匿起来？！”孟宪明打趣。

“孟大胆，你能不能不这么低俗，有点素质行不行？人家一小姑娘，你就这样说话，看看你！”

此时坐在地上休息的杨可馨苍白的脸上有些泛红：“没事，大家都是开玩笑而已，苦中作乐。”杨可馨越说声音越小，似乎已经有昏过去的感觉。

启超喊了一声“杨可馨”，可是没有回答，忙过去查看。此时杨可

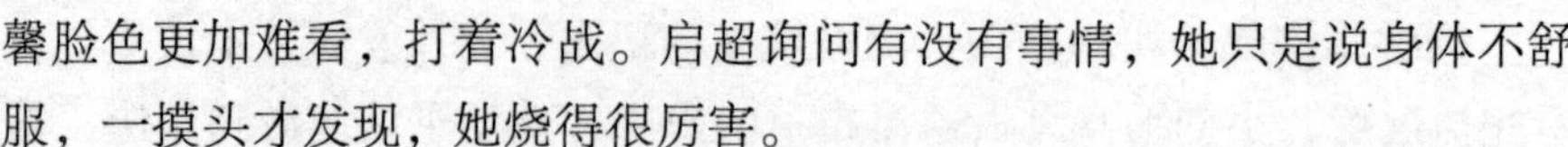

馨脸色更加难看，打着冷战。启超询问有没有事情，她只是说身体不舒服，一摸头才发现，她烧得很厉害。

“都烧成这样了还说没事！快看看有没有什么药？”启超大惊。

刘学军赶紧说：“没有，我们下来哪里带药啊，谁能知道有这样的事情。这可怎么办？这样一直烧下去，不会出什么事情吧？”

“没事的，我休息一会儿应该就好了。”杨可馨说着似乎就要睡过去了。

这让启超三人很为难，不知道如何是好，只能先让她休息一会儿。或许是在洞穴走的时间久了，加上风吹，此刻有了火之后，启超三人也很快迷迷糊糊地睡着了。

三人睡下不久，巨坑尽头散乱的巨石背后，突然有物体动了起来。那石头并不是很大，背后似乎是有什么东西一般，随着挪移，石头向旁边移去，露出一只幽蓝的眼睛，不断地打量着启超等人休息的火堆，看了许久。似乎已经明白启超等人熟睡，这才从岩石背后出来，紧随其后的是一只只幽蓝的眼睛。原来这岩石背后居然有一个只容一人进出的洞穴。

只听见其中一个叽哩吐噜的在那里说着什么。

随后出来的那位在黑暗中也说着什么。

这两个人四处打量了一下，发现没有什么动静，其中一人悄悄的走到火堆旁，点燃了不知道是什么东西，分别在四人鼻子上一熏，四人似乎一下子睡得更沉了。

此时，启超正在梦中被一群不知从哪里出现的鸟追杀，这些鸟的嘴巴完整，爪子上带着铁做的利爪，在梦境中散发着黑光，启超一边跑一边朝这些鸟飞来的方向看去，正当他要回头时，突然觉得一股淡淡的幽香进入梦境。紧接着陷入沉沉深渊，此后就没了感觉。

看这边已经得手，那些人形生物从黑暗中走了出来。在篝火前才发现，原来刚从洞穴走出来的也是人。只是这些人穿着兽皮，有人手拿弓箭，有人手拿鱼叉，头发很长，没有穿鞋，身材魁梧。让人惊讶的是，他们不是一个眼睛，而是三个眼睛，有点像《封神榜》里的杨戬。

地下人类

凉风习习，柴火燃烧的劈啪声使启超从沉睡中慢慢地苏醒过来。然而，眼前的情况却让他不知所措。在睡觉前启超记得是在一个巨坑内，而且有个不大不小的湖，此刻眼前是一个十来平米的小洞穴，洞穴口被胳膊粗的木头做成栅栏状。洞内石头黝黑，散发着霉味。在地上有一些枯草铺就的床位，篝火在不远处马上就要烧完。孟宪明和刘学军此刻还躺在枯草上呼呼大睡，而杨可馨早已不见踪影。

启超使劲推醒孟宪明和刘学军，两人睡眼蒙眬，努力睁开眼睛。刘学军警觉地问道："这里不对，这不是我们睡觉前的地方。"

"是啊，启超，这里确实不是我们待过的地方，可是我们怎么会被移动到这里。"孟宪明在一边揉着头说。他感觉头被风吹得有点晕，有点疼。

"不对！我们好像，好像中了迷魂药，要不然我们不至于睡得这么死，连别人移动我们都没发现，绝对有蹊跷。"刘学军大喊。

"怎么会这样，这洞穴之中居然还有另外的人。"启超说。

"这不可能。这样的洞穴完全不适合人类居住，怎么可能有人呢？"孟宪明在一边反驳。

"什么叫不适合人类居住，眼前这不明摆着的吗，我觉得危险似乎离我们越来越近了。"

孟宪明一听启超这话，赶紧跑到那些木桩子前查看。孟宪明看着那些囚禁他们的木桩子，越看越觉得奇怪。这些木桩子两头似乎被利器削过，死死地攮进洞穴口的两边。在这些木桩上有一个刚好容一个人弯着腰进入的门，门上有铁链，铁链上挂着一把有些生锈的锁子，但是孟宪明看了半天也想不起这种锁子现代人谁会使用。

"这……这些……"孟宪明一时语塞。

"现在知道了吧，我们被当成入侵者了，现在被人家抓起来啦。我估计咱们现在所待的地方就是他们的监狱吧。"启超看着周围的情况说。

"这监狱可够破的。"躺在一边一直看着孟宪明着急的刘学军说，"这样的木头桩子其实好对付，主要是这里到底是什么人或者说是什么

物种将我们抓起来了。这才是我们值得推敲的事。”

“学军说的对，我们现在是在明处，连抓我们的人是谁都不知道。说不定人家是害怕我们带了什么疾病啊，先把我们在这儿关关，看看情况。过几天把我们放出去，有酒有肉，甚至有窈窕淑女相伴也不一定。”

“这下子可如何是好呢！”孟宪明带着悲伤之情说。

“我说孟大胆，你现在都进来了还悲伤个屁，别在那搞得一副苦大仇深的样子。”

“可是小杨不在了啊，是不是被抓去当压寨夫人了。”孟宪明突然说。

“你能不能搞点正常人类思维的东西。比如杨可馨是被带走治疗去了，你这样的岂不是乱了我们的阵脚！”

正说着呢，一个十五六岁的小孩子端着一些吃的来到门前，他一看见这三人醒过来了，放下吃的转身就跑。虽然这孩子来得快走得也快，三人没有特别观察，但是那孩子奇怪的眼睛让三人惊讶不已。

“小孩，别跑。叔叔这有糖给你吃。”一看到这孩子跑掉，启超大骂，“我长得像坏人吗？你跑得跟兔子一样快！臭小子！”

“小启，别喊了。”此时刘学军开口说，“你发现那孩子有什么不同没有？”

“没有，好像也是两条腿，两只胳膊，一个头啊！”

“没错。我看抓我们来的也是人，只是隐居在这里许久了，不为人知。”刘学军说。

“孟大胆，你现在看见了。你别害怕。”

这时，启超看到端来的吃的有不知道是什么动物肉的肉干，还有三个面饼，三碗水。三人一看吃的，顿时觉得饿了。从洞穴口将吃的拉进来，边吃边想，这到底是什么人？洞穴人，原始人？

“这里太神秘了，完全打断了我的常识性思考啊！这种事情也只有在电影里出现！”启超边吃边开玩笑说。

“这么多年来，也只有这段时间最让我记忆犹新，太多事情冲击我们了！”孟宪明自从看到那个小孩之后，心里一下子舒服多了。

“是祸是福我们也只能是走一步看一步了，宪明，别多想。说不定你在这里能有重大发现也不一定啊！”刘学军宽慰道。

“嗯！但愿我们能有机会吧，如果真的能有什么发现，说不定还真是个好事呢！”孟宪明看着刘学军说。

刘学军一看启超在那乐呵呵地笑着说：“好了，大家的斗志都回来了，我们吃饱喝足，等着接下来的事情吧。”

刚吃完饭，只听见不远处有一些杂乱的脚步声向这边传来，似乎人很多。

不一会儿，这些人就站在了这个简易牢房前。只见这些来人有老有小，有男有女，皆是兽皮裹身，身材魁梧。让三人惊讶的是，这些人都是三只眼睛，其中两个正常的人类眼睛与平常人无异，不断地一合一开。让人感叹的是在额头正中央的那一颗眼睛，眼珠子清晰，仿佛是一颗镶嵌在那里的宝石，光灿灿的。这些人表情怪异，看着木桩子后面的三人，似乎在看动物园里的猩猩。

第十五章 被捕独日国

Chapter fifteen

大地之心

三人顿时被这么一群人围拢着，显得有些不知所措。这些人也同样惊讶地看着他们，启超三人觉得心里一阵阵地发颤，第一次被这样的眼神观察，觉得很不习惯。启超发现自己身上的鸡皮疙瘩已经出来了，这些人开口说个话也好啊。

双方沉默了几分钟，启超觉得似乎过了一年。这时只见从人群中走出一个魁梧的大汉，身高有两米，胸肌发达，两眼炯炯有光，身上背着一把弓箭，腰上有一把弯刀。他看了看背后的族人，又看了看木桩子里囚禁的三人，开口对三人说："你们是什么人，来这里做什么？"

孟宪明三人一听来人说话，顿时心中一惊！天啊！这人居然说的是汉语，虽然有些发音好像带着点比较奇怪的口音，但是这的确是汉语啊？难道这些人和自己属于同一个民族，这一切太匪夷所思了。

孟宪明抬头看了看启超，又看了看刘学军，俩人脸上写满了惊讶之情，看来这一幕来的太突然，他们根本无法接受眼前这个现实。

"你们快点说，是怎么来这里的？为何要来这里？"那大汉似乎是急了。

孟宪明从这人说话的口气里明显的听出不耐烦。先是理了理思绪，然后说："我们也不知道自己是怎么进来的，这要问你们，我们没有得罪你们，怎么会到这里来呢？"

那人似乎也不知道该怎么回答，转而问："在这里你们还这么狡辩，说你们到底是从哪里来的？"

启超看孟宪明也没话说了，忙答道："我们来自外面的一个国家，无意之间来到这里，打扰你们了。不知道这里是什么地方？"

大汉听完，说了一串启超完全听不懂的话，启超求助地看向孟宪明。

"大地之心。地狱之上，天神之下。"孟宪明听完那人的回答翻译道。

"原来是这么个地方啊。"启超接着问，"可随我们来的还有一位小姑娘，不知道你们见到没？还有我们的随身物品，不知道能不能给我们？"

"和你们一起来的那个小姑娘，族长发现有很重的伤势，将她另外安置，你们放心吧。至于随身携带的物品，这时就可还给你们。"那大汉对背后一人叽里咕噜地说了几句悄悄话，那人就转身出去，不多时提着三人的包袱来到大汉面前，大汉将包袱送了进来。

"你们的东西都在这里，你们看看有没有少的。"那大汉说。

启超打开一看，三人的物品还算完整，看来这些人很讲道德，起码对他们的包很认真。这时启超想起他们在湖底获得的海酋眼睛，说不定将这眼睛献出来，能获得一点信任。

启超开口问："冒昧地问一下，你们是什么人？"

"我们是独目族。"

"什么？这里是独目国？！"孟宪明惊讶地问。

刘学军也显得有些惊讶，但是他更多的考虑四个人的安全，问道："那你们打算如何处置我们？"

那大汉似乎也不知道该如何回答，说："这个问题还要等一等。"

启超一看三人明显有点过度紧张，忙说道："初来乍到，我们没有带什么礼物，这里有一个宝石，请您交给国王。"说着启超从包里拿出那个小孩拳头大小的鱼王眼睛，此刻这眼睛比之前更加闪亮，在手中把玩有一种滑腻感，非常舒服。

外面的人都被眼前的这个珠子吸引了，不时地发出赞叹声和惊讶声。启超一听这些声音，心里已经明白许多，看来独目族人已经被眼前的这个东西深深地打动了，独目国国王看到它也必定心情大悦，他们三人被释放的机会就会变得大多了。

但眼前这些人包括那带刀的大汉却不敢伸手去拿这珠子。启超不免有些疑惑地问："你们不喜欢这个珠子吗？这可是我好不容易从水里得

到的，送给国王，希望他能笑纳。”

那大汉听完启超的话，颤抖地说：“这个圣珠太宝贵了，我们……我们不……不敢，不敢接，请您收起来。”

“什么圣珠啊，不就是很普通的一个会发光的眼睛吗？真是可笑，又不是给你们的，这是给尊贵的国王殿下的。”启超听完气呼呼地说。

“这圣珠要等族长来决定。”

启超听后心想，这珠子不就是一个鱼王的眼睛吗？那湖里还有好多呢，下去随便杀两个不就是了？怎么突然就成了“圣珠”？

那大汉说完这话，就转身离去，紧接着那些人都很有秩序地从启超三人眼前离去了。

“看来，我们三个还要被关在这里，也不知道吴教授他们怎么样了，估计这么长时间没有我们的消息，他肯定急死了。说不定组织人开始寻找我们了。”启超说。

“先不用去想那些事情。启超，你有没有觉得很奇怪，这里的人居然操一口汉语。”孟宪明回过神来。

“这也是给我最惊讶的事情，这一点我们一定要弄清楚，要不然出去给别人说，别人也一定不相信。”

“必须弄清楚，难道这里住的是古人，就好比桃花源里的那些人？可是也不可能啊，他们怎么会说汉语呢？”刘学军不解地问。

“学军你也许不了解，汉语作为一个非常古老的语种，其存在时间到现在还无法确定。我们现在所使用的文字据传说是皇帝的手下发明的。如果这样说的话，那时候人们有可能说的是普通话，而且会书写，只是没有形成系统。在以前的西域，汉语可是作为官方语言的啊！这从楼兰、精绝以及遍布新疆各地的考古中发掘出的一些官吏书信上可以证实。”

“我想问问你呢，孟夫子，古人难道说话不是之乎者也吗？怎么一上来就和我们说话差不多啊？”启超也说出了自己的疑问。

“现代剧里面，很多都是穿古代的服装，讲现代人的语言，固然不免让人笑话；反之，以为古人说话必是之乎者也，那也大错。其实，上溯相当遥远的年代，古人说话，倘非故意要显示自己是读书种子，而大冒酸气，其实他们与今天的说话方式，大体是相差不多的，所以你是多虑了。”孟宪明解释道。

刘学军分析说：“看情况我们现在虽然被关着，但是应该不会有生命危险，起码是不会立即将我们解决掉。”

“我觉得也是，从他们对我们的态度来看，这里的人似乎很善良。”启超说。

“这里是独目国，我刚想起来，你们难道不记得我们下到湖里是来找什么的吗？我们要找的第一份图就在独目族手里啊，现在我们离真相很近了，所以要坚持。”孟宪明提提神说。

“对，这一点现在可以确定了。”

此时在不远处的一个亮堂的洞穴里，一个头发胡子花白的老者坐在一张椅子上低头查看着杨可馨的病情，旁边站着一个十八九岁的小姑娘，正在上上下下打量着杨可馨的模样，似乎很好奇。这时和启超对话的壮汉从洞外走了进来。

只见这壮汉恭敬地向老者用哈萨克语汇报说：“族长，那些来人带着‘圣珠’”。

“飓风，你真的确定那是‘圣珠’？”这位被称为族长的老者也惊讶道。

“是的！千真万确。”还有一点他们居然和我们说话方式一模一样，这一点我百思不得其解。”飓风说的认真。

“看来这些人是我们的故人啊！”老者神秘的一笑，“看来，老族长留下的谜底已经到了该揭开的时候了。”

“难道老族长还留下什么遗言了吗？”飓风问。

那位族长从椅子上起身，示意旁边的女孩子照顾杨可馨，然后走了出来。长长地叹了一口气说：“凡事都讲究个缘分，这些外来人缘分到了，我们就要面对，何必问那些已经成过去的事情呢？”

秘境

夜晚降临，此时已经有人为启超三人打起了火，吃过晚饭。洞穴外的风不大，但是能听见风吹过各种缝隙发出的“呜呜”声，不远处可以听见歌声和吆喝声，从回声可以判断出，这是一个很大的洞穴，在洞穴内部应该还有一些小洞穴，这样才能引起回声。

“我们不能就这样一直被关在这里吧，要不然吴教授那边肯定要出事，别等我们一两年后出去了，早被当成亡者对待，说不定国家已经给

我们搞过追悼会，然后我们回去了。”启超开玩笑说。

孟宪明苦着脸说：“启超你说得对，你鬼点子也多，你赶紧想想法子。真的在这里被囚禁着，也不是个事，起码也要出去考察考察。”

“什么叫我鬼点子多，我不行。我们现在要想法子出去啊！在这样下去，我真的会憋出毛病的！”启超说。

“那你的意思是什么？”

“你觉得这些烂木头能拦得住我们吗，实在不行我们就硬来，冲出去，起码也要知道一些真相吧。”

此刻刘学军在一边看着外面的情况说：“不行我们就冲出去。”只见他边说，边从包里拿出一把92式手枪，装好子弹插在腰间。

启超和孟宪明越看越傻眼，不知道说什么好。启超看着刘学军收拾好枪后低声问道：“你到底是做什么的？怎么会配备枪？”此时孟宪明也很急迫地想得到一个明确的答案。

刘学军长叹一口气说：“到这份上了，我也不瞒着你们两个了。我是中国陆军部队西北集团军利虎特种兵大队副大队长。这次来一是我一直热衷于收集各种野生植物标本，刚好也可以熟悉一下新疆这边的环境，为我们以后训练提供第一手的资料，二是组织上交代保护好你们和你们的发现。”

“我们的发现现在就在眼前，看你怎么保护，哈哈！”启超在一边说。

“现在问题是看他们如何对待我们了，如果真的要杀我们灭口，那我只好狠心给他们点厉害了。”

“这样不好。不管他们是什么人，他们也是我们的同胞，起码是隐匿起来的同胞，用杀戮不好。”孟宪明说。

“小刘同志，你的出发点是好的，可是你这个行为有些过激。此时此刻我手里有他们所惧怕的‘圣珠’，我觉得应该不会到动刀动枪的份上。如果真到那份上，我也希望你只是朝天鸣枪，威慑一下。真发生流血事件，我们不一定能从这里逃出去，况且我们有人质在他们手上啊！”启超也劝小刘冷静。

“行，我听你们的。”刘学军说。

此时启超和孟宪明才从刘学军口中得知，当时吴卫国将发现昆仑国的事情报告国家相关部门后，相关部门非常重视，要求在保密的情况下组织最少的人，最精干的力量将史前的昆仑国发掘出来。与此同时，又要求部队给予支持和保护，所以刘学军就被秘密地派往这个考古队，并成为了其中的一分子。

简单说完情况后，刘学军说："现在的情况是我们根本不了解外面在发生什么。从这些人的穿着和武器来看，应该属于原始人。"

"不是原始人，"没等刘学军说完话，孟宪明说，"难道这里真的是独目王国，难道在我们生活的土地之下真的存在着更多的文明吗？看来眼前的这些问题必须让我们重新作一次思考，重新审视一下生活环境啊。"

"难道这里真的是咱们之前说的那个民族？我有点不太相信啊，孟夫子，我掐你一下吧，看是不是做梦。"启超说着就做出要掐人状，然而孟宪明似乎根本就没有看见启超这个动作，也没有躲。

"哎呀！启超，你丫脑子抽了是不是？掐我干什么？"孟宪明大喊一声，忙揉着大腿。

"孟大胆，我刚才给你打过招呼说要掐你，可是你不理我啊。我只好自己动手，你不信可以问一下刘学军，他在一边听着呢。"

刘学军没理会他俩，他此刻正沉于思考，自言自语般地提出疑问："难道眼前看到的这独目人和记载的三千多年前的一样？"

孟宪明接口道："这独目人看来真的有些门道啊！"当年阿利斯铁阿斯的访问路线先是伊塞顿人，然后是独目人，再后是格里芬人，最后是希波伯里安人，也就是西伯利亚人。据专家分析，汉代塔里木盆地东南的伊循城得名于希腊史料的伊塞顿，既然伊塞顿人也是游牧部落，那么他们的牧场就应该在阿尔泰以南、天山以北的草原地区。上古奇书《山海经》，以中国为中心，以八卦方式来定位，真实记载了远古自然与文明状况。其《海外北经》、《海内北经》及《大荒北经》都曾经提及'一目国'和'一目民'，所谓'有人一目，当面中生'。至今维吾尔族、哈萨克族、柯尔克孜族、乌孜别克族和图瓦人等都有'独目人'传说，其中心区域即阿尔泰山区。至于今天我们看见的三只眼的人应该就是独目人无疑，只是当年有人在记载的过程中只记载了一个眼睛，甚至有可能是那位记载者按照独目人的要求，记载成只拥有一个眼睛的人类。如今我们看到，这个独目国人的眼睛都是三只眼，而另外一个眼睛肯定是人为做成的，代表某种崇拜。"

“其实你错了，宪明，我们现在应该就是在昆仑山的区域，只是古人和现代人对昆仑的概念有巨大的差别。”启超插话进来。

几个人越说越激动，在他们看来这独目人肯定有着非常特别的崇拜。

三人就这样聊着聊着，许久之后才睡下。

睡下不久，孟宪明觉得有人在使劲地推他，他睁开眼睛第一眼看到的是一个在黑暗中闪闪发光的眼睛，那眼睛幽蓝至极，非常慑人。孟宪明吓了一跳，再看启超和刘学军，他们也都被眼前的景象惊呆了。

细看之下，孟宪明才发现原来站在眼前的这人是白天和他对话的那位壮汉，壮汉介绍自己名为飓风，是独目国的卫队长兼狩猎队队长。

飓风说：“现在要带你们离开这里，族长要见你们。”

孟宪明很不解地问：“你们这里不是独目国吗？怎么不是国王而是族长啊！”

“我们这里没有国王，只有族长。”飓风坚毅地说。随后启超三人被带出了洞穴，眼前的景象让三人震惊。

只见三人所在的地方是一个篮球场大小的平台，在旁边还有三个相同的洞穴，看来也是作为监狱一类的执法之地。这平台高出平地五米，有石阶通向平地，众人随着飓风步入平地。这里有空气流通，上面有光线进入。在平地放眼望去，大大小小各类洞穴有百多个，有些洞穴内部火光明亮，还不时传来阵阵歌声和喝彩声，有些洞穴漆黑如夜。此时站在这洞穴抬头向上看，只觉得有些晕眩，原来这洞穴不知位于哪座山的内部，洞穴似罐，越往上越小，只能隐隐约约看见一丝亮光，而且似有参天的树木在洞口阻挡。洞穴的顶部被各种各样的树根占有。

在众人所站位置的下面，那条莫名的小河依旧流淌着，水流缓慢，水中似有鱼虾，只是不太明显。在这巨大的山体内部洞穴正中央有一个巨大的祭台，石头垒成正方形堆在那里。这石头垒成的祭台高十米，占地百多平方米，祭台中央有一巨大石柱，石柱顶部有一个发着蓝色光芒的眼睛，在黑夜里像一个月亮。

启超暗自盘算，这个洞穴估计可能有40层楼高，1公里长。独目国所在的这个洞穴很可能有着世界上最大的地下走廊。而在时不时吹来的风中，启超还闻到了松脂和花香，他心想，难道在这洞穴中还有丛林？

“这多像一个真实的‘伊甸园’啊！不，这就是真实的！”启超心想。孟宪明和刘学军心中也是如此想法。这群人沿着石头铺成的小路向前走，这时三人才发现，原来这里的路四通八达，起点则都是那个祭台。这群人走过祭台时，独目族人仿佛抬头看向那个发光的“月亮”，而在那个“月亮”的照耀下这些人额前的第三只眼睛更加神秘。

这一群人径直来到一个巨大的洞穴前，飓风让众人先在这里等待，他进去通报。不一会儿他出来，带着启超三人步入巨洞。

祸根黄金

只见这洞穴的入口处有很多火把，照得四周通亮。进入洞穴内部，只见这里摆设简单，除了桌子椅子以外，别无其他，也没有所谓高高在上的龙椅。而在洞穴尽头的墙上刻着一个大大的眼睛，在火把下闪烁着黝黑的光。

此时已经有一位老者站在洞穴正中央等待着。只见这老者，脸色红润，胡子花白，身体虽然已显老态，但是依旧给人威严之感。除此之外和其他人并无区别。

飓风非常尊敬地对老者说：“族长，人我已经请过来了。”飓风说完这话后，孟宪明心里突然乐了，抓在监狱里不说，居然还在这里说是“请”过来的。

那老者似乎看出了三人的心思，用略带沙哑的哈萨克语说：“三位英雄，我是独目族族长薄暮，欢迎你们来这里，有什么不周的地方还希望你们能够原谅。这里几千年没有来过一个外人，所以族民们比较好奇。”

孟宪明毕恭毕敬地用哈萨克语跟族长说：“族长，您好！我们是来自外面的人，在湖里探险遇到特殊情况，实在没有办法所以才躲进了你们的领地。初来贵地，还望族长见谅。”

孟宪明这话说得很中肯，没有撒谎。薄暮听完孟宪明的话，长叹一声说：“这不怪你们，总有许多因缘是不经意的，既然你们能够来这里说明你们和独目族有缘分。独目族是好客的民族，你们大可在这里安顿下来，等养好伤我送你们出去。”

孟宪明忙问道：“族长，不知道与我们同来的姑娘现在情形如何了？”

“那位姑娘受伤较重，我已经给她医治了，相信过不了几天就可以痊愈。”

“真的？太好了！感谢族长对我们的帮助。”孟宪明激动地抱拳作揖感谢。

“你们的到来也能为我们带来一些外面的气息，起码让我们能够知道外面世界的变化，不知道你们方便不？”薄暮说。

“族长，我们方便呢，我们也想您讲讲独目族。”孟宪明一听这族长要讲独目人的过去，来了兴趣，忙说道。

“既然诸位贵客，不远万里来这里听我讲故事，那我也就给你们讲讲。”薄暮似乎觉得这样的故事也只适合他们这样的外来人。

启超心想，这族长还很通情达理，能放眼看世界，忙插话：“族长您太客气了。其实在我们三个心里也有很多疑问，特别想请教您。”

孟宪明把启超的话翻译给了族长。

“说来听听，我能知道的一定告诉你们。”族长说道。

启超示意孟宪明，孟宪明心领神会，先开口问：“族长，当我们进到你们这里，有太多的问题了。你们为什么会说和我们一样的话呢？”

薄暮听了之后先是一笑：“你们也许不懂，我们其实是故人！有着同样的文化，当然说同样的语言了。”

“故人？”孟宪明嘀咕道。

“这事情说来话长，为了不让我们的文化消失，每一任族长在选定好继承人之后，都会给继承人讲很多关于我们这个族的历史。”薄暮缓了一口气说，“我们的历史是从西王母时期就已经有了的。”

“什么？西王母？”孟宪明大惊。

“没错！怎么了？”

“没有，没有。”

“我们独目族是给西王母看管黄金、寻找黄金的，而那时候西王母统治下的所有人都说同样的语言。”薄暮说起这个很自豪。

“可是不对啊！我们现在记载是轩辕黄帝让他手下的一个人发明的文字啊，怎么在您这里就成了西王母创造了语言？”孟宪明反驳道。

“也许是天意吧，当年西王母国在最鼎盛时期，突然发生了大洪水，为了保住西王母一脉，族人被组织起来，向东方而去，后来在东方的土地上建立了国度。或许就是你们的国家吧，离开的人自然带走了文化也带走了语言，至于是谁发明的那重要吗?”

孟宪明说："那咱们可真的是'远亲'啊，那族长独目族为什么会来到这里呢？"

薄暮说："独目人在许久许久以前——其实我也不知道到底该如何计数这个了。我们独目人有着美丽的草场，浓密的丛林，数不清的肉食和矿产，在天神的庇佑下独目人过着衣食无忧的生活。那时候的太阳总是照耀着伟大的独目人祖辈们，一切都是天神的旨意。我们守护着王母的黄金，拥有世间一切可以赞颂的美好！"

薄暮长叹了一口气，似乎非常喜欢那种自由自在大草原的感觉，然后说："也许天意如此，天神要惩罚独目人的贪婪。让独目人遭受一个痛苦的、充满战争硝烟的年代。"

"难道是出什么事情了吗？"孟宪明惊讶地问。

"是的。"薄暮非常平静地回答，然后深深地吸了一口气，好像那个硝烟翻飞的年代就在眼前，敌人的刀子不断地从族人的脖子边划过，鲜血恣意飞扬，像一朵朵盛开的玫瑰。薄暮从记忆中回过神来，说道："自从西王母国在洪水之后消失在地平线，很多人枉费心事也没有找到，独目族逐渐的开始将黄金作为自己的主宰，黄金就是祸根。在我们祖辈们所在的那个年代，黄金就意味着财富，就意味着战争。可是独目人刚好就拥有了一个巨大的黄金产地。"

"难道是黄金导致了独目人离开故土？"孟宪明问。

"不算是，只能算是一部分。"薄暮拿起杯子喝了一口水，然后盯着启超、孟宪明和刘学军三人看了一会儿道，"你们也许听说过斯基泰人。"

"斯基泰人？"孟宪明疑问。

"这跟斯基泰人有联系？"启超听完孟宪明的翻译后疑惑道。而一直在那里感觉是在听天书一般的刘学军也奇怪起来，这个斯基泰人到底是做什么的呢？

"斯基泰人一直以黄金的守卫者自居，他们是一群凶残至极的人，能够嗅到黄金的气味，哪里有黄金哪里就有他们。他们作战勇猛，嗜血好杀。"薄暮似乎带着极大的悲痛说出这些。

孟宪明看着独目族长薄暮道："其实以我们现在的发现，这个驰骋于西伯利亚大草原上的古代民族并不只是粗鄙的野蛮人而已。在西伯利亚新发现的皇族坟冢中出土了大量精细的黄金饰物，证明了他们惊人的工艺技术。斯基泰人，他们首先征服马匹，然后征服土地——由中欧延伸至西伯利亚的一大片领域。斯基泰人是史上最古老、最强盛的马上文明之一，他们在生前死后和艺术中都表达出对坐骑的崇敬。在俄罗斯图瓦共和国的那处谷地里，斯基泰人在一对贵族夫妇的坟墓中，留下了他们崇敬坐骑的证据。”

“这是你们现在的记载吗？这是真的吗？这不可能，这是一个杀戮的民族，他们知道了我们的黄金，不断地对我们进行杀戮。斯基泰人最拿手的武器是合成弓，用马鬃或者动物的肌腱做成弓弦。发射的箭通过弦的张力和弓身的弹力双重加速，以至斯基泰弓的射程远达400步。一个训练有素的射手每分钟可以射十箭，如此密集发射的箭雨加上淬毒的箭头极具杀伤力。而我们则不同，信仰天神的独目人一直以善良著称，我们拥有极强的手工艺制作，我们的黄金制品连其他国家的王公大臣都要拜服，可是谁都没有想到这是一个多么可怕的祸害。因为从黄金被发现的那一天起，我们就不断地被屠杀，人们被赶往不同的山谷，在那里死于乱箭之下，而就是这样独目族里面还是有人不愿意放弃黄金产地。”

这事情已经过去那么多年，然而独目人还是无法忘记那一次颠沛流离的大迁移。这是一场何等屈辱的迁移啊！他们丢失了家园，丢失了国土，丢失了天神护佑下的美丽生活。女人成为奴隶，男人被杀死，血流成河……

孟宪明叹了一口气说：“在许多人写作的书籍中，这样描述斯基泰人，他们的手臂覆盖着黄金或者黄铜。而他们的枪头、箭矢和斧头是用黄铜制造的；头盔、皮带和扣子是黄金做的。马的防具是用黄铜做的，而缰绳和护头由黄金制造。他们从来不用铁或者银，因为他们的国家不出产铁和银，却拥有大量的铜和金。现在看来这斯基泰人不是黄金守护者，是黄金掠夺者啊！之前我们关于斯基泰人的讨论有局限性，这是一个侵略的民族。”

孟宪明看了看薄暮，似乎已经缓过神来，孟宪明接着说：“我从外国考古学家那里看到一些考古资料，上面写到斯基泰人饮他在战场上杀死的第一个人的血，把在战争中杀死的所有死人的首级带到他的国王那里去，便可以分到一份虏获物，否则就不能得到。斯基泰人会沿着战俘的两只耳朵在战俘头上割一个圈，然后揪着头皮把头盖摇出来。随后他再用牛肋骨把头肉刮掉并用手把头皮揉软，把它当做手巾来保存，把它吊在他自己所骑的马的马鞍上以为夸耀。凡是有最多这种头皮制成的手巾的人，便被认为是最勇武的人物。现在看来这些人果然很野蛮，也很危险。”

薄暮继续讲下去：“后来，我们离开了自己的家园，在当时族长的带领下找到这一片地方。这也是天神的安排啊！在这里我们开始重新起家，打通地下洞穴，挖出引水渠，将这里建设成一个无比美丽的家园。”

“原来独目族有这样一段凄惨的经历啊！”众人听完孟宪明的翻译都有些感慨。

神秘的地底

“族长，我们能不能在洞内转转？第一次来你们这里不知道以后还有没有机会，我特别想了解你们这里的文化。”孟宪明打着自己的小算盘。

“当然可以，这件事情就交给飓风，你们一起跟着他，可以了解了解。”薄暮说完这话，飓风忙点头答应。

“你们能不能给我讲讲外面世界的情况？”

启超一听，这事自己在行啊，说书的行当简直就是给自己准备好的，忙说：“当然啊，愿意为族长效劳。”

孟宪明把启超的话翻译给薄暮，薄暮一听大喜，忙示意众人坐下说话，飓风在一边也很激动，静静地站在族长跟前。孟宪明和刘学军听着启超讲现代生活，心中都觉得这小子不去当说书的真是可惜了。

启超从最后一个封建王朝开始说起，一直说到当今。然后又讲到世界格局，高科技，原子弹，宇宙和宇宙飞船等等。薄暮越听越觉得玄乎，越听越觉得独目族的渺小和与世界的隔阂。

启超神侃，孟宪明耐心翻译，大概讲了四个小时，启超才停口。孟宪明总结说：“族长，简单的情况就是这样。现当今时代可不比冷兵器时代了，可以杀人于无形，人心也变得浮躁了。”

“听你们这么一说，当今时代果然是变了许多。我们还停留在自我的小圈子，过着我们的生活。”薄暮感慨。

“其实族长完全可以让族人接触外面的世界啊！”孟宪明开口。

“我们独目人已经看开了世界的纷争，况且我们现在也适应不了外面的生活。每一个人都有属于自己的生活，你们难道不也是这样的吗？”

“这……”孟宪明一时无语。

“好了，时辰不早了，诸位住处我已经安排好了，希望你们今夜能睡个好觉。”薄暮说。

三人与薄暮分手，飓风带着他们住到一个干净的洞穴里，只见这洞穴虽小，但是用品俱全，桌子凳子和三张床。每张床上铺着枯草，枯草上各有毛皮垫子。一盏油灯在洞内闪烁着微光。此刻看到如此舒适的小床，三人顿觉得困乏无比，躺上去不久就打起呼噜。

清晨，微风，溪水潺潺。

启超从小洞内走了出来，睡了一晚上觉得神清气爽。此刻，这山体内的巨大洞穴露出了它的真面目：洞顶透进阳光，但看那洞口隐藏得极为隐秘，草和树木遮挡得极为自然。洞顶甚至可以看见云彩。深入洞穴的光线第一次向启超揭示了这巨洞那震撼人心的力量。

流泻而下的光线照亮一座高耸60米的方形石柱，它周身覆盖着蕨类、苔藓和小草。钟乳石挂在那巨大天坑的边缘，好像石化的冰柱。几百米长的藤蔓从洞顶垂下，燕子在阳光投下的明亮光柱间俯冲穿梭。

这巨大得惊人的洞穴内，大概有百户人。此刻早晨光线正好，很多人已经起来，开始向这巨洞周边的那些小洞走去，有些人拿着镰刀，有些人拿着斧头，有些人拿着鱼叉。启超看着这些人健硕的体魄，明白过来，看来这洞穴内部的生活也并不是那么差，反而是一个神秘的乌托邦。

此时飓风来到启超身边，与飓风同来的还有一个姑娘，这姑娘就是照顾杨可馨的那女孩。只见这姑娘眉清目秀，身材高挑，美丽的鹿皮遮挡住了身体最重要的部位，但是那兽皮之下的肌肤依然让人联想。启超只是扫了一眼就觉得血管膨胀，有一股热血往上涌，似乎脸已经有些微微的红了。

飓风和启超打了招呼，然后进洞喊孟宪明和刘学军，只剩下启超和那姑娘。

只见那姑娘死死地盯着启超看，一时让启超不知所措。启超还是第一次让一个女性这样细细品味，慌了手脚，不知说什么好。就这样愣了一会儿，孟宪明和刘学军从洞穴里走了出来。

“喂！外来人，你好！我是灵水。” 灵水自报家门。

启超一听人家姑娘都这么大方地介绍自己，忙要伸手做握手状，突然一个激灵想到这里人根本不知握手为何物，忙抱拳说：“灵水姑娘好，我叫启超。”

“我叫孟宪明。”

“我叫刘学军。”

“你们好！欢迎来我们独目族，这里还习惯吧？”灵水高兴地问。

“你们这里真好，我觉得身子一下子都硬朗多了，一切都恢复得很自然。”孟宪明在一边打趣。

五个人简单地吃完早饭，孟宪明就喊着让飓风带着众人了解独目族的生活。而在一边的灵水则踊跃地要求做义务的“讲解员”。

灵水先是简单地解释了一下独目族所在的这片区域。从灵水嘴里启超等人才知道，原来这独目人所生活的地下，有着很广阔的空间，有些地方用来种植一些土豆、小麦一类的食物，由于阳光不充足，所以长势不太好。除此之外，在其他的一些洞穴里，有许多树木用来取火，其实这个洞穴本身就不是很冷。独目人的其他食物来源就靠眼前的这条小河来提供，还有就是养一些动物。

飓风带着灵水一起，边走边介绍。当走到祭台时，孟宪明看着那颗奇怪的眼睛问：“飓风，这眼睛代表什么？是你们的图腾吗？”

飓风很恭敬地说：“这不是眼睛，这是天眼，是天神的眼睛。独目族认为人的两个眼睛看到的世界是世俗的，充满各种诱惑和斗争；天神的出现拯救了我们，为我们开天眼，让我们能够自由出入阴阳两界。是天神创造了这里，给我们食物、鱼和饮用水，所以我们独目族崇拜天神，认为人天生的这两个眼睛是为了接受光明，而天眼是创造光明。”

孟宪明惊讶地听着飓风的讲述，不断地在脑子里塞进各种想法。在他心里有一个声音：如果能让导师看见、听见这些那就太好了。

思绪拉回现实的孟宪明追问飓风：“那你的意思是说这个天眼是后天形成的，而不是自从出生就有？”

“是啊，我们独目人视天眼为灵魂的眼睛，这个眼睛比生命还要珍贵。我们每年会在特定的日子举行全族的开眼大会，那时候凡是到七岁的族人都要在族长的亲自操刀下，开天眼。”灵水抢着回答说。

“那这个开天眼要讲究什么仪式？”孟宪明继续追问。

灵水笑答：“其实很简单，族长和族人们在天神面前祈祷完之后，就由族长用利刃在适龄孩子的额头划出一个小口子，然后放入一颗洞珠，随着年龄的增长，这洞珠就与主人结合一体，成为这个人的天眼。”

“这显得有些恐怖，太血腥了吧？”启超不认可地说。

“启超你不懂，这就是信仰和崇拜。这里面的力量太强大了，不是我们能够明白的。”孟宪明说。

“你们这每天除了干这些活以外，就没有什么娱乐活动？”孟宪明继续追着灵水提问。

“什么叫娱乐活动？”灵水不解。

“就是唱歌、跳舞一类的。”孟宪明耐心解释。

“当然有了，我们每天没事做了，就在一起唱歌。歌都是自己编的，随便唱，很开心。”灵水开心地回道。

“很原生态。那你唱歌怎么样？”孟宪明笑问。

“我唱歌很好听的！”灵水认真地回答。

众人正在高兴地聊着，一个人跑来告诉飓风，他们要去一个湖里捕鱼，询问飓风是不是要前往。飓风询问众人，众人要求一同前往。

众人在飓风的带领下沿着小河向前走，大概三十分钟的样子，众人拐入一个幽暗而又狭窄的洞内，此时独目族人的优势显现，他们头顶的天眼散发着幽蓝色的光芒，路途比较清楚。拐过一个弯后，出现在众人面前的是一个面积很大的山内湖。

湖水安静，翻着不多的波浪，启超感叹道：“自然界真的很神奇，谁能想到在这巨大的山体内隐藏着一个国家，一个民族，一个如此巨大的湖，一个世外桃源啊。”

“这世界神秘的事情多着呢。”孟宪明说。

独目族人在湖边点起篝火，然后静静地默念：天神在上，赐我食物。然后开始撒网，这湖水底下有各种鱼类和虾类。飓风打完第一网后告诉孟宪明他们：“这里的鱼不多，所以我们都是很长时间捕一次，每次都捕大鱼，小鱼基本上都要放回湖里。”

灵水一边放小鱼，一边似乎在说着什么，启超却没听清楚。

启超看着这个小姑娘，心想：这样纯洁的姑娘也只有在这里才能生活吧，而外面的世俗世界改变的不只是人的外表——人的心灵也被改变了。

独目族的秘密

捕鱼回来后，族人们开始不断清洗新鲜的鱼，将它们晾起来。飓风说这样做是为了让鱼长时间保存。飓风告诉三人独目族的食物来源还算充足，在这些洞穴与洞穴之间有许多平地，被开垦出来种植蔬菜，虽然阳光不算充足，但是水源还可以跟得上，除此之外他们还搞一些养殖，养一些鹿。

经过一天的了解，三人已经和独目族人非常熟悉。大概地算了一下，这个独目族有居民不到六百人，大家住在洞穴的内部。独目族敬老养老，由于生活条件比较差，加之缺衣少药，所以这里的人口一直不多。独目族人的食物实行分配制，多劳多得，少劳少得。虽然独目族嘴上说这是独目国，其实这个国家的最高领导是族长，族长负责给人治病，分发食物，按照季节制订种植计划。

族长的选拔则由族人们推举。在独目族没有市场，也没有货币，大家一起吃饱也一起挨饿，但是这里基本上不会出现挨饿的情况，因为独目族人勤劳而且善于利用土地。他们将山体上掉下来的种子收集在一起，并种植在这些连体洞穴内。此外还种植了很多树木，基本上解决了烤火问题。

用过晚饭后，启超感叹地说：“唉！如果不是因为外面的这些事情，我还真想在这儿多住一段时间。”

孟宪明说：“怎么，爱上这地方了？”

“是啊，你看这里多好。每个人都那么善良地对待你，大家从自然中得到所需要的，又很尊重自然。他们将信仰与每一个角落的风吹草动相联系，简直是一个‘伊甸园’。”启超极其真诚地回道。

“你的感觉跟我的一样。这里的人活得很真实，起码在我看来没有尔虞我诈。大家相互承担风险，是个养老的好去处。”孟宪明又把话头接过来。

“这里的人身体结实，身材高大，是当兵的料。我就喜欢这样的兵，可惜了，没办法，幻想而已。”刘学军此刻略带惋惜地感叹道。

“怎么了，感觉大家都很低沉的样子。起码我们现在是活着的啊，而且还在一个外人从来没有进来过的地方。”启超这话似是安慰大家又似在自言自语。

“就你积极乐观，健康向上。”孟宪明对启超反唇相讥。

“说实话，咱们开玩笑归开玩笑，但是正事还要办，我觉得咱们在尼丰县岩画上看到的那个独目人应该就是这里出去的人无疑，可是要如何找到这幅图我们必须要说出来，必须告诉族长。”孟宪明认真地说。

启超也顺口说：“没错，这样拖下去不是个办法，一定要面对。我看这样，将我们来意说清楚，看薄暮族长如何回答。”

“那你的意思是和族长摊牌？”刘学军在一边问。

“不这样做，难道等人家哪天把我们扫地出门时才说吗？我看这个时机是再合适不过了，我们又不是坏人。”孟宪明认真地回答。

三人统一了意见，一起动身去见族长。

族长所在的洞穴里，薄暮正和一个小姑娘说话，而这个姑娘就是启超他们白天一起见过的灵水。

薄暮说：“灵水，你上午和那三个外来人在一起，有没有发现不对劲的地方？”

灵水看着父亲慈祥的脸上多了一丝担忧，忙说：“没有发现什么，他们三个人都很有意思，很喜欢咱们这里的生活。”

薄暮看着女儿说：“那就好，希望他们能早点离开吧，不要打扰我们的生活。”薄暮显得很无奈。

正当父女二人聊天的时候，飓风走进来向薄暮请示，说启超三人在外有事求见。薄暮暗自叹了一口气，心想：该是面对的时候了。

启超三人进到族长的洞穴，此时看见灵水也坐在屋子里，孟宪明询问她为什么在这里，灵水告诉大家薄暮是他的父亲。启超暗道幸亏没有得罪这位姑奶奶。

薄暮让飓风退下之后，坐在椅子上，也让启超三人坐在椅子上。短暂的安静过后，孟宪明开口说：“族长，晃眼之间千年已经过去。我们这次来是代表现在的国家取回一件东西，不知道族长知道不知道？”

薄暮思考了一会儿说：“不知道你所说的是什么东西。”

“一张狼皮画卷。”孟宪明说。

“一张狼皮画卷？”

“是的。这张狼皮画卷记载了一个史前国家‘昆仑国’的秘密，我们在考古过程中发现一座古墓，古墓内记载了这件事情。”孟宪明大概地讲述了发现古墓的情况，着重介绍精绝王子叱和独目人冒死取回的那幅图。

“原来你们是这样获得这幅图的下落啊！”

“难道这图真的在族长这里吗？”孟宪明急问。

薄暮听完之后长长地出了一口气，答：“这幅图也该到它出来的时候了。但是这幅图现在不在我手里，它被当时的族长带回之后，放在了一个隐秘的地方。族长当时留下遗言：如果有人能带来鱼王海酋的眼睛，就可打开让其带走图卷。”

此刻，三人心里暗自欣喜，多亏当时带上那个眼睛。孟宪明说：“族长，我们在湖里杀掉了鱼王海酋，眼睛带来了。”随即他让启超回到所住洞穴，拿来眼睛。将这眼睛交给薄暮，薄暮捧在手里显得异常兴奋。

薄暮叹道：“一切都是因果。这都是天神的旨意，我们违抗不了的。这东西从一开始进入这里，就再也没有了消息。太安静了，我们一代代的族长都在等待着，今天它终于要回到它本来的地方了。”

“那族长的意思是愿意给我们了？”孟宪明问。

薄暮过了好一会儿才回过神来说：“明天参加完一个葬礼我们就出发去拿那一幅图卷。”

一直在旁边听四人谈话的灵水突然说：“我也跟你们一起去。”

薄暮看了看女儿，无奈地摇了摇头，说：“那你就跟着去吧。”

这一晚三人虽然睡得很踏实，但是心里都在期待着那第一幅狼图的出现。早起的依旧是启超，他叫醒另外两人。吃过早饭，独目族族人已经在祭台边上静静地等待了。众人脸上肃穆，安静的祭台边上只能听见风的声音。这些人似乎并不悲伤，但是尊敬之意已经在这种氛围中散发而出。

族长、飓风和另外两个人抬着担架走了出来，整个过程中没有人说话。他们将死者放在祭台上，低头不知默念了一句什么。只见薄暮拿出随身的小刀，走到死者前，恭恭敬敬地将死者的天眼取了下来，然后放进一个木盒内。进行完这个简单的仪式后，有四人走上来抬起担架，向一个不知名的洞穴走去，族里的男人跟在后面，孩子们则被妇女带走回到各自家里。

三人不明白这些人到底要去哪里，但是队伍中那种肃穆的感觉让他

们很好奇，他们也夹在了队伍中间。大约走了一个小时，送葬的队伍来到一个巨大的山体湖前面，担架放在岸边，众人又默念一句。薄暮拿出刀子，去掉死者的衣物，开始一刀刀地割那尸体，并不时地默念一句，将那肉扔进湖水里，而湖里的动静则有些大。那里面的鱼好似明白，有预谋地在水里等着。将这尸体分割完毕后，众人朝湖水三拜。启超这才发现独目族很少跪拜，这是他们第一次见到。

结束后，众人开始返回。此时队伍已经没有刚才那种肃穆感了，更多的是气氛活跃，似乎人的离去并没有影响他们。

孟宪明走到薄暮跟前问："族长，咱们族里的人逝去不是入土为安吗？"

"入土为安？我们千百年都依照独目族族规上的要求来执行。族人死去之后，丧葬有两种方式，这要看死者生前所留下的遗嘱。火化或者水葬，但族长除外。火化之后将骨灰撒进鱼池，水葬就是由祭司或家属将死者的肉身切割之后抛进鱼池。在我们心中，鱼给我们带来了温饱，带来了体力。而每一条鱼也有自己的灵魂，有痛苦，所以死后成为鱼的果腹之物，也是一种因果。这样天神更容易接受我们。"

"那颗宝珠是什么？"孟宪明说。

"这是洞穴珠，是每一个独目族人的灵魂。族人死后必须取下其代表第三颗眼睛的宝石，放回石洞，这样做是为了延续。在独目族人看来，这第三只眼睛在其生前一直在头部，其已经有了生者的灵魂，才华和智慧都在这宝石之中。是一个灵魂的收容所，才华和智慧都在这宝石之中。如果有人再次选择它，就说明此人已经继承了死者的灵魂。"

这时孟宪明才明白过来，独目族的精神支柱是这第三颗眼睛。走了一会儿，薄暮转身告诉三人："午饭过后，我们就去'族洞'。"

这时孟宪明想起杨可馨在喀纳斯湖底发现的箭镞和骨头，觉得有可能是独目人的尸骨和遗物，他也想到了另外一个情况，也有可能是有人也想得到那幅图，知道独目族需要鱼王的眼睛来换取，进到湖里反而葬送了自己的性命。

第十六章 第一幅图

Chapter sixteen

傲雨

“‘族洞’是什么地方？”孟宪明不解地问。

“你知道我们为什么叫独目族吗？”

“你们的史书上记载是因为有一个眼睛，所以被称为独目族。”孟宪明回答。

“其实那是我们故意留下来的。”

“什么，故意的？”孟宪明惊讶道。

“是的。独目族一致认为天神之眼才是自己唯一的眼睛，而这天生的眼睛只是为了让人看到光明，而不是获得光明。”薄暮说。

“据记载推断独目族的历史应该有三千多年了。那么这个族洞一直就有吗？”孟宪明问。

薄暮停下脚步说：“那倒不是，我们现在所待的地方是后来发现的，三千年的历史也许是你们的记载吧，我们祖先们是来自西王母国，而现在这个地方是后面发现的，我们也是后面才来这里的。我们被称为独目族与这个洞穴有着莫大的关联，因为这个洞穴出产一种洞穴珠，也就是你们看到的天眼。”三人一听，甚是惊讶，原来这天眼的出产地就在族洞。

薄暮接着说：“那洞穴的石壁上天然地形成一种发出幽蓝之光的珠

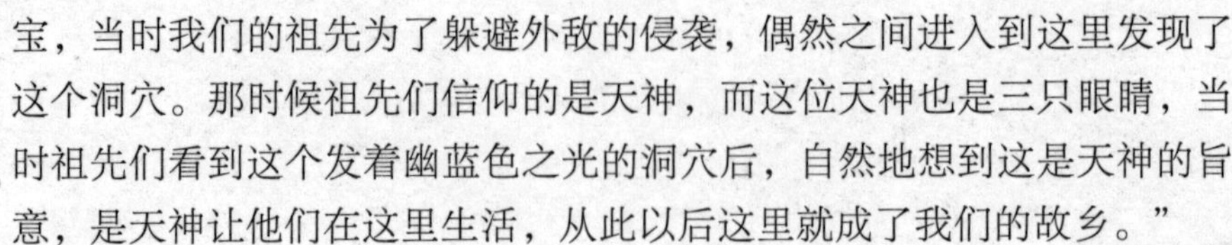

宝，当时我们的祖先为了躲避外敌的侵袭，偶然之间进入到这里发现了这个洞穴。那时候祖先们信仰的是天神，而这位天神也是三只眼睛，当时祖先们看到这个发着幽蓝色之光的洞穴后，自然地想到这是天神的旨意，是天神让他们在这里生活，从此以后这里就成了我们的故乡。”

“原来是这样。”孟宪明说，似乎又想到什么，但是那种感觉从脑子里一闪而过。

启超在一旁感叹：“大自然就是这天神啊，真的是大手笔！”

孟宪明没理会启超的感慨继续向族长问：“原来是因为这个长满洞穴珠的地方，你们才到这里的啊？”

“族谱上只记载着是为了躲避仇敌，就只有这简单的一句，一笔带过。这族洞现在不只是我们寄托灵魂的地方，它也是历代族长的坟墓，每一任族长在死后族人就将他送到族洞内的一个墓穴之中。”

“曾经在我们发现的岩画中出现过的族长也埋在那里？”孟宪明问道。

薄暮缓缓地说：“在我们独目族进入这个洞穴以来，很少有族长离开。唯一的一位就是你们在岩画里看到的，他叫傲雨，是我们独目族非常英勇的一位族长。我从各代族长留下的书稿中读到过一些傲雨的故事，当年傲雨英勇无比，你们看到的祭台上那个鱼王的眼睛就是他搏杀带来的。在独目族人眼里，鱼王海酋是一种神兽，千百年来，独目族人不断地寻找和试着猎杀海酋，可是唯有族长傲雨成功了。那个鱼王的眼睛也成为我们独目族人心目中的月亮。”孟宪明把薄暮的话逐句翻译给启超和刘学军。

启超想到那个祭台上供奉的鱼王眼睛，心里就是一震。和自己获得那个相比，这个傲雨杀死的海酋应该是一个三倍于自己与刘建军杀死的，如此小的一个都让他们四人挂了彩，那大它三倍的该有何等的力量啊。况且古人没有这种水底呼吸设备，也没有鱼枪，看来这个傲雨真的不是一般的厉害。

启超认为那在湖底岩石上出现的圆圈岩画应该就是当年傲雨画的，说不定那箭镞也是傲雨留下来的。只可惜这一切都无法考证了。

薄暮说：“后来有一天，不知道从哪里来的两个人由另外一条路进入我们独目国，非常神秘地和族长傲雨在一起商量了好长时间。后来这两人走后，傲雨族长也离开了，临走前他安排好了一切事务，并告诉族人他要出去干一件大事。”

“来人是怎么知道独目人的所在地的？”孟宪明问。

“那些人是来自南边的一个小国，那个国家很奇怪。王室成员都喜欢戴面具。傲雨族长在位的时候，和外面联系比较紧密。而当时这个小国的王子和族长关系很好。”

“这个国家难道就是精绝国？”

薄暮长叹一声说：“至于是不是精绝国我就不知道了，还需要你们去求证。我到现在还不知道到底是什么能打破独目族千年的传统，使傲雨走出去。”

孟宪明心道：那也是我们一直在寻找的答案。或许这件大事就是去寻找昆仑国，和与昆仑国有关的宝藏。

“这一去就是一年，当所有族人都认为族长傲雨死了时，他又在一个夜晚回到了族里。这次出现并没有惊动族人，傲雨带回来一张白狼皮做的图，只是看来看去也不明白上面画的是什么。傲雨回到族里之后没多久就因为旧伤复发离开了族人。他在临死前留下遗言，如果有一天真的有人来取带回来的那幅图，那么就让他先去杀死一只鱼王海酋，并带回一只眼睛，如果他能做到，那么这幅图将交给他。接任的族长将傲雨带回的图也顺带地和他埋在了一起，因为在当时是绝对不会有人知道独目国的存在，就算知道独目国，也并不知道其进出的方法，所以族长认为这幅图是永远不会有人来取走的，就让它陪着我们独目族的勇士长眠吧。”说到这里，薄暮身子微微一颤，泪水似乎要夺眶而出，周围听这个故事的其他族人也和薄暮一样，整个气氛一下子变得沉重无比，令人伤感。

过了一会儿后，薄暮从悲戚中回过神来说：“从你们被巡逻的族人抓回来那刻起我就知道，那幅图背后的秘密要揭开了。经过几天的观察，我知道你们不是坏人，你们也带来了傲雨族长遗言中的物品，我相信你们能完成傲雨没有完成的事业。”

说完这话，薄暮开始往回走，洞内的黑暗完全遮住了人的身影，唯有头顶那一丝幽蓝之光在闪烁着，一晃一晃。

“谢谢您的信任！”孟宪明说。

见族长已往前走了，孟宪明回过神来，快速跟上队伍，启超被刘学军一推也跟上去。孟宪明走到薄暮跟前问：“族长，我想问一下，当时

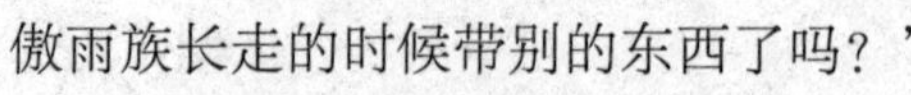

傲雨族长走的时候带别的东西了吗？”

“没有，怎么突然问起这事？”

孟宪明解释道：“我们在尼丰县出土的古墓中发现岩画上明显地画着傲雨族长有两把白玉斧，不知道是不是族里的物品？”

“不是，独目族从来没有这样的物品。”

孟宪明把刚刚和族长的对话翻译给同伴。

启超听完，心中猛的一惊，难道这玉斧是另有来源，是在傲雨离开独目族后获得的？如果是那样的话这玉斧肯定有别的用处，要不然这玉斧怎么能换来这一幅宝图呢？

“难道这东西不是族长的？”启超问孟宪明。

“看来应该是这样的，说不定是傲雨族长在哪里得到的也有可能。”孟宪明答应道。

突然，薄暮像是想到什么地说：“在傲雨族长留下的书稿中，曾经写过一段他去帕米尔国寻找钥匙的事情，写得很简单，说是在一个市场上无意之间发现两把钥匙，遂以高价买得，有妙用。后来说钥匙一把留给精绝国王，一把留给楼兰国王。但是这钥匙的外形和妙用都没有记载，其他都不知道了。”孟宪明向同伴翻译了族长刚才这段话。

“两把神秘的钥匙？”启超闻听惊讶不已。

“送给了两个不同的牛人，都是国王？”刘学军也连连感叹。

“这东西的重要程度看来不亚于那图啊，难道这又是另外一个秘密不成？”孟宪明悄声对两人说。

“孟夫子，你也算是考古界的老人了，你给我和小刘说这些没用。还是赶紧想想这是什么东西吧。”

孟宪明疑惑地看着薄暮，启超却在不断地回想那岩画中的故事。如果说这玉斧是在外面获得的，如此贵重的物品，起码有个来源吧，不记载确实有些说不过去。但是按照薄暮的说法，傲雨在文字中记载的是两把钥匙，分别留在精绝和楼兰，这和岩画上显示的是一样的，难道那玉斧是钥匙？这让启超想不明白，他也只好不去想。

顺着来路，三人跟着大部队慢悠悠地往回走。似乎独目人根本没有时间概念一般，生活很慢。

启超边走边说：“孟夫子，你到底研究出东西没？”

“时间太久了，这里保留下来的东西太少。”

“确实是为难你了！”启超说，然后看着前面的族长薄暮，低声问：“你觉得那老族长不会忽悠我们吧？”

“应该不会吧，这里的人看来很朴实，况且忽悠我们也没钱啊！我们又不是跑来害人的，相信他们应该不会骗我们吧！”

“但愿吧，要不然我们出去就再没机会进来了。”

“你小子现在越来越奸诈狡猾了。”孟宪明笑着说。

“没办法！这么不成功，咱们就没有机会了，不多一个心眼不行啊，你难道想空手而来空手回去啊？”

“走一步看一步吧，总有法子可以解决。”孟宪明说。

一路昏昏暗暗，安安静静地只听见低沉的脚步声。路还是原先的路，只是充斥着一丝的悲伤。

回到住所，三人一时不知道说什么。因为这突发的事情，因为那神秘的钥匙。三个人吃了午饭，走到洞外，此刻阳光正好，这是洞穴光线最好的时候，上面的风不断地通过头顶的小洞，呜呜地叫着，不远处几个孩子在地上练写字，虽然说与世隔绝，但是独目族非常重视学习和教育。看来在千年以前来到这里，独目人也是带了许多书籍的。

没有笔就以木棍为笔，没有纸就以地为纸。启超想起自己小时候，用电池的碳棒在学校操场上一人划出长方形的方格子，在里面写字，一帮小家伙有说有笑很是快乐。正在遐想时，灵水出现在眼前。

启超此刻看着灵水，觉得这个小姑娘特别可爱，真诚纯洁，而且从来不耍小脾气。

灵水走到三人跟前说：“和你们一起来的那个小姑娘已经醒了，要见你们。”

族洞

这时灵水过来告诉启超等人杨可馨已经醒来的消息。

一听杨可馨醒了，三人一下子来了精神，孟宪明高兴地说：“来了这么长时间，总算听到关于她的好消息了！”

启超一看孟宪明这猴急的模样，开玩笑地说：“别急，人家不会感谢你的。就你这副色样我看着都讨厌，更何况你带着人家没逃出去，反而受了很大的伤。”

“我又不是故意的！”孟宪明狡辩。

“我们没说你是故意的啊！”

“好了，咱们还是快点去看杨姐姐吧，她好像有好多事要问你们，别让她等的太急了。”灵水催促。

灵水在前，启超在后，最后是孟宪明和刘学军。

三人跟着灵水，走过祭台，然后左拐来到一个洞穴，只见这个洞穴里有好几张床，有非常重的草药味。此时的杨可馨脸色虽然有些苍白，但是明显地可以看出身体已经康复了。杨可馨见三人来到床前，忙坐了起来，尽管显得有些吃力。

杨可馨坐起来之后，说：“实在对不起你们，身体成这样，让你们受累了，很抱歉。”

孟宪明大度地说：“没事，这又不是你的错。”

然而看过去的时候才发现，杨可馨看的人不是他，而是启超。孟宪明心中纳闷，杨可馨为什么如此重视启超呢？这两人关系肯定不会这么简单，要找个时间问问启超。

启超看了一会儿说：“没事就好，你好好休息。等我们拿到东西后，我们就带你回去，回去再好好休养一段时间。”

杨可馨心里一惊问：“你的意思是说，这里有我们需要的东西？”

“是的，族长已经答应今天下午带我们去拿。你就在这里安心地养养病，我们这一两天就可以回去了。”

“启超，谢谢你一路上扶着我！”

“哦！那个啊，是应该的，咱们是一个团队，帮你也是应该的嘛！是不是，孟夫子？”启超试着将话题岔开。

“你还是好好休息吧。我们很快就拿到图了，到时候咱们就回去。”孟宪明说。

听完这些后，杨可馨平静了许多。启超等人觉得应该让杨可馨好好休息，于是就告辞离开。

临走的时候，启超对灵水说：“你这会儿没事，就先陪陪你可馨姐姐，她一个人很无聊。等会儿走的时候我们再喊你。”启超觉得这么多男人在跟前也不合适，杨可馨肯定有不太方便的时候，还是交给灵水吧。

杨可馨此时心里不知道是一种什么滋味，在她安静下来思考的这段时间里，她觉得自己正在慢慢的走向一个绝境，她不知道是对是错，也不知道该如何去面对接下来的事情。她的心底里依旧没有放下当年大学的时候那一份感情，然而当揭开谜底的那一天，自己要如何去面对呢？启超会不会原谅自己，教授会不会？杨可馨内心在不断的做着斗争。

“我是一个叛徒，间谍，为了钱出卖了他们，出卖了教授……”杨可馨想着想着泪水也就出来了。

“杨姐姐你哭了？”灵水看着杨可馨说。

“是瞌睡了，打了个哈欠！”

然后俩人陷入了沉默。

过了一会儿，飓风走了进来，低声转告族长已经准备好了，让灵水去和启超三人会合去族洞。灵水告别杨可馨，说了一些好好养病的宽心话后离开了。

一路上灵水有些闷闷不乐，飓风却并不在意，这小姑娘的心思岂是他一个大老爷们能懂的。

薄暮在祭台前静静地站着，这个垂暮的老人闭眼冥思，神游四海。听着脚步走近后，他缓缓地睁开眼睛说：“我们出发吧，还有很长的一段路要走呢。”而一直站在薄暮旁边的启超三人这时才明白过来。

“难道这族洞离我们还有一段距离？”孟宪明道。

“是的，启超哥，族洞在深处呢，要有很长一段距离。路上也不太好走。”灵水提醒。

原想这个族洞就在跟前的三人听灵水这么一讲，心中有些许失望。薄暮走在前面，众人跟在后面，走到一个小洞穴后，薄暮低头进入，消失在洞穴里。众人鱼贯而入才发现原来这洞穴很窄，也就只能容一个人转身而已，两边巨石的那种压力让三人显得有些紧张。

“你们不用紧张，这条路就是这样的。我第一次走也是很紧张，现在就好了。”灵水笑嘻嘻地说。

薄暮走得很快，也许是熟路的原因。从这个窄洞出来之后，眼前出现一个十几米宽的峡谷，峡谷下面有涓涓的流水，头顶是看不到上面的黑暗，此时已经完全如黑夜般漆黑。启超拿出包里的手电，打开一看，眼前的景象让众人目瞪口呆。

族洞2

只见对面的石壁上钟乳石闪闪发光，在这些钟乳石中间夹杂着三个大小各异的洞穴，大的有十几米高，小的也就一米左右。而眼前这个峡谷上却没有路。

只见薄暮向岸边不远处走去，边走边说："从这里走，前面有座桥。"

"这里还有桥啊？"孟宪明一脸惊讶地问。

"就是桥啊，石桥！很漂亮的！"灵水在一边说。

"你是说自然形成的那种桥吧？"孟宪明问。

"难道还有那种不是自然形成的桥啊，那可厉害了。"灵水嬉笑着打趣道。

三人一时无语，不知道该说什么好。因为他们是从时代的那一边来的，而灵水虽然生活在同一时代，却是时代的这一边。两种人属于同龄，但是思想和接受的教育却不一样。

众人又跟着薄暮走了大约半个小时，薄暮停了下来，看向河谷。启超拿着手电照向薄暮看去的方向，只见光线所过之处出现一座石桥。

说是石桥有些牵强。这石桥果然是自然形成的，横跨在河谷的两岸，宽约一米，厚度只有二十厘米，看着让人担心不已。如果有胖人走在上面说不定会害怕这桥塌了。

三人看了看这桥，咽了咽唾沫，脚还没上桥呢，眼睛里就看见那桥似乎在晃动。孟宪明问道："族长，我们是不是要从这座桥过到对岸去？这桥不知道牢固不？"

薄暮没看孟宪明，说："这桥已经在这里存在不知道多少年了，应该不会有什么问题，大家不必多想。"

孟宪明仍然紧张不已地问："这地方就这么一条路啊？有没有比较安全的？"

"有我还不带你们过去？你们别多想，也别害怕。"薄暮显得有些不高兴地说。

孟宪明无奈的摊摊手，翻译了薄暮的话。启超看着这石桥心道，不多想是不可能的，可是已经来了，不管怎么样也要闯过去。再看看孟宪明，他已经是摩拳擦掌准备冲入那族洞中。刘学军依旧是一副精神紧张的样子，不断地打量着周边的情况。

薄暮一马当先，率先走到桥上。他一步步走得很沉重，很明显可以看出，这是在告诉众人，这桥很结实，可以放心地走。只见薄暮不多时就走到河谷对岸，站在那里耐心地等着众人，随后飓风也走了过去，此时就剩下灵水和启超四人。

灵水看着父亲都已经走过去了，忙对三人说："你们别害怕，我跟你们一起走，这样咱们都不怕。"

启超一听居然三个大男人需要一个小姑娘来陪同，传出去不成笑话。但转念一想，就觉得自己想得太多了，随即跟着灵水。孟宪明和刘学军一看启超踏出，也跟着走了出去。那桥虽然看起来有些悬，但是走上去却很稳当。

孟宪明边走边说："这地方太危险了！"孟宪明似乎感觉到了风，那风中湿湿的，一阵不知名的腐味。孟宪明越想越害怕，心里不断地警告自己这些都是假的。

"孟大胆，放心吧！这没事的！"启超在一边打气道。

这十几米的长度对于启超三人来说像是奔赴黄泉，心惊肉跳。但是三人都没有将惊恐写在脸上，反而是开着玩笑走了过来。在桥另一头的薄暮看着这几个人走了上去，心中欣喜，看来族长挑选的人果然不错，很有勇气，族长未完成的心愿应该会实现了。

四人走到薄暮跟前，还没停稳，只见薄暮转身进入三个洞穴中的一个，他们也跟上。这洞穴与其他两个相比并无什么不同。只是那墙面光滑许多，踏入之后，薄暮开始用手不断地摸墙面，灵水也有同样的动作。大概也就是三分钟的时间，一切都很安静。

摸完之后薄暮继续往里走，孟宪明问："族长，为什么要摸这个洞穴。"

"这个洞穴在呼吸，我需要和它交流。"

"难道这洞穴是活的？"

"这洞穴有我们祖先的灵魂。"

启超不解地看着孟宪明，孟宪明把族长的话翻译了一通，启超听后也顺手摸了摸那洞穴，然后轻轻地吐出一口气："孟夫子，我摸到了！"

孟宪明将手放在上面试了试，说："我咋没感觉到？"

"骗你的！"启超开玩笑地说。

走了大概五分钟，突然薄暮要求关掉手电。启超听从了薄暮的意见。关掉手电后，只见这洞穴的石壁上大大小小的幽蓝色的洞穴珠闪烁着蓝光，像星星，甚至连众人的脚下都有这蓝色的光。

这些洞穴珠不知道有多少万颗，在这里不停地散发着自身的能量，那些珠子像眼睛，在黑夜里照亮前方。启超越看越惊奇，这么美丽的洞穴真是世间少有，怪不得当年发现这里的独目族人会认为这是天神的赐予。洞穴内部曲曲折折，很是难走，有时上坡有时下坡，脚底下被那些珠子硌得生疼，但是三人还是强忍着向前。

行走了半个小时，这才到洞穴的尽头。在这尽头，只见一个巨大的闭着的眼睛雕刻在岩壁上，眼睛上布满了洞穴珠。薄暮走向前，将其中一颗轻轻一按，这眼睛就如人眼一般睁开了，从那睁开的眼睛里散发出一股股强烈的霉味。

薄暮借着手电光进入，只见这眼睛里居然有人造的台阶。众人也跟着薄暮进入，这眼睛里面也是别有洞天。大大小小的钟乳石让人眼花缭乱，而时不时出现的洞穴珠点缀在各个角落，这里的洞穴珠相比外面少一些，但是足够照亮洞内。在眼睛里，众人行走的时候时不时就在某个角落看见一副骨架，狰狞可怖。启超三人心中虽然有些惊恐，但是看薄暮和灵水却一脸的恭敬，心中已经明白，这些人都是独目族逝去的族长。在其他的一些地方，随意地摆放着各种金银器皿，从上面的灰尘可以判断出，这些宝器在这里已经放了时间很长了。启超感叹：这座宝藏的金器数目庞大。更重要的是，这些金器的手工制作精良，几近完美。

薄暮也不管这些人脸上的表情，说："对于独目族人来说，这些宝器都是他们寄托哀思的物品，因为这里不需要金钱，不需要宝藏，更不需要贪婪。所以这些东西千年来就一直放在这里了。"

说完之后，薄暮径直来到一个逝去的骨架前。从骨架所在的下面取出一个桦树皮盒子，轻轻地拂去上面的尘土，慢慢地打开，拿出一张图。只见这图A4纸大小，正面密密麻麻地画满了各种符号，有些呈现三角形，有些呈现水花形状，而背面则是白色的。启超想，如果第一次看到这东西，就是打死他他也想不出这是做什么用的。

薄暮拿着那图说："这就是你们要找的狼皮图。"说完话也没有犹豫，就将那幅图交给了启超。

启超顺手摸去，那图背面的白色原来是白色的毛，虽然不知道经过了多少年，这毛依旧很光鲜。而在正面画出的东西根本是他无法认识的。启超用手摸去，感觉这图凹凸不平，仿佛那上面的各种符号不是画上去的，而像是刻上去的。

“这上面怎么摸起来怪怪的，不像是画上去的！”孟宪明说出了大家的疑问。

薄暮显得并不惊讶地说：“当年族长傲雨也是这样认为的，他也并不知道为什么古人要如此刻上去，而不是画上去。这幅图据说记载的秘密非常久远。据说傲雨族长对这幅图非常看重，一直将它贴身带着，至于为什么要这样做，我们也不知道。这个谜底就交给你们了。”

“果然如教授所说的，这东西真的保存住了，在这样的环境下也能保存的这么好，真的让人惊讶啊！”孟宪明拿着狼图惊讶无比。

“当年族长带回来它的时候，对这图的保存之法也是研究了好长时间，后来才发现这图经过特殊处理，据他记载是用什么油泡过，好像是一种鸟的油！至于其他我就不知道了，还说这白狼皮也是有来头，至于什么来头我们也不知道！这都交给你们了。”薄暮提醒道。

“真的有一股子很奇怪的油味道，淡淡的。这油很厉害啊！过了这么多年，它居然还有味道。对了，宪明，这上面怎么摸起来怪怪的，不像是画上去的？”启超问。

“等回去分析了就知道啦！”孟宪明说。

沿路返回，回到巨洞，远远地看见杨可馨站在祭台前，显得很是着急。见众人回来，她紧张的脸上顿时轻松了许多。走到启超面前问：“找到没有？”

“找到了。”

此时孟宪明凑到前面问：“你没事了吧？应该再休息一会儿。”

“没事，你们不用担心我。”

“在哪呢？我看看！”

启超将那狼图从包里拿出来，递给杨可馨。杨可馨激动地看着狼图，一脸的兴奋，可是看了半天却什么也没看出来，她疑问：“这东西我怎么没看明白啊！”

“我也一样！”

“你们还是太年轻，功力尚浅，需要再锻炼几年。别再看了，等回去交给教授再说吧！”启超在一边挖苦。

“我虽然不懂考古，但是这白狼皮可是实实在在的极品中的极品。狼我们见过，可是白狼你们见过吗？据说白狼是所有狼中的首领，是狼中最聪明的。”刘学军深思熟虑半天，憋出这么多话。

薄暮久久地看着这一群人，说了一句话：“今天晚上咱们好好吃一顿饭，明天我就送你们离开。”说完后转身离去，只剩下灵水一个人站在祭台那里，像一个孤零零的天使。灵水此刻突然觉得好冷，好冷。

晚饭结束，薄暮说道：“你们带走了族长傲雨未完成的心愿，希望你们能够一路顺风。我想告诉你们一件事情，当年族长傲雨告诉族人们我们西王母国是一片美丽的土地，那里的天是蓝的，有雪山，有草原，有飞过的鸟儿。神在那里，灵魂在那里，邪恶也在那里，黑暗在那里，光明也在那里，黄金铸造的神宫，宝石雕刻的河流……那里是天神的居所，是伟大的国度。傲雨一生都在试着去找到，可换来的却是一场空。虽然我们与世无争，但是我们也希望世人不要打扰我们。”

孟宪明听明白了族长的意思说：“族长您放心，这是一片纯洁的土地。我们会保守秘密。”说完之后看向其他三人，启超、刘学军和杨可馨都点头认可孟宪明。

薄暮说：“所有的事情都结束了，该忘记的总是要忘记，该过去的总是过去。你们不属于这里，我们也不属于你们那里。”

薄暮站起来说：“希望你们遵守诺言，天神在看着你们。”然后转身离去。

此时只剩下五人坐在空荡荡的巨洞里，那个代表月亮的海酋之眼散发着蓝光，像一颗无名的星星。五个人就这样安静地坐着。灵水默默注视三个人好长时间，最后说：“你们都累了，休息吧。”

启超看着灵水消失在黑暗中，说：“我们也休息吧，都收拾好东西，明天回世俗的社会。”

孟宪明、刘学军跟随启超而去，只剩下杨可馨一个人孤零零地坐在那里，她不知道自己接下来该做什么，该如何去做？图得到了，难道要真的给他们拍上照片吗？杨可馨否决了这个想法，因为这图不只是一幅，太早暴露了也不好，可是母亲那边怎么办？她太需要钱去治疗了。这边呢，这边知道了自己的身份后，会怎么样？他们会疯掉的，启超会恨我一辈子。教授毕生的梦想也没有机会完成了……

杨可馨内心有一个声音，似乎是在阻止她，不能让她陷入更深的黑暗，然而母亲的病太需要那笔钱了，没有钱母亲就会死。杨可馨不想再失去亲人。杨可馨的心里很矛盾，那种说不出来的痛苦一直在纠缠着她，愧疚感让她夜不能眠。

在洞里的启超睡不着，翻来覆去。

"赶紧睡吧，别在那折腾了，明天说不定还有好长的路要赶呢！"一边的孟宪明原来此时并没有睡着，躺着说。

"赶紧睡你的觉。想想回去给教授怎么交代吧!"启超说。

"我们是凯旋归朝，害怕什么？咱们这次收获导师肯定会很高兴，你就放心吧！我太了解导师了，这次的发现会让他能激动的睡不着的。"孟宪明躺着说，从他说话口气里透露出兴奋之感。

"好，只要教授不追究我们就行！你睡吧，我出去转转。"启超说着站起身走了出去。他多想再看一眼这个国家，这个神秘的巨洞，所以又走了出来。

走出来，远远的看见灵水坐在祭祀台边上，灵水也看见了启超。启超信步走前。

"怎么了，这么晚了你还不睡啊？"

"睡不着。我特别想看看月亮，想知道你们外边的世界是一个什么样子的，外边的姑娘是什么样子的，我一直想啊想！可是到头来都没能想出个样子。"灵水认真地说。

"相信我，灵水，外面的世界并没有你想的那么美好，人心叵测，很多事情已经变了味道，你出去不适应，也不会快乐的！"

"是吗，启超哥哥？"

"是的！"

"好吧！那我还是静静的待在这里，享受属于我们的生活。"灵水忽转声道，"启超哥，我送你一件东西吧。说不定对你们有帮助，我出不去，但是它能出去，它会告诉我外面世界的情况的。"

说着从贴身的兽皮里拿出一个链子，链子上有一个杏子大小的圆球，只见这圆球通体黝黑，不知是什么材料所做。圆球中间有一个小洞，鹿皮从洞中穿过。

还没等启超反应过来，灵水已经将那链子戴到了启超的脖子上。灵

水说："这个链子是我随身的物品，是我妈妈给我的，妈妈说这链子也是老族长从外面带回来的，直到老族长临死前才交给别人，最后到了我妈妈手里。既然能认识你就说明我们有缘分。你们的善良、乐观都让我感动，将它赠给你，留作纪念，因为你以后也不会再见到我们了。"

"谢谢你！灵水！"启超有些难受地说。

第十七章 众帝之台

Chapter seventeen

团聚

薄暮看着灵水，问：“这里是我们的家乡，外面的世界不适合你！”

“我懂的父亲。”灵水看着慈祥的父亲。

“你把那东西送给他们了？”

“是的！”灵水说。

“这样也好，说不定对他们有帮助。这东西也可以带着你对外面世界的想象吧。”薄暮看着女儿说。

一直等灵水睡下，薄暮走了出来。站在祭祀台边上，除了从不知名的洞中吹来的风，周围安静而祥和。

薄暮对站在身边的飓风说：“是时候了叫醒他们，不要让任何人听见动静。然后带他们到那里来见我。”

“您的意思是？”

“放他们回去。”

飓风按照薄暮的要求，来到启超所住的洞里，将启超等人叫醒，并让他们带上行李，然后又叫醒杨可馨，带他们来到薄暮跟前。

启超睡眼模糊的问孟宪明：“怎么了？”

“好像有什么事情吧！”孟宪明边收拾东西边说。

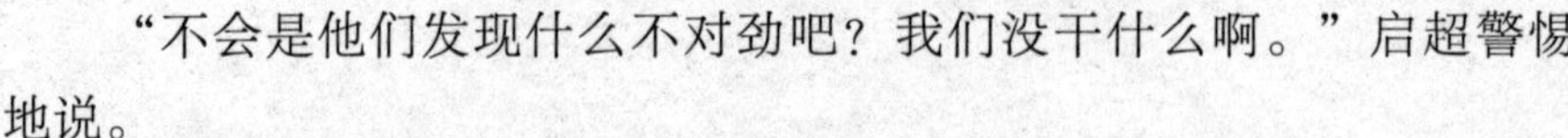

“不会是他们发现什么不对劲吧？我们没干什么啊。”启超警惕地说。

“我怎么可能知道呢？答应人家的事情是不会反悔的。”孟宪明说。

“但愿如你所说吧，我可不想在临走之前，让他们给收拾了。”

“行了，别扯了。赶紧收拾东西，再动摇军心，我们准备将你留在这里，以儆效尤。”

孟宪明边说边拉着刘学军往外面走，启超一看这两人还真的是要走。忙爬起来说：“别急啊，我这就收拾东西。”三下五除二，将包袱收拾好。

出了洞，在祭台处和杨可馨会合。沿着祭台，众人走过之前被关押的地方，然后又拐进另外一个洞穴，此时只见眼前出现七个大大小小的洞穴，像一只只眼睛，在黑暗中呈现出来一种空洞感，飓风从怀里拿出用兽皮做的三根腰带一样的东西，启超一看便明白，这些人还是不太相信他们。随即从飓风手里拿过来，把眼睛蒙上。眼前一片黑暗，只觉得有人拉起了自己，然后就跟着向前去。四人无声，只感觉一会儿往高处走，一会儿往低处走，一会儿左转，一会儿右转，启超觉得自己快晕过去了。大约半个小时的样子，前面的人停了下来，取下那个腰带一样的东西。眼前是另外一个环境，而那个伊甸园般的独目国，似乎只成了记忆。此时远远地看见薄暮站在一块巨石跟前，那巨石在不起眼的角落，很随意地摆放在洞内。

“这么晚打扰你们不好意思，我这就让你们离开。”薄暮说。

“谢谢族长。”孟宪明说。

“希望你们能够遵守诺言，最好是忘记这里。”

只见薄暮在石头上找来找去，像是在寻找一个机关。猛然间，似乎他的手触动了一个按钮，只见那巨石从中间裂开，露出一个只能趴着进去的小洞。

“这就是出去的路，记住你们答应我的事情。”说完，薄暮闪在了一边，让开洞口。众人再次抱拳感谢，刘学军背起东西先爬了进去。

启超对薄暮说：“族长请您多保重。”薄暮点头，随后启超钻进小洞。众人就这样离开了独目族，离开了这个在外界并不知道的世界，一切随风而去。

见人齐全后，刘学军带头，只见这洞一直向上延伸，除了刚入洞的时候洞口大点以外，其他大小刚好容一个人低头向前爬。爬了将近两个小时，突然四个人感觉风的速度加快了，这说明已经离洞口不远了。刘学军率先发力，第一个冲出这个让人压抑的石洞，随后众人也都站了出来。四人出来后傻眼了，只见眼前是一片森林，头顶月明星稀，没有一丝灯光。

四人你看看我，我看看你。满脸灰尘，蜘蛛网在衣服和头发上不知道裹了多少层。

启超看了看爬出来的洞穴，只见这洞穴似乎更小了。他看了看，突然有了一个想法，随即在树林里找来一些石头，将那洞穴口埋住，然后在上面填上土。孟宪明看着这一举动说："你这是？"

"我将这洞口封住，以后如果有谁想再来找的话，这里已经成了一片草地，根本不会有洞口了，就是你也别想找到。"

孟宪明心想，好家伙，原来你是在防我啊，也不理会他。待启超将这里收拾妥当后，刘学军说："这里地形很难判断到底是哪里。说不定我们已经在俄罗斯了。"

"不会吧，我们出国了？"孟宪明惊讶地说。

"我也只是初步判断，但愿判断是错的。"

"你不是特种兵吗？我们现在要怎么走？"启超忙完手中的活，说。

"我们肯定不能朝北走了，那样不出境也让我们走出去了。我们现在只有朝南，说不定能走到一个有人的地方。"刘学军分析说。

"也只有这样了。"孟宪明说。

四人背起各自的包，开始上路，此刻离天亮已经不远。

星光下四人显得狼狈不堪，衣服有些地方已经露出了肉，启超三个男人胡子拉碴完全看不出现代人的模样，杨可馨还好一些，一直很注意保养。这四人就这样在树林里走着，也不知道尽头在哪里。

大约走了三个小时，此刻黎明将至。东边似乎已经有些微红了，这是黑夜与黎明交班的时候，四人走了这么长时间也有些饿了。在启超的提议下，四人先坐下休息，拿出薄暮给准备的干粮，吃了起来。离开独目国已经四个小时了，但是灵水的歌还在耳边回响，想到这里启超觉得有些难受。

"你们听，是号声。"刘学军放下干粮说。

"哪里有号声，你听差了吧？"启超怀疑说。

“真的有号声，启超你仔细听。”杨可馨说。此时孟宪明早已站在不远处，手搭在耳朵上，他高兴地跑回来说：“真的是号声，好像这里有部队。”

“不错，应该是部队的号声。这明显是我们中国军队的号声，我想前边不远处有一个边防哨所，那里肯定有电话，我们请边防部队帮忙就能回去了。”其他三人一听刘学军这话，激动不已。背起书包，大喊着：“我们在这里……”

这是“汗德尕特边防哨所”，在阿勒泰地区的深山里。此时哨所士兵们正要起床出操，有士兵跑来告诉连长，远处有人声，越来越近。连长一听这情况，命令不出操，看看情况。

不多时，士兵带回来四个人。只见这四人穿着破烂，衣服虽然洗过，但是有明显的血迹。连长第一时间判断这些人肯定不是好人，说不定准备越境。再看这连长，身材魁梧，有些瘦，军装非常合身地在他身上显出一股子威严。这位连长看了四人半天，心中盘算了好长时间，突然连长要求士兵将这四人关起来。

启超一听急了，忙说：“连长，我是报社的记者，我有记者证。”连忙从包里拿出记者证，递给连长。幸亏这记者证是必备之物，可以顶大用处。连长接过记者证一看，果然是本人，这报社也曾经来连队采访过。

看完记者证后，连长一下子换了口气，先安排四人坐下，然后又让厨房准备早饭，忙完这些，问道：“你们这是怎么了，遇到野兽了吗？”

众人相互你看看我，我看看你，也不知道该如何作答。

启超不好意思地开口说：“实不相瞒连长，我们是‘西域文明联合科考队’的成员，负责在山里寻找岩画痕迹，可是走迷路了，在山里转了好几天，今天早上被你们的号声吸引过来，还希望你们能帮助我们。”

连长一听这情况，马上说：“我们这里有电话，你们可以和外面取得联系。”说完让了过来，将电话从桌子上取出来，孟宪明拿起电话，拨通吴卫国的电话。

电话一头传来吴卫国有些沙哑和疲惫的声音：“喂！”

“导师！……”孟宪明话没说完泪已经夺眶而出。

“宪明，你们还活着，你们在哪儿？”吴卫国一听孟宪明的声音，显得异常的兴奋和激动。

“导师……导师我……我们在汗德尕特边防哨所，我们都很安全，很好。”孟宪明说着说着就呜咽了。

“好，你们在那里好好休息，我这就联系去和你们会合。”

挂完电话，吴卫国长长地出了一口气。自从启超四人第二次下湖失去联系之后，他整夜整夜地睡不着。这些都是年轻人，都是很有前途的年轻人，就这样一下子没了……在众人失去联系后的第二天，吴卫国动用各种关系，开始拉网式寻找，可是在湖水中没有任何踪迹。正当吴卫国已经绝望的时候，孟宪明的电话来了。此时的吴卫国心里一下子舒坦多了。

吴卫国很快联系到军区，军区给派来直升机。吴卫国和旻斌到飞机上，叶尔兰一人留下看守物品。旻斌听到这四个家伙来信息后也非常激动，虽然接触少，但是能一起参与到这次考古也是一种缘分。

直升机在阿尔泰山脉穿行了大约三个小时，这才看见边防哨所的塔楼。飞机在哨所前的平地上停稳，吴卫国率先下来，此时孟宪明和启超等人正在吃早饭，好几天没吃过这样丰盛的早饭了，四人一下子吃了两盘子馒头。

吴卫国一来到屋子，只见这四人穿着破烂，一脸的疲惫。四人看见吴卫国进来之后，放下碗筷，站了起来。只见吴卫国两眼通红，头发蓬乱看来在没有四人消息的这几天，肯定是没有睡好过。

孟宪明先开口说：“导师，实在对不起，我们让你担心了。”说着眼泪就出来了。

“没事，回来就好。你们安全就好！”吴卫国感慨地说，说完一把将孟宪明拢在怀里，然后是启超、刘学军和杨可馨。那边的旻斌也是一脸的疲惫，但是此刻却是兴奋无比。

在感谢完边防哨所后，吴卫国带着四人上了直升机。

启超看着地上的景色慢慢地远离，独目国的印象越来越模糊，心中五味杂陈。他开始不断地告诉自己那是一个真实的国度，不是梦境。然而此刻的螺旋桨的声音，让他的思维不断地回到现实，回到众人的兴奋中。

众帝之台

飞机不断地在山脉中穿梭，那些树林和雪山在阳光下显得陌生而神秘。过去了，启超想，这一章就这样揭过去了。别了美丽的独目国。

飞机在喀纳斯景区停下，众人回到了久违的世界，心中万分的欣喜。叶尔兰跑过来与四人拥抱。

四人回来的消息未能逃过这些监视者的眼睛，这一切都被那两个监视考察团的外国人一五一十的告诉了哈肯，哈肯心里的石头终于落地了，他并不急切等待杨可馨所带来的讯息，因为他已经等的太久了，等等也无妨。

在图瓦老人叶尔德西的家里，四人美美地睡了一觉，直到晚饭时才被叫醒。晚饭有马奶酒，有手抓肉，有馕。四人吃了一个大饱。晚饭过后，由于杨可馨身体还虚弱，吴卫国就先让她回房好好休息去了。而启超、孟宪明和刘学军三人来到了吴卫国的屋子。

吴卫国开口："这次出师不利，差点让你们四个丢了性命。"

"导师，你别这样说。虽然遇到了很多挫折和困难。但是我们最终还是拿到了那个东西。"孟宪明说。

"你们拿到了？"吴卫国惊讶地问道。其实在他心中，四人能安全的回来已经不容易了，根本没想到会带来要找的东西。

"导师，我们这次的经历是您无法想象的。"孟宪明有些炫耀地说。

"那快讲讲。"

吴卫国一听有奇遇赶紧让启超等人讲。

叶尔德西家背后不远处有一片树林子，风吹着翠绿的树叶哗哗地响，安静的林子里只有鸟叫。此时树林里站着两个大汉，而两人正是在喀纳斯湖观鱼亭上监视吴卫国等人行踪的乌克兰雇佣军。他们在黑暗里静静地站着，显示出良好的训练素质。如果不仔细看根本不会发现这里有人，他们像是在等人。

突然，树林里有干柴被踩断后的爆裂声传来。一阵小心翼翼的脚步声，向两人所在的位置悄然而来。来人似乎很小心，很谨慎，不时要停下脚步观察一下。

其中一个大汉说："她来了。"

来人在夜色中显出她苗条的身材，走近一看是杨可馨。

杨可馨走近，那大汉开口说："杨小姐你这几天消失了，佑教授那边很担心你。"

"谢谢佑教授。"

"这次有什么新发现吗？"

"麻烦你告诉佑教授，他们已经拿到第一幅图，我会继续跟着。有情况会通知他的。"

"好的。"

"还有，希望你转告教授，他那笔钱赶紧转过去。那边急需要。"

"我会转告的。"杨小姐，哈肯先生希望你能将那些图翻拍出来，这样也好有个准备，这事情你应该很方便的吧。这是相机。"

杨可馨将那相机拿到手里，原来是一款腕表。杨可馨曾经听说过这种相机，这都是间谍用的啊！

"杨小姐，这种相机很简单，你放心，不会让你暴露的！你只需要将那图拿到跟前就好，我已经设置好了。"

杨可馨点头答应，再次强调："告诉他们，如果钱不到，这图的底片他们也别想拿到。"

"行！请放心。"

说完话，两人转身消失在树林里。杨可馨觉得有些冷，一些不知名的小虫子在草丛里叫着，她不知道这样做的后果，但是她明白母亲正需要一笔钱来医治。在树林里站了一会儿后，杨可馨慢慢地平复下心情，开始向回走。迎头撞见了叶尔兰，两人打了个照面，杨可馨以上厕所为理由搪塞了过去，除此也并没有说什么话。

"你们这次的经历真的很传奇。看来在这片土地上还有很多神奇的事情等着我们去揭开。"吴卫国听完三人的讲述后笑着说。

"教授，我答应过他们，不会泄露一点关于独目国的事情。"启超说。

"小启，你放心。我不会去打扰他们的生活。"

"你是不知道导师，这小子多狠，出来的时候连路都封住了，想再去找也没机会。"孟宪明在旁边说。

"我这也是防止孟夫子你这样的人不守承诺，再次进去啊。"

“什么叫我不守承诺，我可是一言九鼎的人！不信，你问导师。”

“你们都挺好，非常好。”孟宪明狡辩道。

“教授这评价很中肯。孟总指挥一马当先，是一位能担当重任的好同志，我在这里为他请个功。”

“听你这话，我咋觉得心里不舒服啊！”孟宪明轻松地说。

“你们都有功，都有功。快，将那图给我看看。”吴卫国笑着说。

“对了，光邀功，把这事给忘记了。”启超说。

启超将从独目国带回来的图交给吴卫国，吴卫国接手的那一刹那，心里有说不出的激动。他颤着手，将那图非常小心地捧起来，在灯光下看了好长时间。那些图上的标志，一个一个地看，没有一点遗漏。但是看了半天，吴卫国也没有看出个名头。随手将那图册放进了包里。然后转身说：“在你们走后，我接到几位专家共同解读出的一部分资料。在那里提到了精绝国人推测第二幅图有可能是在阿尔泰山脉中的众帝之台中。”

“导师，我们刚从那里出来，现在又要回去？”孟宪明问。

“教授，阿尔泰山脉可是一个很大的范围，它横跨俄罗斯、中国和蒙古。这下子可有的找了。”启超哭丧着说。

“这也是我担心的！但是我们查出来，接下来两幅图都是非常神秘，被安排在两座史前的神庙，我也不知道那里有什么东西，要不然精绝国人也只找到了两幅，而对这两幅却只是说了所藏的大概位置。”吴卫国说。

“两座神庙！导师的意思是，这些地方还没有人知道？”孟宪明惊讶道。

“是的！甚至连记载都很少。第一站我们要进到山里面去，在那里应该会有发现。”

“这也是我担心的！”吴卫国说。

“好家伙，这范围可够广的，我们还行，教授你这身板我可不知道行不行啊？”启超说。

“你们别悲观，王老通过关系，给我们弄到一幅军用阿尔泰山脉图。这幅图很详细，我和王老已经将一些地方排除在外。现在可以确定个大概的位置，但是不管如何地图都只是一个简单的东西，还是需要我们亲自去寻找。”

“导师，这个众帝之台到底有什么神奇之处？我还是第一次听说。”孟宪明问。

“众帝之台出自《山海经》，其中《海外北经》记有：‘共工之臣曰相柳氏，九首，以食于九山。相柳之所抵，厥为泽溪。禹杀相柳，其血腥，不可以树五谷种。禹厥之，三仞三沮，乃以为众帝之台。在昆仑之北，柔利之东。相柳者，九首人面，蛇身而青。不敢北射，畏共工之台。台在其东。台四方，隅有一蛇，虎色，首冲南方。’”

“这书上记载众帝之台位于一目国的东面。”

“一目国不就是我们接触过的独目国吗。”启超感叹，思绪再一次回到了那个隐藏在山洞中的国度。

“之前我还不敢肯定这山里就有众帝之台。但是你们带回来的这个消息进一步证明了众帝之台在阿尔泰山脉深处的推测。”吴卫国说。

“我还是不明白，这众帝之台到底有什么用处？”孟宪明疑惑地说。

“其实古人的想法比我们简单，现在我们可以确定在史前肯定存在过一个繁荣昌盛的昆仑国，这个国家由于大洪水而毁灭，幸存者沿高山和沙漠一路东迁，创造了我们华夏文明。这个众帝之台其实是人与神沟通、人与天衔接的平台。那么这个众帝之台就有可能是一个祭台，或者说类似于玛雅和古埃及的金字塔。”

“金字塔？天哪！中国居然有金字塔？！”启超内心突然有一个声音在不断地喊着，他的脑海里闪过一连串的语言。金字塔是人类文明早期建造的大型建筑物，也是人类文明发展的最重要的标志性建筑，其外观造型主要有两种形式，即阶梯台型和正四面体型，两者的外轮廓均为锥形，仿佛人造的山峰。金字塔的主要功能，一是帝王陵墓，二是祭祀台，三是天文观测台。

众所周知，埃及金字塔举世闻名。早期埃及金字塔为阶梯台型，后改为四面体型，其功能是安置保存帝王的木乃伊，以便帝王的灵魂在天上获得再生或永生。

在美洲（主要在中美洲地区），古代印第安人特别是玛雅人，曾经建造过成千上万的大大小小的金字塔，其结构通常都是两层或多层的四方台，其功能主要是举行祭祀活动，例如位于墨西哥的太阳金字塔、危地马拉的巨豹金字塔，其规模不亚于埃及的金字塔。

中国是一个历史特别悠久的文明古国，中华文明源远流长，在中华民族的古老记忆里，我们的祖先同样建造过大量的金字塔。但是，由于种种原因，中国古代的金字塔几乎已经完全被历史的尘埃掩埋，似乎已经完全被无情的岁月遗忘。

“教授的意思是，有可能众帝之台是一个金字塔式的建筑？”启超疑惑道。

“不只是我，王老也是这样认为的。古代地中海周边地区有著名的七大建筑物，它们被欧洲人称为世界七大奇迹。其实，中国古代也有许多大型建筑物，不少建筑物的规模都堪称世界奇迹，其中不乏金字塔式的建筑物，如《山海经》记载的先夏时期的圣坛、天文台、帝王陵。”

“难道说我们寻找的众帝之台可能是一座金字塔式的建筑，而这个建筑是用来祭祀的？这有点太不可思议了。”孟宪明问。

“其实有很多事情是超出现代人的想象力的，但是古人的确已经成功了。”吴卫国沉思了一会儿继续说，“现实是我们必须找到那里，明天直升机会送我们到阿尔泰山里的一个夏牧场，我们从那里开始进山。今天晚上你们好好休息。”

这场简单的会议散去后，孟宪明和启超各自带着不同的想法上了床。启超躺在床上，看着头顶原木做成的天花板，没有睡意。他看着月光透过纱窗，淡淡的像一层雾。看着看着，启超迷迷糊糊地睡着了。

启超想到了灵水，想到了灵水那一双渴望看到外面世界的眼睛。突然，启超觉得自己进到一座山里，山的内部遍布着各种各样的洞，洞和洞之间突然好想是活了，一股股巨大的吸力不断的吸着自己单薄的身体，他开始挣扎，不断的挣扎，不断的拍打。

突然，一阵更强劲的吸力，将启超吸到了里面，他觉得自己在下降，不停的往下掉。

突然，眼前一道亮光，在眼前出现了一个山。

那山，多像……多……像一座金字塔。

寻访之路

只见山上布满了沾满血的石头，树木呈现不自然的黑色，没有风，没有任何生命的痕迹。启超越看越觉得心口有一种挤压感。山看不到头，一圈圈的树看不到头，在树丛中的那种黑色像一个巨大的旋涡，吞噬着周边的一切。

启超被那种压迫感突然间惊醒，他猛地坐起来，鞋子没穿跑到外面大口大口地吐了起来，此时孟宪明也跟着跑了出来，一看启超这情况，忙递来纸，并不断地帮他拍着背。直到启超好一些才问道：“怎么了？吃坏肚子啦？”

“没有，就是突然觉得有些恶心，胸口压得难受。吐出来就好一些了。”

“好端端的，难道是刚从独目国那边回来，一时无法适应人类社会的环境，过敏了？”

“那你咋不过敏？”启超半蹲在那里说。

“我身体好啊，这都是靠平常锻炼。”

“行，我这会儿体虚，不想和你斗，乘人之危可不是你能做出来的啊。”

“庸俗，我这是给你心理治疗，我在这边逗你，你就不会想那些恶心的事情了，所以那种恶心感就没了啊！”

“你越说我越觉得恶心。”启超边说，又吐出一口苦水。

孟宪明一看这小子这种情形倒是少见，也不说话了。吐了一会儿，将晚饭全部还给大地之后，启超直起身子，慢慢地回到屋子。用水漱了口，然后又躺在床上，睡着了。等启超再睁开眼时，已经是早晨了。孟宪明的床上空空的，早已不见人影。估计是害怕吵着启超，所以就静悄悄地走了。

启超穿好衣服，收拾好之后走出来这才发现，原来吴卫国等人已经在往车上装行李了。

此时天空下起零星的小雨，裹着雨滴的大风呼啸着。由于天气突变，坐直升机进入的想法已经被推翻，现在只好开车了。

启超一看这情况很不好意思，忙上去帮手，吴卫国示意他不要了。

孟宪明拉了一把说：“你赶紧吃早饭吧。”

“我没胃口，吃不下。”

“那就给你带上，路上吃吧。”

“咱们这一站要去哪？”

“听说是从可可托海一路向阿尔泰山深处进发，直到车无法走的时候再说。”

“可可托海，那里是额尔齐斯河大峡谷。”

吴卫国走近说：“不错，那里是额尔齐斯河千百年来冲出的峡谷。我们只有沿着那里一路往深处走才可以避开高山，节省时间。”

叶尔兰过来告诉众人，车已经装好可以出发了。众人上车后，吴卫国说：“咱们现在是要沿路返回了，从富蕴县去往可可托海，在可可托海镇休整一晚，咱们再出发。直到车不能走的时候，咱们就只有当背包客了。”

启超无心地听着吴卫国的话，心想：那个地方到底在哪里呢？每次都是如此，总是在最后才说，也许是为了防止泄密吧。

启超看着眼前的风景不断地变化，虽然不久前看过这里，可是那时候的心情和现在大不一样。现在他觉得自己是被一种无形的力量推入这个寻访史前文明的大旋涡里，而在很早以前自己还只是一个有各种幻想、愤世嫉俗的记者，此刻启超却觉得他已经像一个求知欲和探索欲极强的学者，不断地在各种迷惑中寻找真理。

吴卫国似乎看出了启超的心思，说：“咋了，现在觉得参与进来有点后悔啦？”

“没有，我只是觉得没有想象中的那么顺利。”

孟宪明在旁边说：“当然，考古就是这样。况且我们现在遇到的都是别人没有遇见过的，甚至很多是光听名字就会让人很激动，更何况是见到了。”

启超看了看孟宪明那一脸的兴奋，觉得这样的工作真的是宪明需要的。

而就在众人这个车队出发不久，一辆黑色越野也从不远处的酒店开了出来，呼啸而过。

可可托海镇位于新疆北部富蕴县城东北48公里的阿尔泰山间。额尔齐斯河刚好从镇中穿流而过，便是镇名的来历。可可托海，哈萨克语的意思为“绿色的丛林”。蒙古语，意为“蓝色的河湾”。

距可可托海镇10公里处，有1931年8月11日地震遗留下的一条规模宏大的地震断裂带，它是世界上最罕见、最完好的断裂带之一；可可托海拥有可申报国家级的含几十种矿物质的3号矿坑地质遗迹，据说当年这里出产的矿石偿还了中国欠苏联外债的三分之一，而那个矿坑的矿物质主要是以稀有金属为主。启超不断地在脑子里找寻着关于可可托海的记忆，那是一座曾经喧哗的小城，被称为“小上海”，后来矿山关闭，小镇一下子恢复了宁静。启超曾经去过两次，在小镇上住过，记忆犹新的是小镇上那些俄式建筑。

车在路上迅速奔过。启超开口问吴卫国：“教授，咱们这次的目的地到底是哪里？我一直想不通，而且这越往里面走就是大山，山连着山，行走更加困难了。”

“我们这次没有目的地，在没有路之后，我们将按照地图来寻找，但愿这一切都能如我们所预料的那样，要不然我们可真的要花费很多的时间在这个上面了。”吴卫国说着拿出一个军用山势地图，只见吴卫国用红色的笔在地图上勾勾画画。而其中一座山非常清晰地显示呈现金字塔式，只是这山很不起眼，从卫星地图上可以看出山被许多树包裹着，如果不细心查看根本不会将它和金字塔联系起来。启超看着吴卫国做出的标记，心中暗暗感叹，吴卫国果然是铁定要完成这次考古任务，要不然以他现在的成就根本不需要这些。

启超细致地看完之后，将地图给孟宪明，然后问：“教授，这座山很奇怪，虽然不起眼，可是经过你这样的排查，我觉得很有可能是我们要寻找的众帝之台。看这情形还真的有点像，如果是的话那就好了，这样我们就可以不费力到那里。”

吴卫国点头表示认可。孟宪明看完将地图还给吴卫国说：“看来这次旅程可不是那么简单，在地图上显示那座山离可可托海直线距离在六十公里，但是从地图上可以看出这次我们可能不会那么舒坦地抵达那里。还有导师，从这地图上判断似乎有个山洞，你看这山洞也很奇怪，虽然拍的不清晰，但是明显的可以看出是个三角形的！”

“怎么，还有个三角形的洞口？”启超一听，赶紧将地图拿过来细细的看了一眼。

果然，在树林丛中，确实是隐藏着一个不太清晰的洞口。

吴卫国长叹一口气说：“是啊！这些我都注意到了，真正的还需要我们去找啊！这是我最担心的，这地方也许根本没有人注意过，洞里的情况是什么样的，这也让我很担心，不知道会遇到些什么。”

“导师，看来这次不是那么简单啊！”孟宪明补充说。

“所以，这次你们要接受更大的考验了。你们年轻，总能比过我这个糟老头吧。如果你们都输给我这样的老头子，那么我可真的很害怕哪天我离地归天了，考古事业咋给你们这些人呢？所以你们要好好表现，拿出你们年轻力壮的本事来。”

“导师，你太过谦了吧！我们还要你来带领我们去解开那些未解之谜呢，这次如果不是你，我们怎么能参与到这样改变历史的考古当中呢，这可是青史留名的机遇啊，几辈子都不一定有的机会！”

“我这是服老，不服不行，你看看你们都一帮小伙子，多好啊！”吴卫国高兴地说。

孟宪明转换话题，皱着眉头：“看情形这里的路不好走，我们虽然是干考古的，可不知道路。我们要找一个当地人来带路，这样或许方便些。”

“孟夫子，你这个法子出到点子上了，我看可以通过。”启超说。

“看来确实需要一个当地人来带路。”

启超看着卫星拍摄的地图，只觉得眼前迷乱。这样的地方很少有人深入，况且在新疆地广人稀，去过的人寥寥无几。

车过富蕴县，众人在这里吃过午饭，然后直接开车到可可托海镇，此时风雨都停了，阳光打在车辆上。

只见这镇子虽然大，但是建设得很凌乱，虽然有楼房，可楼房已经很旧了。在远处有一些俄式建筑，有些工人正在粉刷外面，据说是要建设成风景区的接待所。吴卫国找到可可托海镇政府，镇长一听说是来这里做科学考察的，而且拿出了中央的批文，赶紧安排好住宿。吴卫国询问镇长镇子上可有特别了解山里事情的人，镇长挖空心思想了半天也没想出来，但他嘴上却说肯定有，等他安顿好众人就去找，一定找来。

虽然已经接近入夏，但是可可托海的温度依然不高，这也是当地的一个旅游卖点，现在人不都讲究避暑吗？可可托海镇的旁边，额尔齐斯河的一条支流静静地流过，在河上有一座简陋的小桥，也成了当地人的旅游点。吃过晚饭，天气尚早，旻斌和杨可馨作为第一次来这里的外地人信誓旦旦地要求出去转转，这样也不枉费来过一次。吴卫国见所有人都在等他答话，也不想扫了几人的兴，同意了。

出了镇政府招待所，只见凌乱的小街上没多少行人，没有机动车，最多的就是当地人的摩托车。路两边的小商店也是门半开着，不知道店主去了哪里。除此之外吸引众人的就是路边的大杨树。吴卫国说这是钻天杨，长得又高又大，很直。

在路上众人遇见一位哈萨克族老人，老人悠闲地骑着一匹黑棕色的马，马的尾巴打了个结，马鞍子做得很精致，在夕阳下闪着光。只见这老人也不去吆喝马儿，让马儿自顾地走着，他也不急着回家。杨可馨兴起，知道叶尔兰是哈萨克族，让叶尔兰给老人说说让她骑骑马。

叶尔兰走到那老人马前，用哈萨克语问了一句好，然后直截了当地问老人能不能借马让女朋友骑一骑，老人一看这位哈萨克族小伙子找了这么一个漂亮的姑娘，心花怒放答应了。老人下马，将马缰绳交给叶尔兰，杨可馨高高兴兴地跑过去。

“你给那位老大爷说了句什么话？我咋看见人家盯着我死死地看了好长时间。”杨可馨问。

叶尔兰神秘地一笑，说：“你猜我能说什么？”

“我哪知道，我估计不是什么好话。”杨可馨边说边上到马上。

“我说你是我女朋友。”

“什么，你还真够臭不要脸的。”杨可馨骂着，脸已经红了。

“想骑马，你也要付出点代价啊。”叶尔兰笑着说。

叶尔兰牵马让杨可馨抓稳，老人叮嘱马有些认生，先让叶尔兰牵着马走一走，叶尔兰听从。

这时吴卫国来到老人跟前，也先问了个好，做了个自我介绍，老人回礼然后介绍了自己。老人叫阿吕斯坦，是狮子的意思，吴卫国开玩笑说好名字非常适合老人。阿吕斯坦开心地笑了。

阿吕斯坦家在山里的牧场，这次出来是看女儿。这么晚是回不去了，想的是马儿不出来转转估计会憋得慌，就随便出来溜达一圈，没想到碰见这群陌生人。

吴卫国一听老人来自深山里便问：“你到山里去没有？”

“那个山嘛，你要看是去哪里，深的嘛我没去。”

吴卫国一听老人说话乐了，其实在新疆很多少数民族普通话都有个话把子“嘛”，吴卫国笑着说：“我们嘛想让你带我们到山里转转，你嘛钱我们是少不了的。”

老人一听吴卫国说话，很是对路子，笑道：“山里嘛狼多得很，我嘛要在毡房里喝奶茶，放羊呢。”

“一天嘛给你一百，你去不去？”

老人想了想：“这个嘛要和老婆子商量一哈子嘛，明天我就回家，咱们一起嘛走，在那里我去不了嘛，找别人带你们。”

吴卫国一听有戏，和颜悦色地说：“好！”

第十八章 密林饿狼

Chapter eighteen

进发深山

告别老人后，众人回招待所休息。也许是天凉的缘故，启超睡得特别踏实，一觉醒来已经是大清早。早餐是馍馍、稀饭、牛奶，简单地吃完后，众人来到老人女儿家门口。吃完早饭的老人正坐在院子里收拾马掌，见吴卫国等人来了，忙说现在可以走了，说着就要拉上马往外走。吴卫国拦住说："我们有车，咱们坐车去你们家。"

"马也要回家嘛！"阿吕斯坦很诚恳地说。

"我们车上拉不了马。"

"那不行，我骑着马，你们在车里，我追你们。"

"不行，来不及。"吴卫国强调道。

阿吕斯坦一听急了，心想这马可是家里的宝贝，不能扔在这里没人管啊。

老人女儿从屋子里出来说："爸爸，客人既然要求你去，那你就去吧。我骑上马，拉着这匹马送到家里去，这样总行了吧。"

"女儿嘛做事还是放心。"阿吕斯坦笑着说。

"阿大叔，现在你放心了，咱们可以上路了吧。"启超在一边说。

阿吕斯坦这时悬着的心放下了，说可以。然后就出门走了，吴卫国紧跟着出去，启超和孟宪明向阿吕斯坦的女儿表示了感谢。

车顺着旅游公路前进，路过额尔齐斯河大峡谷风景区，沿着景区修筑的柏油路一直往里面走。这路修在峡谷的山腰处，下面是滚滚的额尔齐斯河，号称新疆第二大河，此河也是我国唯一一条自东向西流入北冰洋的外流河，这里只是上游水量不充足。河两边是不断变化的草场和白桦林，草丛里有大片大片的野花。进入峡谷，眼前豁然开朗，一片片的白桦林，耸立在那清澈见底的河水两边。十几个白色的毡房，坐落于林中，周围的山野不再像谷口那样光秃秃的，而是漫山遍野的松树。清新的空气，迷人的景象，使人心旷神怡，仿佛到了世外桃源。

阿尔泰山脉位于新疆北部和蒙古西部，西北延伸至俄罗斯境内，呈西北—东南走向，长约2000千米，海拔1000—3000米。中段在中国境内，长约500千米，森林、矿产资源丰富。“阿尔泰”在蒙语中意为“金山”，从汉朝就开始开采金矿，至清朝在山中淘金的人曾多达5万多。

此时在额尔齐斯河深山峡谷，冰雪消融，山上芍药成片，百年古树参天。转过几条长长的山谷，则是另一番景象，绿油油的草地，广阔无垠，远处的雪山，清晰可见。这成群的羊儿，马儿，有的追逐，有的吃草，有的酣然入睡，好一幅清幽画面。

契丹才子耶律楚材有过这样的称赞：“千岩石秀清人思，万壑争流壮我观。山腹云开岚色润，松巅风起雨声乾。光风满贮诗襄去，一度思山一度看。”将这片山水形容得淋漓尽致，令人浮想联翩。

杨可馨看着外面的景色对叶尔兰说：“这里真漂亮，如果能有机会住在这里该有多好。”

“不是说外国的月亮比咱们中国的圆吗，你在外面生活不是更好？”旻斌在一边打趣道。

“外国的天是人家外国人的，咱们在那里只是过客而已。”杨可馨深深地吸了一口气说，似乎有许多不快，这一句话就概括完了。

“看来在外国生活也不如想象的那么美好啊！”旻斌感慨。

“那里不属于我们。”

叶尔兰看着外面不断变化的景色，时不时出现在路边的农家毡房，说：“现在这里已经没有原先那么纯粹了。”

旻斌看着外面的景色，不时发出感叹。他才发现原来也只有自己和杨可馨两个人算是第一次看到如此美景，此刻觉得身心都很舒服。坐在最后一辆车的刘学军也是如此。

眼前景色不断地变化，石头变成了各种造型，山也呈现多种人脑中想象出来的景象，有石龟，有猎鹰。

吴卫国边看边问阿吕斯坦："在这里住着应该很幸福了吧？"

"看惯了嘛，也就那样子。外面人喜欢，只是人来的多了嘛，我转场的时候不方便。"

"那你到山里去没有？"吴卫国问。

"去过，只是进去得少，山里面有狼。"

启超听到狼说了一句："你是狮子，还害怕狼嘛？"

老人明白是句玩笑话，开心地笑了，也不作答。然后接着说："这里的山太多了，而且有野兽出没，现在一般人是不进去的。我早些年进去过，老了之后就不行了。"

"你还老当益壮呢，没事。这次咱们就来个山地大探险，以后你就是写入历史的人物。"孟宪明说。

"我嘛，要求不高。能帮你们嘛，我就高兴了，也不图你们的钱。"

启超笑着说："无欲无求啊，阿大叔，你是我们学习的榜样。榜样力量是无穷的，看来我要在你这住几天。"

"我这嘛，住下来可不许偷我的羊吃哦！哈哈！"

吴卫国问："那你知道进山的路吧？"

"我们哈萨克族人记路的本领嘛，厉害得很！"沉默了一会儿，阿吕斯坦又说出了一句令大家震惊的话，"这山里的野兽，可不一般，听老人们讲有三只脚的鸟！"

"三只脚的鸟？"车上的人都紧张地问。

"听进过山里面的好多老人嘛都说过这种鸟，可我嘛进山没见过。那种鸟嘛，老人们说很厉害，熊的头嘛它一爪子嘛就抓烂了。"阿吕斯坦神秘地说。

"有这么厉害？"启超吐了吐舌头说。

"真的嘛！我没有骗你们！"

"那可真要去见识一下子嘛！"

而此时吴卫国在低头沉思，他脑海中冒出一个念头，难道这三只脚

的鸟是以前传说中的三青鸟？这种鸟只出现在神话书籍中啊，难道尼丰县古墓中岩画上记载的那种鸟真的存在，如果是这样的话，肯定与众帝之台有联系。虽然心里这样想着，但是吴卫国没有开口说出来。

启超觉得老人不像是在开玩笑，但是老人也说自己没有见过，只是听老人讲起的，但愿这种鸟只是老人们哄孩子玩的瞎话。车过大峡谷的标志性景观神钟山时，阿吕斯坦老人神秘地说："这山可是一整块石头，不是假的。"

只见在额尔齐斯河两侧，坐落着两座钟形巨岩，高约1000米，岩石上生长着白桦树、青松和西伯利亚云杉，巨石上还生长着青苔，岩峰上白云缭绕，彩虹划天而过，十分壮观。

阿吕斯坦说："在当地哈萨克民间有一段美丽的传说，相传阿米尔萨娜与兄弟洪台吉为争夺父亲的王位而发生矛盾，各自率大军相战。阿米尔萨娜镇守在额尔齐斯河南岸的钟形岩顶上，而洪台吉镇守在河北岸的山顶上，各不让步，相战数日，双双阵亡，为纪念他们俩，后人将两座巨石命名为'阿米尔萨娜'与'洪台吉'。"

在神钟山脚下有一座简易的铁桥，司机下车查看后认为只能容一辆车通过，而且众人必须下车，等车过桥之后再上车。

只见这桥晃了几下，显然是可以承受住一辆丰田4500的重量。四辆车前后过桥之后，众人又再次上车。此时的路已经没有先前的好了，多半都是牧人放牧时走出来的山路。众人已经慢慢进山，路虽然不好走，但是这车却显示出了很好的性能。司机师傅说，在新疆用车就应该选用这种越野车。沿路依旧是河谷、桦树林和草场，山坡上比较荒凉。在这些树林子里有星星点点的毡房，几只小牛犊在树林里前呼后拥地跑来跑去，见有车驶过赶紧跑到很远的地方。

这里已经完全是牧区。但是阿吕斯坦介绍说，在不久的将来这里估计也要开发成风景区，到时候也不知道会成什么样子。吴卫国看着阿吕斯坦脸上的表情也不知道说什么好，有些事情不是他这个考古学家能够左右的。

阿吕斯坦指着前方不远的一座小山说："过了这座山嘛就到我们牧区了。还是你们的车嘛快，可我的马嘛不知道什么时候才能回来。"

"没事。以后嘛，你买一辆这样的车，开着车放羊，那是很拉风的哦。"启超开玩笑。

“那不行，车嘛还是要在平地上跑。还是马嘛实在些，我喜欢。”

“阿大叔你要与时俱进，现在生活好了，买辆车进城里转转，咱们牧区的人不差钱。”

“钱嘛，要留着给我们老两口嘛养老呢。等我们嘛走不动了，就下山，在城里买套房子嘛，住着享受生活嘛。”

“到那时，每天几口小酒，一条羊腿。”孟宪明说。

“一条羊腿嘛我是不行了，哈哈！”

吴卫国看着远处的山说：“看来车是进不去了，只能我们背着行李走上去。小刘，你将东西分装一下，用不着的就放在车上，多带一些照明弹。”

小刘在后面车上喊了一声：“好！”

启超和孟宪明一听这就要开始步行了，一下子安静了。只见远处的山林，密密麻麻，不知道有多深。司机开车到山前，发现只有一条小路弯弯曲曲地顺着山势而去，消失在不多的树林里。吴卫国下车吩咐众人各自背上徒步包，这包每一个都可负重四十公斤，幸好没有什么特别大的装备。

吴卫国虽然已经年纪大了，但是第一个背起包来。然后跟着阿吕斯坦率先走了。其余各自收拾好背包跟上。司机开着车扬长而去。

启超对孟宪明说：“这里空气真是不错，如果能在这里长住几天就太好了。”

“你放心吧，会在这里住几天的，住到你烦为止。”孟宪明说。

“这徒步的工作我还是很喜欢，尤其是探险寻宝一类的。”启超开玩笑道。

“寻宝？你大片看多了吧，你以为真的有宝呢？”孟宪明说。

“我这不是给自己一个盼头吗，我跟你们不一样，一个个苦大仇深，一副要为全世界人类文明献身的姿态。”启超讽刺道。

“我也没想过为全人类文明，为中华文明就行。”

“你这高度已经算是登峰造极了，孟夫子一点都不谦虚啊！”

“我谦虚什么呢，那是我的梦想。”孟宪明说。

“我看都快成幻想了，你还是想点实际的，比如要如何找到这山林里的金字塔吧。”

一边的旻斌时不时地看看路两边的石头，这也是他的爱好之一。因

为新疆的奇石一直都有很好的价钱，但是旻斌看了半天也没找到一块像样的。杨可馨则比较兴奋，时不时地问叶尔兰树林里的小花的名字。

大约花费了两个多小时，众人上到了山顶。在山的这一边却是另外一番光景。半山腰是大片大片的草场，羊群肥美，星星点点。从草场往下走是大片的松树林，那些松树笔直、挺拔，散发着阵阵的松香，小松鼠从一棵树到另外一棵树，不知名的小鸟，唧唧喳喳像一群小疯子叫个不停，一条小河在林子里安静地流着，像丢失了时间概念。

阿吕斯坦给吴卫国指了指说："到了，这就是我们的夏牧场。"然后率先冲了出去，往自家毡房赶。

等吴卫国一行到的时候，阿吕斯坦已经在将一只羊大卸八块了。阿吕斯坦招呼众人坐下，说今晚好好坐坐，他们这个夏牧场很少有外来的客人，今晚要吃手抓肉。草场边有一个用土块垒成的灶台，此刻锅里已煮上了羊肉，阵阵香味扑鼻而来。

夕阳下，众人一边啃着羊骨头一边说着笑话。吴卫国悄声地问阿吕斯坦："这山里面有没有像三角形的山？"

阿吕斯坦一听这话惊讶地问："你说的是三角形的山吗？"

进发深山2

阿吕斯坦顿了一会儿说："你说的那山是不是像这样的？"阿吕斯坦说着就在地上用羊骨头画了起来。只见他画得很简单，也很难看，三条线不规则地拐来拐去，形成一个三角形后又在这个表面画出一些梯田样的横线。吴卫国和启超等人看得很细致，也很惊讶，怎么这个哈萨克牧民知道有这么一个山呢？

吴卫国问："这山你是怎么知道的？"

"我是听老人们讲的。我很小的时候，有一年这里嘛闹狼灾，羊嘛让吃了很多。几户人家嘛就在一起商量进山杀狼，可是狼嘛没有杀掉，我们嘛一个人死了。"阿吕斯坦谈起往事有些伤心。

"怎么，打狼那么多人，狼没杀死就死了一个人？"启超啃着骨头问。

"这个人咋死的？"吴卫国也问。

"我们嘛当时小，没看见。后来嘛，听人说那个人嘛被魔鬼抓烂了头，脑浆嘛都流在了外面，很恐怖。”

“怎么会出现这种情况，这是出去打狼又不是去和魔鬼决斗，况且你们真的相信有魔鬼？”

“很多事情嘛，不能按照我们的常理来推断嘛！我嘛也是后来听人说的嘛，他们一帮子打狼的人进山嘛，走了好远嘛，没有找到狼的影子。打狼队在山里转了好几天嘛，后来有一晚天下起了雨，他们找到嘛一个山脚的洞嘛躲雨，后来嘛没柴了，那个人就出去找柴，打狼队的人后来说就听见一声尖叫，出来就看见嘛那个人已经死了。”

“可是这人为什么会突然间就毙命呢？”启超好奇地问。

“我们嘛，也不知道。只是后来嘛，老人说很多人害怕再出事嘛，当晚躲避雨的山嘛像三角，很奇怪，好像有人故意嘛弄的山。”阿吕斯坦说，“同行的人嘛也不知道什么情况，反正是听到很尖厉的叫声嘛，大家吓坏了，跑进这山旁边有个三角形的洞，然后在那里面嘛躲了一晚上。第二天嘛，才抬着他的身体嘛回来了。”

“后来怎么样了？”吴卫国着急地问。

“后来嘛，牧区的人都说那山怪的很嘛，不让我们嘛去那里放羊，还说那山里面嘛有东西，不能随便进去嘛，进去嘛就要死人的！”阿吕斯坦说。

吴卫国想了想，又接着问：“那进到洞里面的人没说见到什么吗？”

阿吕斯坦也想了想说：“我也是听说的嘛，好像那洞里有好多石头嘛，还有刻的石像啊什么的嘛，再往里面嘛有个大坑，其他的嘛他们都不知道了，太黑了嘛，也不敢进去嘛！”

孟宪明见阿吕斯坦说完了，对吴卫国说：“有人故意弄的山？导师，这里和我们要找的地方很像。”

吴卫国没有理会孟宪明的话，反而问：“阿吕斯坦，当时你们咋不报案啊，这么大的事情！”

阿吕斯坦说：“当时也报案了，给说了嘛，可是人家根本不相信嘛，况且那地方那么远嘛，也调查不出来什么嘛，所以就这样没了下文嘛。”

“这些人啊！”吴卫国很生气，转而变了口吻问，“那你知道这山在哪吗？”

“我嘛没去过，只知道有这样的山，到底这山在哪里我嘛不知道。”

“那你能不能带我们到老人们曾经打狼的地方去看看。”

“这个嘛可以，你们嘛到底要找什么？”阿吕斯坦说。

“我们要找那座三角的山，还要进那里面看看。”吴卫国说。

“你们不怕魔鬼吗？那里已经没有人去了，他们都说嘛那里是魔鬼的巢穴，谁走进去，谁的头嘛就要被抓烂嘛，成了魔鬼的午餐。”阿吕斯坦惊讶地说。

“阿大叔，你别怕，我们就是来抓魔鬼的。等我们抓走魔鬼，你就可以到那里去放羊了。”启超说。

“我嘛是永远都不会去那里放羊儿。”

阿吕斯坦心里奇怪，这些人为什么要找一座这样的山呢？但是他知道有些事情该问，有些事情不该问，见众人再无话要问，他开始收拾餐具。

吴卫国见阿吕斯坦离开后说：“看来我们所找的众帝之台就有可能在那里，那个洞里面似乎隐藏了很多东西，说不定那里面就是众地之台。明天我们出发，除了带上一些攀岩设备和帐篷以外，其他一些东西尽量不带，减少负重。”

启超听完吴卫国的部署后，说：“教授，你有没有发现刚才他讲的打狼队里一个人的死亡很奇怪，好像是被什么利器抓伤，这是不是真的？”

“现在还不清楚，因为不是亲眼所见。”吴卫国说。

“这个事情我们要引起重视，在进入密林后，我们尽量注意头部。”刘学军很严肃地说。众人点头表示明白，刘学军还告诉众人，在每个人的背包里他已经装进去了一把匕首，可以用在突发情况下防身。启超和孟宪明心知，刘学军手中有枪，如果遇到野兽，他可以开枪还击，这样更灵活些。两人只是对着刘学军笑了笑，并没有说话。

吃完饭后时间还早，但天已经暗了。这里没有通电，整个世界显得宁静而安详，唯有风吹着呼啦啦的松树和冬不拉的声音。吃完饭后，众人坐在火炉前，阿吕斯坦坐在那里不断地拨弹着冬不拉，声音浑厚，传得很远。这群人里只有叶尔兰和孟宪明能懂得哈萨克语，阿吕斯坦在那里边弹边唱，叶尔兰和孟宪明就作为临时的翻译，译出歌词。

阿吕斯坦唱道：

人生在世欢笑度青春，
时光飞转谁能永留人间？！
你若是轻浮就请走远，
你若稳重就请上歌坛。
对于老实人不可欺辱，
否则惩处会使你难堪。

听着阿吕斯坦唱歌，众人各自陷入了深深的沉思。杨可馨看着启超，启超则看着毡房外的黑暗。

当阿吕斯坦第一曲唱完后，启超一个人独自走出了热闹的毡房。他现在越来越喜欢安静了，也越来越觉得安静非常重要。看着这与世隔绝的山腰、草原和松林，心里一下子舒服多了。这时杨可馨也走了出来，站在启超背后。

“你还是这样孤傲。”杨可馨开口说。

“我从来就没有孤傲过，只是你不了解我而已。”

“当年大学的时候，如果你能说出来你心里真实的感受，或许我就不选择去北京读研究生，也不会出国……”

“为什么每次都要我主动？如果我不说话，你就离开，我还有什么可做呢？”启超有些恼了。

“可是，可是你不能让一个女孩子做这种痛苦的选择啊？”杨可馨哭诉着说，“如果你当初能说出来，也许，也许就不是今天……”

没等杨可馨说完，启超打断了她的话：“都过去了，看着你过得很好就行了。”

“你真的觉得我过得好吗？”

“难道你现在不好吗？走上了你喜欢的道路，这不是你一直追求的吗？”

“你知道我一直追求什么吗？”杨可馨看着启超。

启超突然觉得自己不知道该说什么了，原本有一肚子的话，此时全部沉到了水里，成了一阵风。

杨可馨不依不饶地说：“你根本不懂一个女孩子的心。”

听着杨可馨的话，启超的心一下子回到了校园，那时候的他带着青年的稚气和激情。由于自小喜欢文学，曾经是校园文学社团的一支笔，也就是在这个社团里启超认识了杨可馨。

那时候的杨可馨不算漂亮，但是做事很有头脑，和许多城市女孩子不一样，杨可馨没有将心思花在打扮和穿着上，而是一心学习。后来两人曾经在大学里一起创办过文学刊物，启超现在回想也许是在那个时候他已经对杨可馨有了一份孤独的爱情。

可是这份爱情一直埋在他的心里，从来没有说出过。直到杨可馨告诉他自己要去北京读研究生时，他才明白，这个爱情只有因没有果。杨可馨一直在默默地等待启超一句话，可这句话一等就是四年，坐车去北京的时候杨可馨也没有等到。

研究生期间，杨可馨和启超联系得很少，两个人只是偶尔通过网络联系一下，问个好。后来杨可馨出国学习，两人自此失去了联系。

杨可馨看着启超，然后默默地说："你这些年也没有成家。"

"成家？现在年轻，不急。"

杨可馨"哦"了一声，然后两人陷入沉默，没有人打扰。唯有阿吕斯坦的歌声在树林里荡漾。

而此时在不远处的森林的树上一个人正静静地拿着望远镜看着这一群人，只见这人脸上涂满了油彩，身穿蓝色迷彩服，头上一个迷彩的头巾包着。腰间有一把短刀和手枪。这人正是与杨可馨会面过的乌克兰雇佣兵。

在树下的草丛里有一顶草绿色的小帐篷隐藏着，而帐篷里正有一人呼呼大睡，没有人察觉。只见在树上的那人看了一会儿后，掏出电话说："哈肯先生，我们现在在阿尔泰山脉中，他们在一个当地土著人的帐篷里，不知道下一站是哪里。"

电话那头说："随时和杨小姐保持联系，紧紧地跟着，不要暴露。"

"好的！"那人挂完电话后依旧保持着观察的姿势，显出良好的身体素质。

启超并没有发现有人监视他们，在外面和杨可馨站了好长时间后，觉得起风了，然后带着杨可馨回到了毡房。此刻众人也行将散去。

杨可馨躺在帐篷里，思绪很乱，她开始寻找各种开脱，为了母亲，为了钱。此时她就像一个做错事的孩子，躺在哪里，四肢伸展，不断的幻想着各种可能，她多么希望自己能在这次考古结束之前死掉，一死百了，只要自己听不见，看不到一切都会过去的。

杨可馨在心底里一直记得启超，或许那不是感情，单相思也有可能。但是心底里那个声音很明确，那就是爱，是初恋。杨可馨这些年在外国依旧保持着单身，身体依旧是一张白纸，想到这里杨可馨为自己能够把持住自己的感情，保护身体而感到骄傲。

她还能感受到启超心中那一团火，也许怪自己当初太任性吧，本不该去北京，本不该去外国的！如今，陷入这一两难境地，难道真的又要和他擦肩而过吗？杨可馨默默的流泪，她心中一次次的喊着“不”。

清晨，天气晴朗，微风。

吴卫国一个个将这些小伙子们从毡房里喊出来，杨可馨则由阿吕斯坦的老婆负责叫醒。在阿吕斯坦家里简单地吃过早饭后，阿吕斯坦带着老婆准备的馕和风干肉领着众人起程了。

阿吕斯坦先带众人沿着河谷向前走，行走了大约两个小时，中途休息半个小时，然后拐入深山中，沿着山间的小路攀爬到山顶，然后下山。只见眼前是一片密林，树木以针叶林为主，地下有很厚的落叶。

脚下的腐枝败叶散发着弥久的霉味，在这地下不知生活着多少万条蚯蚓，它们在那里组成了大自然一个神奇的王国。而曾经牧人们走出的小道早已消失在树林边缘，越往里面走越显得阴森、安静。启超不断地构思各种会遇到的危险，但这里不是热带雨林，也不会有食人族。眼前的这片树林不知何时才能走到头。走在一边的孟宪明的体力明显开始有些不支了，但是他还是低头走着。

启超一看时间，众人已经走了将近七个小时，便走到吴卫国跟前说：“教授，这次旅程时间还长着呢，咱们这些人虽然很多都有野外工作的经历，可是像这样长时间的奔波劳累还是第一次。我看今天先在这里休息一下吧。”

吴卫国擦了擦头上的汗，然后转头看向这群疲惫的科考队员们说：“也行，那我们就找个平地，扎好帐篷，好好休息一下。”

众人将帐篷搭建好后，刘学军又安排众人捡来了一大堆干柴，在帐篷边生起篝火，以防止野兽突袭。吃过晚饭，天色将暗，吴卫国吩咐晚上不能睡得太深，并且晚上安排轮流值班。

正当启超睡得深沉时，突然有人喊：“有狼！”

启超猛地爬起来，从包里拿出匕首，冲出帐篷，只见五双闪着蓝光的眼睛在不远处的黑暗里晃动着。

狼群袭击

此刻启超、孟宪明、刘学军、旻斌和叶尔兰站在火堆前，吴卫国、杨可馨和阿吕斯坦则一人一火把，另外手中还有手电筒。暗夜静寂，火把在风中不断地摇晃着，周围通亮无比。夜晚的森林诡异许多，头顶的星星此时若隐若现。

启超看着眼前躲在黑暗中的狼群，问：“咱们怎么会遇到狼呢？”

刘学军说：“我也不知道，一般这个季节狼是不缺少吃的，怎么会突然跑来攻击人类？况且我们还有这么大一堆火。”

“我也是才发现的。这些狼很聪明，一直在不远处静静地守着，我无意之间看见它们在树林里，所以赶紧喊你们起来。”叶尔兰说。

在一边盯着狼群的孟宪明插话道：“这些狼看来是在作准备，要不然早就进攻了。”

孟宪明补充的喊了一声：“大家一定要提高警惕，不要给狼群可乘之机。”众人纷纷点头表示认可。

启超看着狼群说：“看来这些畜生是吃腻了林子里的野味，想来我们这尝尝人肉的味道。”

“闲话少说，遇上了我们就拼了。”孟宪明说。

“你小子这会儿真的像一个男人。”

孟宪明傻傻一笑，并不理会。

只见这狼群似乎很能沉得住气，五只狼算是小股作战，如果是大股的话，启超这一行人估计要付出更大的代价。这些狼看着眼前的猎物并不着急进攻，有两只狼趴在手电筒的光圈下，不断地修理着身上的毛发和爪子，时不时地换个姿势，像是表演而不是猎杀。

刘学军知道，这些狼现在是在诱惑他们，等时机到来自然会进攻。狼很聪明，也很讲究战术，这一点是别的动物所不能比的。狼群中有一只狼不断地跑上跑下，时而观察一下周边的情况，时而去舔舔周围其他狼，似乎在做战前总动员。还有两只狼就这样一直静静地蹲在那里，眼睛直直地盯着启超等众人，口水不断地滴在地上。这两只狼时不时地还要露出两边的利齿，做一个危险的动作。

旻斌看着眼前的情况说：“咋还不来啊，我还是第一次在野外撞见狼。Come here,baby！”然后摆出一副拳击手的造型，手中的匕首不断地散着寒光。

在背后的杨可馨对站在前面的启超说：“启超，你要注意安全！”言语中包含着不尽的关切之意。启超并没有回头答话，只是略微点了点头。

就这样众人与狼群僵持了半个多小时，此时的柴火行将烧尽，手中的火把也快没了。周围的光亮一下子少了许多。仅剩下三个手电筒照着远处的狼群，显得力不从心。此时再看狼群，原先打滚舔毛的两只狼此刻也站了起来。一看这情况，众人心里估计那狼群肯定是要进攻了。然而，此时原先流口水的两只狼却趴在了地上，继续修理毛皮，刚才修理皮毛的则虎视眈眈起来。

如此再过了半个小时，那些狼像是突然接收了某个信号，全部站起身来，开始分散开来，向两边散去。随着一声狼吼，那五只狼发起了猛攻。

先是一阵冲刺，然后那五只狼同时跃起，张开的大嘴中露出有一股腥臭味的牙齿。启超手持匕首和一只攻击过来的狼搏击在一起，启超找准机会匕首狠狠地刺进了狼肉中，那狼吃痛之后，反而转过头来，对着启超的大腿就是一口。启超被咬得脸上青筋暴露，手一扬刀子从狼身上拔出，然后对着这狼此刻露出的弱点——脖子——就是一刀，那狼随即松了口，在地上不断地喘着气，抽搐着。再看小腿处，并没有多大伤口，伤得不算太重。

而这边众人也都解决掉了那些恶狼。此时远处发号施令的那只狼看到手下皆已毙命，转身跑走了。除了启超腿上受伤了以外，孟宪明也挂了点彩，并不严重。杨可馨将柴火填进去一些，周围一下子亮堂了许多。然后她给启超擦上消炎药，并绑上消毒纱布。“幸亏那狼没有下全力，如果下全力的话，不可能是现在这情形。”杨可馨说。

“还好，这些狼嘴下留情了。”启超说。

“以后要注意一点，别逞强。”杨可馨关心地说。

吴卫国看着眼前五匹狼的尸体说：“你们有没有发现这些狼有问

题？”

“我没发现。”旻斌开口说，只见启超等人也摇头表示没有发现。

“这些狼感觉都很消瘦，你们看这皮毛也不光滑。在这样的季节，狼应该是不缺少食物的，但是这些狼的肚子都很干瘪，显然是很久没有进食了。”吴卫国在一边边看边说。

“难道是这些狼没吃饱饭？”启超揉着腿。

“这些狼看来盯我们好长时间了，早都馋得不行了。”孟宪明在一边说。

“教授，你这么一说我也觉得有些奇怪。刚才这几只狼也太不济了，居然让我们五个人杀掉了，而且没有给我们造成多大的伤害。就说刚才开口咬我的那匹狼，如果真的是全力咬的话，我现在肯定不会坐在这儿和你们说话，而是躺着了。”启超分析道。

“那你觉得是为什么？”

“我觉得这些狼肯定是好久没有食物来补充体力，致使身体虚弱，没有力气和我们作斗争。”

“偌大的一片森林，为什么会让几只狼没有食物呢？”吴卫国低声说。

此时众人才觉得奇怪，在这群人里除了刘学军是部队出身以外，这些长年不锻炼的人如果是真正遇到一匹健康的狼，不一定能全身而退。

孟宪明看了看周围情况说：“大家有没有发现，我们在这片林子走了很长时间了，可是却没有见到多少动物，连一只鹿都没有看到过，你们不觉得奇怪吗？”

“是啊！这个季节应该是动物出来觅食的最好时节，可是这林子却没有一点动物活动的迹象。”刘学军似乎发现了什么。

“难道这地方真的有魔鬼啊？”启超说。

“我嘛给你们说过啦，这里的魔鬼嘛是不想让人打扰的，谁吵醒他嘛，谁就不会好过。”阿吕斯坦说。

“这不是魔鬼的问题，以我判断，这是自然环境造成的。有可能是一种位于食物链顶端的动物，控制了这片区域。”孟宪明解释。

“一种陌生的动物？你怎么判断出来的？这不太合理。我们虽然可以想象，但是不能漫无边际地想啊，孟大胆。叫你大胆是让你别害怕，不是让你在做学问的时候也大胆。”启超挖苦道。

“现在我还不清楚，确实没有证据。”孟宪明说。

其他人听完这两人的分析后，也陷入一种为难的境地。此时吴卫国站起身说：“想不通我们就不要想了，明天我们沿着树林往深处走走，说不定会有一些收获。大家现在去休息，受伤的就不用负责守卫了。

散去之后，启超刚躺下，孟宪明就拉开他的帐篷。在询问了一下伤势后，说：“其实我今天想说那个顶端的动物有可能是咱们看到的岩画上的那种鸟！”

“你是说那三足鸟？”启超说。

“没错，如果真的是它的话，这一切都有可能是真的。”孟宪明低声说。

启超摸着头说：“但愿只是岩画，我可不想被爆头。”

“你那头不值得人家爆。”

孟宪明离开了。启超一下子躺倒，腿部的那种疼痛感通过神经一阵阵地传到大脑深处。天气有些闷热，启超打开黄色的帐篷顶，想在那里看见一双眼睛，一双清澈透明的眼睛，可是不管如何用力那里还是淡淡的黄色。就这样看了好长时间，启超的眼睛模糊了，大脑一片空白。

当再睁开眼时，已经是遇袭的第二天早上。刘学军和叶尔兰在准备早餐，旻斌和哈萨克族向导阿吕斯坦在不远处挖了一个大坑，准备将狼的尸体就地掩埋。

吴卫国看着那些死狼说：“大自然就是这样残酷，这些狼如果能找到食物也不会跑来进攻我们。”

众人无语，在简单地吃完早饭收拾好帐篷后，开始沿着山林往深处走去。越走越发现这深处的树林静得可怕，甚至有些瘆人。只觉得这林子似乎是死了一般，没有鸟，没有兽，唯一有点生机的也就是些小昆虫和花朵。除此之外偶尔能听见很远处的一声鸟叫，但是这也感觉离得很远。

在没有路的林子里行走，下脚更难，但是没有人发出怨言。上午阳光正烈时，这林子里的阳光却少得可怜。走了一上午，启超觉得此时似乎是一个上坡，不知道其他人是什么感受。在一片空地简单地吃过午饭后，阿吕斯坦说：“过了这个山坡嘛，前面有个峡谷，翻过谷嘛就是当年打狼队遇袭的地方。”

吴卫国听完后，让孟宪明从包里拿出军用卫星地图，看了好长时间

说："你们看，我们现在在这个位置，从地图上显示的这个金字塔状的山就在山谷那一边的树林里，看来我们的推测没有错。"

孟宪明看着地图上标识说："这个峡谷有多大？"

阿吕斯坦想了想："峡谷嘛大得很，我们嘛要从峡谷嘛绕过去的话，路嘛不好走，要走一天嘛。"

孟宪明对所有人说："大家看，从地图上判断这峡谷并不宽，如果我们能在这上面弄个绳索的话，这样可以很快过去，可以少走一天的路。"

刘学军看着地图，想了半天说："孟宪明的这个想法有可行性。如果真能这样的话，我们就省事多了。"

吴卫国指着地图上问："小刘，你判断一下这个峡谷位置大概有多宽？"

"有个四五十米。"刘学军说，转念一想他已经明白吴卫国的意思，接着道，"我们的绳子够，等会儿我们到峡谷之后，将绳子射到对面的树上，这样我们就可以溜过去。"刘学军说。

"好，我们先这样定下来，等到地方再作下一步打算。"

在休息了半个小时后，众人继续向上攀爬。这时山势却突然平稳起来了，只见眼前一片茂盛的银杏树林，像是有人故意栽在这里的。刚才山坡上还杂乱无章地长着野杏树、核桃树和松树，此刻眼前这片树林子却都是银杏树。

启超在银杏树林里转了一会儿，发现这些银杏树一行一行栽植得非常规整，而且从粗壮的身杆可以判断出，这些银杏树的树龄至少在百年以上，甚至有千年也说不定。这些树在这里时间应该很久远了，其中一部分已经死亡，树干很大。

此时刘学军已经在准备溜索，刘学军目测一下峡谷的宽度，他估计在三十五米左右。启超走到这平台的尽头，只见脚下山谷中有一条小河，阿吕斯坦介绍说那是额尔齐斯河的上游，水在谷地里打着旋涡，混乱地向前冲着。人站在这峡谷的上部总觉得有种晕眩，那巨大的裂痕似乎要吞噬每一个观察者。

刘学军从随身的背包里拿出五十米长的动力绳，这些绳子虽然很长，但是并不重，因为所用的材料特殊，完全可以承受起一吨的重量。然后又拿出一个盒子，只见这盒子里放着不知道是何材料制作的各种部件，刘学军将那些东西拿出来，三下五除二就将那些部件组装成了一个弓弩，然后拿出箭头，将动力绳安装在箭头上。弄完这些后，刘学军拿起弓弩找准对面河谷的一棵大树，扣动扳机。只见这箭头直直地带着动力绳扎进了对面大树的主干上，生生地穿过树干，然后那箭头又分出八个侧翼，扣进了树身中。刘学军试了试力道，然后将手中的绳子绑到就近的一棵大树上说：“我先试试，看看情况如何。”

刘学军拿起一个滑轮，搭在动力绳上，然后以极快的速度向对面冲去。绳子吃了一点力，但是没有多大的变化，此时刘学军已站在对面的树下，示意可以安全通过。

启超等人先后过到河谷这边。刘学军将绳子就这样放着，说为回去的时候作准备。过了河谷的山地也没多大变化，树林依旧很密，而且很高，根本看不见眼前是什么情况。

“啊——！”走在一边的杨可馨大喊。

启超等人一听，赶忙跑过去，只见眼前一片白骨。

第十九章 三青神鸟

Chapter nineteen

神秘的兽骨

在杨可馨的右手边三四米处，有一个坑，直径六米，深约两米，由于这里荒无人烟，加上很难见到食草类动物，所以草长得很高、很厚，一般人根本不会注意到。可是杨可馨是第一次做考古，再加上这里的自然环境非常美，无意之间被她发现了。放眼望去坑内不知道有多少白骨，层层堆积，那些骨头看不清楚样子，也找不出个全尸。

吴卫国盯着眼前的白骨说："这骨头应该不是人的。"

刘学军蹲在坑边看了一会儿："确实不是人的骨头，这里面的骨头很杂乱。有野羊的骨头，有鹿的骨头，还有雪豹的骨头，狼的骨头。还有一些不知道是什么鸟的骨头。可以说是一个动物的殉葬坑。"

"可是这些骨头是怎么来的？这些动物有些是互为天敌的啊，不可能自动跑到这坑里来一起等待死亡吧。"孟宪明带着询问的口气说。

"没错。"刘学军说。

"这事情有些奇怪。"一向比较沉默的旻斌似乎也来了兴趣。

众人你一言我一言地猜测着这些动物离奇死亡的原因。

"咦——"在坑边一直没说话的启超发出一个惊讶的声音，众人转向他，启超说："这些动物不是自动来到这里的，应该是被什么杀死的。"

"什么？被杀死？这不可能，这么多的动物，怎么会被杀掉呢？"

孟宪明说。

“是啊！启超，这里应该没有偷猎者。就算有偷猎者，他也是有选择的。”刘学军观察周围说。

“没错，应该是被什么东西杀死的！”叶尔兰盯着坑。

“小启，你讲完你的分析。”

听完吴卫国的话，启超接着讲道：“你们有没有发现，在很多骨头上有被利器抓伤的痕迹，”说着，启超指着一些骨头，“你们看，那儿，还有那儿！”此时众人才发现，原来这堆白骨中一些比较大的骨头上都有小拇指粗细的抓痕，而且很明显是利器所致。

“启超的发现和我刚才看到的一样。你们看那些抓痕虽然不太明显了，但是细心查看还是能看出来，那绝对不是自然的痕迹。”

“叶沉默说出了我想说的。”

这个时候刘学军似乎发现了什么，他跳到坑内，踩着白骨，向一块骨头走去，将那骨头从白骨中挑了出来，扔到坑外。然后顺手又爬到坑外。

众人这时发现刘学军扔上来的骨头很明显的是一个头骨。吴卫国盯着头骨一看说：“这是熊的头，是什么东西将它杀死的？”

“教授你看，这头上是什么东西？”刘学军将那熊头骨反过来，露出颅骨。只见这颅骨上很明显地露出三个黑黑的爪印。在白色的骨头上闪烁着黝黑的光，让人不寒而栗。启超看了一眼后，总觉得头顶发凉，顺手摸了一下头部。

此时启超的脑子里突然想到在尼丰县考古的时候，从那些岩画中看到精绝国王子叱和独目族族长带人夺得宝图时那种从空中袭击的鸟，不就是攻击头部，爪子上还带着一种似精铁做的铁爪吗？启超心中想难道是那种鸟，可是这里离尼丰县上千公里，怎么可能？

启超看向吴卫国，似乎吴卫国也在想同样的事。

启超开口：“教授，这会不会是……”

吴卫国还没等启超说完话，示意他不要说了。吴卫国说：“我理解你的意思，现在眼前我们只有这些骨头，还无法证明。小刘你能不能从专业的角度看看，这些动物是不是受到来自上面的袭击？”

刘学军盯着头骨看了一会儿开口：“单从这头熊来说，应该是受到空中的袭击，应该是一击毙命。”

吴卫国脸色沉重："我们接下来要非常注意头顶的安全，一有情况我们尽量躲进密林。"吴卫国似乎还有话要说，可是话到口中却被他咽了进去。

在这个坑前停留了大约四十分钟后。众人又起步向深处进发。

此时吴卫国显得一脸的愁苦，不知道是为什么。孟宪明看出情况，来到吴卫国跟前低声问："导师，你是不是在为刚才发现的那些兽骨给我们留下的难题担心？"

"这件事情肯定不会是我们想象的那么简单。这些骨头也并不是平白无故地放在那里。"吴卫国若有所指。

"导师，你的意思是说这些骨头是故意放在这儿的？"孟宪明显得不解。

"难道你没发现，这些骨头是放在森林的边缘，如果是一般的旅行者或者牧人都会选择到这里来走走。"吴卫国分析说。

孟宪明听完吴卫国的这个分析，脑海中突然闪过一个念头，是啊！刚才不就是很自然选择了骨头所在的坑边的路吗？向导阿吕斯坦认为这里草浅，更容易行走。

"那这鸟到底是想做什么呢，导师？"孟宪明说。

"这些鸟为什么会作为图腾，正是因为它有独特之处，或许它的智力超出了一般的动物。"吴卫国说。

"那这些骨头放在这里有什么深意呢？"一边静静前行的旻斌突然问。

"这些骨头有可能是一种暗示。某种这片森林食物链顶端的动物将这些下端动物杀死之后，吃掉它们的肉，然后将骨头放在坑内，以作为警示。警告要进入的人，小心下场和这些动物一样。"孟宪明沉思了半天说。

孟宪明讲完这话，旻斌笑着说："小孟，我还是第一次听见你说这样的话，而且还这么不靠谱。"

吴卫国道："不靠谱是有点，但是推理很正确。"

这些人里面估计也就只有孟宪明和启超、叶尔兰能明白吴卫国话中之意，因为他们都一起看到过岩画中那种杀人的三只脚的鸟。

虽然到现在还没有见到这种鸟，可是刚才所见到的情况已经让几人往这方面猜测了。如果此时告诉他们世界上真的有那种可以攻击人，并一击致命的鸟类，那队伍里肯定会有不小的波动。翻过峡谷，众人在眼前的这片树林里行走了大约四个小时，此时天色已暗，只见这天地之间安静得很，没有鸟叫，没有流水，没有星光。唯一能感觉到的是风吹动树叶哗哗的响动。

在一个山脚下，众人找到一片避风处。在这里扎好帐篷，燃起篝火后，吴卫国打开地图指着图上说：“眼前我们已经很接近那个金字塔式的山脉了。”

“导师，我怎么什么都没有看见？”孟宪明疑惑地问。

“是啊！教授，我们是不是搞错了？”启超附和道。

启超也觉得这事有些蹊跷，为什么离得如此近，可是他们却没有感受到呢？

“难道这山还会隐形不成？”启超自言自语。

这话刚好让孟宪明听见，说：“你小子整天脑袋里想点实际的东西行不行？”

启超悄声：“我这都是合理推断，孟夫子。”

吴卫国指着地图说：“现在我们已经在这个山脚下，那金字塔式的山应该在这山的背面，我们现在是被这山势阻挡住了。等明天我们翻过山之后就可以知道情况了。”

启超抬头看了看眼前的这座山，山势陡峭，有很多枯树在半山腰的石缝里——虽然看上去是枯树，但实则都是活着的，这就是生命之伟大。更多的树在山上迎着昏暗，风吹得哗哗响。在山脚下有一条弯弯曲曲的小路一直延伸到山的深处，虽然草已经盖住了所有土，但是很显然这是一条曾经有人走过的路，只是荒废得太久。

启超奇怪地问：“这是不是以前的路？”

吴卫国也发现了这条荒废的小道，说：“应该是以前放羊人走的路，只是后来没有人走，才成眼前的样子。看这走势，应该是上山的路。”

此时旻斌和叶尔兰、刘学军拿着木柴回来了，他们边走边嘀咕。刘学军说：“我咋觉得那些石头很怪呢？”

“应该是有人故意弄成那样的！”叶尔兰说。

“嗯！虽然样子有些古怪，但是确实像是人工雕刻成的。”旻斌说。

吴卫国听到三人的话，随口问了一声："怎么了？你们说什么雕刻？"

"教授，是这样的。我们刚在树林里捡木柴，可是有几个石头很奇怪，好像以前的石雕，石头很大，我们就是看了一眼，也没在意。"叶尔兰说。

"什么样的石雕？"吴卫国问道。

"像一只鸟，但是是三只爪子。"叶尔兰说。

金字塔山

"在哪里？"

"就在那边的林子里。"

吴卫国一听这事觉得有些蹊跷，让叶尔兰带着去看看。启超、孟宪明也跟着来了。沿着这条漫过小腿的草路，一直往上坡走。在树林子里，几块石头挡住了去路，只见这石头有一人高，一米厚度，切割得非常整齐。这些石头有五六块很杂乱地被扔在林子里。

吴卫国带着众人来到石头前，看了半天，脸色越发凝重。吴卫国摸了摸石头上的雕刻，不知经过多少年的风吹日晒，石头上的雕刻已经不太明显了。

吴卫国摸了一会儿说："拿点水来，泼在这石头上。"孟宪明随手拿出矿泉水，将水向其中一块石头上泼上去，原先并不明显的雕刻痕迹一下子展现在众人眼前。

这石头上雕刻着一只巨大的怪鸟，头如鹰，身子像一只鸵鸟，最奇怪的是有三只脚，与在尼丰县岩画上发现的三只脚的鸟完全一样。这只鸟雕刻得活灵活现，眼睛中充满怒意，抬头看向天空，在其脚下很明显有一人头，那人头两眼中显示出不可思议状，鲜血从头顶流出。这图画虽然勾画简单，但是其中所表现出的威慑力，让观者心中产生隐隐的寒气。

启超看着那雕刻出的鸟向吴卫国问道："看来这里果然和昆仑国有关系。"

"别这么武断！"孟宪明道。

"事实如此，你小子现在又来这一套。"

孟宪明也不理会，也接着启超刚才的问题："这鸟真的和昆仑国有关系吗？"

吴卫国低头沉思被启超打断，接着说："不易判断。这里应该已经是众帝之台的区域了。其实这鸟的名字在许多古书中都有记载，这鸟名为三青鸟。"

"三青鸟？没听说过啊！"叶尔兰有些不好意思地说。

"《山海经·海内北经》记载：'西王母梯几而戴胜杖。其南有三青鸟，为西王母取食。'又《山海经·大荒西经》记载：'三青鸟赤首黑目，一名曰大，一曰少，一名曰青鸟。'传说这种鸟为女神西王母的使者，共三只，又称三鸟。三青鸟是凤凰的前身,本为多力健飞的猛禽，后渐传为色泽亮丽，体态轻盈的小鸟，是具有神性的吉祥之物。汉代画像砖上常见于西王母座侧。据传这种鸟都是青身子、红脑袋、黑眼睛的多力善飞的猛禽，而不是那种娇小玲珑的依人小鸟。它们从三危山展翅一飞，就超越千里，来到西王母所常住的玉山岩洞里，从锋利的爪子下面掷下连毛带血的各种攫取自空中和原野的能飞会跑的动物，作为主人也就是西王母一顿可口的美食。"吴卫国说。

"有点像猎鹰的感觉。"叶尔兰说。

启超又问："那么教授，上次我们在尼丰县的时候难道你已经知道这种鸟的来历了？"

吴卫国说："当时我虽然看到这种鸟，但不敢确定它是否真的存在。因为在中国神话史上，三青鸟都是一种神鸟、瑞兽，突然之间将它作为一个杀戮的工具让人很难接受，所以我就没有说我的观点。再次看到这种鸟，再加上之前我们在树林里看到的兽骨，我觉得这种鸟应该是一种守护者的角色，甚至会攻击每一个活物。"说完吴卫国转身从围绕他的队员中走了出来，向篝火处走去。

此时启超觉得众人像一群等待宰割的猎物，进入了伏击圈。三青鸟在暗处，而考古队员们却在明处，况且这种攻击来自于人最不重视的天空。

坐在篝火边，吴卫国长久地没有说话。他的脑海里闪过许多画面，这种攻击性极强的鸟的各种形象在脑海中不断地闪现，鲜血淋漓的动物，奔跑的鹿群头颅不断地被抓裂，那种疼痛感是如此的真切。

"小刘，你那里的弓弩有几把？"吴卫国突然抬头问。

“我现在带着一把，当时害怕出事，我还随身带了一把。”

“太好了。我们还可以再做几个简单的弓箭。”吴卫国边说边安排，砍来一些小孩胳膊粗的树干，然后在火上烤热，弯成弓箭的样子，再用动力绳将其固定好。那边刘学军将一些直直的小拇指粗的树枝削尖，然后做成四十厘米长的羽箭。

这样忙活了半晚上，做出了五把简陋的弓箭，加上刘学军带来的精致“战神弓弩”，考古队已经俨然成了一支冷兵器时代的远程攻击军队。

吴卫国看了看手表说时间已经不早了，早点休息吧。

这一晚上并没有留人轮流看守营地，因为已经没有动物会攻击他们了。

又一日，乌云布天，将有雨。

早上起来的柴火有些湿漉漉的感觉，树丛里也有了露水。但是这并不妨碍考古队的接下来的行动。在简单地吃完早饭后，收好帐篷，阿吕斯坦走在前面，其他人一字排开，向山顶挺进。

没走出多少路，天开始下起蒙蒙细雨。只见背后群山围绕，朦胧中不失诡异。这些山像猛虎，像群蛇，在细雨的雾气中愈加清晰。启超看着消失在雨中的群山，心中不免有了一丝的荒凉感，山如此孤独，那么生活在这里面的人也不是如此吗？

每个队员的脸上都挂满了雨珠，眼前的树林愈加翠绿，甚至有些黑绿色。阿吕斯坦边走边说：“北疆嘛雨多，一下嘛也很难停。南疆嘛就不一样，雨嘛少得很！像这样的雨嘛，南疆拿油换都换不来嘛。”

这话将大家给逗笑了。

大约走了一个小时，考古队来到了山顶。从山顶向下望去，只见一片细雨的丛林中，一座凸起的金字塔山，山势被郁郁葱葱的树木所阻挡。但是从高处望去，这山的走势很是明显，让人不由得感叹。吴卫国盯着那山看了半天，大叹一声：“果然是这样的，看来那木简上记载的一点没错。”

“神来之笔啊，老爷子神来之笔啊！”旻斌在一边狂喜不已。

只见吴卫国就像一个孩子一般，向那金字塔山走去。此时阿吕斯坦看到如此的一座山，心中早已大喊了不知道多少声：“胡大保佑！”然后紧随吴卫国的步伐消失在雨林中。启超和孟宪明不住地摇头，心想，这两个老小孩太有意思了，在路上走得很慢，但是此时却是第一个向目的地奔去。

启超问孟宪明：“这次你可大发了，这可是中国的金字塔，你们考古界又将有一场‘腥风血雨’了。”

孟宪明眼中放着亮光说：“那就让暴风雨来得更猛烈些吧！”然后也冲了出去。启超摇头笑着，显得很无助，也跟着走去。在后面的是刘学军，还警惕地看了看周围的情况，深怕在这样激动的时刻出现意想不到的事情。

此时旻斌、叶尔兰和杨可馨更加沉迷于眼前的景象。尤其是作为鉴宝专家出身的旻斌更是一脸的惊奇，暗想这肯定是一座古墓，从这里的山势可以看出——这山就这样突然地出现在眼前！

杨可馨心中不断地喊着：“金字塔！金字塔！我们中国的金字塔！”

话少的叶尔兰此时所有的语言都写在脸上，脸上的肌肉因为激动不断地抽搐着。

越靠近这座金字塔山，启超越觉得惊奇。只见这山似乎有梯田一般的台阶，而此时这些台阶上长满了各种树木和藤类，这样的情况唯有远观才能看清。那山顶处似乎是一片平台，此时长着许多松树。而这金字塔形的山前似乎在很早以前应该是有一条天路的，只见那里的草木虽然不知道过了多少年，但很明显还是比周围矮一些。而在这三角形山的背后，山势起伏，一山高过一山，它将自己隐藏在群山中，并且已经与周围的山势融合的非常自然，不仔细观察，根本不会注意到这么一个很“特别”的山。

这山就建在山坡处，有人故意将山坡推出一块平地，建这一座不自然的金字塔。此时吴卫国已经站在山前，正在目测这座山的高度。启超和孟宪明也来到了吴卫国身边。

“这山目测高度应该在两百米，比胡夫金字塔还要高。这是一个何等伟大的建筑啊，它在这片树林里隐藏了千年啦，此时我们站在它的面前多么渺小啊。”吴卫国说。

启超心中也惊叹不已。胡夫金字塔耗费的人力物力到现在也让许多考古学家感到不可思议，此时眼前这座金字塔山比胡夫金字塔还要高大，还要宏伟，那么建设它的人又是谁呢？

吴卫国见队员都到齐了，说道："现在我们已经找到了众帝之台的所在地，接下来就是寻找入口，我想那个三角形的洞，应该就是入口了。我和王老只大概地分析出了它的外表，可是里面是怎么样的构造，无法得知，所以要特别注意安全。"

"那教授你的意思是？"启超问。

"我没别的意思，就是注意安全。"吴卫国冷静地说。

此时刘学军猛然看见树林里有一双火一般的眼睛，虽说只是一霎那的对视，刘学军却觉得自己的眼睛一阵酸疼。

刘学军立即拿起手中的弓弩，呈战斗状，但那双眼睛已经在雨中消失了。

刘学军走到吴卫国跟前说："有情况，大家注意！"

三青鸟袭击

只听刘学军猛地大喊一声："注意！——"

紧接着，就听吴卫国大喊："有鸟！注意头顶！"

启超抬头一看，哪里有鸟啊，全是雨滴。众人就这样在雨中等着，手里拿着自制的弓箭，等了将近半个小时，却没有鸟的影子，甚至连一声鸟叫都没有。

启超问："我说小刘，你是不是精神太紧张了？

吴卫国问刘学军："你真的看清楚了？"

"教授，你应该很明白我是做什么的，这一点不应该怀疑。"刘学军低声说。

"现在怎么办？"孟宪明问。

"我们向林子里走，快！——"吴卫国说。

"我发现咱们才真的是惊弓之鸟。"启超边走边说。

"别废话，赶紧的。"孟宪明在旁边喊。

大家随着刘学军和吴卫国向金字塔山脚下的树林退去。众人打量空中，然而天空依旧没有什么变化，雨还是原先的雨，只是小了许多，乌云却不见褪去，颜色越来越深，黑色中看不见一点光亮。

退到树林后，众人一直沿着林间小道向金字塔山靠近，走到山前，沿着那些栽满树木的台阶向上走。

这些台阶虽然时间很久了，石头被黑绿色的苔藓裹着，苔藓吃水后显得很滑。这些台阶高约半米，隐约可见立面上有些简单的雕刻。吴卫国小心地清掉一些苔藓，发现那些雕刻多是三青鸟猎食的画面。吴卫国直直地盯着那些雕刻，心中充满惊喜，看来这是真的！

“这里是怎么了？这么散乱？”启超看着眼前的石台阶问道。原本应该铺设得很平整的石阶此时有的裂开了，有的因为挤压而断开，凌乱地堆在树林里。

吴卫国盯着眼前的一幕说：“地震，这是地震造成的。”

其实他一直担心，当路过可可托海时就担心，因为在1931年8月11日，富蕴县附近发生的一次巨大地震。震级为8级，震中烈度Ⅺ度。富蕴城内房屋全被震倒，全县死伤过万。地震引起的地裂缝、岩崩、山体滑移以及地下水变化极为普遍。从可可托海至二台产生长达170千米的地表断层线，最大错距达20米左右。这是中国大地震中已知错动幅度最大的一次地震。此震为典型的板块内部大地震，重复期很长。与1905年的蒙古杭爱山地震，1911年的哈萨克斯坦阿拉木图大地震同属帕米尔-贝加尔地震带。这次地震形成了非常完整的断裂带，断裂带地貌十分醒目，类型齐全，全带基本连接，至今各种现象保存完好，特别是在地震中区破裂现象宏伟壮观，是世界上罕见的地震带之一，也是世界上最完整的地震带之一。地震除了造成重大人员伤亡以外，有可能对眼前的这个众帝之台也产生了重大的破坏。

吴卫国想到这里长长地叹了一口气，他希望一切都好。

启超此时站在最底层的台阶向上看去，那些台阶与台阶之间的立面上，三青鸟的雕刻无处不在。而在更高处，有扇已经倒塌了的门，黑洞洞的。再看那门，启超惊讶地发现，眼前的台阶上有一片坳口，像极了鸟嘴，而那个门特别像一只鸟头，三角形的鸟头，还真是形象的很啊！只是这鸟是闭着眼睛的。启超越看越惊叹古人的想象力。吴卫国也发现了这个情况，不断地赞叹着，脸上的惊喜感染了每个人。

就在众人都在暗自感叹眼前建筑的神奇时，突然从那个门中传出凌厉的、雄厚而带着野性的叫声。

吴卫国惊道：“这是什么动物？”

“会不会是三青鸟？”刘学军接着说。

启超一听这种鸟的名字，心中也是一惊，这三青鸟还没有见到影子呢，却已经在队员们的心中留下了恐怖的阴影。

“看来这畜生真的还活着。”启超怒骂道。

“现在天也不早了，”吴卫国抬头看了看天说，“我们今晚就在外面休息吧。”

“魔鬼在叫呢！你们听到没？”在一边的阿吕斯坦此时显得有些紧张，颤抖着自言自语道，“我就不应该来嘛，我在家里好好的嘛，为什么要跑来呢？这里是胡大抛弃的地方！”

“阿大叔，不要害怕，有我们呢？这里没有魔鬼。”叶尔兰劝道。

“不！”阿吕斯坦浑身哆嗦着，看着远处那黑洞洞的洞口说，“那个嘛！那个嘛，那个里面的魔鬼嘛，我们不要招惹嘛，我们走别的地方吧。”

启超说：“狮子大叔，你都一把年纪了，别这么害怕。咱们坐下来数数你们家的羊，算算今年能赚多少钱。”

“你，你这个小伙子嘛，就是爱开玩笑，现在嘛都什么时候了，还跟我嘛数羊呢！”阿吕斯坦听了启超的话，一下子精神多了。

“我这不是为了逗您老人家高兴嘛！”

阿吕斯坦慢慢地平静下心，但是脸色一直不太好看。众人给他收拾好帐篷后，先安排他睡下了。此时雨停了，雨后的树林在黄昏中有一种说不出的清新。篝火燃起，队员们围绕在一起，静静地等着吴卫国说话。

“看来这次活动还是有凶险的。”吴卫国叹了一口气接着说，“大家务必小心，千万不要出事情。”

“导师你放心，我们一定会注意。”孟宪明答的干脆，心里却明白眼下的情况是最让人担忧的，不知道敌人是什么样子，会从哪里进攻。这种情况也许是吴卫国最不想遇到的，可是偏偏就出现了。这哪里是有凶险啊，简直是万分凶险，但是自己不能说出这样的话，因为不管平时如何开玩笑，此时大家最需要鼓励，需要打气。

吴卫国累了一天，说完话钻进了帐篷，拉上拉链。

此时杨可馨走到启超跟前说：“注意安全。”然后默默地回到了自己的帐篷。第一个值班警戒的是启超和叶尔兰，孟宪明觉得有点感冒吃了药睡下了。叶尔兰和启超两人坐在篝火边，各自手里都拿着一把弓箭。

此时在离启超等人三百米处的树林里，那两个乌克兰雇佣兵手拿夜视镜，监视着启超和叶尔兰。

其中一人拿出电话拨通了说：“先生，我们已经在树林里转了三天了，可是没有一点收获。你问现在在哪儿吗？我们现在在深山里，对面有一座金字塔式的山。”

“什么？金字塔式的山，怎么可能？”哈肯显得非常惊讶。

“真的！是金字塔式的！”

“你们能够确定吗？”哈克再次确认。

“我们可以确定，完事后，我将扫描数据传给你。”

正在此时，另一个雇佣兵突然说：“有情况，快！”

只见夜视镜中的夜空里，一只大鸟以极快的速度掠过启超等人的营地。这两人睁大眼睛看着，嘴因为惊讶而微微张开。那鸟的身影犹如一只金雕，但是身形显然要比金雕大得多，但这只大鸟并没有发出攻击，掠过之后便没有了踪影。

“你看到了吗，那只鸟有三只爪子？”其中一人惊讶地说。

“我看见那鸟飞过去了，但是真的有三只爪子吗？”另一人惊魂未定地说。

此时在火堆边的启超也似乎听见了什么，问叶尔兰：“刚才有东西从我们头顶飞过去了，你感觉到没？”

“我好像也听见了。”叶尔兰说。

“飞得好快啊！”启超不解。

“没事，鸟一般晚上不出来的，放心吧！”叶尔兰提醒。

“你动动脑子，我亲爱的叶沉默，你在这林子里走了那么长时间了，你见过鸟吗？”启超问。

叶尔兰一时不知道如何回答。

“这里怎么会突然多出来一只鸟呢？你不觉得奇怪吗？叶沉默先生。”启超往火里加了一根大柴。

可是启超心里明白，这三青鸟会被奉为神兽，肯定有过人之处。按照吴卫国的说法，这三青鸟是凤凰的前身，而凤凰已经成为中华民族的鸟类图腾，那么说不定这三青鸟也有可能是古昆仑国人的图腾，可以想象这鸟的威力了，能被奉为神明的鸟绝对不能按照常理来判断。

正在思考中的启超猛然觉得身后有一阵疾风向自己袭来，抬头，转身，一只眼睛如火、周身融入黑暗之中看不出大小的鸟正向自己和叶尔兰袭来。只见那鸟双翅向后，身下的三只爪子奋力张开，箭一样向启超抓来。

启超震惊这美妙的一击，傻傻地站在原地未动。危急时刻，叶尔兰从身边的篝火里抽出一根燃烧的树枝，又顺势扑倒启超。启超这才从震惊中清醒过来，接着就是拉弓射箭，一支自制的箭射了出去，在夜空中划出一阵啸声。

三青鸟似乎是躲过了那一箭，却没有停止攻击的打算。只见它又俯冲下来——可是那地方已经没有人了。再击不中，这三青鸟急忙飞起。

此时听到动静的刘学军、吴卫国等人从帐篷里钻了出来。手拿弓弩和自制的弓箭，站在启超和叶尔兰卧倒的地方。

三青鸟一见惊动了其他人，转头向黑暗中飞去。

杨可馨和孟宪明分别扶起启超、叶尔兰。除了叶尔兰的手被烧红的火把烫了一点以外，两人都没有受伤。启超不好意思地向叶尔兰表示了感谢。

吴卫国查看了一下情况后，决定后半夜要安排三个人值班担任警戒，这样可以更好更方便地观察周边情况。

启超和叶尔兰被安排回帐篷睡觉。接下来的警戒任务交给了孟宪明和刘学军，旻斌、吴卫国和向导阿吕斯坦会在后更半夜换他们。

但一夜平安，三青鸟再没有进攻，这反而让众人有些担忧了，不知道它在酝酿什么。

吃完早饭，天气晴朗。山林恢复了往日的平静，山间出了雾气，很是美妙。收拾好东西，准备出发，但阿吕斯坦却说什么也不走了。

阿吕斯坦说：“我嘛，不想进去了！那里面的路嘛，我也不知道。昨天那只大鸟嘛，就是因为我们激怒了神灵嘛，他老人家不高兴放出魔鬼来取我们的命。你们嘛要进去，自己去，我嘛在这里等着你们。”

启超走到阿吕斯坦跟前说：“我说阿大叔，你这是临阵退缩啊，是逃兵嘛，放在古代就是要上军事法庭的，说不定直接就拉出去砍了。”启超半开玩笑半劝说地与阿吕斯坦调侃。

“我宁可嘛被砍头，我也不去让魔鬼嘛把头抓烂。”阿吕斯坦说着摆出一副无所谓的样子，看你们能把我怎么样。

“那就让他在外面等我们吧，刚好我们可以少带些东西。”吴卫国说。

第二十章 洞中窥秘

Chapter twenty

连环洞

阿吕斯坦看着男女老少从那三角形的洞口，在黑暗里消失不见，祈祷道："胡大保佑，也许魔鬼是真的没有！"

阳光透过树林，静悄悄的在草丛里一点点铺展开来。地湿漉漉的，花朵顶着这个季节最美丽的容颜，暗自开放。

阿吕斯坦觉得树林一下子安静了，安静的没有一丝声音。他独自一人生起火，坐在帐篷边上沉沉的睡了。阿吕斯坦没有发现，此刻自己已经成了别人监视的对象。

此时一路跟随而来的那两个乌克兰雇佣兵趴在一片草丛里，脸上做了伪装，身上覆盖着杂草，在不远处一动不动的盯着沉沉睡去的阿吕斯坦。

其中一人说："看来这老家伙是睡着了！他们进去了，我们跟不跟进去？"

"我们跟进去做什么？"另外一个人显得非常疑惑。

"索夫，那怎么知道他们的情况？"

索夫摇了摇头说："你忘记了，咱们在他们中间有自己人，你还怕什么？咱们就悄悄的在这里等着他们拿出来东西，不能打草惊蛇，老板还要留着他们有大用处呢。"

"你是说杨小姐？"

索夫点头："阿狼，有她比我们强多了。我们要的是图，并不是把他们所有的活动都记录下来，你明白吗？况且那里面不知道有什么东西，我们遇到什么情况，暴露了自己，打乱了老板的计划，所以还是安心在这里等着吧，他们会出来的！"

被称为阿狼的小伙子点了点头，望向那山洞。阿狼还没有摆脱一个年轻人对新事物的好奇心，成为真正的职业军人。

"可是老板真的对杨小姐放心吗？"阿狼问。

索夫也很疑惑，但是他知道作为雇佣军给钱最多的就是老板，老板的话就是命令，严格的执行命令这是雇佣军第一准则。

索夫说："行了，别多想！咱们执行完这个任务，找机会去莫斯科找妞乐乐。"

阿狼眼睛发光一般的笑了笑。

此时吴卫国一行，早已站在三角形洞口之内。通过一截有五十米的通道，众人来到一个平台。所有人的眼睛望向前方，瞪得极大，脸上惊讶无比，似乎什么东西让他们做出了如此的表情。

在手电光的照耀下，眼前豁然开朗，一览无余。先是一个篮球场大小的长方形洞，这里石头被雕刻成六只三青鸟的模样，两边各三只，每只鸟爪子上抓着夸张的人头，人头雕刻的活灵活现，有的笑，有的哭，有的恼！这些被雕刻的鸟，此时早已没了原本的形象，唯有那踩在脚下的人头还依稀可见的在石壁上，可见那时的人们对这种鸟的崇拜。

孟宪明一直想不明白，这种鸟到底能带来什么，到底会有什么可怕之处，让祖先们这么痴迷，以至于以活人祭祀。

吴卫国看着眼前这一幕，心中不免一惊！正如他所想象的那样，地震对这些雕刻造成了毁灭性的打击，原本经历了时间摧残的雕刻，加上地震，如今成了一堆石头，遍布在眼前这个洞穴里。不知道是从外面长进来的还是本身就生长在这里的乱草，统治了这里。看这些草的长势，似乎很茂盛。

原本震撼无比的入口，现在成了一大片杂乱的石头堆。而在众人脚下所踩的正是这三角形洞口的门，门也四分五裂，早已看不出原本的模样。

吴卫国脸色从惊讶转为哀叹："果然不出所料，这些都是我们国家的瑰宝啊，这……这让我怎么说呢！"

只要是从事考古的人看到这一幕都会痛心不已，更何况是一个对这次考古充满无限期待的老教授呢。

孟宪明看着眼前的石堆对吴卫国说：“导师，现在悲伤也没有用，我们还是继续往里面走吧。也许在那里能发现一些有用的东西。”

“哎！宪明，这里怎么会成这样啊，地震，这地震太可怕了。恐怕这次我们要空手而归啦。”吴卫国说。

旻斌拾起一块石头说：“我说吴老哥，你太悲观了吧！咱们是来找东西的，又不是非要求这地方保存完整，你多虑了。况且这里都是石头，又不是木头、纸片片，你怕什么啊？石头掉地上咱们还是能看见的。”

吴卫国明白旻斌的意思，缓过来说：“旻斌，但愿你说得对。咱们继续往里面走吧。”

刘学军在这个洞口发现了以前的火堆，看来是阿吕斯坦所说的之前打狼队躲避三青鸟袭击时所待的地方。

众人从洞口一直往里面走，头顶也有一些树根的根须，看着很瘆人。

往里面走，眼前出现一条自然形成的通道，布满碎石。

这条通道呈现不规则状，看不到头。通道刚好容得下一个人走，里面黑洞洞的像一条蜿蜒的毒蛇。众人在这通道前停了下来。

启超的腿虽然已经上了药，但还隐隐有些疼。他抬头看着那个洞，无边的黑暗似乎是这里独有的，一股霉味从那洞里传出来。

启超问孟宪明：“孟夫子，这里面咱们不会又遇到那种该死的蝙蝠吧？”

孟宪明似乎也在担忧，听到启超的话说：“不知道啊！这就看咱们的运气了。”

队伍里的空气一下子凝重了，周围沉静了下来。只有风从外面传进来，呼呼的，带着雨后的湿气。

吴卫国必须作出判断，是继续前进，还是怎么办？前进，意味着要接受更大的考验，谁知道里面有什么东西。退出，那就只能放弃，也就放弃了自己最大的梦想。

吴卫国觉得这事情必须和队员一起商量，他把人召集一起，开了一个战前会议。

吴卫国说：“现在放在我们眼前的有两条路，第一是退出去，因为这里有未知的危险，还有有可能地震造成影响，让我们找不到。第二继续前进，不达目的誓不罢休。”

所有人凝神听着，这位老人似乎一下子老了许多，话语中流露出无

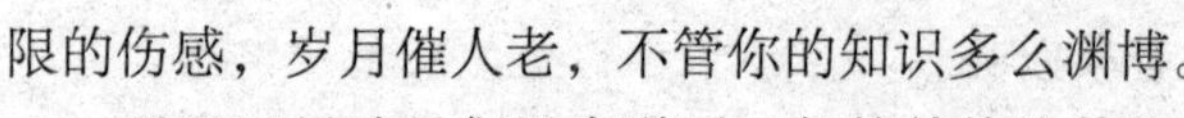

限的伤感，岁月催人老，不管你的知识多么渊博。

吴卫国见队员们没有说话，都等着他接着往下说。“好！我现在要说的是，如果愿意往里面走的，咱们继续，不愿意的可以现在退出去，和阿吕斯坦会合，等待我们。如果15天之内我们没有任何消息，那就让他和阿吕斯坦将我们的死讯带回去。”

启超这时才明白过来，吴卫国那么快答应阿吕斯坦不进来的原因是这样的。原来在进来之前，吴卫国已经告诉阿吕斯坦，如果15天还没有见到有人出来，那就意味着这支队伍已经全部死在了里面，让他带回死讯。

“导师！我跟着你进去，不管如何，不管前面有什么危险。”孟宪明坚定地说。

叶尔兰和刘学军跟着说要进去。

启超看着这一帮子不要命的人啊，先是摇了摇头，然后从严肃的脸上挤出一点笑对着孟宪明说：“妈的！我不跟进去，我也会被噩梦给折磨死，怕什么啊！”

启超使劲握了握孟宪明的手，然后说：“好哥们儿，一起走。”

旻斌对着吴卫国说：“我说吴老哥，你这是把我往外面推啊，我被你从老家骗过来，可不是为了玩票的！我相信你。”

吴卫国点点头，不说话。

剩下杨可馨一人，她根本没有话，因为她的老师和同行已经替她选择了，她无须做选择题。

吴卫国再一次看了看众人说：“好，咱们走。”

一行人收拾好东西，刘学军在前，叶尔兰押后，消失在黑暗中。

“小刘，走慢点！队伍里还有受伤的同志！”启超在刘学军后面说。

“嗯！”

这个通道似乎是天然形成的，前人在此基础之上，进行了简单的处理，完全是按照修旧如旧，这也是吴卫国初步的判断。

洞内一成不变的都是石头，除了小蜘蛛以外，也没有其他生物。也不知道过了多久，这里才被发现。

吴卫国紧绷的心一刻也没有放松，似乎冥冥之中有一种危险，让他心中有一块放不下的石头。

吴卫国总觉得在隐秘的地方，有一双双眼睛盯着这支队伍，仿佛是这个洞里的孤魂野鬼般。

突然之间，空气中传来一声刺耳的尖叫，好像是对众人的警告。刘学军在这声音的刺激下，赶紧停下脚步。

刘学军说："教授，那鸟看来就在这里面！"

"是的！看来它的使命就是守护这里啊，我们务必小心，它现在不会进攻的，因为这通道太小了。"吴卫国分析。

简单的对话和那声尖叫，并没有影响这支队伍的前进。

走了半天，这条通道还是看不到头，孟宪明问吴卫国："导师，这通道似乎很深，也不知道最终是通向哪里？"

吴卫国说："能够发现这里，并在这里建造这么一个地方的人很不简单。"

"导师，这通道开始往下走了。"孟宪明说话间，通道开始以缓坡的形状向下面而去。

这时众人有了一种特别的感觉，周围温暖开始上升，少了之前的寒意，这也让人疑惑不已。

刘学军在前面走了一会儿对启超说："启超你不觉得咱们这路越走越窄了吗？"

启超经过刘学军这么一点拨，才发现，一开始离自己两臂有两个拳头长短的石壁，这时已经快靠上自己了。

这种变化出现的极其缓慢，尤其是在这么黑暗的环境里，单靠手电是很难发现的，唯有刘学军这样经过特殊训练的人才能很注重身边的变化。

"不会是出什么问题了？难道是地震的影响？"启超问。

"这不可能。地震对山体的影响不会是一片一片的。"杨可馨说。

"这是连环洞。"吴卫国提醒道，然后说，"在一个洞内部再套一个洞，尤其是这种特别紧迫感的洞，让你从心理上害怕，挤压你体内的孤独。不必担心。"

跟随刘学军的脚步，一行人举步维艰，因为两边石头凹凸不平，杨可馨的手和衣服被划烂了好几块。

地下阴河

杨可馨看着两边的石壁不断地挤压自己，行走越来越沉重，她心中不免害怕起来，但是这也只是她心底里的想法，因为作为一个专业考古队员，她知道什么话该说，什么话不该说。况且此时，队伍里每个人都在沉默着。

刘学军一人在前，虽然眼前这石洞已经窄到只容一个人贴着墙壁走，但是前面依旧是有路。路通向无尽的黑暗中，不知道有多远。行走对他这样的人已经成为一种奢侈，举步维艰非常合适此情此景。

作为特种兵的刘学军自然是经受过各种考验，面对这样的情况也是平静得很，但是在后面的启超等人就不一样了。

启超这些年是胖了，此时脸憋得通红，如螃蟹一般贴着墙壁向前挪着。

孟宪明看了半天启超的模样，硬是憋出一句话："让你每次吃那么多，现在知道胖了也不是什么好事吧！"

启超并不说话，他要保持体力。

洞穴狭小，后面是黑暗，前面是黑暗，两边的石壁让人压抑的难受，瞬间就能合上，将这些弱小的人压成肉饼，而且不容得你发出一声。

此时空气中弥漫着沉重的呼吸声，冲锋衣与石头的摩擦声。这是一段考验人的精神的旅程。压抑、未知……这一切都充斥着这支以精神信仰作为支柱的考古队伍，这个精神支柱就是吴卫国口中的那个中华文明的发源地——昆仑国。

众人眼前一阵阵的泛着金花，胸口似有千斤重压，刘学军强忍着这一切依旧在往里面走。汗水在脸颊上引起的痒，根本不允许你用手去挠，他默默的向前，再向前。

突然，说时迟那时快，刘学军第一个感觉就是这种挤压感消失了一些，两边的石壁也慢慢的退向两边，所有的环境似乎一下子又恢复了。

启超喘了口气说："这地方真的是奇了怪了！"

孟宪明在一边拿着手电筒也不知道是找着什么，他查看了一下对吴卫国说："导师，这地方跟咱们刚才进来的那个洞不一样了！这洞是开凿出来的。"

吴卫国出来之后就已经发现了这个情况："这应该是有人在原先自然洞穴的基础上，重新修补过的。"

众人休息了一下，如今这一帮子人可以用牛鬼蛇神形容反倒恰到好处。如果晚上谁遇见这么一帮子人不吓死才怪。

先看衣服上除了灰尘，多少年没见过人的蜘蛛网，还有大小不一，各种造型的口子，长方形的、三角形的、多边形的。身体暴露在外面的部位，有的是渗着血的伤痕，有些则是大包，红一块紫一块，让人都不忍心再看。

吴卫国对着众人笑了一下说：“实在不好意思啊，让你们精神上受了这么大的苦，肉体上受这么大的疼，我也过意不去。”

大家心里都知道，要说受累最多的还是这个老教授，都这个年龄了长途跋涉，跑到这深山里受这苦。

孟宪明见大家都不说话，然后说：“导师，你就不要说这些了。你也明白我们大家来也就不怕吃这点苦。”

吴卫国也再没有说什么话。

刘学军觉得大家休息的差不多了，起身继续沿着眼前的人工洞前进。这洞内此时平坦了许多，也并无什么异常，只是众人觉得周围的温度似乎有升高的迹象，倒也不明显。

这洞呈现的是一个不太明显的斜坡状，缓缓地向下面通去。这次走了大约四十多分钟，倒也不觉得累。

刘学军走着走着耳际边传来流水和滴答声。他赶紧停步对吴卫国说：“教授，前面好像有水。”

吴卫国也听见了这声音，说：“没错！看来我们走的路是对的，这水声是‘地下阴河’传来的。”

“什么‘地下阴河’啊？”启超听着这个邪恶的名字说。

“导师，这个名字没听你说过！”孟宪明也显得有些不解。

吴卫国看着所有人脸上的疑惑说：“其实这个众地之台之所以有名，也是因为这条‘地下阴河’。据说这地下阴河最终会注入众地之台所在的一个湖泊里。”

“那倒也没什么可怕的。”启超说。

“那你就错了。这地下阴河据我的老师王老认为，应该是古人用来祭祀的河流，河水冰冷刺骨，怨念甚重，让人不寒而栗。这倒也不是我在这里危言耸听，或者是不尊重历史，因为我也没见过，只是作为一个故事听听，没想到这里真的有条河。”吴卫国说。

其实所有人都知道，能让吴卫国心存怀疑的事情绝对不是什么好事情，因为连这位泰斗级人物都才研究的传说，可见其有多么让人不解了。

刘学军问吴卫国："教授，我们走还是不走？"

吴卫国想了想说："走！"

所有人也继续跟着向前走，那水流的哗哗声也是越来越大，在这巨大的山体内引起极强的回声，一股股的带着潮湿味的空气向这帮子不速之客袭来，空气中的味道是一种霉变之后特有的那种味道，这味道对身体来说倒也没有多少不舒服。

走出洞穴，眼前出现一个目测达到百米的巨大洞穴，考察队就站在这巨大洞穴的底部，一条河流沿着一条人工开凿出来的水渠泛着黑色的水花远远的流去。

刘学军对着空旷的山体内部，发射了一枚照明弹，在照明弹的光芒之下，所有人的脸上写满了震惊。没错，是震惊，因为眼前的景象确实是那样的独一无二，那样的超越人的想象力。

照明弹并没有让人看到那洞穴的顶部，然而在洞穴一边的石壁之上现出了四条龙头。孟宪明揉了揉眼睛，他显然还是不太相信眼前的这一幕，没错确实是四条龙头的模样。除了这龙头以外，这黑暗而有些湿漉漉的四壁之上，布满了数不清的洞穴，也不知道是做什么用的，看年月这些洞穴应该是存在已久。

这龙头不知为何材料所造，也不知道经历了多少年，如今龙头依旧光鲜无比，可见古人制作技艺有多么巧妙。四条龙头吐出水流，飞流直下三千尺，四股激荡着黑色的水流从龙嘴中喷射而出，潇洒地跌落在百米之外的一个大水潭里。

这水潭四周用类似华表一般的柱子围拢起来，孟宪明数了数有八十一根之多，每个柱子上面都雕刻着一只仰天长啸的三青鸟，让人叹为观止。这些柱子围绕这水潭也不知道是做什么用，由于离的太远，众人并没有前去查看。

旻斌不断的在嘴中说着："震撼！太震撼了，这……"

吴卫国拍了拍旻斌的肩膀，笑着说："小老弟，这跟你家老爷子那些年遇到的事情比应该不算什么吧。"

此刻，吴卫国却是轻松了许多，他对眼前的这个景象没有多少兴趣，他的目的不是这个。因为龙这种神兽的出现至少也有八千年历史了，那么在这里出现龙头雕塑，可以肯定这里的历史至少超过八千年，万年以上也有可能。

吴卫国一想到这些，内心之中犹如大海拍岸一般，久久不能平复。

孟宪明对启超说：“你小子看看，看看这景象。”

“确实是难以理解，这里怎么会有这么一大股子水呢，难以理解啊！”

吴卫国对启超说：“这是古人发现了一条地下河，然后将它改道，引导到众地之台那里。”

“导师，那我们是不是要沿着这‘地下阴河’就能找到众地之台？”孟宪明脱口而出。

“没错，可以这样说。但是这地下阴河也不是什么人都能走的，谁知道这河里有什么东西。古人也不是吃素的，在这里不只是准备了三青鸟，还有别的也不一定。”吴卫国怀疑地说。

启超一听吴卫国说“别的”心里一惊，他隐隐觉得有东西正在向众人靠近。

孟宪明向前走了几步，刚要将手放进那水里试试，吴卫国大喊一声：“不要动！”

孟宪明被这一声吓了一跳。

吴卫国说：“这里的每一个东西都不能随便乱动，要不然会出大问题的！这水也一样。”

孟宪明赶紧从水边站起来，回到众人身边。启超对着孟宪明做了一个鬼脸，然后说：“你小子就是不长记性，这要是出事了可咋办，幸亏发现的及时，你被救了。”

“我这也是一时兴起，想去看看这水到底有什么怪的！”孟宪明反驳道。

而在一边，吴卫国和刘学军、旻斌三人正在观察路线，三人得出的结论是跟着河水走，如果王老的推测没错的话，顺着河道走应该能省去很多时间。

决定之后，在河边简单的吃了一些东西，考察队又一次出发。沿着地下阴河前行。

此时，众人逐渐进入地下阴河段，河面最宽处5米，最窄处也有2米多远，水深约50厘米，水流缓慢，但暗潭众多，稍有不慎，极易跌入。

此时这巨大的洞穴里，借着手电光，也只是看见了一点洞穴的容貌。

“天啊，这哪是地下洞穴，活脱脱一个地下森林。”杨可馨尖叫。也不知道这洞穴到底有多大，孟宪明和启超觉得这里应该比独目国所在的洞穴大得多。启超心中更是觉得这地穴说不定和独目国的相连。

只见地面乱石嶙峋、水流潺潺、沟壑纵横，碗口粗的石笋长到10多米高，巨幅的石幔、参差不齐的石挂、盘根错节的石柱……千奇百怪，就像一个原始森林，加之大量结晶体在灯光照射下闪闪发光，人行走其间，宛如进入童话世界。

在这里面似乎也不缺少动物，虽然不是什么大家伙，但也是难能可贵，尤其是生活在这样的黑暗里。在手电光下，一只巴掌大的蝙蝠倒挂岩壁，正呼呼大睡，丝毫不介意人类闯入；一只手指长的蜈蚣，正在寻觅食物，因长时间生活在黑暗环境，它褪去了深褐色肌肤，通体泛白……不过，这些原住民中，警惕性最高的数一只癞蛤蟆，它皮肤已泛白，见人靠近，立即鼓起腮帮，似在告诫眼前的人类，别惹我……

然而，就在众人边走边欣赏眼前这个独一无二的风景的时候，这巨大的洞穴里再一次传来了那奇怪的鸟叫声，尖锐而刺耳。

紧接着在那巨大的洞穴内部，一些窸窸窣窣的声音慢慢的从四面八方传来，似乎是某种动物在不断的聚集。

吴卫国听着那种声音说：“这是什么声音啊？”

旻斌细细的听了半天说：“好像是某种啮齿类的动物。”

作为鉴宝专家的旻斌，对动物也是有一定的研究，因为很多动物的骨骼、牙齿在古代和现代也是非常珍贵的收藏品。

“啮齿类？”吴卫国听着那声音不断的向众人所在的位置袭来，吴卫国脑海中突然掠过一个字眼，他敏锐的感觉到这是危险的信号，大喊：“不好！这是食人鼠，咱们快撤！”

危险将至，众人早已没了刚进来的那种惬意之感，反而是能逃命就赶紧逃吧。在黑暗之中，随着水流之声，夹杂着的那种让人不寒而栗的吱吱声，再联想到成百上千只食人鼠向你扑来，那是一种怎样的感觉。

孟宪明自小对小动物就有些不敢恭维，此时听到这么多，浑身的鸡皮疙瘩都起来了。

食人鼠

虽然说是逃命，但也是不能乱了方寸。情形一变，逃跑的队伍也就变了模样。刘学军前面开路，孟宪明带着吴卫国紧跟，叶尔兰，启超在后，中间则是旻斌和杨可馨。

众人沿着阴河边刚好容得下一辆马车的小路向前跑，背后的声音是越来越响亮，越来越靠近。

手电光跟着人的晃动而晃动，拐过一个弯，眼前的路早已成了坑坑洼洼，并有巨石在眼前挡路，看来是地震造成的坍陷，只是不太严重。

吴卫国说："咱们还是找个地方躲躲吧，这样跑不是个法子。"

吴卫国的话还没说完，启超就大喊一声："教授，不好了，那些家伙追上来了。"

启超和叶尔兰这时已经看见带头的食人鼠了，只见带头的这家伙好似一个侦察兵一般，边跑边在路上嗅，和它一起的还有五六只，个头比一般的食人鼠大多了，足有刚满月的孩子大小。如果猫遇到这样的食人鼠，估计早已一命呜呼了，别说抓食人鼠了。

这几只食人鼠看见启超等人之后，马上停了下来，似乎在观察。

吴卫国看了一眼说："学军，快将那几个家伙收拾了！"

吴卫国一说，刘学军转身掏出枪，一枪一个，枪枪毙命。这几只食人鼠也就这么归天了。

启超看着刘学军手里的枪，再看看自己和叶尔兰手中拿的冷兵器——弓箭，失落地说："我说刘哥，你也给弟兄们配几把你那家伙啊，这样也好防身。"

刘学军只是嘿嘿一笑，并无说话。

吴卫国看那几只食人鼠被打死之后说："咱们快走，看看前面有没有什么能躲的地方。把包里不用的东西都扔掉吧，这样或许能帮帮我们。"

还没等话说完，刚才被打死的那几只食人鼠不见了，好像是被其他食人鼠给拖回去了。

紧接着就听见一阵喧闹，整个鼠群似乎受到某种刺激，瞬间变得躁动起来。

"看来咱们没时间了。"吴卫国最先反应过来，他带头向前走

去，边走边说："这些家伙已经被刚刚杀死的那几只食人鼠的血冲昏头脑了。咱们要赶紧向前走。"

这些食人鼠当然不能放过眼前的猎物，它们开始以极快的速度向吴卫国等人这边靠来，因为它们已经找到了这群迷失了方向的人，现在就等着它们去围猎。

跑了半天，众人还是没有跑出这个巨大的洞穴。吴卫国他们凝神静气地听着，大家都感到眼前的对手似乎比想象中的更可怕。为以防万一，吴卫国分配了任务，自己和孟宪明负责前面看路，其余的人则要关注这些食人鼠的动向。

还没等众人行动呢，忽然，启超抬头时感觉到山壁上有一群黑影在移动，速度很快，他立即招呼众人，准备离开。但黑影越来越近，黑压压的一大片，渐渐地非常清晰地听到"吱、吱"的叫声。

旻斌张大嘴喊道："它们来了！"

看来你越想逃跑，越是要跟你死磕。这时这群食人鼠离他们只有200多米了。刘学军继续之前的动作，端起枪连连射击，最前面几只食人鼠应声倒地，但枪声并没有吓走这群食人鼠，反而引来了更多的食人鼠。在奔跑中的杨可馨心慌意乱，被一石块绊了一跤，还没等她爬起来，一只食人鼠咬住了她的腿，其余的一群食人鼠一看这情况，赶紧冲来。

启超大喊一声："学军，那里！"

刘学军一枪一个，启超和叶尔兰赶紧跑到杨可馨跟前，将咬她的那些食人鼠一个一个的全部收拾掉了，然后扶起杨可馨赶紧往前跑。

然而可怕的事情很快又来了，孟宪明等人觉得空气中混合着一股子食人鼠身上特有的那种腥臭味，一下子气氛骤然紧张起来。大家又惊又怒，两眼血红，刘学军手中的枪不断的开火，可是一把枪哪能抵得了这集团军式作战的食人鼠呢？其他人则纷纷拿起石块砸向涌上来的食人鼠。但扑过来的食人鼠越来越多，众人顿时处于一种十分危险的境地。

吴卫国对刘学军说："学军，快！照明弹，咱们要看清楚路。"

"扑哧"一声，整个半空被照亮了。在这条路的尽头，也就是地下阴河的另外一个出口，众人终于看见一个洞穴。

说也奇怪，在亮光里食人鼠一下子安静了下来，似乎它们对光特别敏感。静静的趴在来路上，这些黑压压的食人鼠一直延伸到很远处，看来这些家伙不吃掉这群闯入者是绝对不会罢休的。

当众人看向前面的时候，刘学军则紧盯着来路。

在照明弹的作用下，他已经看清楚那些食人鼠集团军。

“跑啊！快跑啊！”刘学军看清了这个情况之后，大喊。

吴卫国带人直奔水洞而去，然而这些食人鼠哪能容得逃跑。随着照明弹慢慢的落下，洞穴一下子变得安静了。光消失之后，它们更加疯狂的追了上来，不管三七二十一，连吴卫国等人丢在路上的各种不用的东西都被它们用来果腹。

启超在看完那些食人鼠之后，心里一下子明白了。看来那三青鸟将这个山里面的食人鼠都给招来了，这次是让大家进得来出不去。

此时众人的力气也消耗的差不了，再不找个地方躲起来，可真的要命了。

孟宪明扶着吴卫国边跑边说：“导师，这样你追我赶可不是个事啊！旻斌，你不是了解动物吗？这家伙有没有法子给治治啊？”

旻斌也是苦于无法啊，他哪里见过这么多老鼠一起涌上来，而且是食人鼠，这些家伙是见到活的就吃，见到死的也吃，除了石头不吃以外，什么都可以吞进肚子里。

这时刘学军说：“咱们赶到路尽头的那洞里，然后将所有人的衣服点着，说不定能找到点活命的机会。这些食人鼠怕光。”

“好，就按这个法子办。”

这些食人鼠虽然跟得快，但是由于刚才照明弹的缘故，此刻倒也拉开了一些距离。

赶到阴河冲出来的洞里，众人将衣服堆在一起，只留下贴身的短袖。刘学军将那些衣服一溜烟的摆好，然后对吴卫国说：“你们先往前走，我等这些家伙近了之后再点着。”

吴卫国点头，刚休息下的一帮子人又往前走。这洞倒也不大，河就在下面半米左右的地方。

孟宪明边走边给吴卫国说：“导师，这洞不是冲出来的，是人挖出来的！”

启超也看到那洞上开凿的痕迹：“这些人真是闲的没事干，挖什么洞。”

“确实是这样的，这洞看来是专门为引水挖出来的。”吴卫国也很认真地说。

这时背后传来了亮光，洞一下子被照亮了。紧接着就听见刘学军狼

追一般的跑了过来。

前方渐渐变得宽阔潮湿，并伴有淡淡的光亮，众人又踏进了一片开阔之所。然而，空气中充满了浓烈的腥味儿。啪嗒！啪嗒！似有巨大的水珠从顶部的石壁上落下，有的还落在了他们的身上。众人眼前一片漆黑。

借着手电光，这时大家才看见，河水在这里又形成了落差，在不远处居然有一座石桥，这石桥离河面五六米的样子。众人看着那桥心中不免大喜，这是救命桥啊！

“学军，我让你带的炸药你带了没？”吴卫国此时异常冷静。

“带了。”刘学军说。因为害怕遇到特别大的石块需要爆破，刘学军专门带来炸药，以防万一，没想到炸药在这里派上了用场。

“好，咱们等会儿过了桥，将这石桥炸掉，要不然那些老鼠会一直追着我们。”吴卫国说。

启超一听炸桥，这不是断后路吗，赶紧问：“教授，这样子咱们咋回去啊？”

众人都疑惑地看着吴卫国。

吴卫国似乎早已有了打算，说：“你放心，出去的办法总会有的。”

正当众人商量时，一直盯着火堆的刘学军看见那些食人鼠正在一只一只的奔到火里面，似乎它们不愿意顺水而来，却愿意牺牲一些老鼠的性命，将火势控制住。

刘学军越看越震惊，这些家伙到底是怎么了，居然连死都不怕。

他赶紧转过来对吴卫国说：“教授，咱们赶紧走吧！再不走，就来不及了。”

吴卫国一听，也不再商量，带着人就往那石桥上面赶。

吴卫国一伙先走一步，那些食人鼠紧跟着就赶到了。在这个洞口，它们停了下来，窸窸窣窣的好像是交流什么。鼠群似乎是遇到什么难题了，一大帮子老鼠在这里开着战前会议，老鼠群里也是各种各样的声音，不断的辩论着。

突然，从鼠群里走出来一只更大的老鼠，似乎是这群老鼠的首领，它吱吱一叫，将几只还在那里有别的想法的食人鼠直接咬死在了这支集团军面前，其他的老鼠一下子安静了。

它将这些老鼠一扔，其他老鼠如打了鸡血一般，瞬间将那几只早已归天的老鼠啃得骨头都不剩。大老鼠一声令下，这支集团军继续朝着吴卫国一行追来。

此时吴卫国等人一个一个的正在从桥上往那头走，深怕这桥过了年龄，根本负重不了这一帮子人。那头也是一派黑暗之色，让人看不见尽头。

当食人鼠赶到的时候，刘学军早已将炸药准备好了，他就等着这些老鼠从那头赶过来，然后点燃炸药，送这些畜生上西天去。

这些食人鼠似乎很通人性，它们也明知道过这桥肯定是死路一条，但是迫于后面那只老大的命令，不得不前进。

老鼠们排成一个长队，非常谨慎的沿着桥向前走。刘学军在黑暗里静静的听着这些老鼠沿着石桥而来，他估摸着时间差不多了，当下点燃了炸药。

火光飞溅，巨大的声响回响在这空旷的山体内部，头顶似乎也有石块掉落。眼前的石桥化成石块抛向下面，混合着食人鼠的叫声跌落到阴河里，水花四溅，也就是十几秒的时间，一切又归于平静。

接着是众人的欢呼，和对面食人鼠焦急的叫声。

这时打开手电，只见对面的老鼠们正在向银河边跑去，因为这河水并不深，原本掉下去的石头有些还露在外面，食人鼠准备利用石头过河。

河对岸一下子嘈杂起来，很多老鼠还没来的及站稳就被后面的推到了河水里，没有任何挣扎，它就那样消失了。

随着老鼠越聚越多，有些老鼠爬上石桥留下的石头开始向对岸出发。正在这时，突然鼠群开始嘈杂了，似乎水中有什么东西正在向它们游来，前面的老鼠开始往后退，可是哪有那机会啊，后面的老鼠还在往前面冲。

借着手电光，吴卫国等人居高临下，发现那水中似乎有一条长约五六米的黑色动物正在向老鼠们所在的地方游来，速度极快，身体不断的扭动着。

眼看着就来到了食人鼠所在的水域。这时它一下子跃出水面二米多高，众人这才看清楚，原来是一条蛇。只是这蛇很奇怪，没有眼睛，通体乌黑，蛇芯子在空中不断的晃动着。

这蛇出水也就是一瞬间，接着又消失了。然而老鼠群似乎很害怕这盲蛇，更加的躁动不安了。

这水里的盲蛇也不知道在这里待了多长时间，它好像蛰伏在这里就是为了等待这顿美餐。它在水里来回游了一圈，似乎是在锻炼身体，热热身，大战之前必先热身啊！

然后一跃而起，来到陆地上。在陆地上，它先是舒展了一下身子，然后摆动着尾巴，往鼠群里爬去。很多老鼠早已散开而去，剩下的明知道自己活不了，也豁出去了。有的开始进攻蛇的尾巴处，因为那里是蛇最重要的部位，然而不管这些老鼠用什么方式撕咬，可是那蛇的鳞甲就是不动，蛇也并不觉得痛苦。

食人鼠用尽力气，也没有想出什么法子对付盲蛇。盲蛇似乎觉得这些老鼠也没有什么别的法子了，也玩够了，该它上手了。它先是摆了摆尾巴，将那上面的老鼠全部抖落下来，然后向食人鼠群猛扑过去。食人鼠们虽然机灵，快速，但是在蛇面前也是没有法子，这蛇一个摆尾，一大片食人鼠就掉进了河里，紧接着出现了更加奇怪的事情，那些食人鼠一下子就沉到水里，看来这水是没有浮力。

这些老鼠们做什么反抗都是无意的，因为那厚厚的鳞甲保护了盲蛇，厮杀持续了半个小时，老鼠群被打的四分五裂，能逃的都逃了，逃不了的都在哪里蜷缩着，发抖，显得很害怕。

这盲蛇也不做什么事情了，似乎对自己今天的收获很满意，一个转身，下到了水里，吃那些食人鼠去了。

吴卫国看完这一幕说：“一物降一物，就是这样。今天多亏了它，要不然咱们还不知道会遇到什么样的结果呢。”

“是啊！但愿后面咱们别遇到它就行了。”启超说。

“导师，咱们还是往前走吧，再不走，说不定那些食人鼠还要回来啊。”孟宪明提醒道。

“嗯！”吴卫国说。

沿着眼前这个平台前进，队员们走了100多米，前方出现一堆巨石，堵住去路。透过石缝，孟宪明发现前面还有洞道，但缝隙太窄，无法通过，便用锤子敲，希望凿出一个通道。孟宪明、叶尔兰、刘学军、启超四人轮番敲了三小时这才敲出一个容一人通过的道。

再往前走了一大截，眼前出现七个洞，吴卫国选择走了中间的那个洞，然而众人在这洞里转悠了半天，又出来了，然后又进去，再出来，再进去，再出来……如此反复，也不知道经过了多少次，这才觉得中间这个是不对的。

然后他们试验其他的，连续试了五个洞，都是如此进去，如此出来，根本找不到路。

吴卫国示意大家歇歇，然后说：“看来这洞是迷宫啊，我们要找到正确的那条路才能行。“

“导师，咱们还有个没进去呢。”孟宪明说。

“最后一个，但愿能让我们顺利进入。”吴卫国说。

然后带着众人钻到最后一个洞里面了。走了一截之后，众人发现再往进去的洞口只有半米左右的高度。进入这个洞比进入其他洞麻烦多了，是一个很有“难度”的工作，刘学军先蹲下来，坐在洞口处，将两腿先放进洞口，身体再跟着钻进。然后大家跟着一起鱼贯而入。

越往里面，众人越觉得好像是在来回转圈一般，仿佛眼前有不知道多长的路。来来回回也不知道穿过多少各种洞了，可也就是没有走出这困死人的地方。

启超开始觉得呼吸还算顺畅，但是越走越觉得上不来气了，胸口压的难受。

启超问孟宪明：“我是不是病了，咋觉得呼吸这么困难啊？”

孟宪明惊讶道：“啊！我也有这种感觉。”

众人这才明白，原来所有人都有呼吸不畅的感觉。

吴卫国停下脚步，想了想说：“难道这里是迷魂洞？”

“迷魂洞？”孟宪明看了看吴卫国，也看了看其他人，然后说。

“是的！没错，这就是迷魂洞。”旻斌也开口说。